周蓓 主編

專題史叢書

(美) 約翰·瑪西 著

胡仲持 譯

河南人民出版社

世界文學史話

本書介紹了世界時至今日仍然有重要價值的文學書籍，分别對書籍的制造、文學的起源、神秘的東方文化、猶太人的聖經、希臘的歷史和歷史學家等進行了概述

圖書在版編目(CIP)數據

世界文學史話 / (美) 約翰·瑪西著; 胡仲持譯. —鄭州 : 河南人民出版社, 2016. 10(2017.7 重印)
(專題史叢書 / 周蓓主編)
ISBN 978-7-215-10476-1

Ⅰ. ①世… Ⅱ. ①約… ②胡… Ⅲ. ①世界文學-文學史 Ⅳ. ①I109

中國版本圖書館 CIP 數據核字(2016)第 256676 號

河南人民出版社出版發行
(地址:鄭州市經五路 66 號　郵政編碼:450002　電話:65788063)
新華書店經銷　　河南新華印刷集團有限公司印刷
開本 710 毫米×1000 毫米　1/16　印張 46.75
字數 330 千字
2016 年 10 月第 1 版　　2017 年 7 月第 2 次印刷

定價:300.00 圓

出版前言

中國現代學術體系是在晚清西學東漸的大潮中逐步形成的。至民國初建，中央政治權威進一步分散和削弱，加之新文化運動帶給國人思想上的空前解放，新學的啓蒙，新知識分子的產生，民國學術如草長鶯飛，進入一個自由而蓬勃的時代。中國傳統學科乃中國學術之根基與菁華所在，民國學人采用『取今復古，別立新宗』之方法，引入西方的學術觀念，積極改造，使史學、文學等學科向現代學術方向轉型。此外，大力推介西方社會科學的新學科和自然科學，在學習、借鑒乃至移植西方現代學術話語和研究範式的過程中，逐漸建立中國現代學科，使中國的學科門類迅速擴展。一時間，新舊更迭，中西交流，百花齊放，萬壑争流，開創了中國現代學術的源頭。

伴隨知識轉型和研究範式轉換而來的，還有學術著作撰寫方式的創新。中國古代的著作向來以單篇流傳，經後人整理匯編後，方以成册成集的面目出現并持續傳播。直到十九世紀末，東西方的歷史編撰體裁不外乎多卷本的編年體、紀傳體和紀事本末體等，章節體的出現標志着近代西方學術規範的産生和新史學的興起。章節體具有依時間順序，按章節編排；因事立題，分篇綜論；既分門別類，又綜合通貫的特點。以章、節搭建起論述之框架，結構分明，邏輯清晰，較傳統的撰寫體裁容量大、系統性强。它的傳入，使中國現代學術體系從内容到形式被納入了全球化的軌道。民國時期專題史的研究、譯介、編纂、出版恰恰是在這樣的背景下欣欣而發，是學術的實驗場，也是歷史的記録儀。編選『民國專題史』叢書的初衷正是爲了從一個側面展示中國學術從傳統向現代過渡的歷史進程。

專題史是對一個學科歷史的總結，是學科入門的必備和學科研究的基礎，也是對一個時代艱深新鋭問題的解答，是學術研究的高點。民國專題史著作中，既包含通論某一學科全部或一時代（區域、國别）的變化過程的，又囊括對一時代或一問題作特殊研究的，還有少部分是對某一專題的史料進行收集的。原創與翻譯并重，翻譯的底本大多選擇該學科的代表著作或歐美大學普及教本，兼顧權威性和流行性，其中日本學者的論著占據了相當比重。日本與中國同屬東亞儒家文化圈，他們在接納西方學術思想和研究模式時，已作了某種消化與調適，從思維轉換的角度看，更便于中國借鑒和利用，他們的著作因而被時人廣泛引進。

與當代學術研究日趨專業化、專門化、專家化的「窄化」道路迥乎不同的是，中國傳統學術崇尚「學問主通不主專，貴通人不尚專家」的通識型治學門徑，處于過渡轉型期的民國學術在不同程度上保留了這種特徵。民國學術大師諸學科貫通一脉、上千年縱横捭闔之功力自不待冗言，外交家著倫理政治史、文學家著哲學史、化學家著戰争史等亦不乏其人，民國專題史研究呈現出開放、融通、跨界撰述的特點。與此同時必須看到，自晚清以來，中國的命運就在外侮屢犯、内亂頻仍的窘境中跌宕彷徨，民族存亡仿若命懸一綫。這股以創建學科、總結經驗、解決問題爲指歸的專題史出版風潮背後，包裹着民國學人企望以西學爲工具拯民族于衰微的探索精神，及以學術救亡的愛國之心。梁任公曾言：「史學者，學問之最博大而最切要者也，國民之明鏡也，愛國心之源泉也。」這種位卑未敢忘憂國的歷史使命感和國民意識是今人無法漠視和遺忘的。

「民國專題史」叢書收録的範圍包括現代各個學科，不僅限于人文社會科學，學科分類以《民國總書目》的分科爲標準，計有哲學、宗教、社會、政治、法律、軍事、經濟、文化、藝術、教育、語言文字、中國文學、外國文學、中國歷史、西方史、自然科學、醫學、工業、交通共19個學科門類。本叢書分輯整理出版，内不分科，單本發行，方便讀者按需索驥。既可作爲大專院校圖書館、學術研究機構館藏之必備資源，也可滿足個人研讀或興趣之收藏。

與目前市場已有的一些專題史叢書相比，「民國專題史」叢書具有規模大、學科全、選本精、原版影印的特點。本叢書選目首重作者的首創、權威和著作影響力，尤其注重選本的稀見性。所謂稀見，即建國後没有再版，且多數圖書館没有收藏，或即便有收藏，也是歸于非公開的珍本之列予以保存，普通讀者難以借閲。部分圖書雖有電子版，但作爲學術研究的經典原著讀本，紙質版本更利于記憶和研究之用。本叢書精揀版本最早、品相最佳的原版圖書作爲底本，因而還具有很高的版本收藏價值。

「民國專題史」的著作是民國學者對于那個時代諸問題之探究，往往有獨到之處，無論其資料、觀點短長得失如何，要之在中國現代學術史的構建與發展進程中，自有其開宗立論之地位。

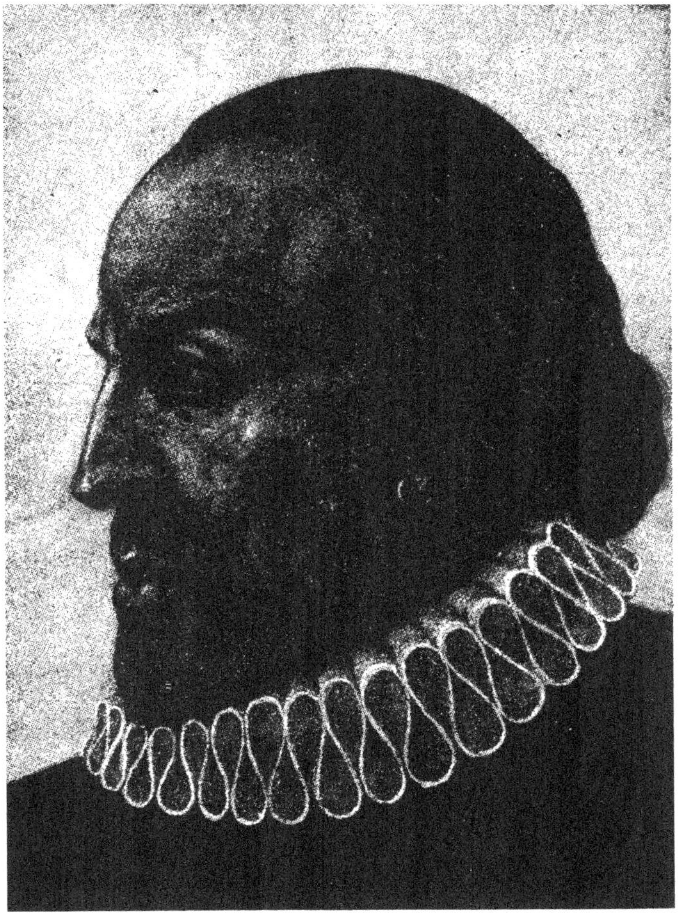

莎士比亞

譯者的話

這書是從美國約翰·瑪西氏 (John Macy) 的 The Story of World's Literature 譯出的。那書名，照字面似乎可譯爲世界文學故事，可是我覺得「故事」這一詞太含混了，便依夏丏尊先生的意見，用了世界文學史話這名稱。

這實在是一部完美的文學史。牠把幾千年來影響世界各民族的偉大的文學者及其相互的關係，重要的書籍及其時代的背景都講明白了；在我看來，這就盡了文學史的一切職分。倘然說，這和純粹的文學史有點兒不同吧；那不同的地方大約就在這書不曾擺着學者模樣的正經臉孔，像一般的文學史似的；牠用生動流利的文筆寫成，把聽講故事一般的愉快之感給予讀者。

著者瑪西氏是當代美國傑出的文學批評家。他當過波士頓導報及國民雜誌的文學欄主幹，還擔任過哈佛大學的文學講席。近年來專事著述。所著除本書外，有坡的生涯，讀書指南，亞美利加文學的精神，窩爾忒·詹姆士·多德傳，批評競技，婦女論等書。在這些中世界文學史話該是第一部傑作了。

他寫這書消費了四年的光陰。其實這只是從動筆到脫稿的時間罷了。我們如果說「他那作爲著作者及批評家的一生全是寫這書的準備工夫」也不見得過分。若不是他一生寢饋於文學，怎能使這書成爲這樣的精博的呢？他所參考的書籍非常多。本書的原本上，附刊參考書目，連同說明，用細字密排，佔了二十七大頁。他的考據的辛勤，用心的細密，單看那書目也就可以想像而知。他寫成每一章後據說還曾經各部門的研究家分別校閱，因此不精確的地方幾乎是沒有的。

作插畫的盎尼阿·魯托羅氏(Onorio Ruotolo)是意大利的名畫家。現任紐約達芬奇美術學校的校長。他不但是畫家，而且是彫刻家，彫過但丁等的胸像及「運命」「久遠之母」「生命之泉」等象徵的作品。看了本書中他所作的插畫，誰都會領略那線條的美和力的罷。

原本有兩幅黑白畫因爲不適用，這譯本中就省去了。又彩色版巴爾扎克畫像因爲原版模胡的緣故，我從別書上借用一幅來代替了。

這部博大的巨著，我本來沒有動手翻譯的勇氣。全憑友人朱應鵬，倪哲生，馮都良諸先生的鼓勵，才繼續不輟地把牠譯完了。徐調孚先生借給我內山賢次氏的日譯本，我從那里得到了不少的助力。著手翻譯時對於書中的人名和書名頗費考慮。人名的翻譯有若干依照近年來各雜誌上通用的較合理的譯名，而爲檢查便利計，大半根據着標準漢譯外國地名人名表。書名的翻譯，凡已有漢譯的，本應遵照漢本的譯名。可是我覺得有許多漢譯本的書名太牽強附會，失卻了原書的精神。所以我還是照英文原名的字面來譯，這樣似乎可以安心些。譯詩這事情，在學力淺薄的我，不消說，是非常感着困難的。幸得夏丏尊，王文川，巴金，馮次行諸先生的指教，我纔能把書中各種體裁的詩一一勉強譯出來。書末的索引，製作時頗費了一番工夫，那原稿上的西文是俞經藩先生給我打字的。在校對製版及排印方面，開明書店及美成印刷所諸先生爲我盡了不少的力。我對於以上說起的給我友誼的幫助的諸位，敬致十二分的感謝。

這譯本的初稿曾在申報藝術界上陸續揭載。在付印以前，我修改過二次。可是我還覺得有不少的地方譯的太牽強了。在我所疏忽錯誤的地方，倘荷讀書諸君加以指正，那是我所十分感激的。

譯者 一九三一年七月

原序

本書的目的是在說明那些於現今活着的人們有重大的價值的世界的書籍。什麼是重要的？這是個人，如果有這能力的話，必須自己來回答的一個問題或無數個問題，而同時也是爲一致的輿論所決定的事情。然而也不是絕對地所可決定的。爲什麼呢？因爲重要也者是比較的話，而輿論則是難以下決定的茫漠的抽象物。在不少的讀者看來有意義的作者和書籍，單是那名稱表也會構成分量遠比這一卷爲大的目錄的。所以在我們的概念中，有眞價值的書，有許多省略了，有許多只一舉其名就算了。讀者誰都會見到自己愛讀的什麼書缺着，那地位爲自己並不怎麼尊重的作者佔去的罷。這是當然難免的事，我想，這倒可以將那些供獻於意見的合一，而在文學及其他藝術的討論上給與許多興味和愉快的意見的差異刺戟一下的。

在本書中，關於何取何捨的選擇，比例和最後判斷是出於我的主意的。那結果必然是有着制限，而且因了個人的心醉與知識及鑑賞的缺乏有些明暗不勻的。我就龐大的主材只能夠給與僅僅本人的見解罷了。我的極有學識的批評家以相當的公正說：「你實際上所寫的不是文學史話(The Story of Literature)乃是對於我偶然讀到的少許作家的雜評。」我確然地答說，我是不但爲別的書籍，大批評家及正規的歷史家所指導而已，還爲博學的友人們的教益所指導的。我得特別感謝路特維·劉維松博士，安東尼阿·加利托利博士，A.H.賴伊斯教授，厄涅斯忒·波伊特氏，A.T.巴爾諾博士，韓特列克·望·龍博士，畢茨·散蓬氏，霍華特·歐文·楊氏，托馬斯·R.斯密司氏，馬紐愛爾·柯謨羅甫氏，雰俄·奈陀生氏等；這幾位是在許多點，指正我的錯誤，幫助我來解決——儘我所解決的範圍——我們的概觀應當包含什麼這一個主要問題的。劉維松博士對於論德意志文學的第四十及第四十二這兩章是差不多負着全部的責任的。

因爲本書是爲英語的讀者而作的，所以比起從奧林比亞大神，或者從那會公平地理解這地球的全思想的來自火星的訪問者的見地以爲得當的來，比較地多量的篇幅是奉獻於英吉利及亞美利加文學的。不但如此，我們還疏略了必然豐富的許多的國民文學。例如，羅馬尼亞人，波蘭人，匈牙利人，芬蘭人會說「你連一短章也不分給於有着這個這個的，那個那個的天才的我國的文學，可是你倒裝的是講着關於世界文學的一種故事似的一副臉孔！」這宗話，立卽丟開這書的罷。對於這一層的回答是：有些國民文學似乎並不成爲歐羅巴的集體文學的一部，卻只是關進在國民底及言語底境界內，和外界隔斷的。這樣的孤立能使應當名聞世界的天才湮沒不彰，我們之不知他們實在是我們的損失。我和波蘭人是談過話的，他們對於古代及近代的那國民文學的熱誠使人相信牠的偉大，然而翻譯者顯然不過略開門戶透露一點消息給我們罷了。以我所能發見爲限，有着廣大的歐羅巴的名聲的唯一的波蘭小說家是亨里·顯克微支。(Henri Sienkiewicz) 生於匈牙利的一個亞美利加的學者告訴：我在我們的展望之中明白可見的唯一的同國人是霞卡伊。(Jokai) 賴伊特爾的匈牙利文學史是概述國民的思想的頗龐大的書，在那里，爲我，或者我敢說，爲許多亞美利加及英吉利的讀者所知的名氏，百個中沒有一個。

我舉出這些例子來並不作爲波蘭及匈牙利文學的批判——這麽着是荒謬的！——卻是作爲一個有趣的事實的說明的。那事實是什麽呢？就是：在人衆雜沓的歐羅巴，數世紀來或則互相結交或則互相戰爭的人們依然會是智底方面的陌生人；或者，那相識會是片面的。受教育的匈牙利人是作爲當然的事一般知道法蘭西文學的；而受教育的法蘭西人不必知道匈牙利文的一個字，或者匈牙利人所寫的一册書。丹麥的批評家該阿爾古·白蘭德司的讚美者並無知曉丹麥語的必要，而他非知曉英語，法蘭西語，德意志語，意大利語不可。佔優勢的語言是在我們的混雜的世界廣布了他們的文學的。而且那使別的文學中有最高價值的作品埋沒者，正是那些佔優勢的文學的豐富也未可知。可是就大概而言，最高的東西過了多少時，一定要衝破國民性及語言的制限而成爲人類的共有財產的。然而，這卻也並非說，沒有許多優美的作品應當較之現今在國內及國外兩方面更有聲名的。

倘說我們的概觀不能裝作完全，卻省略了許多的國民，許多的時代，以及所論及的諸國民諸時代中的重要的個人，那麼，可以說，這是以一種有組織的統一和連續爲目的的，而且我想，還到達那目的的內容不完全的這個素描的輪廓具有條理，而且給與全體風景的印象。我們所見的幻象，好像從飛機上所見一般，是急速地移行的。我們看見顯著的特徵，聳立的峯巒。然而我們卻沒有停下來，測量那高度，又沒有仔細地眺望那廣大的斜坡。我們在莎士比亞之上停留了十五分鐘光景；對於他，非用十五年——或五十年的功夫是不能十分理解的。

莎士比亞沒有將十五年或五十年的所有醒着的時間專用於莎士比亞的作品及他覺得有興味的別人的作品上，這也許是事實罷。可是，的確，普通的讀者會有莎士比亞以外要讀的東西，讀書以外要做的事情的。多年間耽讀着書籍的涉獵極廣的讀者不過熟識了幾千本書，更獲得幾千本書的膚泛的知識能了。

像有着二百萬卷藏書的不列顛博物館及紐約公共圖書館似的書籍的寶庫，有好些人們是保存着那目錄的。然而那無數的印刷物卻沒有來擾亂我們的心的平和的必要。書籍重複着，仿製着，而且規矩地或不規矩地行着剽竊。因此，單單幾千本書就包容了世界的本質底智慧。而那可羨慕的人物，博讀的人物，「讀過一切」的人物就成爲人間可能的人物了。求「博讀」，是用不着苦攻凡有公認的古典的。鑽研了那中間的數篇而將其餘忽略過去就儘夠了。我所知的最敏感而精於文學的人物之一沒有讀過但丁，又沒有要讀他的意向。如果他不想讀，或者他的讀書的機會沒有使他的眼和手指轉向那位最大的詩人的作品去，那麼，他何必去讀呢？他知道別的詩人們，這就夠了。說是費日夜的時間於單單優秀者偉大者是一種道德底義務云云，這一種馬太·亞諾爾特，叔本華及其他極有風趣和見識的人們所抱的嚴肅的觀念，在我看來，似乎實際上無意味，而且是對於文學的較美的價值的蹂躪。讓我們廣也罷，狹也罷，依了我們各個的性質的需要來讀罷，讓文學的權威們去掛在公共圖書館前面的燈柱上罷。這麼說，也許太過火了罷。然而這卻將我的確信表現着，那確信是由我爲準備本書計歷多月的研究，又由我想寫這樣的書以前多年的讀書所鞏固的。讀的太多不是聰明的事。我們不要成爲亞歷山大·頗普所巧妙地刻畫的那種東西罷：

頭上裝了廢棄的知識，

無知地讀着書的書獃子。

還有這一層是要考慮的：如果你顰眉蹙額，將所有讀書的時間費在偉大的古典之上，那麼，不列在巨大的不朽物之間，倒是你的親切的伴侶，未達偉大之域，倒比偉大的東西更可愛的那些書籍將成爲怎樣呢？往往，我們藏在大衣袋裏走的一卷不是傑出的大詩人的作品，卻是小詩人所作的一本小書——我爲了要決定何者是大詩人何者是小詩人，是困惱了一生的。又，對於我們非常捨不得的畸零的書，我們怎麼辦纔好呢？爲了要救護阿麗思漫遊奇境記和撫嬰曲，我很願意將許多極重要的文學拋出去。那種小小的細工較之偉大的作品更美；至少那些是有着大作品所不能壓倒的小型的美的。

如果諸君划着自己的獨木舟過去，留意那會得淹沒諸君的大潮流，又如果諸君開發一種關於文學的無遠慮的好奇心，那麼，帶着小的或大的書籍就可以安心了。不要太過艱辛地來弄文學，可是也不要以戇氣的輕率態度來弄文學。從鵝媽媽乃至哈孟雷特的文學是人間生活的故事。牠也許可以說，是毫無意義的，充滿了騷音和火氣的癡漢所講的故事罷。然而這卻是我們所知的唯一的故事，人類能夠感得興味的唯一的故事；牠的比較底小的篇章有些竟是最敏慧最有趣的。因此有成了偉大的伴侶的小小的書，又有成了完全陌生的生客或難忍的苦累的偉大的書。因爲我們試要在文學裏來設多少合理的航路，必須使我們的概觀和自然的輪廓相一致纔是，所以我們不可成爲異端底，或超越理性模樣的怪僻。可是我敢暗示兩三點關於文學的根本底，卻決非獨創底的疑惑。其一是眞正的寶貝往往藏在小箱裏。又一點是：如果諸君偶然不喜歡甲或乙的偉大的人物，那麼，還是放過他，不使諸君的智能的骨骼毀壞了的好。還有一點就是：因爲使任何健全的人困惱自己的頭腦的書太多的緣故，任何健全的人以笑的歡悅，或以智底好奇心的悲哀的興味來讀就得了。讀書術是優美的藝術之一。這並沒有像七藝之一那麼偉大，那麼創造底。寫優美的一頁，不消說，是比讀牠困難的。雖然如此，受容底創造者這東西倒也存在，缺了牠，一切藝術就死了。受容底創造者就是看繪畫者，聽交響樂者，讀書者之謂。這本書是以書的讀者爲對手方的。

約翰·瑪西　一九二四年耶誕節在霍特生河沿岸哈斯丁斯

目次

第一部 古代世界

第二部 中世紀

第三部 十九世紀以前的近代文學

第四部 十九世紀及現代

第一部　古代世界

第一章 書籍的製造

著書多沒有窮盡——傳道書

我們偶然看到的這印的書頁同我們所讀或者所忽視的千千萬萬別的書頁一樣，是在許多世紀以前就開始的奇異的羅曼斯的一部分。任何一種印的書頁，那書頁本身，一種包含了白紙上黑記號的東西，屬於一個大大的故事。這故事是這樣的浩大，我們誰也不能將牠全部都讀完，牠究竟在什麼時候或者怎樣地起頭，我們沒有知道。這故事每天接續着，我們永遠看不見牠的結局。

這故事的結構，就發展到今日的而言，是包括一切別的結構的；因爲這是種種故事的故事。沒有兩個讀者可以恰以相同的比例，見到那包容一切結構的輪廓，或者對於其各部分，有着相等的興味。然而那些輪廓，不論怎樣畫法，總造着一個迷人的故事。這不是一個人所創作的。那作者是人類。

今日的我們，是這故事的活着的一部分。那麼，我們且從此刻我們所在的地方出發，迅速地跑回到起端去罷。那就會使我們明瞭我們的位置，而對於我們希望遵循着，至我們又復來到現代爲止的這途徑，供給預備的概觀的。

我們的兩眼落在這印的書頁上。我們是這麼頻繁地有着同樣的經驗，竟至並不停下來對於牠想一想的。一份報或是一本雜誌，以三五分的代價便投送到我們的門口。我們能夠以一圓或兩圓買世界名著之一的一本書。我們還能夠不名一錢而從公共圖書館獲得那種書。我們將這一切當作當然的事，而不復驚異了。可是，這是何等奇異的事呵。

請先將介在作者的心情和讀者的心情之間的那機械底過程來考慮一下罷。主要的奇蹟作者是印刷機，牠對於現代文明大抵是有着比任何別的發明更大的影響的。在印刷機開始轉動之前，金屬的字型由手，或者更恆常是，由排字機或linotype 排列着，那種排字的機械是靈巧到雖然需要有技術的人們來運用，卻也差不多有思想似的。一面，造紙廠已經將樹木或破布轉變到薄而且白的紙張，像這一樣了。那些紙張在着墨的字型上面，流過了印刷機。裝釘工將那些紙張摺疊縫合了，且用紙板粗麻布或皮的書面包裝起來。不多天，這完成的書便落在世界上差不多任何部分的一個讀者的手裏了。

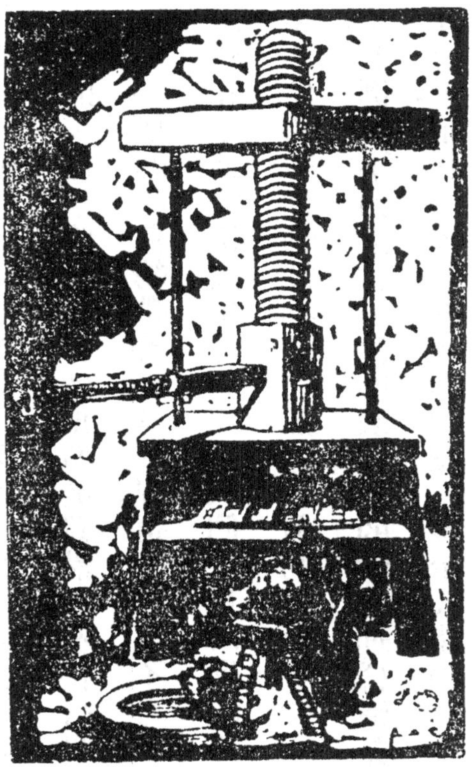

初期的印刷機

現在請跨比較地短的一步，而回到印刷也同一切別的製造術一樣是用手幹着的，那還沒有動力印刷機的時代罷。那些時候，他們做出美麗的書籍來，並不比我們今日所能做的更美麗，然而從有一點看來，卻比我們所做的大部分更爲滿意：那便是，那時候的紙常常是麻纖維質的較好的紙，而我們現今用的紙大部分是用了很強烈的酸素從木料製造出來，容易轉黃，容易碎裂的。正如一個聰明的歷史學家所說，我們今日「不在砂上卻在灰塵堆上」印刷着。新近的文獻和多數的較古的文獻的保存，是憑藉於連續的複印的。就全般而言，那近代的人們，任其絕版的東西是沒有保存的價値的，雖然有些很寶貴的東西也許喪失了罷。

一切的改良總帶着幾種弱點，這一層是不可不記取的。我們直接的祖先用了他們的手印機和手造的紙，產出那些比之我們今日所做的許多的書，物質上更經久的書籍來。然而許多不良的印刷物卻也是在蒸汽以前的時代所做的。爲了經濟的緣由，那字型往往是非常的小，照例並不如近代方法所製的小的字型那樣淸楚明確。在發明動力印刷機以前，書籍比今日稀少，而且比較上更爲昂貴。沒有多少人能夠自己置備書籍，因了這事實，更沒有多少人知道怎樣地讀書。

時間上追溯上去，我們其次的時代是較悠長的時代，雖然對於人間歷史的全部而言，這也是短促的。我們來到印刷機以前的時代了。我們進了德國馬因斯城約漢·古登培爾的小鋪子裏來靜觀一下罷。那麼，我們當着印刷術的創始者的前面了。那一年是紀元前一四五〇年光景。古登培爾對於藝術的貢獻似乎是鑄活字的方法的發見，那些活字可以一排排地排列起來而形成行和頁的。我們不知道他用那一種印刷機使活字和紙相衝擊。我們又不知道

古登培爾

他所印的究是什麼書籍，因爲博物館裏沒有一種書是署着他的名字的。那存着印本的拉丁文的聖經據稱是他的東西；即使這是他的伙伴和繼承者所完成，他也許是在這上面動過手的罷。世界上凡有印刷家和讀者可以致敬於創始者古登培爾而忽視關於他的隱晦的傳記的許多論爭的。正如有功於全世界的有些別的發明家一樣，他一生負着重債。他的債主拿了他的工具和字型去，古登培爾便以窮困死了。話雖如此，那債主將古登培爾的傢伙利用起來，這可是無疑的。不到半

個世紀，印刷術就從意大利到荷蘭而傳布於歐羅巴了。

我們因爲所見的古代和近代的書籍，大部分是印的，所以將文學當作一種印的東西想着。然而古登培爾以前的文學的故事，却至少也長到十倍於從最初的印刷機以來這部分的故事。

如果我們繼續回溯過去的旅程，我們便來到在歐羅巴還只有些許的紙或沒有紙的時候了。紙是中國人所發明的。亞拉伯人從中國人學到造紙術，便教給在西方諸國的他們的基督教底兄弟們。這麽說來，我們有了這必需的物質——這是幾乎一切近代的寫記及印刷的交通利器——是蒙恩於人種的兩大枝的，他們的文化和語言，不是歐羅巴底卻是亞細亞底。到了十四世紀，在全歐羅巴，紙是普通地用着了。然而那時紙並不豐富，因爲製造的方法是緩慢而費力的。人們沒有像我們現今似的，將紙浪費着或者拋棄在街道上。而且紳士們和學者們不但爲了風雅，還爲了經濟的緣由，（用了 goose-quill pens 鵝毛筆——pen 的意義就是「羽毛」）練成一種很精巧的字體，在小小的地位上明晰地寫許多的字。

在紙還未經一般地用着的時候，書籍和信和文件寫在羊皮紙（parchment）或犢皮紙（vellum）——即特別製備的柔皮——的上面。柔皮是比較地經久的物料，在博物館裏現今還保存着至少三千年的皮卷。猶太人在柔皮上寫了他們的神聖的書籍，連舊約在內，便在今日我們在猶太人會堂裏也還見到獸皮的卷或卷軸。我們爲了想要長久保存的有些文字，也還用着「羊皮紙」常見的例就是學院的文憑，這是常稱爲"sheepskin"（羊皮）的。小綿羊，小山羊和犢牛以他們的肉營養我們的身體，又將他們的毛皮給我們做着鞋和大衣，然而這些獸類的主要的供用卻在他們負着我們最珍貴的重荷，即數千年的文獻。我們在牛肉莊叫買"veal"（小牛肉）的時候，恐怕並不想到那記錄着古籍的"vellum"（犢皮紙）是從解作小牛的同一法文字發生的罷。文學的故事本質上是多數的字的故事；這麼說來，我們停着來解釋一個字的意義，我們實在並非將我們的故事停着，卻在進行着。我有許久時候，想到"parchment"（羊皮紙）和 parch（烘乾）這一字略有關係，因爲那皮是在烈日裏曬乾鞘製的。這是我們直至看清了事實爲止不免要下的一種推定，經過了這一種推定，我們便發見事實是比之我們的無知的推測更加有味了。羊皮紙是從小亞細亞一個城邑拍加曼來的，那地方在基督教紀元前二百年光景，製造着品質精良的當作寫字的物料的獸皮。據傳說，拍加曼的國王建造了一所大圖書館，這是世界的奇蹟之一。他和他的書記們發見了使兩面都可以寫字這一種製柔皮的方法，這纔發生了如今日我們所知的，有着左右兩面的書或卷帙。

羊皮紙的書籍爲我們保存了希臘和拉丁文學的幾乎全部的遺跡，以及十四世紀之間基督教世界的文字的大部分。書記們將他們所見寫在容易破損的紙草（papyrus）上的那些往古的傑作鈔寫在堅韌的羊皮紙上。關於紙草的話，我們過一會子再說罷。那些書記們往往是僧侶和教士，他們在寺院裏生活而且工作。那些寺院有數世紀一直是對於修學的人們最安全的地方。書記的大部分自然是有興味於神聖的經典，——聖經及其他看作神聖的文字的。有些僧侶的書記們也祕密地愛好異教的，即非基督教的文學。他們有許多對於書，當作藝術的作品一般，感着非常的喜歡，遂在裝潢或修飾正文上費卻許多年的光陰。在我們的藝術陳列館和圖書館裏，有着他們的工作的華麗的標本，——那嵌金的大的頭字，以及彷彿昨天繪上似的光輝的顏色。

有些時候，本來是窮人的僧侶缺乏羊皮紙，缺乏新的物料。但是已經寫過的舊羊皮紙卻在寺院裏貯藏着，或者也可以在市上買到。那舊的文字可以拭去，而爲了新的文字留出頗清新的表面來。僧侶時常擦去了異教的文獻，而將那次等的羊皮紙用作基督教信仰的書籍。這等原稿稱爲 palimpsest，這字的意義就是「再刮過」的東西。有些時候，擦字沒有淨盡，學者用化學藥品注在那羊皮紙上，便能夠察出原有的文字來。他們這樣子發見了古代文學的許多篇段；那些文學，如果沒有 palimpsest 的話，是早就喪失了的。許多古代的書籍的留存或消失，大抵是偶然的事，雖然有的，例如聖書，是經了謹慎的保藏和不絕的抄寫的。在腐朽和火災和戰亂的世間，書籍的運命是極有興味的故事。搜索於古代的原稿中間的學者一旦撞見了古文學作者的失傳的作品，那時他的喜悅，試想像一下罷。這樣的發見一時代一時代地幹下來，而在有的讀者，這些發見是同發見北極一樣地震悚的。

羊皮紙或柔皮當作寫字的材料的使用，回溯到很遼遠的過去。然而，倘使你在基督教紀元的四世紀以前，住在羅馬或雅典，去買味吉爾或荷馬的詩的抄本，則交給你的便不是寫在柔皮上的卷帙，卻是一卷叫作 papyrus（紙草）的乾燥的植物的纖維。誰都知道，我們的 paper（紙）這個字是從 papyrus 發生的。紙草是產於埃及的一種韌性的水草，也許就在這種水草上，摩西被發見的罷。那莖折裂了，壓榨了，曬乾了，於是黏結爲長條而卷了起來。埃及人將這輸出到希臘羅馬和別的鄰國去，直至較堅韌的羊皮紙經一般的使用的時候爲止，幾乎一切最好的希臘和拉丁的文學是寫在這上面的。紙草的纖維，希臘名爲 biblos，因此這字也就有了寫在那東西上面的書的意義，那就是我們的書中之書叫作 bible（聖書）的緣故。

當我們說古代的埃及人是奇異的人們時候，我們最先想到的那些東西便是金字塔，司芬克思，木乃伊，以及被發掘的諸王的墳墓。然而那些似乎爲永久而造的金字塔，並不是像容易破碎的紙草卷那樣重要的對於文明的貢獻。在紙草卷裏，不但埃及人，凡有住在地中海沿岸的一切人們都寫着他們的思想。埃及人不但供給了那寫字的材料，他們似乎還是發明了那表現說的聲音的寫字方法，有直接的影響於歐羅巴的最早的人們。那方法的關鍵失傳以來，已有許多世紀了；直至最近百年間，學者們纔能夠解釋埃及的圖畫文字或hieroglyphics（「象形文字」這字的本義是「神聖的彫刻。」）古埃及的祕密怎樣闡發的故事，是文學的考古學底年錄中最羅曼底的篇章之一。一七九九年隸屬於拿坡侖軍的法國工程師，步撒在埃及發見了著名的羅綏太石，這上面有着埃及的僧侶祝諸王之一的長布告，是用三種文字刻着的，一種是象形文字；一種是埃及的通俗或普通的語言，還有一種是希臘文。因為希臘文是一種已知的語言，所以在多量的努力之後，要明瞭那並行的埃及字，便成為可能的事了。那釋字的工作是法國學者J. F. 張坡里昂所做的。在今日，埃及學家便能夠解讀木乃伊箱或方尖碑上的圖畫文字，而且已經使沈靜的司芬克思將牠不可思議的緘默打破一些了。

即使學者從未學到用自己的語言來讀埃及文，埃及的智慧也是不會完全消亡的。為什麼呢？因為這為希臘人及羅馬人等別的國民所吸收，這纔雖然成了稀薄而難辨的形式也還傳下到我們這里來。然而我們可以確知的是當亞歷山大大王在埃及建立了那成爲希臘文化的中心的因他而命名的城邑時，以及容易動情的安東尼和冷靜的凱撒戰敗了克利奧佩特剌或爲她所俘時，征服者總從被征服者學到些東西。

離埃及不遠，在地中海的東岸上是腓尼基人。他們是希伯來人的近鄰，那希伯來人和他們有過許多的紛爭。先知以西結宣告腓尼基的首都推羅的災禍，而推羅人的煊赫的財富，他也敍述着。他們是忙碌的商民，似乎不大有助於文學的開發，我們只有着希臘人所保存的，他們文字的些許殘片而已。可是城邑已經消失了的這些腓尼基人，在很重要的意義上，卻是我們曾經讀過的一切書的祖先。爲什麼呢？因爲他們發明了那代替埃及人的圖畫記號的字母文字。在這一頁上，幾乎每個字經過了若干世紀的修改與發達，而其形是叨惠於腓尼

埃及的寫字者

基人的。他們發明這字母究竟在什麼時候，我們只能推定而已。至少是距基督千年之前，那是一定的。其時，紙草的使用十分普遍了；牠那平滑的表面是便於一種容易連寫下去的字體的。富於企業心的商人的腓尼基人從埃及人買了紙草，便轉賣給希臘人和別的人們，同了紙草，他們也賣出字母去。

寫於石上

如果我們在往後的旅程上再走一步，我們便來到寫字的材料是幾乎不可移動的東西那時候，即文學的石器時代。早先的埃及人及其他國民，將他們的記錄雕刻在牆壁和柱子上。我們始終沒有完全超出這石器時代，因為我們的教堂，公共建築物，以及墓碑有着鑿出的文字，那目的就在使重要的事情，出名的人物，公民底和宗教底的思想，成為傳後的紀念。如果我們的書籍全都毀壞了，則五千年後的歷史家，還可以從我們的石造建築物，推察到關於我們這一類人們以及我們所用的語言的粗率的梗概。

同樣地，我們推察着施雕刻於遠昔的石的那些人們的生活。然而便是石也不免剝蝕，倘無不絕地翻新的書籍，語言也要全滅的。卽使石沒有毀損而刻石的人們還活着，則裏裏外外牆壁和書籍都是石造的公共圖書館也有或種的不便。諸君可就不能拿書囘家去，而在自己的火爐邊讀着了。

在西亞細亞的大帝國的巴比倫人，寫字於泥製的磚和圓筒上，這些在其可移動這一點，是石的進步。然而那時要買一册最近的通俗的書，而以一噸的磚的形將那書送來，一定也是不方便的。自然，這樣的事不曾有，因爲那時沒有風行的讀物這類東西。知道怎樣地讀和寫的，只有少數的教士和書記，而大多數的文字，又論述着宗教的問題和帝王的功績。

可以適於容易書寫，增多及寫出的思想的交換的或種輕便平滑柔順的物質，文學是有用牠的必要的。有一種強固，輕便且容易取攜的物質，在我們的故事上應得一個地位，這就是木材。古代的撒克遜人——我們英語的脊骨的骨幹是從他們遺下的——在白楊樹(beech)

造成的木板上寫字，這就是這些裝訂在一起的印的紙張所以叫作 book 的緣故。如果諸君躺在一棵白楊樹底下讀一本書，恐怕諸君不會想到那給與陰影的在頭上的活的東西的名稱，和那給與光明的在你手中的活的東西的名稱之間，有着不少的類似的罷。然而近代的德國人卻會聽到這兩個字的相似點；他是將白楊樹叫作 buche 而書叫作 buch 的。我們的祖先學到鋸木材的時候，那是赤字日(註一)，或者恐怕是黑字日罷。他們是用木板來造房屋，又來寫信件和記錄的。在這里須要記取者我們所謂祖先意思是說智底的祖先，即將信息刻在板上的北歐的人們，以及將木板當作「石版」用的埃及的學童們。

(註一) 赤字日卽曆本上記以紅字的日子。

初代的羅馬人不但在木板上，還在樹皮上寫字。他們稱書的一字 liber，原義是內層的樹皮。這字的或形便是在一切從拉丁文傳下來的近代語言裏指書的名稱。法蘭西人說 livre。意大利人和西班牙人說 libro。英語的 "library" (圖書館)是出於同一的語幹或語根的。

樹皮是根云者，並非惡劣的笑話，卻是正經的事實。語言與文學的樹，也就是知識的樹，人

埃及王美內普太像（推貝的壁畫）

生的樹，以希奇而且不可思議的模樣生長着。過去是以新的形式住在我們的中間的。這張紙從木纖維造成，因此這也就物質上關係於許多世紀以前我們的遠祖用以作他們原始的銘記的木材了。諸君安放這書的傢具是"table"（桌子）諸君用以寫雜記的紙板是"tablet"（書板）。因爲稱板的拉丁字是 tabula。在同一桌上有一本或者滿是舊照相的書叫作"album"（紀念册）罷。爲什麼叫作這樣呢？album 的意義就是「白」。古羅馬有一個可以說是國務大臣的高官，僧團長麥克什謨斯，在白色的書板上寫當年的事情。這就是我們寶貴的家族記錄，褪光的照相，和壓榨的花所以納入叫作album的書裏的緣由。

我們的人生的樹，我們的知識的樹，是一棵神異的樹，這樣地迷人，竟使人不知道怎樣來描寫牠。牠是木材所造，牠從石上生長；牠是那給我們以筆（pens）的禽鳥的窠；牠蔭蔽那給我們以柔皮的動物。而且在牠的下面，一切生物的伴侶，即人類，讀着書，想着思想。

第二章 文學的起端

太初有道——聖約翰

我想像到高得同世間最高的建築物一樣的一疊書籍，讓這一疊代表着思考而且說話的生物的人類住在這地球上的那許多世紀罷。只有頂上一兩吋厚的一冊可以代表從印刷機發明以來像我們所知的印的書。在頂端的一冊下面的三四冊可以代表一切羊皮紙和柔皮上手寫的書。在這些下面，其次的五六冊將是石和土和木材所做的。再下去，有三五吋厚的將是現世的人誰也不能讀的粗拙的符號，標記和圖畫。這高柱中其餘的部分，直到着地為止，全是空白這是因為或者那些「書籍」從未有過文字，或者那文字消隱以來已經長久了的緣故。

這麼說來，我們這想像底的柱，(一個眞正的巴別塔！)的大部分，終究不是書籍所成的。

如果那裏曾經有着什麼文學，我們也不知道牠，我們只能推定也許有罷就是了。然而在這一疊的空白部分所代表的那些時代之間，人們卻用口的語言交通着心情。人們說話先於寫，這是一個合理的推測。我們在這里不妨犯些矛盾，而說文學以前是有着一種文學的。

構成文學的一種材料，卽思想，一定是遠在這些思想寫下來以前就創造了的。我們能夠想像——沒有想像就不會有多數值得讀的文字了罷——那些圍了火坐着，而講談關於所遇到的野獸，關於和鄰近的部族的戰鬪的故事，講談關於森林和川流之神的神祕的故事，卽我們所謂「神話」的，住在洞窟裏的我們遠昔的祖先。他們唱歌，他們將他們所有的那種知慧傳給他們的孩子們，這纔造成了法律呀，部族的慣習呀，和宗教呀那些傳統，這是誰也用不着疑惑的。

這一切，我們是從雖然似乎不穩，實在也同我們築上信仰的地基一樣堅固的證據上推測出來的。首先第一，我們看去是寫的那些極早的故事和神話，並非「孩稚氣底」，卻是非常發達，而充溢了知慧的。這些不能在一天之內做成，必須經過了若干代纔長成起來。第二，在世界的鄙塞的角隅裏還住着我們以爲像古代的祖先一樣的人們，我們叫他們"savages"（野蠻人）這意義就是住在森林裏的人們。我們又叫我們自己"civilized"（文明人）這意義就是住在城市裏的人們。我們自以爲非常優越於野蠻人，我們確乎是比他們進步了一些的。但當我們最明智的學者去住在野蠻人中間的時候，他們便見到那些經了數不清的時代而留傳下來的故事和法律了。卽使那野蠻人是能夠用或種幼稚的方法寫文字的，他們的說話中的知慧也比那寫出的知慧更爲豐富。我們猜想我們的祖先是差不多同類的野蠻人，而且他們將寫字術還未發達以前的文學的根本底思想，在心裏想，嘴裏說。

雖然現存的原始人民和我們遠昔的祖先的有的神話並非孩稚氣底東西，卻是巧妙而且「成人底」的東西，可是在年青或未開化的民族，和文明的父母所生的兒童之間，卻有或種類似的地方。我們都是以口頭的文學養育起來的。我們的母親，在我們學到比 C-A-T 更長的什麼字的綴字之前，在我們能夠從印的書頁上明瞭意義之前，將歌，撫嬰歌，神仙故事以及善良行爲的規則教給我們。我們最初的語言知識同我們中間許多人一生有限的不完全的音樂知識有些相像；我們欣賞音樂隊和歌劇，也略略唱着奏着，卻沒有學到像音樂家讀樂譜一般的讀法。

口頭的言語是寫出的言語的根基。那使我們優越於別的動物的一點，就在具有言語這東西；這是人們在樹木上和洞窟的牆壁上刻劃記號以前的若干時代，就用以彼此傳授並且教給孩子們的。沒有文字的時候，知識沒有急速地纍積起來，物事非由每一新時代反覆地反覆地來學習不可。我們只消想一想，便在人們已經學到寫字術時，思想和言語也變得怎樣快，我們就可以瞭解這一層了。沒有研究，我們不能讀十二世紀的英文；假使有一個那時代的人復活了，我們一定不能懂得他的言語；雖然他的血也許在我們的血管裏，他會是從遠地來的外國人了罷。

可是口頭的言語縱使怎樣地容易變換，容易消滅，終究將我們藉以生活的基本的觀念，從這人傳到那人，從父親傳到兒子，從母親傳到嬰孩。還可以保存美的許多東西而遺留下去。于都基和坦尼司的無學的山民傳誦那些脫胎於他們的先祖從英格蘭帶過去的古代歌謠的長詩，近代的學者們曾經將這些口頭的詩句記下一部分來，而同古代的印本或寫本來比較一番。有許多的詩，雖然大大地改變了，可並沒有因爲經歷許多代的長的旅程而損壞哩。我們在現代能夠研究的這種經驗教給我們在過去也許發生過的什麽事，以及文學似的一種物事在無學的人們中間也能夠興盛的事。

不能讀和寫，在我們看來似乎是一種可怕的妨礙。然而沒有許多世紀以前，在歐羅巴的暗黑時代，有學的人們比較地稀少；在政治，戰爭，和事業上最活動的人們也有不能簽自己的名的。然而那些人並非一定無知的。他們講着聽着，這纔接觸到他們同時代的人們的思想。

將讀和寫的價值定的太高是不能的。但爲表示言語更是何等重要起見，我們暫且將生而耳聾的，或在稚年就失卻聽覺的小孩的例考慮一下罷。他從活的言語脫離，長大起來，便成一個「阿呆」，其知識不及那能聽的無學的人們。我們的大多數，在以順序的方法開始求學之前所得到的那無意識底教育，多爲耳聾的小孩所失卻。有爲聾子而設的特別的學校，做着出色的功業；他們教那些缺陷的孩子們不僅讀和寫，還有講話——實在是近世教育的最美的成績之一。然而我們現在並非寫着教育上的論文，我們所以將聾的孩子帶進我們的文學故事裏來，只在說明口的言語是最重要的罷了。

人學到了寫文字之後，還不住地講話，而且寫出的思想和講出的思想，互相發生作用。要說出在受教育的人們中間，思想的那一種形式最有貢獻於別一種，幾乎是不可能的。而怎樣及爲什麽思想這東西「飛出」在世間，從腦傳到腦，則是永不完結的問題。

就「文學」的廣義說來，我們雖然沒有多大的熟練卻都是天天寫着文學說着文學的。這意思，一個法蘭西大劇作家摩利爾在叫作中等階級的紳士的劇本裏有趣地曲解着。中等階級的紳士嘉潭先生，一個善良正直的市民，要給自己和自己的家族受教育。他的教師之一告訴他散文與詩的區別，嘉潭一學到自己一向說着散文而以前卻從未知道這一層，便出驚

我們一學到一生中將散文和詩都說着，也許要出驚的罷。如果我們不單是當作這個那個的個人而當作人類來想一想自己，這是眞實的。人類在其寫文學底散文以前，大抵作着，朗

讀着，記憶着而且寫着詩。詩是感情的言語，而散文是理性的言語。人們在理性底地思索以前，是強烈地感覺的。最初的作者或著者是牧師。他們給形於戰歌，英雄的與宗教信仰的故事。他們想要使國民記住，而我們是大家覺得記憶詩比記憶散文更容易的。詩黏住在頭腦裏，至於散文則似乎一隻耳朵走進，別隻耳朵就走出了。在這里，我們又能夠見到個人的幼年時代和文學的幼年時代之間的關係；大多數的孩子們在對於音韻的感應，以及他們的成句上，是詩底的。

我們的母親教我們歌曲

我們於是能夠說，在人間的歷史和個人的心中，文學是以詩開始的。最聰明的詩人保存着孩子的幻景似的一種東西；他雖然也許想着孩子所不能了解的無數的事情罷，總之是密接生之本原的意義的初學者。這就是數世紀前所寫的有的詩篇所以和近世最偉大的詩人們所寫的任何詩篇是一樣美的緣故。往昔的詩人朗吟他的詩，與其說是訴於聽者的眼，毋寧說是訴於聽者的耳的。對於近世的詩，如果要充分地加以欣賞，也必須聽着纔行。例如莎士比亞的戲曲與其說是爲在書上供研究，毋寧說是爲在劇場裏供口唱而作的。文學底散文也以演說和朗讀開始。人們聽先於讀，而說話先於寫。寫的言語只是說話的延長罷了。「太初有道。」在聖約翰的福音書的冒頭的這句子，是切合於一切的創造的。我們可以將這應用於思想者，說話者，又是寫者的人類哩。

第三章 神祕的東方

頤「東」與「西」一息之隙也沒有地融合其朦朧的光像生死之境一般攪之而成無涯的晝罷。——丁尼生

人類的五分之三以上，差不多三分之二住在亞細亞。往昔時候，這和歐羅巴相比較的比例數甚至比現在還大。我們有着任何記錄的那些最古的死的文明是在亞細亞，而那些至今還有連續的生命的最古的文明，也確乎是在五大陸中最大的大陸。回溯到如亞美利加的哲學家杜雷君戲劇底地所云，我們的祖先還在森林裏互投石斧的時代，中國人就能讀他的祖先們的知慧了。

不消說，那些可尊敬的國民是將許多的物事教給我們的。然而古代亞細亞的諸民族中，只有那些住在該大陸的西部的人們，在我們的思想上纔有許多的影響。那將舊約全書給與我們的猶太人，非常接近歐羅巴，竟至他們本身幾乎可說是歐羅巴人了。單就智底問題而言，

住在亞細亞的東方及南方部分的民族，直至最近，還彷彿他們住在別一星球似地遙遠。十八世紀之前，旅行者和商人將契丹或中國以及印度的奇異故事帶回到歐羅巴去。然而他們對於織物和香料的興味，卻過於文學思想。遲至十九世紀的中葉，日本在西方的眼光裏，也還是一本沒有開卷的書。

遠東的古書還沒有給我們開卷，是為了我們不能讀他，而翻譯的事業還剛纔開始這一個單純的理由。較之為借思想而派遣學者，我們倒在為掠都市而派遣兵隊上顯示更大的興味。雖然如此，我們對於自身卻也不必看的過於苛刻。有同情心的宣教師們已經表示他們是能夠教又能夠學的。那些帶了治異教徒的使命以及可負「白人的重荷」的資格的人們也隨身置備着雜記本和辭書了。東方的亞細亞人已經派遣了政治上，宗教上以及文學上學識豐富的使者們到我們這裏來，那些人是精通我們的言語，而對我們說明其本國的人們的幾乎凡是歐羅巴和亞美利加的大學，都有了東方言語的教授。在最近，我們的詩人及文學者為求感興而赴亞細亞，又以翻譯和抄襲使我們的文學豐富，是已經成為風氣的了。

可是在本書中，我們必須犯着荒謬的不勻稱這個罪過，而只將短短的一章述到那較之我們的文學更古，恐怕又更高明的四五國民的文學。這種不勻稱，在或一程度，可以用全然的無知來辯解；而在或一程度，又可以用那不啻是我們的血之血，骨之骨的文學的廣大來解作正當。西方的思想的發展非常迅速，竟使我們沒有顧到無限年代的東方的時間了。我們對於中部南部及東部亞細亞，將只作一回飛掠的訪問。我們將以坦白的無知與恭虔的好奇心這種精神來作這回的訪問。這纔我們不致違反『知之爲知之，不知爲不知，是爲知』這一句古中國的諺語了。

這諺語是在基督之前約五百年的中國聖人孔子的許多格言之一。孔子有數點是和耶穌相似的。他是行於庶民中間而講話的先師。他宣說『己所不欲，勿施於人』這消極形式的金律。在他愛中庸，及信仰靜默的自省力這兩點，他是和蘇格拉底及其他希臘哲學者相似的。他是實行着自己所教的謙遜，而爲自己只求微少的酬報的謙遜的人。後來，他的弟子及信奉者頌揚他，並且作爲神明似地祀奉他。那些人們就是和他的名氏相關聯的許多智慧的書籍的作者，那些書籍自然也以他的思想為基礎的。

孔子的主要的事業除卻他那賢明温順的人格之感化以外，還有古代中國文學的蒐集與保存。這些文學包括着傳說底的歷史，詩，與道德底教訓。孔子的倫理底教訓是很實際底，而對於那教着調和無窮的自然之「道」的老子的神祕主義，又是常識的補充。這兩個聖人和他們的弟子們，卽孟子（孔子的信奉者）莊子（老子的解釋者）共同支配了若干世紀間的中國的學問，至今還賦與生命於數百萬人的共有的思想。除了孔子的斷片底格言之外，廣大的中國文學很少傳入於西方的語言裏。然而最近，對於中國抒情詩人的熱誠卻增加起來了。那些詩人中，最偉大者是李白。他是我們的紀元的八世紀頃的人；用西方的言辭來形容他，則他似乎是兼弗朗沙・微隆，莪默・卡耶謨和海涅於一身的愉快而放逸的異教徒。下面的一段，是從小幡重義的李白作品的翻譯摘出來的：

A lovely woman rolls np
The delicate bamboo blind,

She sits deep within,
Twitching her moth eyebrows.
Who may it be
That grieves her heart?
On her face one sees
Only the wet traces of tears.

（怨情）

美人捲珠簾　深坐顰蛾眉
但見淚痕溼　不知心恨誰

這斷片不過微示一點李白的慈愛和風格罷了。有興味的讀者可以一讀小幡的翻譯集，以及有着亞搭爾·發雷的註釋的叫作寺〻的一小卷精美的翻譯集。中國的繪畫和彫刻，凡訪過博物館，或者甚至向賣東洋工藝品的店鋪的窗裏看望過的人至少總知道一點。在西方的

雷神

眼與中國貨花瓶的美之間，雖然也許有着其他的障害罷，但言語的障害是沒有的。專門家告訴我們中國的詩人，在一種藝術能夠類似別的藝術的限度內，精神上是很接近於那些美的彫刻的象牙，磁器以及刺繡的綢緞的。文學只是廣隔的人們藉以傳達他們的幻象的那些媒介物之一罷了。

那在最近，較之中國更接近於西方的世界的日本的精神，如果我們能夠裝作知道她的話，則幾乎全是從顯然別於文學的美術裏，我們纔知道的。

不可思議的版畫陶器和屏風輸入到歐羅巴和亞美利加來，幾乎過於豐富了，竟顯得日本藝術家的淸廉心是不能排斥商業主義的誘惑的。然而日本的詩卻沒有腐化，對於牠的西方的市場是沒有而牠的大部分乃是作於長遠以前的。近代歐羅巴從希臘和羅馬獲得其根本底思想；日本人依了有些相同的途徑，從中國借了他們的古典文學。然而日本的抒情詩卻是獨創底，自發底。日本詩的黃金時代在八世紀，人麿和赤人便是兩個主要的詩人。日本的抒情詩是短而且暗示底，然而對於日本人以及歐羅巴的日本文學研究者的牠的迷力，卻是我們必須在信念上承認的事實，因爲我所見過的那些英文的翻譯，其較勝於極平凡的東西者非常少。這一定是翻譯者的過失。關於這一點——這不但在我們對於日本詩的知識上是重要，而且在東洋人與西洋人之間文學底交通這個全問題上也是重要的——我們當然可以來引用小泉八雲的話，他是將日本的生活介紹到英語裏的最雄辯最有同情的人。「日本的詩，」他說，「在我看來，似乎恰是用字寫成的日本的彩色畫——只是這樣罷了。話雖如此，曾經存在着的情感怎樣地因了美妙的板畫或簡單的小詩而忽然重現於心和記憶裏呵。」後來，他

日本面具

將這些引起問題的文句寫給一個日本弟子：「海涅呀，莎士比亞呀，加爾德倫呀，佩脫拉克呀，和菲玆呀，薩第呀所作的偉大的詩，便在譯成別一言語的散文時，也依然是偉大的詩。這是以一切的國語觸著情緒和空想的。然而那不能翻譯的詩在世界文學中卻沒有什麼價值，甚至還算不得眞正的詩。」在我們，可以從小泉八雲的書裏窺見日本的最光輝的姿相。那些書是用優美的手腕寫的，其主要者就是骨董，日本雜記以及日本的神仙故事。在小泉八雲的日本抒情詩的翻譯集中，也有着優美的東西。

日本已經成爲表面上一半歐羅巴化的近代的國民了。較之那雖然爲歐羅巴的大砲和機械所屈服，卻也惰性底地排斥歐羅巴思想的印度，她似乎離我們遠得差一點。印度人是稱爲雅利安人或印度歐羅巴人的；這人類的大區分的一枝族，也就是我們的第一從兄弟。他們在三十世紀或更以上之前到達高度的文明；他們的宗教哲學比希臘人更古得多，而且有多量的貢獻於希臘人的思辨。遠在加黎利的岸邊聞得柔和的聲音之前，印度的說教師就講說着人類的同胞性和神的父性了。

印度的人們不曾見到他們的西方的同胞很親愛，而且他們中間以世襲階級或性階這一種嚴格的非民主底制度劃分開來：這實在是歷史的冷嘲之一。然而在使世界改信普世的同胞性的事上，或在自己的生活裏實現他們的聖人的最高理想的事上，印度人的失敗，也只是使一切高貴的夢想，使連直至今日的基督教在內的一切宗教失敗的這一種失敗罷了。然而那思想，那觀念，即使沒有實際地通行着，也仍然存在。這就是文學之所以爲思想的記錄，不管人生怎樣地無視牠，人們怎樣地拒絕受容牠。印度人是從極早的時候，就非常擅長於自己的思想的表現的，而且他們的文字一向當心地保存着，比起有延長到這麼久遠的時期的記錄的別的任何種族的文學來，蒙着較少的變化和喪失。印度人的思想循了兩途徑，到達我們這裏；一是古代的，一是近代的。古代的影響經過了希臘人，而隱約地間接地傳入於我們的思想系統。早期的希臘哲學家，特別是畢達哥拉斯從印度的哲學者學到智慧是精神的靜觀，學到在物質底物後面有本質即觀念。這就是柏拉圖的哲學的基礎。柏拉圖的哲學流貫於一切近代的哲學，而且不論我們有否對於其起源的意識，總之是在我們的靈魂裏的。有一句印度的諺語道，「精神寄寓在一切人們中，然而人們不是誰都明瞭這一層的。」

印度思想傳到西方世界的文學裏來的別一途徑是經過近代的學問的。當歐羅巴軍隊征服印度的期間，藝術的研究者和愛好者翻譯印度的文學；他們的工作是又由那些熱心於介紹本國到歐羅巴的，在英吉利的大學受教育的印度學者的工作所補充的。這纔印度現在是對於西方的眼的一本差不多翻開的書了。然而這是一本製造了數千年的浩大的書，我們中間沒有許多人能夠在其中讀的透些。布賴安·布拉文所編纂的一小卷叫作印度人的智慧的選本是供給動人的概觀的。這包含着從印度宗教思想的最古的東西里克吠陀（詩的智慧）選出的格言和讚歌，數百萬的印度人是以里克吠陀支配他們自己的生活的。而且對於無信仰的西方人，這也有着多量的美與善的意味。尤有趣味者是印度二大敍事詩馬哈巴拉泰，拉馬耶那的韻文的章句，這充溢着羅曼底色采與英勇的冒險。印度主要的劇詩人伽利達撒的傑作沙貢泰拉的翻譯本在通俗的一般人叢書中發行着，這是表示一般人對於梵語文學（梵語是印度人加於他們古代的文學上的言語的名稱）逐漸增大的興味的。亞搭爾·賴德爾的翻譯是典雅而且詩底的，我們於此可以懂得哥德所以激賞這戲曲的緣故。

一切印度的思想家中，最有力者是佛教的創設者釋迦牟尼。他是基督以前約五百年的人，最初在印度，（這地方佛教後來衰頹了）隨後在東部和中央亞細亞的他的信奉者的人數超過於別的宗教上的先師的信奉者。他不是文人乃是一個說教者。他之屬於我們的記錄，只是因爲他的主義滲入了亞細亞底思想，而且他及和他關聯的思想是巨大的文學的主題罷了。英語的讀者在愛底溫·亞諾爾特的曾經非常流行的詩亞細亞的光裏，可以見到那以或種魔力抒寫的釋迦的生涯和信仰。爲西方的學者所感到的那種佛教的精神，很美地描出在小泉八雲的釋迦的田野裏的落穗裏。

原本佛教文學的翻譯在叫作東方的諸聖典的英語的集本上可以見到。西方諸國民中間，對於佛教的興味向來是限於叔本華似的哲學者和學者的。在一般人的思想上這從未給與多多的印象，因爲基督教在西方已經佔了勝利，而基督教的東洋底要素有儘西方人所能同化的那麼多的緣故。恐怕是我們的損失罷，佛教是於我們太東洋底的了。佛教所教的是：一切苦痛的原因是欲望，所以避免苦痛的方法就在屏除一切的欲望；又生之終是涅槃即忘卻。這本質上是從生的脫退，和較活動的歐羅巴底理智是不調和的；而且除非像或者會有的事，我們的文明在慘澹的失敗裏衰退了，這在我們的思索方法是不能受容的。這意思並不是說這是柔怯的哲學。這倒也訴於勇敢的人們，像厭世主義者叔本華，與清朗的樂天主義者愛默孫這樣不相像的人們。然而便是他們的文學底力，也不能將佛教的使命深深地傳到歐羅巴底思想裏。

基督教世界對於別一偉大的亞細亞的宗教，即謨罕默德教，是同樣地難以貫通的。歐羅巴的諸國民與那預言者的信奉者，委實是因了並非全然宗教底的那些理由，不絕地有着戰事。至今這紛爭還沒有終止。在我們的紀元的七世紀開頭，謨罕默德和他的繼承者領導下的阿拉伯人在亞細亞和亞非利加用劍和舌克復改宗者，佔了掃蕩似的勝利。今日信仰的分子有着二億萬以上。謨罕默德教的聖書叫作可蘭經，是謨罕默德斷片底地所啓示的他的教的彙編。因爲凡謨罕默德教徒必須研究這書，所以可蘭經是世界上被讀最廣的書。這部書有勞特惠爾的英譯本，大約是比喀萊爾覺得非常支離滅裂的那種初期的譯本更爲優良的。喀萊爾在英雄與英雄崇拜中那篇論謨罕默德的雄辯的論文，是對於謨罕默德之偉大的正當的或正當以上的議論。而且這論文因其顯示着喀萊爾的廣博的同情及其從地方底偏見的解放，是對於英吉利文學的讀者，有深厚的興味的。他覺得可蘭是令人厭倦的混亂的雜合物，除了義務觀念以外，沒有

謨罕默德

什麼是能夠使歐羅巴人讀透這書的了，然而這也是充溢着生命與忠實的。「在我看來，在一切意味上，」喀萊爾說，「誠實就是可蘭的價值了。」我們不大熱心於讀我們自己的聖經者，費許多的時間而讀可蘭，是也可不必的。然而這在十二世紀之間一向指導數百萬人的生活的書，在關於世界的書籍的故事中，實在是重要的文書。

從文學底及美學底見地，（這在眞正的謨罕默德教徒將以爲是顚倒的價值觀罷）我們願爲了一千一夜即天方夜譚這壯麗的故事集的五六篇故事而拋棄全部的可蘭。這些故事在十八世紀的初葉，是以法文譯本受知於歐羅巴的。不多時便從這國傳布到別國，而普及起來了。

亞拉定及其燈的故事，水手辛伯的故事，亞列巴巴和四十個賊的故事，同韓思·克列思先·安徒生的故事一樣，是歐羅巴一切年齡的孩子們都所熟悉的。又報達的善良的喀立甫不論他在歷史上怎樣，總之是故事上偉大的帝王之一。不消說，那些充滿了神話與魔術的故事是有最廣博的興味的。然而此外還有多種多樣別的性質的故事，並不全合於近代的趣味，卻也以巧妙的無技巧的趣味說出的那些古代的故事家，較之對於人物，倒是對於法螺話和冒險譚，爲了那故事的本身的緣故而有着興味；但在饒舌的剃頭匠愛爾·薩美忒中，倒也創造了對於小說上任何喜劇底人物的型，能夠保持特性的有趣的人物。天方夜譚在西方的讀者看來（阿拉伯文學的研究者說是這樣的）似乎就是東洋的，卽許多故事所自採取的波斯埃及印度等國的世俗生活的概要了。

在木爾加布的希羅墓上所刻的波斯浮彫

將最廣最有勁的印象給與西方的東洋底詩是波斯的詩。這是理所當然的，因爲波斯的詩的卓越爲東部亞細亞的其他諸國民卽阿拉伯人和土耳其人所承認，而牠的美向來是訴於既是藝術家又是學者的歐羅巴的翻譯者的，於英語的讀者，波斯詩中或者也就是一切東洋底詩中，最出名者是我默·卡耶謨的魯拜集。愛特華特·菲次澤剌德的譯本是英吉利的古典；關於此，我們留待說到十九世紀的英吉利詩人時再說罷。波斯的大敍事詩人當推弗爾杜撒。他是十世紀的人，寫了諸王之書。這是從極早的時代起的波斯的歷史，是非常冗長的巨著，據說具有極美的許多插話和篇段（似乎還沒有容易讀的英譯）。在世界的英雄詩中間，這有着一個特徵。除了葡萄牙詩人喀摩英的琉息阿德這是在作者生前就成爲公認的國民底敍事詩的唯一的詩了。馬太·亞諾爾特的一篇富於較之情感底興味，寧說智底興味的蘇洛布和魯斯忒謨是以非從翻譯而從原本的諸王之書的一段插話爲主材的。敍事詩的價值在於牠表現一種族或一國民的傳統。這並無成爲狹隘的國民性底東西的必要，卻須具有使其在國內成爲偉大，又使其超越了空間和時間的境界而流傳開去的那些普遍的要素。除了全然英語化而且變了姿態的莪默以外，還有薩第和和菲茲這兩個於我們不僅知名而已的波斯抒情詩人，薩第的最著名的著作，那都有英語本的果樹園和玫瑰園是並不深奧到沉悶，卻銳利到儘夠在翻譯裏發光的哲學底及道德底論議和格言。愛底溫·亞諾爾特的一部分的玫瑰園的翻譯，因了亞諾爾特的文學底名聲，頗有力

舊洋燈換新洋燈的交易（天方夜譚）

於使英語的譯者知道薩第。

律法的書

和菲茲較之他的岳父薩第，差些道德底，而有着愛酒，女人，歌以及自然的我默的精神更多，甚至還過於我默。我默的運命論有些哀感和悲觀，而和菲茲則至少有些時候是感着生的喜悅的，

在這一章結束，讓我來申說一句罷。對於至少在過去的三十世紀之間，一向是高尙的文明底制度的中國這樣

的文學，只有三分鐘的一瞥，這實在是對於時代精神的荒謬的違反。赫伯特·齋爾茲教授在他那中國文學史裏，使我們推測底地回顧到約距基督五百五十年前誕生的孔子以前的許多世紀。可是那些古代人的文書，不論怎樣的明哲優美，在歐羅巴的思想上，總幾乎沒有給與什麼印象。誠然，直至近世的學者起首研究和翻譯的時候為止，那些文書在歐羅巴一直沒有人知道。中國人的心裏，不消說，有着不少和我們共通東西。我們對於這沒有弄的更明白，大約是犯了大大的錯誤了。北京的人們是對於我們的無知，能夠寬容地付之微笑的，而且會將齋爾茲教授用以結束他的書的「沒有錯誤，不會有眞理，這種東西」這諺語來重說一遍也說不定罷。

第四章 猶太文學

理解聖書的言語是流體底，可動底，文學底，不是固體底，固定底，科學底：這是趨於聖書的正確的理解的第一步。——亞諾爾特

將聖書看作文學，像我們讀着玩味着別的什麼書或書的總集似地，為了牠的美呀，詩呀，智慧呀，故事底興味呀，——那一切在最廣的意義上是可以稱為文學的，——來讀，來玩味，這麽辦，讓我們首先表以同意罷。聖書是否神的言辭，牠是否從頭到尾在並不應用於世界上別的什麼書的「靈感」這字的意味上附着靈感的，我們的道德底義務是否在於將牠作為完全的眞理而眞理以外沒有什麼似的讀着領受着；這些都是我們能夠留給神學者以及各種猶太教基督教教會的人們的問題。這里，我們的興味在文學不在宗教。

然而，於此有一個純粹宗教底的考慮，一個誰也不能否定的而明智的人誰也不想否定

的事實。就是使聖書爲許多世紀以來，不知幾百萬的人們所讀所聽者，是超乎牠那別的一切可能的價值的聖書的宗教底價值；是宗教底人們的心裏對於聖書的特別的愛，以及宗教底教師們對於聖書的敬虔的研究。較之純粹的文學底興味，倒是宗教底動機，宣教底精神說明着譯成許多語言的聖書的廣大的分配，以及專心於聖書的多種研究的。我們的祖先，有許多是完全沒有什麼文學觀念的。如果不是靠了那些祖先的敬虔的熱誠，則聖書一定同印度的聖典一樣，成爲和我們無緣的，只有學者纔知道的書了罷。聖書的成句所以成爲我們日常語言的一部分，而聖書的主要的故事，比喻和寓言所以幾乎世界底地被理解，這是根本上由於我們無論容受或不容受的宗教與信仰的。通常的有識的人們須得一查百科全書纔明白一個政治家講到 Armageddon（大動亂）時候那意義是什麼者是很少的；而極無知的無信仰者在日常的談話裏會引用或誤用箴言而毫不知道那些字句出於什麼地方的。

我們的思想和我們的語言多是用聖書貫穿了的；那理由是歷史上宗教上的問題，不是文學上的問題。對於聖書的宗教底興味至今還流行着。雖然在往昔時候，聖書比在今日更忠實地爲人們所讀，而美國聖書公會的記錄却表示着每年印出的聖書有數十萬部。在亞美利加的我們從隨便的觀察，也知道幾乎每一人家，每一旅館的房間裏，聖書總是有一部的。

這麼說來，我們不得不認定聖書的動力是宗教底的了。沒有那種力，則聖書的大部分不會寫出來，而我們的大部分不會聽到聖書的名了罷。然而，無視了一切神學上的辯論，將聖書着重在凡講英語的人們的智底傳統這一點，在聖書中看出種種的論爭所不能擾亂，而如頗普說到婦人的胸上的十字架，

這是猶太人可以接吻而異教徒所景慕的

似的壯麗的榮光，這在我們是正當的。

我們也許沒有像每天讀一章的我們有的祖先們一樣，用心記住了聖書罷。然而，將聖書看作凡受教育的人們的必要的教養之一部分，像研究希羅多德和吉本一般來研究聖書的歷史底部分，像玩味莎士比亞或哥德一般來玩味聖書中的詩篇，這在學者和文學的愛好者中間，卻是當然的事。這個態度於文學和歷史是有利益的；而於最廣的意義上的宗教，也不至

於有什麼損失。單是爲了宗派的衝突，至於聖書被拿到加里福尼這樣大州的法廷裏去而在公立學校禁止使用這一回事，爲人生一切高尙的興味計，我以爲委實是不幸。凡在大體上不懂得聖書者，凡在演說或文學中遇到聖書中極簡單的事實而不能夠明白者，他們對於自己種族的精神生活，一定是或一程度的生客；而在自國人的文學中，也要盲目於最美的許多頁的。

舊約全書是希伯來文學和猶太教的根柢。這又是基督教的基礎，所以在基督教諸國的文學中，這是中心的書或全書。在人類思想的全部歷史中，再沒有像這一樣的別的書了。諸國民和諸種族從他們隣邦人這里，採取了宗教，因此就採取了文學。例如，發生於印度的佛教，較之其起原的地方，倒在中國和印度以東的別的諸國繁榮起來；而希臘羅馬和北部歐羅巴的一切舊宗教，則都屈服於基督教了。然而舊約全書，卻有做着後來互相分歧的兩宗教的根和幹，這一個無可比類的特徵。猶太人和基督教徒，對於共同的源，抱着共同的尊敬，而在舊約全書的末一語，竟分了手，成爲互相反對的了。人類思想的歷史，想起來，確乎是可驚的有興味的事哩。

在這里，我們且就基督教徒播了他的新約全書走這條路，而猶太人走那條路之後的猶太文學，來作一番簡短的自然不充分的陳述罷。像基督教聖書的第二部分和補充的東西是新約全書似的，猶太教聖書的第三部分和補充的東西就是塔爾摩特。這是律法和各代的教法師所作對於那些律法的解釋的集錄。這是以被稱為囘溯到摩西為止的口碑作基礎的；直至今日還被正統的猶太人看作神聖。歐羅巴的猶太人為維持其宗教底，種族底安寧計，從事於對異邦人的不斷的鬪爭這事實，使猶太人執着於其傳統底律法，而用多數的學者來作這些律法的研究。因為塔爾摩特是支配一個繁盛種族的無數人們的生活，體現其最優秀的思想家們的智慧的，所以這是世界偉大的書籍之一。然而因了猶太人的智識底孤立，塔爾摩特對於周圍的文學，差不多沒有什麼影響。恐怕只有極少數的讀者曾經讀過這書的罷。塔爾摩特的英譯本共有二十卷，而關於牠的書籍可以成為浩大的文庫。其中的諺語有些已經流散到異邦人的文學裏，而在描寫猶太人物的小說裏也時常遇到出於這書的引語。

舊約全書包括三十九書，如果我們不管撒母耳記，列王紀和歷代志的區分，則三十六書。究竟爲什麼被稱爲舊約全書的「正經」的以上諸書是公認的，而其他的書則作爲非權威底，而編入「亞經」呢，這是在神學者和歷史家可討研的問題。從我們文學底見地看來，猶滴的故事和傳道書的精巧的智慧，不論這兩書是否編入於正式的聖書，總之一樣地有着深厚的興味的。

舊約全書中被公認的書分爲三羣：即律法的書，先知的書，和包含了路得記和約伯記這樣性質不同的書的聖典的雜集。這種分類是依照着題材而分的；除了律法的書，即摩西五書是最初的五書以外，並非恰合於諸書所表現的順序的。例如，路得記是在士師記之次，而雅歌則在以賽亞書之前，又諸書依之而印的順序也不和昔時諸書依之而寫的或種順序相一致——這是學者們意見各殊的一個複雜的問題。這順序和類集的問題對於普通的讀者恐怕不是第一重要的問題罷。普通的讀者正當地可以將每一書分別地來看，像他之於莎士比亞的戲曲和迭更司的小說一樣，而且這樣，就聖書而言，更爲正當，因爲聖書是許多作家的作品，一個人造底單位的緣故。

較實際底的問題，是聖書的物理底形狀。這往往不是印成大至於取攜不便的一冊，便印成小至於那活字很難閱讀的一本。這問題，牛津大學出版部發行的一種印度紙的美麗的版本幾乎完全加以解決了。埃伊萊及思波的思符特社的裝成四卷的版本是於手於眼都愉快的。理查·莫爾頓教授將他所著的近代讀者的聖書分爲二十一卷，也是裝成完全的一冊而發行的。他將往往給與莊重的聖書底散文以支離滅裂的影響的數字的分節取消了，而將文句集成多少合論理的節段。他的配置，對於舊式的讀者自然是奇怪而無趣味的，然而這確乎便於流暢的連續的閱讀。

不論聖書配列的順序有着怎樣的歷史底理由，我們該依了這順序而讀聖書的理由可是沒有的。這些書並非全都有着相等的趣味的。不使沈悶的系譜和頗乾燥無味的僧侶的律法來妨害我們，直截跳進壯麗的故事和詩篇裏去，是佳妙的事。雖然每一頁於虔信者都是寶貴的，但許多的讀者卻可以見到：在或種插話，劇，傳記，抒情底及豫言底詩篇裏，那靈感不論其起原怎樣，總之是到達最高點的；而別一方面，在人間的歷史最重要的問題，以及關於人間本身的宗教底說明則是不明瞭，沈悶，而且難解的。

該隱

這不明瞭往往由於簡潔。很多的事情壓榨在這些書裏，而從事諸書的許多書史怎麼克制了來作更詳審的擴充和推敲這一種誘惑，還未經人說明出來。也許他們知道不說出底細來的暗示底提綱的價値罷，也許他們互相妒嫉，而拒絕插入別人的文句去罷。

在短短的篇幅裏，所說到者許多，所含蓄者許多的一個可驚的實例，是創世記的最初四章；亞當在推定上是死於第五章的第四節裏的，而在其前的數頁中，我們見到創世呀，伊甸園呀，亞當和夏娃呀，該隱和亞伯呀全部的故事。而且比短的近世小說還短的創世記的其餘部分還包含着挪亞和亞伯拉罕呀，以撒和雅各呀，約瑟和他的兄弟呀，以及此外許多人的生涯。不但作爲宗教底熱狂者，還作爲藝術作品的過去的巨匠而講話的託爾斯泰嘗云，約瑟的故事是完全的故事。其一種理由在於約瑟是活的人物，血和肉所構成的冒險的人，而他的祖先們回溯到亞當爲止則見得愈上去，愈變爲神話底而且陰暗也說不定罷。這以後，能夠增加許多興味於約瑟的故事的想像，有沒有還是疑問，而這故事本身就是文學底完成的標準。後代的詩人，例如密爾頓能夠使關於創造以及人的墮落的不明瞭的故事豐富起來，這並非因爲那故事對於其目的還不完全，卻因爲那故事是暗示而且誘起無限多樣的詩底解釋的。

舊約全書的第二書出埃及記是摩西的傳記的第一部分，或者據古時的傳說，則他的自敍傳。這體現以色列民族的歷史的傳記在利末記，民數記，申命記裏繼續着，以至摩西五書的結末。這是偉大的指導者之下民族的移住和再興的雄大的敍事詩底故事。摩西是被造成，或者自己造成猶太律法的把持者的。這些律法有的只有一種部族底地方底的興味。只有極少數的幾種，像是十誡，是被編入於近世人們的信仰與習慣裏的。然而便是小而廢滅的律法，讀和理解也不難，而且通體有着那些放光於甚至舊約全書的極暗黑的數頁的可驚的詩底語句的閃光。關於聖書的詩，我們過一會兒，就要說到了。

本書的範圍不許我們將聖書中的各書甚至浮面地依次來考察一番。我們的目的又是遠離學者底說明和所謂高等批評的。然而我們卻可以用一種簡略的註解使我們想起聖書中有些卓越的書和卓越的章節。

摩西的後繼者約書亞是以三種奇蹟而著名的。他率領了以色列的百姓沒有溼了足地

西　　摩

渡過約但河；他用了喇叭或呼喊的聲音佔領耶利哥城；而且他使得日月停止。約書亞記本身是一篇敍事詩，是用神話和宗教編成的一個英雄的偉績和一個民族的歷史。這還至少含有一個小小的羅曼斯，可以作爲小說家和劇作家的材料的。這就是喇合的故事。她是將本城的祕密洩漏給約書亞知道，而當她的同鄉們死於劍下的時候，得了赦宥的。約書亞者原是冷酷的將軍，克倫威爾及其他許多敬虔的殺人者的前驅。

約書亞的征服沒有像亞歷山大的那麽範圍的廣大，然而這些征服對於猶太人的歷史的關係，卻有些和亞歷山大的征服之於希臘人的歷史的相同。所不同者，關於亞歷山大的事實是儼然確立的，而歸功於約書亞的以色列民族的有些勝利，則似乎在他和他的祖先們長眠之後纔成就的。然而這是歷史家的問題，對於這問題的解答並不絲毫影響到這強勁的故事的文學價值。無論是誰，取科學底態度，而要爭論年代的糾葛的，對於文學總取全非科學底的態度。

其次的書是士師記。在那起初，我們遇到聖書中的女傑之一，底波拉。以她的行動而言，可以說是和貞德同樣優秀的人物，不過我們對於她所知更不詳細。她鼓勵巴拉來引導百姓達於勝利，而在勝利之後，她和巴拉作了被稱爲最古的希伯來詩之一的，歡喜和感謝的二部合唱。這包含着許多勝利者和許多希望勝利者不問敵人是誰地所用的奇句「星宿從其軌道攻擊」。

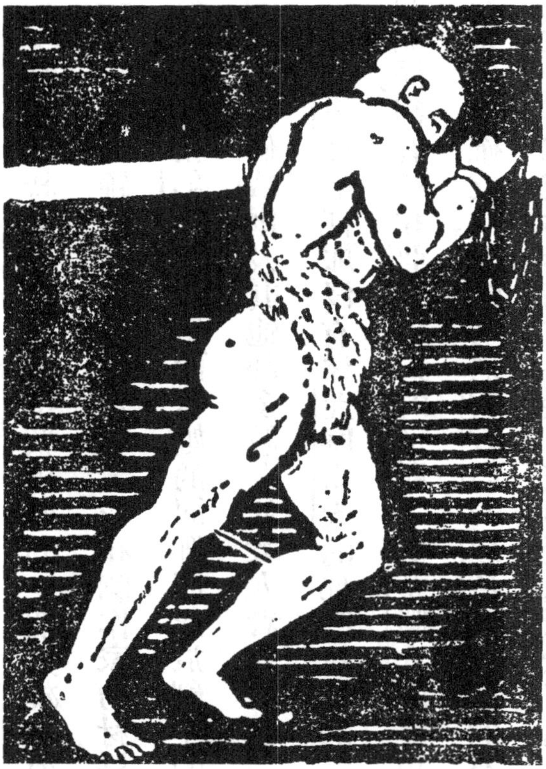

參孫

士師記又包含着參孫的戲劇性底故事。他同赫剌克利一樣，是屬於傳說上超人底英雄的種族的。他那復讎的自己犧牲是最高的悲劇底頂點。這故事的最美的詩底發揮是密爾頓的大力士參孫，那主題由法蘭西的作曲家聖桑精巧地採作歌劇了。那歌劇有着壯嚴的連絡的結構，在近代的歌劇中是醒目的。倘說我們似乎過致力於聖經中成爲故事底的單位的那些部分了，則這種偏重也有十分正當的理由在如羅伯·路易·史蒂芬孫有云，故事是文學的「典型底樣式」。誰都是幾乎每一時際預備傾聽故事的，而我們要使自己的注意固定於議論或事實的說明，也往往覺得困難。希伯來的作者，同其他一切種族的作者一樣，將他們的不少的智慧，大體上最可記憶的部分用或種故事的形式傳達出來。聖書是富於故事的。那些故事有兩個主要的種類，即以記錄事件爲目的者，及用寓意和比喻教道德底教訓者。舊約全書如此，新約全書也如此。所以然者，因爲新約全書的中心主題就是耶穌的傳記，而耶穌時常用比喻說話：委實，比喻是他的得意的教訓方法哩。

士師記之後是總共不到一百節的四短章的一小本偉大的路得記。這簡短的故事，據說因了那所包含的關於初代猶太部落間女子的狀態與嗣續的律法的不少東西，是很重要的。無論怎樣，這所包含的不少東西，於許多的讀者總是深沈而柔美的哀感。兩個女子的心情，以極難分析的一種情感底力顯示出來。最心硬的諷刺家對於那完成兩女子的生涯的幸福的結局一定也覺得歡喜罷。這是人間經驗中稀有的，而舊約全書中無比的東西。在舊約全書，世

路得（她含了淚站在麥田的中間）

界大抵是使男子和女子一樣地負着重荷的。那使這故事普及的動因，就是幾乎誰都覺到的鄉愁。濟慈在他的夜鶯頌裏將這美的苦楚壓縮爲下列三行；這同原本的聖書故事一樣，使我們都相信一種奇蹟——表現的奇蹟。

當路得含了淚，站在麥田的中間，
苦思着家鄉的時候那掠過了
她那悲哀的心的，恐怕是同樣的歌。

在我們的聖書裏別爲撒母耳記二書和列王記二書的諸王的四書是猶太王國最絢爛的時代的故事。其時以色列民族在偉人之下誇勝，而且據憤激的先知們的話，則濫用其勝利，忘記神，遂走懲罰，敗北及被俘的苦的塗徑。以上四書是偉大的拱門一般建築得堅固而高貴的優美的敍事詩。工作於以上諸書的，至少一定有一個偉大的詩人或者有許多也說不定。因爲敍事詩者是生長着的，大抵不是單獨的人們的創造。

請看這故事是怎樣構成的。撒母耳，一個信仰堅篤而且勇敢的男子，對外部底和內部底敵人爭鬭。但是他年老起來了，而他的兒子們則荏弱而且腐敗。掃羅登場，乃是一個沒有擔當事業的能力，終於受屈辱受唾棄的悲劇底人物。他的兒子，約拿單，一個勇敢的戰士而優秀的人物，後來是他的長 (chief) 的密友，又沒有足夠指揮以色列的百姓那麽強壯或年長。這一切就是舊約全書中最大的人物，具可驚的膂力的勇士因為他擊殺歌利亞，兼且有智慧的人，因為「他為人賢明，」戰士長兼且詩人——即大衛的出現的登場準備。

聖書的作者何以將大衛作為耶穌的遠祖呢？這是容易理解的。不問系譜底事實怎樣，文學底和精神底素性總是明鮮的。新的國王新的英雄必從往昔諸王中最勇敢的系統發生出來。大衛是新的王家的創設者；耶穌則是新的天國的創設者，或古代的王國的再發見者。大衛穿了紫和黃金而耶穌赤足行走，大衛在流血的戰爭中打仗，而耶穌是平和的無抵抗者，大衛犯姦淫的罪而耶穌度清潔的生活；這些不調和也許迷惑我們的心的宗教底方面的罷。然而作為人類的故事看時，這些是完全可以解釋而且全不矛盾的。大衛者，甚至過於約瑟，尤過於稍稍朦朧的掃羅，是真正的血和肉的人物。同凡有敘事詩上的英雄們一樣，他蔽了神話的面

幕，稟有超人間底性質。然而我們彷彿知道他，他的熱情，悲哀，憤怒，他的寬容和愛情，他的異常

大衛

的意志力和他十分普通的弱點。他像易利亞德中的阿溪里一樣確然地被描摹着。聖書的故事有些是混亂而不明瞭的，大衛的故事則是傑作。

差不多同樣明瞭而且有勁的是大衛的兒子，稱為賢者，明君的所羅門的故事。所羅門在

其一切的榮光裏不僅是一個常人。他是當以色列的富庶和版圖極大的時代，包在一切榮光裏的以色列人。諸書的作者在這個國王的榮華和財產的記述上是雄辯底的，而且其中有着一脈的哀感。蓋那些記事寫於以色列人已經在災厄的日子衰頹了之後，而編史家是以顯然的追惜，回顧猶太人繁榮的時代的。不但如此，傳說上的所羅門的性格中有矛盾在。這本來就是實際的人的性格中的矛盾。假使沒有後來算作屬於他的俗諺和聖言的十分之九，他也是智慧的楷模。同時他是愚傻的，至少在他的老年是如此，因為他被女人們（猶太人的，和基督教徒的聖書作者，都將對於這個世界的苦惱的不相當的重大的責任加於女子）引入於偶像崇拜，又不留下他的王國在健全的狀態裏。他那直接的承繼者們則是沒有所羅門和祖父大衛的子孫的十分聲價的。

和凡世的諸王的衰頹一同，先知中的最猛烈者，以利亞和其後他的弟子以利沙到來。他們是行奇蹟的人們；在像劃分約但河這些事蹟上，回顧摩西，而在增加寡婦的食物這些事蹟上，前瞻救世主。然而他們卻不是很可愛的人物。他們企圖維繫百姓於眞實的信仰的失敗似乎使他們冷酷而復讎心加強了。他們所喚起的對於政治不良的諸王的懲罰是可理解的。然而加於戲笑以利沙的四十個小孩子的那血腥臭的死的刑罰，卻是了不得的殘酷，如果這故事文學底地看來的話。希伯來的歷史家顯然是連他們的英雄和先知的壞事也不打算緩和一下，或者解釋過去的。這就是他們的散文往往這麼殘忍地有力的緣故。誠然，他們所當記錄的事蹟是可痛地悲劇性底，因爲縱然出了兩三個善良的王例如希亞家和約西亞，事情卻是逐步逐步地糟下去；而和耶路撒冷的陷落於巴比倫王尼布甲尼撒之手，與猶太人的被俘和流刑一同，以色列的黃金時代遂告終了。

歷代志二書所載的是對於以前諸書中曾經見過的許多事件的並行的或補充的記事。其次二書，卽以斯拉記和尼希米記，詳記猶太人從巴比倫歸來及耶路撒冷的再建。這兩書應當和以斯特拉記（以斯拉的別的形）二書同讀。以斯特拉記爲了複雜到不能在此說明的理由，從其論理上相附屬的以上二書分離，而編入於僞經。經了諸王的災厄和陰鬱以後，遇到這二書是頗愉快的。尼希米和以斯拉是有着我們所當稱爲建設計畫者的建築師。尼希米在物質底意味上復興耶路撒冷，而以斯拉，依據被稱爲他所發的宣言，則以其重寫已經失掉的律法和記錄，在精神底意味上復興耶路撒冷。他和五個書記怎樣在四十天內寫二百零四書，不論這是否曾經發生的事，總之是諸書的故事中最美的故事之一。

我們再來申說一下罷。事件的發生與否問題，和任何記錄着的事情之宗教底意義的問題是神學底歷史家的事。我們的興味則是在我們廣泛地稱爲文學底性質這東西上頭，雖然事實上我們也不能使各類的興味完全分離。這是可以看重的問題。我們極力主張以斯帖記的文學價值確乎是正當的。以斯帖記可以看作歷史底羅曼斯的初代的藍本，不致犯着什麼不敬虔。對於猶太人，（因而又對於將希伯來的舊約全書幾乎整個地領受着的基督教徒）以斯帖記是神聖的書。那理由是在這書稱揚波斯王的猶太人的后的才智與美貌。她和她的養父末底改一變對於曼哈的局面，救了猶太人的破滅。爲了紀念這一層，猶太人至今還祝着普列謨祭。不論這故事是神聖的還是「冒瀆的」，（就眞的語義而言）這總之是震悚的故事。有聰明美麗的婦人在其中心的種種謀殺的計畫與對抗的計畫，——這確乎是極豐富的一種羅曼底材料。這故事是直截而緊湊的，不知由於偶然呢，還是由於文學底技巧，委實緊湊到如慣常的成語所云，「許多是委之於想像的」。

以斯帖的姊妹的女傑是猶滴。她在聖書的希臘語本和拉丁語本中恰在以斯帖以前，在我們英語的新教聖書，猶滴是被貶黜到「亞經」裏的。單是爲文學的我們能夠神往於或個婦人的運命，尤其當我們的冒險只是從這書移到那書這樣簡單的事情時候。猶滴的冒險並不簡單，卻是激動而且震悚的。她迷惑訶羅芬思，而當他醉時割掉他的頭的情形，成着很有興味的故事。我們所稱爲小說的文學形式乃是近世的發明，然而包含結構和人物的散文故事卻是極古的物事。

聖書中戲劇性底故事的最有力的例子是約伯記。其中描寫着人物和境遇，人和惡的力及敵的爭鬬，最後是他因不屈不撓的忍耐與信賴而得救。這是以人，惡魔和神作爲主要人物的驚人的劇。潛伏於或者先於我們所有的記錄者，恐怕還有或一更嚴正，更偉大的劇也說不定罷。這較早的劇的見解是故莫理斯·約思脫勞所發見或使其發展的。聖書學者的深切的研究遠非我們的眼界所及，然而約思脫勞的思想加於約伯記的戲劇底興味者卻很大。他以爲約伯本來同惡魔惡鬼或伯羅米修士一樣，是對天國的可怕的叛逆兒；以爲他不論受了多麼大的苦，總是拒絕屈服的事的；他的叛逆是非常冒瀆而且大膽的。後代的律法學者遂將他的故事輕和了，減弱了，使他單是久受磨難，而以幸福的老年酬答他的堅篤的信仰。

這個解釋的歷史底基礎不論怎樣，其詩底與人間底價值總顯然；倘說沒有說明着故事則究也使得牠豐富的。這劇同現今我們的劇一樣，是以因襲的幸福的結局結束的。爲補償在約伯的災難的開端，從他這里奪去的孩子們，將財富和更多的兒女授給約伯，這種補償，就人間性上和戲劇性上說起來，是委弱的結束。孩子們，卽使是七個兒子和三個「美貌的」女兒，並不像羊呀，駱駝呀，牛呀和驢子呀一般，可以照數量分配；親所懷念的總是從自己奪去的那些最初的孩子們。照現在，這劇似乎是以過於呆氣的滿足的結末下幕的。然而卽使劇有破綻，其詩則一節一節地維持到最後一章。在差不多無論那里看一下，你總可以看出名句來。

於此，我們從約伯記移到詩篇的當兒，我們就該對於聖書的詩來說一番話了。讀過希伯來文的人們告訴我們，原本中的美不能夠移到別的語言裏來。這話大約是對的因爲凡曾經試過把一種言語翻到他種言語的人，誰都知道：詩是在形式不同金屬不同的器皿之間傾動時，就不免要濺出的一種奇異的液體。然而也有理由使我們相信：承受英語的聖書的我們是非常幸福的；又相信：我們卽使因不能讀希伯來語而失卻幾許東西，然而我們卻能用了自己的語言，卽英語，來獲得許多的利益；而將希伯來語不作爲母語，則作爲養母語的許多學者，是贊助這信念的。

獲得利益的理由，如果我們想一想聖書怎樣到我們之手的情形，就明明白白了。舊約全書原是用希伯來語及別一種塞姆語，卽亞拉米亞語寫的，在基督紀元之前不多時候譯成希臘語。那希臘語譯本稱爲 The Septuagint，出自義指七十的拉丁字，因爲據傳說云，這翻譯是七十個學者所做的。那時沒有拉丁語的譯本，四世紀末葉約羅謨所作的稱爲 The Vulgate（就是「出版的」或「普及的」）的本子被施以多少的修正，至今還是天主教會的公定譯本。十七世紀之前，聖書的部分的或完全的英譯本有數種，其中最重要的是十六世紀威廉

·丁臺爾所譯的那本。丁臺爾是精通希伯來語，希臘語和拉丁語的傑出的學者，又是平易而且高品底的英語的作家。他的人格至今還生存於如我們所知的英語聖書的各頁中，這纔他是正確地被稱爲英語散文之父的。這是因爲聖書的影響不消說是及於一切近代英語的文章，甚至調子和實質上似乎遠離聖書的文章的緣故。

十七世紀的初葉，當欽定譯本依了詹姆士王的命令，或者基於他的裁可，而做出來的時際，凡百事情一致涵養出聖書的豐富的詩底散文來。許多虔敬的英吉利人相信主以特別的好意照顧這事業，這是無怪的。大學的和英吉利教會的最優的學者們以獻身的心共同合作。他們對於各種語言的聖書的初期譯本，凡能夠知道的無不知道，因此他們有各種古代語的參照物可使用，而且敏感於希伯來語，希臘語和拉丁語的語彙及韻律了。這樣，他們並不蹂躪英語本來的構造與性質，而將英語擴大起來。

時候是成熟了。其時英語正在適於翻譯那些充滿詩和響朗的豫言的書籍的發達階段。因爲這是偉大的詩的時代，莎士比亞的時代，那時的散文既柔順又壯重，既自由又堅實；牠還沒有屈服於十八世紀纔開始的合理化的過程。在依利薩伯和詹姆士的絢爛的時代，幾乎凡有散文的大家都寫聖書底英語，或者照宛轉的說法，聖書的譯者寫的是依利薩伯朝的英語。

所以，倘說希伯來語中，並且也許希臘語和拉丁語中，有着英語中所沒有現出的意味的美及陰影，則我們倒還可以十分確然地說，欽定的英語聖書也有其特有的價值。事實上，精通古代和近代譯本的幾個有力的批評家已經勇敢地宣稱，在一切翻譯中，我們的譯本是文學底傑作了。

「文學底」云者，我們再來主張一下罷。爲什麼呢？因爲在十九世紀將「改訂譯」給與我們的，後代英吉利和亞美利加的一羣學者所無疑地滿足地解決的精確這問題是與我們無關的。並非舊式底的我們有許多人，對於「欽定譯」的有些句子較「改訂譯」的更爲喜歡。"Faith, hope and charity"（「信仰，希望與慈悲」）是不能用磔磕的單綴語"faith, hope and love"（「信仰，希望與愛」）來代替的美的字的順序。改訂者告訴我們，詩篇作者並不說，

「我要以琴對你歌唱，」卻說，「我要對你奏琴。」阿阿！也許如此罷；但詩人卻是適於以琴歌唱的，而「歌唱」這一字將儘在過去或未來的一切學者的權威之上「歌唱着。」

我將英語聖書的偉大的語句和法蘭西語的或路德的剛健的德意志語的相當的語句之比較提出來，並沒有因爲我是美國人而抱着國民底精神，又沒有立在對於我所熟知的唯一語言的地方底無知的限界中。我單是不加議論而提出來罷了。

無論希伯來人創作的天才有多少是爲英語的天才所修正所修飾的，英語的翻譯者總沒有重大地減弱了，或曲解了原本的精神，而且正如聖書幾次三番地告訴我們，重要者在精神不在文字。那些翻譯者能夠成就他們的工作，而在約伯記，詩篇，箴言，傳道書，雅歌等橫在舊約全書中心的詩底諸書中，所成就者尤爲出色。以上諸書充滿比喻，有如蜜蜂窠之充滿蜜；而其文句的旋律不論是否合式，總有如上品的銀一般。

雅歌是以「我的良人哪！求你快來，如羚羊或小鹿在香草山上，」這美的尾聲終結的。翻過頁便是以賽亞。在所奏的調音往往是抒情詩底而可愛處卻稀少的那嚴肅的先知們的表中，以賽亞是第一人。自然，論先知，以賽亞並非第一，因爲先知古得同摩西一樣，而以後一切先知們至少也囘溯到以利亞。以賽亞的大衣似乎不但掉落在以利沙之上，還掉落在一切接續着的以色列的先知們之上。而且這是以黑暗和信仰奇妙地織成的暗色的大衣。先知們當悲歎百姓的罪惡，以神的懲罰（這懲罰他們多半是蒙受了的）威脅百姓，同時勸告他們信神的時候，最爲雄辯。不論他們是悲哀的，厭世底的，還是充滿了熱心和崇敬，總之他們幾乎常是詩底的。先知的天稟包含着表現的天稟，而傳統底的先知底文體，卽先知們依以研究其導師的一種文學底流派，似乎是有的。那形態有些時候顯然是同近世的詭辯底詩人的，一樣冷靜，一樣自覺底的。請將以賽亞書中有些開章的頻用的文句來舉例罷：「唉，古實河外翅膀刷刷響聲之地，」「海旁曠野的默示，」「異象之谷的默示。」這等旋律底的文句，不論本來的文句怎樣，總不是偶然的東西，卻是有高的藝術底天分的詩人的造就。

這等概括，此外還有許多，適用於一切的先知。然而便在簡單的概觀中，我們也不可不記取：在種種先知書的背後，不論他們經了後來僧侶的編纂，成爲什麼樣子，總多少有着明晰的個人。他們各別的特徵是長留着的。在將先知們一律變形而入於統一的文體——縱然有其種種相——的我們英語的聖書中，那些差異也沒有消失。先知們中最高貴的以賽亞是審判的人，同時又是安慰的人。他痛斥壞人，稱揚那救贖耶路撒冷的耶和華的久遠之力，遂到達於救世主的幻影。他那嚴正與高的希望的結合，造成幾乎可說戲劇底的情緒的對照；而那書是以彷彿交響樂一般編制着的美的「漸強音」收梢的。有些學者相信以賽亞書中的對照和單一的著者的思想不相容，且以當然有力的論據支持他們的所信。任憑他們隨意地爭論着罷，從人間底和藝術底觀點看來，具有十分天才的詩人不至於感到這許多的心性而表現出來，那理由是沒有的。倘若猶太的編纂者和律法學者在遠昔從本來全異的材料編集成以賽亞書，則他們乃以高妙的手腕幹這工作，而造成舊約全書中最美最有勁的單位之一的。

四大先知的第二，耶利米，沒有以賽亞那樣的壯大，然而他是同樣地富於熱情的，而且在他的風度上，差不多相等的雄辯。他從恰當被俘時代以前猶太歷史的最暗黑的時代就講話，而在耶路撒冷陷落後，受了監禁和流刑的災厄。他之成爲厭世者是不足詫異的。然而耶利米的厭世主義，見於耶利米書中者，倒沒有像見於那稱爲他所作的耶利米哀歌中者那麼多。那給生命於"jeremiad"（悲歎）這字的觀念，我們是從耶利米哀歌得來的。這先知不僅是災厄的呻吟者。他是對於十分腐敗的國家，對於那在律法學者掌中成着形式底，空虛底的國家宗教的反抗者。從這反抗，發生出那於文學是新的，而直接引導到新約全書的一種不可思議的觀念來。假使國家失墮了，假使國家與作爲國民底和部族底神性的耶和華之間的關係失墮了，則也還存留着更大的東西，卽神與個人間的關係。「我必將你們從一城取一人，從一族取兩人。（主云）」新的聖約（covenant）是結在神與信神的誰之間的。這樣陰鬱的耶利米，成着現在還是數百萬人們的信仰的基幹的一種觀念的先知，——倘說不是創設者。這個將「比喩」槍一般飛擲着的猛烈有勁的人物顯出是凡有先知中最大的夢想家來。而那稱爲他的書的陰鬱地美的哀歌，卽耶利米哀歌，適當地說來，並非他最後的言語，他那眞的最後的言語重現在保羅達羅馬人書裏。

以西結也是夢想家，愛好幻像與比喩。其書就是充滿着絢爛的幻影的精巧的文學寓言。

寓言常常是運送宗教底觀念的良好的傢伙，而以西結乃是寓言術的巨匠，又是默示文學（默示就是啓示隱藏的東西的意思）的先驅者。默示文學的最優美的實例就是新約全書的最後一書啓示錄。默示的寓意在眞的詩人的手裏很有效。當以西結將埃及的淪亡的國王譬作折了枝的斷柏而表現的時候，那效果較之始終將法老作爲人而描畫出來更有悲劇性。物於假裝爲別的什麼物（和還未假裝）時更爲印象底；這就是詩的，想像底能力的性質。以西結並不將他的思想全然隱蔽在神祕的輪和火的雲裏。他能夠從他那人物的包衣裏站出自己來，而像耶利米一般，用平易的散文施鞭笞似的非難和道德底訓戒。然而他在大體上則是先知中最複雜，最幻想底的人物。

大先知的第四者但以理是最冒險底，最有人望的人物。以但以理爲名的基督教和猶太的孩子的數目多於耶利米，以西結，何西阿都併在一起；至少也和大衛，約瑟與撒母耳相匹敵。在這短短的但以理書中，有着不少的事情。這些事情是猶太人的俘囚時代住在巴比倫的人所遇到的呢，還是出於尼布甲尼撒王物化之後數世紀的一個作者的空想？我們沒有過於好奇地來探究牠的必要。那書的目的是在安慰鼓舞猶太人，而這目的以極單純的手段達到了。但以理是能夠解釋異教徒的魔術師所不能推詳的夢的一個透視者。憑了這天賦，他在異國之王的宮廷裏成爲偉大了。當他被投進獅坑裏時，他是免了肉體底傷害的；他那被擲於烈火窰中的三朋友也如此。這樣，猶太人的智能的優秀以及那將猶太人從其敵救出的神之力，都以劇底樣子證明出來了。以西結的幻像是複雜而難解的。但以理的幻像則明瞭得有如兒童的故事書中的故事一般；的確，他是素樸而明白地說明他自己的夢和國王的夢的，而且誰都理解那寫在壁上的文字——除了王以及他那便是就異教徒而言也似乎非常愚笨的職業底卜者之外。但以理可說是第二的約瑟，因爲這兩人都憑了自己的才智與神的恩寵，在外國的政府裏獲得高的地位。

成爲舊約全書的結尾的小先知的短短的十二書，因爲其中所含的思想大抵已經更充分更有勁地表現在其前的諸書中，所以趣味也就減退了。然而只爲了有些大先知所負於小先知者很多這一個理由，這些小先知也夠重要。因爲這是須得記取的，舊約全書中諸書的順

耶穌

序，並不和精確的年代底順序相一致。阿摩司和何西阿這兩人都是最古的先知；他們是開路的人們，照後代的著者的足的明燈。阿摩司大約是自己的言詞多少在自身的指揮之下寫出的最初的先知，將豫言作爲口的教訓，同時也作爲寫的文書而想着的最初的人。

何西阿所遺留的言詞雖然沒有如以賽亞和耶利米的言詞

那樣的豐富，他卻有同樣優美的精神。在絕望與希望，憤激與信賴之間，他的情緒的糾葛，同耶利米的一樣，乃是舊約全書的精神的所在。他之被編入於小先知的補遺中，其理由並不在他於任何的意味上是小人物。別的小先知則大都似乎於一切的意味上是小先知的。然而我們也不能丟開他們而不想起一本可驚的小書，那以四章講述約拿的深沈的故事的。約拿怎樣地被投入於海，爲一條大魚（聖書並不說「鯨魚」）所吞沒，又吐出在燥地上——這是人人通曉的奇蹟底的故事。在這一事中，同在但以理的或一功績中一樣，預言以象徵底言詞表現出來。約拿象徵着那被併吞了的，而因神的恩寵又得救或再生的以色列。因此，約拿的故事是有莫大的意味的。不但以色列而已，簡直凡有人類都要再生這思想的許多表現，這就是其一。這思想的最後的發展，以發見於聖書者爲限，則是基督的故事，即新約全書。

走近新約全書的塗徑有許多，都是廣闊到足以使無數巡禮者的羣衆通過的。讓我們沿了坦蕩的傳記的街道走近去罷。新約全書者，不管可以說是其他的什麼，總之是曾經生存或曾經想像出來的最重要的個人的傳記。在所謂基督教國中，沒有別的故事是這樣廣大地被閱讀，被暗誦或者被討論的了；在宗教底或世俗底歷史上，沒有別的年代記是影響於這許多億兆的人們的了。便是對於任何流派的基督教信仰不關心或敵視的人們，至少也知道這故事的輪廓，因爲這已經滲透了凡有歐羅巴國家的生活和文學了。

耶穌的故事，在馬太，馬可，路加和約翰的四福音中，以及使徒行傳中補足的記事所述錄者，其實不過是輪廓而已。福音書的故事合併攏來也只成爲極短的書。如果我們將福音書互相重複的節段考慮一下，那就見得更短了。這平和之公的傳記的簡短，與後代有些政治家和陸軍少將的回想錄的長篇累牘，其間的對照有着一脈的冷嘲。使徒及其直接的後繼者本來並非執筆之人；他們同他們的主一樣，是用口的言詞激動人們而使改宗的周游各地的說教者和教師。而且，便是耶穌的教之最博學的解釋者保羅的書翰，也似乎像是由於當時不能訪他所與語的集會或人們這纔發生的那必要用文字寫記的說教。

行十字架刑的多年後，發生了繁夥的文學。這不消說，並不在聖書的範圍中，而且從教父時代起一直經過十九世紀，這是龐大地增加起來的。從新約全書的材料，從聖書以外的材料，許多後代的著者充填了歷史底和社會底背景，又調劑了或說明了數種福音書間的歧異，試着重建聯貫的基督傳。這樣的嘗試之一，法蘭西哲學者愛爾納司忒·芮農所作的耶穌的生涯已經被認爲文學上的傑作了。我將這作爲一例而舉出來，卻不敢定其歷史的價值，特是因其懷疑底態度激怒了許多基督教徒，而將牠從純粹的文學之域，移到我既沒有智慧又沒有意志去追隨的熱狂的辯爭之域的緣故。

我們的大部分對於有關聖書的浩瀚的近代文學，只能希望獲得一瞥爲止。這類的文學中，不消說是有着給有充分的學問和忍耐的人們去覓見的許多知識的。然而我沒有犯着不正當的浮薄地，不禁想起昔時的說教者對於苦心經營的註解書所說的話來：「這是浩大的書，聖書在其上投着光」倘說聖書底記錄不完全，則正惟其不完全是將充填以自己的夢想和臆測這一個想像的權利給與凡有讀者的。現在那樣新約全書的故事是爲了簡約這缺陷，所以就異常地豐富而明瞭的。這些故事確鑿是我們所知道或必須知道的一切事情的基礎，而且普通的讀者非至將這些故事一句一句地透熟了時候，就不會有深入於從這些發生的文學這一個機會的。不會傳下來的話，還有許多，這是由約翰福音的結束的言詞指示着：「耶穌所行的事還有許多，若是一一的都寫出來，我想所寫的書，就是世界也容不下了。」那些事情是什麼，永遠沒有誰來告訴我們了。然而已經寫出的那些不也夠了麼？

新約全書是耶穌的傳記以上的東西。這是經由弟子和使徒特是保羅，耶穌的生涯的延長。保羅的重要僅次於耶穌；倘使沒有他的文才，加利人（註一）就不至於征服了西方的世界了。在四福音書和啓示錄之間，他是主要的人物，中心底思想家。叨了他的書翰的恩惠，我們不但知道他的神學，他的關於耶穌的使命的解釋，還知道他自身的性格。而且這是有蠱惑力的，勇敢的，說服底，挑戰底，和解底的性格。不心服於他那宗教上和哲學上的議論是可能的，然而對於他那表現自己的技巧，對於別的證人所證明的他的勇氣與精力，我們卻不能不睜開贊美之眼來欣賞一番了。被稱爲他所行的奇蹟也許是他的信奉者要誇耀他這一種嘗試罷；他自身除了心中的信仰之外，沒有要求什麼權力。在單純的人間底階段上，他的生涯的插話是高貴的，同時也是可信的；例如，他那在亞基帕面前的答辯，在其機警勇敢這一點，全然和他的書翰相一致。在優美的小小的達腓列門書中，確乎有着富於蠱惑力甚至諧謔的偉大的人，在困難的境地而逞其機謀的。我們容易能夠同意於亞基帕的話：「你差不多說服我。」因爲保羅是將聽他的聲音的許多人，與追隨他的許多人中的「差不多」說服了。這是歷史上的問題，對於此是沒有否定者的。

（註一）加利人指耶穌

新約全書以聖約翰的啓示錄結尾。這是充滿了現於打旋的混亂裏的狂歡的幻像與寓意的姿相的神秘底詩；爲企圖解決這混亂計，貢獻於此的詩底學者底的解釋，和加於聖書的任何部分者一樣多。可是對於這部奇妙的書的說明，沒有一種能夠除了作說明者自己以外，使誰十分的滿足。最有趣味的說明之一，是十八世紀瑞典哲學者和神學家愛曼紐愛爾·思惠登波爾的說明。他那對於新耶路撒冷的幻像，主體上基於啓示錄。啓示錄的詳細的事項必然永是朦朧而且不明瞭的了。其中心思想，用最簡單的言詞說來，就是可以繼承或者接代這罪惡底世界的或一聖城的豫約。這城，同聖書中凡有好的事物一樣，是爲了信仰者的；地獄則依然爲了無信仰者，開了口等着。火的湖與憑了神的榮光晃耀着黃金之光的城的對照，是作爲這可怕而慰藉的書籍的結集的高潮點，極詩底，藝術底的壯麗的。

第五章　希臘的歷史和歷史家

報告所聞的一切是我的任務；但我沒有對於一切同樣地相信著的義務。——希羅多德

我們對於希臘的歷史家先來瞥一下，以開始希臘文學的簡短的故事罷。於此應當懂得，歷史並非文學的早有的形式；這是後來，在國民已經積了數世紀的經驗，已經用詩，戲劇，以及別的藝術底式型表現了自己以後纔發達的。以我們在聖書中所見到似的猶太文學而言，確是如此；但在那里，歷史底要素全然和倫理底及宗教底動機相融合，即使用極犀利的近世的學問，努力將純然歷史底文書從其他區分出來，來決定寫作的大概的時日，也是不免歸於失敗的。在希臘文學上，則我們幾乎確然地知道起首寫歷史的時期，以及在事實與傳說之間劃線的所在；因為希臘人以猶太人所不知的批評底的精明，高度的文學底的特色，又以批判的冷靜，說出自己的故事來。寫作我們解作歷史似的歷史這事情，在希臘是和希羅多德一同開

始的。不消說，在生活和文學的長的行程中，沒有一種形式或方法是一個什麼人突然地發明出來。思想這東西是從心到心生長着移行着的：這是歷史的第一教訓。派拉思·雅典尼女神全身武裝地從宙斯的額角跳出來，然而誰也沒有比希羅多德自己更知道這樣的事情起於詩中的女神，並不起於人類的思想。因爲他是批評家，是研究家，是懷疑家的緣故。他一向被稱爲歷史之父，而他以後直至今日的「科學底」時代的歷史家們喜歡將這稱號讓給他，這事實就告知我們關於他者不少，進言之，關於他生活其中的那文明者更多。

那是怎樣的一種文明呵！在基督前五世紀雅典的小都市裏，住着比起曾經生存於任何別的時代別的地方者更多的天才底人物。直至差不多二十世紀之後，別一都市佛羅稜薩出來爲止，伯里克理斯的雅典是不見其比的。究竟爲什麼這許多智能優秀的人物在這特殊的時代集於世界上這特殊的地點呢？沒有歷史家，沒有希羅多德的最賢明的弟子，能夠來說明一下。我們所知道者只是事實如此罷了。希臘既擊退了波斯的侵略軍，縱有不絕的國內底齟齬與戰爭，但以智底問題而言多少是結合着的文明。而雅典者，「希臘的榮光」的中心也。

這都市富於優秀的土着，且也款待從希臘的其他地方來的最聰明的男女。希羅多德因歸化而是雅典人，在他一生中僅有數年作爲雅典的王冠上的寶玉之一似地生活着。他生於小亞細亞，在意大利的希臘殖民地送他的晚年。他承受了不但首都，而且希臘以外諸國的文化，乃是世界的市民，當時的大旅行家。希臘以外云者，並非遠離了希臘的文化之謂，因爲我們必須記取：在希羅多德以前數世紀，及其以後數世紀，遠在亞歷山大征服世界以後的希臘，作爲一種文明而言，有着觸及地中海的任何部分的幾乎一切的生活這意義。未將亞細亞併入歐羅巴的希臘的武力，並沒有像以肉體底勇氣爲後援，而將其所接觸的各類的思想吸收了，又部分地接代了的那希臘的精神似地令人驚異。

希羅多德的主題是希臘人對於侵入的波斯人的勝利。他以「壯大的手法」處理這主題；雖然他的歷史是用散文的，這卻有着廣的視野，劇底力，以及詩情洋溢的敍事詩的不少的火。因爲他稟了壯大的幻像，因爲他曾經見聞了世界的許多，所以他並不自誇。如果他讚美本國人的功蹟，他也同時峻烈地批判他們。而且他將自己的著作的許多部分專記別國，特是波斯帝國的事。他尊重希臘的敵，不消說一部分是因爲敵愈顯赫則勝利也就愈顯赫了的緣故。然而勝利不過是高潮點；希羅多德乃是人們與國民的研究者，他見到戰爭於其和生活的其他

希羅多德

部分的關係中，他發見可以討論平和的諸技術，商業，風俗及習慣的適當的時間和地方。倘說近世歷史家的所知過於他的所知，則他們所以知道這許多，大部分是斷了他的任憑他們對於他的精確這問題爭論着就是。我們確知他是以廣大的範圍和行動，處理他的故事的優秀的藝術家。如果正如容易讀希臘文的有些人所告知我們，他的文體甚至比羅林生的英譯更爲優美，那麼我們能夠完全相信希羅多德不獨是歷史

雅典尼神殿

之父，實在還是散文故事之父了。

第二偉大的希臘歷史家修昔的底斯，寫述當他自己的時代起於雅典和斯巴達和他們的同盟者之間的爭鬪，即拍羅坡泥細安戰爭的顛末。他是有着直接的事實的知識的，最初的大戰爭通信員及探訪記者。他不能作我們所用的那些言詞的意義上的通信或探訪，因爲當時沒有在早餐之前送到市民這里的雅典日報之類。然而他卻在就地寫下記錄，而他和當時樞要的人物的交際又使他得到接觸於「內面的」故事的東西。他在戰後的餘暇整理他的記錄，而和現在試寫關於世界大戰的書籍的許多人不同，他恰巧是有天才的人。他是藝術家。爲要做出嚴格的精確的樣子來，他劇作家一般發明言詞，而放於歷史底人物之口。他的主要的錯誤在於他以爲希臘諸國家間的戰爭，是人類會經發生的最重大的事件。在他的時代，這是不眞實的，而在更經了二十四世紀的今日，這愈加見得不眞實了。在我們看來，希臘的可誇的光榮乃是平和的諸技術的故事，對於此，修昔的底斯則說的很少。今日及將來的歷史家從這古代歷史家的省略和錯誤的偏重的所在，所當學知的一個教訓就是：殺戮的歷史者非故事的全體也。便是可怕的悲劇，我們的世界還沒有從那里擺脫的，在理會適當的遠近法的後代編年史家看來，也許只佔着作爲人類生活中一個重要的插話的地位罷了。我們看飽了陸軍少將的，政治家的，職業底及好事底戰時通信員的追想錄的這個現代，恐怕就是評衡修昔的底斯的最惡的時代罷。可是他那關於遠昔的戰爭的故事中卻有壯大的品格在。近代的歷史家，甚至最爲批評底地分析底的人也都尊敬他。而且叨了希臘語的翻譯大家卞雅明·昭厄特的光，修昔的底斯還是英語的古典。

修昔的底斯的數年後，實行家兼且著述家的希臘歷史家色諾芬生活着，著述着。他是指揮一萬希臘軍隊的將軍，那支軍隊的退卻的事，他記錄在進軍裏。作為自己的故事的主人公，他是類似羅馬的司令官兼歷史家朱理亞·凱撒的。還有幽默地悽黯的別一相似點，就是：在拉丁文課程上給與近代的小孩們的最初的教本是凱撒對於高盧戰爭的評論，而希臘文的最初教本則是色諾芬的進軍。那理由在兩者是相同的。凱撒和色諾芬都用單純平易的文體寫動情的故事。學校教師自然將他們選作語言的最平易的樣本了。那些語言的複雜處，為哲學的和詩的作家們所揣摩者，是使初學者困惑的，恐怕使大多的學校教師也困惑的罷。我們大抵學到嫌厭色諾芬的希臘文之過於穉幼，然而他的故事卻是優良的故事。而且，在一萬人的勝敗幾乎蠅也似的不重要的近頃的世界裏，若干世紀前的數千人的歷險，倘由適當的人寫出來，也能夠保持其興味。這事實他的故事乃是其奇妙的實例。文學者，用文字寫出的生活的記錄也。可是，希奇之至，在書的智量和其所記述的事實事件，思想等的量之間，精確的照應是不存在的。對於這問題的最簡單的答案，就在色諾芬是知道怎樣寫的有趣的人。為了他的回憶錄中他的師，哲學者蘇格拉底的最人間底的肖像，我們感謝他。色諾芬不是深沈的思想家，而他那對於蘇格拉底的敍述，比起柏拉圖的來，更爲淺薄。柏拉圖如我們在後章曾見到，是使蘇格拉底成爲柏拉圖派的智慧的運送者的。然而色諾芬卻將雅典的最賢明的人的，以及環繞他的現實生活的栩栩然的寫照給與我們了。

從色諾芬移到波里比阿，彷彿在英吉利文學上，我們從窩爾忒·剌里的基阿那的發見跳到吉本的羅馬帝國的衰頹和崩潰似的，是約二世紀的飛躍。波里比阿是希羅多德和修昔的底斯以後最重要的希臘歷史家。六分之一還保存着的他那浩瀚的歷史，敍述紀元前二世紀羅馬帝國的勃興的故事。他是樸素的實際底歷史家，注重事實而在其對於事件的觀察上公平無私的對於歷史家，他是最貴重的知識的源泉。當時羅馬漸漸成爲世界的主婦了，波里比阿雖是希臘人，卻讚美羅馬的武力與政策的勝利。話雖如此，他的目的則是較之在讚美的表現不如說是在精確，因爲他將自己的感情自己保藏着，而且不是文學底藝術家。

出現於波里比阿之後的歷史家並不怎麼重要，或者因了我們不知道他們寫了什麼的緣故罷，那剩留下來的斷片，雖然爲學者們寶藏着而於一般的讀者卻沒有什麼興味。然而，在基督紀元一世紀，我們卻也遇到一個在歷史以及文學上極重要的作家，波盧塔。

在波盧塔的傳記中，我們見到普遍底天才的述作，見到成爲歐羅巴各語言的凡有現存的讀者的承受財產的一部分的傑作。波盧塔是希臘人而且寫希臘語，但實質上他也幾乎相等地屬於羅馬歷史，因爲他的題材的幾乎一半是說到羅馬人的。他的方法，就在將希臘人與羅馬人的英雄們並列着或者作比較，例如亞爾西巴德與科立奧雷那，狄摩西尼與西塞祿。他不是盲目底的英雄崇拜者；而使自己的本國人高出於世界的其餘者這一種愛國主義，在他心中一點痕跡也沒有。他有着透徹的人間性的理解，有着並不陷於道德底誇張的合理而溫和的倫理底標準。不但如此，他對於外面底事實以及成爲他所描寫的人物的背景的事情，有着堅實的知識。近代的研究在若干點，修正了他的意見，但以全體而言無傷於他的聲望。而且他的人物正如他所描寫的一般，生存於近代的傳統之中。古代的有些善人與偉人的名聲，至今還如波盧塔所創造的那樣遺留着。他所描述的有些肖像，因爲是莎士比亞的凱撒，科立奧雷那，和安多尼及克利奧佩特剌的一部分的基礎，所以便成爲二重的安固和恆久了。這部分底依賴，（說是部分底因爲我不相信莎士比亞對於古典的知識是限於一本什麼書的）是基於從札克·阿米奧的法語譯本轉譯的托馬斯·挪兒斯的波盧塔譯本的。在安多尼及克利奧佩特剌中，有的語句，似乎是沒有加以多大的變化而從挪兒斯採用的。對於波盧塔的興味在英吉利文學中向來繼續不斷。在挪兒斯的一世紀以後，德來登是翻譯方面的巨擘；他將波盧塔的傳記加以補充，但也只就一部分的原文上用了功夫。這譯本在十九世紀經英吉利詩人亞塔爾·休·克拉夫校訂了一下，而這校訂本遂成爲對於英語的讀者的標準譯了。

倘說希臘最大的歷史家不是希臘人，乃是近代的學者，這並非反話。自從本原上具有古代的古典趣味復活的意味的意大利學藝復興期以後，希臘文明一向是歷史家及文學者幾乎崇拜底的研究的主體。入十九世紀，這種研究，憑了那考察古文物及其他材料的科學底精神而加深加銳了。因了這精神以及視界的優越，近代的歷史家知道希臘人自己所未知的關於希臘人的有些事情。將英吉利文學中那些卓著的人名舉出稀少的數個來罷，喬治·格羅脫，卡雅明・昭厄特，I. P. 瑪哈飛，吉爾柏特・墨累，以及J. B. 柏立等是能夠將修昔的底斯的生涯和時代告訴我們，較我們所能得之於那希臘大歷史家者爲多的。可是我們連對於法蘭西，意大利和德意志的歷史家的作品的一提及，也當從我們這有限制而非學者底的概述除去了。有些實際的職業底教育家從諸學校及大學的課程，擯除希臘語研究，這一種努力且不論，古代希臘總之是還生活於現代教養的思想裏的。那理由是在，較之教育會議和大學評議會，倒是文學是昭示着我們當讀什麼想什麼的。例如，專門家稱爲不精確處極多而早經廢棄的格羅脫的希臘的歷史，不論在嚴密的歷史學派間，其地位如何，總是屬於英吉利文學的。何以吉本或格羅脫，達爾文或赫胥黎所著的書從界限明晰的專門底思想領土移到文學的茫漠的世界裏呢，這個，我可不能對自己或對何人說明了。言詞者都是茫漠而沒有明晰的界限的。格羅脫有着文體——不論這是怎樣；他的文章是易讀而於普通的俗人易解的。我們讀了格羅脫就可以飽飫希臘的本質的精神麼，這一層我還疑惑着。可是我知道如果我們讀他，則我們一定可以於英語的清淨直捷的使用法獲得教益的。以瑪哈飛的作品而言亦然；他是

——不能下定義的別一詞——藝術家。在他的希臘社會生活中，一種文明重復生活着，或者可以說，繼續生活着。稍後於這些維多利亞朝的人們，則有康橋大學的近代史教授J. B. 柏立。在他的希臘歷史中，學者及藝術家結合在一起。在寫述曾經生存的最藝術底的國民的歷史家，這是特別有幸的結合。

第六章　希臘的敘事詩

一顆新的行星泳入眼界時
我覺得像是天空的看守人一般。——濟慈

基督紀元前八九世紀光景，也許嘗有一個盲目的吟游詩人，歌詠着民謠或改爲詩的傳說，而周游於希臘的在小亞細亞的諸都市間罷。他的名字也許叫作荷馬。他也許就是易利亞德和奧德賽的作者。他是一個人也說不定，他的名是一羣或一派的名稱也說不定。許多的都市爭着要得算作這偉大的傳說底詩人的誕生地的名譽。

對於作爲個人的荷馬，我們無所知道。當希臘的歷史和批評，在紀元前四五世紀開始研究記錄，調查其出處的時候，荷馬於希臘人就同他之於近代的讀者一樣，是神話，是傳說。柏拉圖和亞理斯多德，對於荷馬的詩之所知，倘我們憑了記錄而下判斷，則較我們所知於莎士比亞者爲少。這知識上相對底差異的理由是：莎士比亞生存在印刷流行的時代，而他的作品的近代版本所從而複印的原本的張頁，他自己的眼睛是可以看見的；伯里克理斯時代的受教育的雅典人，想像上說起來，則不曾看見手稿本，僅可以將荷馬的詩的或種形式暗記在心裏。那種形式怎麼樣，我們沒有知道的方法。或者在紀元前六世紀，文學底政治家底士特拉妥蒐集了荷馬的作品，給以一個形式，差不多同我們現今所有的一樣，這也說不定。然而後代的學者編纂近代版本所根據的原本的事，卻是確實的。這著作者的大問題在十八世紀末葉，由德意志學者孚利德列克·倭爾夫提起，還不能得到最後的解決。

這是專門學者的問題。然而也有其二三方面是有着大的一般底興味的。第一，使我們想起詩本來是口說或朗讀的或一東西，而且不但「本來」——如果這一詞暗示着「原始底」及「未開化底」這些意味——而在有高度的文明的國民之間亦然。爲什麼呢？因爲荷馬的詩，連其一切神話底的機構，並非孩稚底，卻是成熟得像但丁，密爾頓，丁尼生或勃勞甯一樣的成年底。易利亞德和奧德賽是以任何後代的詩人無可超越的結構底技巧所組成的。雖然荷馬是古代的人，而他的諸神不再支配天國，雖然對於後代的希臘人，他是隱藏在過去的霧中，但我們將數世紀的期間，卻也不可看的過於重大。荷馬者並非陳腐的骨董也因爲他表現我們所能理解，所能享樂的思想，因爲他是無比的故事家，所以他維持生命至於今日。

荷馬的作品是由吟詠詩人朗誦或吟唱的，訴於耳的口頭底東西。雖然這是重要的事實，我們對於這事實卻也不必過於重視。這事實不能全部說明他的作品之優越的美，倘說這委實是優越於後代詩人們的美的；因爲雖在凡有著作者以爲自己作品是印的東西的現代，韻文及散文的眞實的著作者也還是用自己的耳著作，而聽自己之所說的。記錄文學保存文學的情形已經有了變化了。然而生出詩與散文來的人類的感覺與想像力，那使用上本質底變化卻是沒有的。威至威士，據他的近鄰說，在鄉村的路上徘徊低吟。丁尼生喜歡將自己的作品，倘不對許多的聽衆，便對他的朋友們朗誦。凡有詩人，從極自慚的和登場昏的，乃至極有人望的和適於舞臺的，在作詩時，都是將詩朗讀的。就這一點說來，荷馬當其"Smote 'is bloomin, lyre."（嘯着自己的美的立琴）時，示意於我們的，並非吉卜甯氏所志願的意味，卻是吉卜甯氏當自已口吟那首詩時實在正舉示實例這一個意味。

阿溪里給帕特洛克拉裏傷

由此說來，荷馬是極「近代底」的詩人，他是生活於僅僅一二日前似的，文學上所記錄的人類生活的極短的最近部分的人。這就是對於實際上關係於文學的兩個傳記底問題，即牠是怎樣地造成，以及怎樣地和我們發生關係的問題，我們的短的答辯。還有第三個問題：問題就是究竟有否一個卓越的天才和巨匠，不管其名是不是荷馬，從我們所未知的材料，創造或改造出易利亞德和奧德賽這樣有堅實的統一，而以脈絡一貫的文句構成的故事來呢？因為雖然在這些故事中挑剔的學究發見什麼缺陷和破綻，這些總是有統一，有脈絡的。關於這一切問題，馬太·亞諾爾特的論荷馬的翻譯這論文最令人滿意。我雖不知道，卻也沒有疑惑後代的學者於許多點，修正了亞諾爾特的意見了。他求人家來修正；他那獨斷底態度不過是敏感的穿鑿底精神之上的外殼罷了。雖然最好的辦法，照例是直接親近原本（在我們，就是翻譯）而不顧介在中間的批評家，可是我倒相信接近荷馬的詩的最好辦法，乃是讀亞諾爾特的論文。這對於我們英語的讀者有兩件事的意味：既是對於一個巨匠的序論，而本身又是英語的散文的傑作。

現在，直接來說到我們的詩人罷，易利亞德是什麼呢？那主題是希臘人圍攻推羅之際最後的事情。這事件只有數日的連續。然而在急速展開的故事中，回顧到其前發生的九年間的戰爭，及戰爭的原因的故事；希臘神話的大部分委實是包含於這篇詩中的。直接的插話，是希臘聯合軍中最優秀的戰士阿溪里的憤怒。他懷恨於他的隊長阿加綿農，因為他不得不讓出那作為戰利品的一部已經落到自己手裏的俘獲的少女。他這纔離了戰場，在自己的帳幕裏蓄怒；希臘軍戰事於是失利了。然而阿溪里的心腹朋友帕特洛克拉被殺，阿溪里為另一種憤怒所驅使，便囘來再戰，為他的死友復讎，遂殺了推羅的王赫克忒。

不消說，這不過是那篇詩的一部分骨幹的微微的輪廓罷了。要對於其眞實的大綱，其強健的力與美（這是和那故事中神明似的英雄們之一，同樣地雄勁的）獲得印象，並不一定須做到什麼希臘學者。雖然那精通希臘語又是優秀的詩人兼批評家的馬太·亞諾爾特於凡有公認的英譯，都覓出缺陷，我們在我們的英譯上，還是有非常的好運的。莎士比亞同時代人喬治·察普曼的譯本用的是有韻律的十四綴音的長行。他不甚依照原文，而且將在荷馬並無相應的言詞的那些言詞插進去。然而那結果卻是極有生氣而且詩底的。無怪乎二世紀後，這激動了年青的詩人濟慈，寫起初見察普曼的荷馬時這一首秀拔的短詩來了，從這短詩取了兩行，就揭在本章的冒頭。而且察普曼本人的熱誠我們也可以理解，他那序文的開頭就是：「在凡有現存的各類書籍中，第一以及最優者當推荷馬。」

察普曼以後一百年，亞歷山大・頗普公布了他那著名的譯本，立卽獲得聲望，至今那還是譯成英語的詩的荷馬的最易讀的翻譯。學者本特力說，「是一篇優美的詩，頗普君，但是你卻不可以稱之爲荷馬。」這也許是對的，或者頗普的押脚韻的聯句太鋒銳太絢爛了，以致表不出荷馬的六脚韻的連續的流動，也說不定罷。然而頗普的翻譯卻是優美的詩，而在十八世紀的讀者看來，比我們看來，大抵是更覺其優美的。我推薦於沒有精通希臘語的讀者的翻譯，則是李孚，郎，和邁爾士的散文，這個翻譯沒有爲韻文的困難所麻煩，維持着原本的主要的詩底比喻，讀起來宛如第一流的小說，是有獨特的律呂的明瞭而單純的英文。我們將散文的易利亞德看作歷史底傳奇（而且玩味）並沒有多大地蹂躪批評底用語。

奧德賽是和易利亞德有密接的關係的。這兩篇詩可以看作神和英雄底傳說的巨大的敘事詩的相接近的兩部分，那別的部分也許有寫入故事詩裏的，也許有未寫入的。樣式上，奧德賽和易利亞德極相似，這兩詩倘說不是或一單獨的詩人的天才的表現，則就是一種族的天才的表現。奧德賽將圍攻推羅及憑了木馬的詭計佔領推羅的故事加以結束，其次又描述奧狄休斯（或照我們用拉丁語形所稱呼，則尤利綏斯）的旅行與冒險。當他們在那長而迂迴的回家的旅途時，他的妻，皮涅羅皮被想要強制她失節，並且利用她的幼子忒楞馬卡斯的許多求婚者所包圍。她則守着貞節而因她的丈夫歸來遂得好報，那丈夫是用了謀略殺掉許多求婚者的。

世界的文學中，比這更有趣味的故事是沒有的了。在其主要的結構上，這似乎較易利亞德更爲強固而優美。爲什麽呢？因爲易利亞德是天界的機謀和面面相對的鬬爭的連續，這些鬬爭是同亞搭爾王的騎士的遠征，或近代的懸賞搏鬬一樣地反復着的。尤利綏斯的生涯則擁抱世界，而觸着人類一切原始的情緒與活動。不但如此，尤利綏斯是比阿溪里更顯赫的英雄。雖然我們近代的「道德底」考察有些是不適合於希臘精神，而且和牠疏遠的，可是指摘出阿溪里對自己的友人不忠實而終於打敗優於自己的人來，這在藝術上是妥當的。

尤利綏斯的勝利全是可以滿足的，他有着才智和忍耐，不僅強健的右腕。他的功績和所遭逢的事件，有着急速到呼息不迭的有趣的變化。他是一個人或超人，將始終這樣地在說部的大人物中間長留着。

神話誌底人物有兩重的意義，這句話是眞實的。可以說尤利綏斯代表日之神，而皮涅羅皮代表日之神所回歸的打敗冬之力（求婚者）的春，或者也可以說她是從太陽分離，而以新月的形復歸到那里去的月。對於神話及其象徵的解釋，是極眩惑的問題，我們僅能略一接觸而已。普通的讀者在I.G.夫累則的黃金的枝中，是可以覓見往那奇妙的世界去的愉快的路的。然而如果我們對於荷馬的傳說，沒有深深地沈潛於表面之下，而僅取其表面的價值，我們在其中也見到急速動着的冒險故事的最美的實例；我們容受而且玩味尤利綏斯，恰同對於透利斯探與洛賓呼得一樣。尤利綏斯是後代詩人的中意的主材。在味吉爾中，尤利綏斯是刁滑的惡漢，因爲味吉爾的主人公是推羅人。但丁在地獄篇三十六歌的可讚賞的節段中，以描寫尤利綏斯之死的僅僅數行幾乎勝過了荷馬。丁尼生的尤利綏斯則是最雄勁的作品，也是他初期的詩中最美的作品之一。

和易利亞德同樣，以奧德賽而言，我們英語的讀者是非常幸運的。用十綴音的壯勇的聯句的察普曼的翻譯，比起他的易利亞德來，略略「緊張」更爲堅實。頗普和他的協作者也做了生動的易讀的翻譯。然而於此，在精確這一點，我們又復是幸福的，倘爲了便利及單是享樂，則讀散文的翻譯，即喬治·赫伯特·判麥的翻譯，也是好的。還有一種優美的翻譯，是部拆和郎所譯的。我之所以頗側重於翻譯者，因爲世界的思想是經由翻譯，而從國民到國民，從種族到種族移行着的，又因爲翻譯也會是優美的藝術，而在古典的翻譯上，英吉利人已經以高妙的手腕行使了藝術了。

在荷馬的名及其偉大的敍事詩的周圍，聚集着二三種小詩，荷馬讚歌。這是對於敍事詩或長的故事底講話的短的序詞或緒言。這些小詩的著者和那偉大的敍事詩的著者同樣地不明瞭，然而在這里，偉大的詩的情調也有一些。下列就是雪萊所譯的獻於雅典那的讚歌（雅典那是雅典的司保護的名譽女神，因而是「守都的聖女」）

（英譯詩略）

我歌唱的是，兩眼青青的光榮的力，雅典的派來斯！難馴，清貞而且賢明的脫利脫干，那偉大可敬的守都的聖女神從可怕的頭產出那穿了金碧輝煌的鎧甲的聖女來。

和荷馬同樣傳說底的詩人是希西阿，卽我們現有約八百行的教訓底詩勞動與日子，以及取材於神話的約一千行的詩神們之裔的有名的作者。希西阿所作的詩，大多數已經失掉了；關於他的事我們所知者沒有比我們所知於荷馬者爲多。然而似乎也有若干世紀希臘人將希西阿看作和荷馬相等；我們知道最大的拉丁詩人味吉爾，是從這希臘的巨匠有所獲益的。在我們看來，在勞動與日子希西阿給與農夫和水手的勸告中，差不多沒有什麼深趣，而神們之裔則和荷馬的詩的壯麗比起來見得黯然無光了。希西阿和我們說起或是掠過的許多別的人物一樣，是文學史的一部分，而在充滿興味的世界的「生氣洋溢」的圖書館中，沒有佔着活潑模樣重要的地位。還有希臘敍事詩人數名，其名氏記錄着，但其作品卻已經消失了。不知道我們可是由此蒙了什麼損失呢，還是在「時間」的粗魯的手中有着司淨化的正義的？

第七章 希臘的抒情詩

神，傍了人，
神明似地趲行，
誰都同樣是希臘人，同樣是自由的那佳日。

——斯文本

在希臘文學，同在凡有別的文學一樣，或種形態的歌，和音樂結合的言詞乃是藝術底表現的最初的樣式。無疑地，荷馬的敘事詩的背後，有那些巨大的故事的結構，一種民謠在。可是以我們從那遺留的東西所知者爲限，抒情詩的最高的發達，較後於敘事詩的發達。這不僅是時期的問題，實在也是人類精神的成長上最有興味的問題。最初人們談着自己外面的事物和事件，他們說着人們和英雄們的故事，那就是他們的詩是客觀底。待到他們漸漸地文明化了，他們的情緒大抵也就複雜起來，他們歌唱着自己的靈魂，他們遂成爲主觀底了。抒情詩者不論是笑的，還是有淚的，總之是個人的心情的呼叫。這抒情詩的內面底個人底意義在雪萊的西風頌中不可思議地表現着：

和那樹林照樣，將我做成你的立琴罷。

抒情詩 Lyric 這一詞，出源於樂器的名稱，這樂器希臘人是從他們以前的民族借來，用以伴奏所吟唱的詩的。這是貧弱而幼稚的樂器，在我們的耳朵聽起來，是對於我們還能夠在希臘的詩中欣賞的那壯大而有變化的爽朗的言詞全不適切的。"有些希臘的抒情詩，似乎正像雪萊的西風或濟慈的夜鶯之於曼陀林一樣，對於立琴是優越到不相稱，這就提示着言詞和音樂的關係這個大問題。以希臘的抒情詩而言，我們對於這關係只能推測罷了。因爲雖然我們有着他們的有些樂器，可是對於他們的音譜記號方法，我們卻沒有滿意的什麼記錄，而他們的旋律與和音怎樣的豐富精密，我們又沒有知道。那在語言和大理石上施精巧的細工的國民，恐怕是也創造了至高的藝術底音樂的罷。然而我們卻沒有知道。語言，大理石以及樂器遺留着，但當時樂器所奏出的音響和人類的聲音卻永久消滅了。

抒情詩是希臘的詩的判然而特別的部門。而希臘的批評家，其犀利與精確並不亞於自古以來的諸批評家已經使所有的判別都顯明了。那些批評家倘有誰一讀近代歌劇的廣告所云，「抒情詩」是哲羅謨・斯密斯所作，而樂曲是徽克忒・魯濱孫所作，就要大惑不解罷。可是這個廣告對於我們所使用似的這一詞的歷史是忠實的。言詞的歷史差不多常包括着關於事實的眞實。我們對於謳歌的言詞的任何順序，都覺得是抒情詩，不論這是打算附於樂器的伴奏的呢，還是依了一定的音階而變化調子的聲音所發出來的。我們這一詞的用法包含着「抒情詩底」散文。爲了我們的目的，我們可以不管精細的區別，而將凡有既非敍事詩底又非劇底的詩都稱之爲抒情詩。不消說，在荷馬，味吉爾，和莎士比亞的劇中有着抒情詩底節段。又不消說，抒情詩可以伴於笛或交響樂的樂班而歌唱，也可以全不伴於什麼，單是以眼來讀，以在頭的內部什麼地方的耳來聽。

於此我們遇到兩種大損失。其一比較的小，我們也許一部分能夠爲自己修補的，就是知道希臘詩的朗讀法而可以給人以拍節與母音價之感者，我們在任何人，甚至希臘語教授那里，都不能找到。第二的損失則無可修補，就是希臘的抒情詩人大半已經從文學上消滅，我們

馬荷

只有從斷片上知道若干詩人罷了。有些詩人並非由時的審判，卻由其機械底災害消拭掉了，只是因爲或一作者其作品遺留着曾經說起他們，或是模仿他們的緣故，我們纔知道他們的名字。

最悶惱的是阿爾栖阿斯和薩福這兩種斷片的蒐集。阿爾栖阿斯之是大詩人，我們從他那讚美底模仿者，拉丁詩人賀拉西的證明纔知道。賀拉西是健全的批評家，知道阿爾栖阿斯及別的希臘人的已經失傳的無數的詩。在文學故事，同在人類的全故事一樣，其一大章是消極的一章；想起廢滅的智識的寺院與詩人的王或女王的埋沒的墳墓來，想像就因而困惱了。於此所以說到女王者，因爲最初代的希臘大抒情詩人之一是薩福；紀元前六世紀，她在列斯堡，是被公認爲詩的一派的首領的。我們所有的她的二三篇詩只是這女王的外衣的零縑斷素罷了。然而這些卻也顯示着她的素質，她的熱情，她的戀愛的悲歡的銳感。在希臘，她的名聲幾乎和荷馬的名聲同樣的高，她被稱爲「第十的繆斯，」這恐怕不僅是詩底譽詞而已罷，她又成了羅曼底傳說的女主人公。關於她的最有名的故事就是，她因爲被所愛的法盎嫌厭了，遂跳到海裏，但她究竟殺身沒有，卻不十分明瞭。她似乎同喬治·桑與奇拔的舍刺·本哈武一樣，是天才與熱情的女性。她所發明的，或者可說使之完成的一種長的形式是以她而命名的。薩福的句格為拉丁詩人們，尤著者是賀拉西所使用。要曉得牠的形與節奏的大體，最好的方法是從斯文本來徵引一節。他是詩的一切形式的巨匠，而且儘近代人的能力，充滿着希臘的精神。

All the night sleep came not upon my eyelids,
Shed not dew, nor shook nor unclosed a feather,
Yet with lips shut close and with eyes of iron
Stood and beheld me.

(大意)徹夜，睡眠沒有臨到我的眼瞼，沒有流淚，沒有撥動或揭開一根睫毛，卻緊閉了雙脣，睜了黑鐵似的眸子，立着看看我。

阿爾栖阿斯所完成而別的希臘和拉丁的詩人所模仿的阿爾栖阿斯句格似乎不合於

阿傅栖阿斯和薩福

英語，但下列丁尼生的詩卻是優美的標本。丁尼生知道操縱英語的音律的方術，而其對於古代音律的知識恐怕也並不亞於任何近代詩人罷。他的阿爾栖阿斯句格，看起來適當的，是獻於密爾頓的詩。

O mighty-mouth'd inventor of harmonies,
O skill'd to sing of Time or Eternity,
God-gifted organ-voice of England,
Milton, a name to resound for ages;
Whose Titan angels, Gabriel, Abdiel,
Starred from Jehovah's gorgeous armouries,
Tower, as the deep-domed empyrean,
Rings to the roar of an angel onset,

（大意）

阿阿，有着有力的嘴的和音的發明者，
阿阿，精於歌着「時」和「久遠」的人，
英吉利的神賜的「奧干」的音，
密爾頓，響徹各時代的名；
你的大天使，迦伯列，阿布狄尼爾
從耶和華的壯麗的武庫塔朗耀，
有如高深的「火天」，
對前進的一個天使的呼號而回嘯。

假如希臘詩人的最優的詩全都保存下來，我們將有着怎樣的圖書館呵！紀元前七世紀及六世紀，雅典的賢者又是立法家梭倫的詩，遺留下來的約三百行，似乎與其說是美的，寧說是教訓底。以墨加拉的提奧格尼斯而言也一樣，我們對於他，是憑了數百行的詩纔知道的。這幾個詩人以其生硬的道德底教訓代表着希臘人的性格的一面。他們因了他們的詩的構造，被稱爲哀歌詩人。詩的構造是技巧的問題，我們在這里沒有過問的必要罷。在格雷的寫於鄉村的墓地的哀歌中，「哀歌」這一詞對於我們有什麽意味，這在希臘人是不會知道的。離開形式的問題而言，提奧格尼斯是迥異於對死者而作哀歌，或對貧苦者的簡短單純的記錄而呻吟的人們。他憎惡貧苦者及其貧苦。他是精悍的貴族，他那雄健的詩，我們不能多得一些，是很可惜的。

在希臘人中間所享受的名聲幾乎和荷馬同其煊赫的詩人是阿啓羅卡斯。他似乎是哀歌風的詩的巨匠，是發明鋒銳的短長格的諷刺詩的人。這種諷刺詩大抵和德來登及頗普的針刺似的十綴音的詩略相類似。然而時之河已經汨沒了阿啓羅卡斯的火，而賀拉西所驚嘆的「憤怒」是怎樣，賀拉西及其他希臘與拉丁詩人所模仿的那壯麗的形式是怎樣，我們只能從稀少的現存的詩句，臆測着罷了。

阿那克里温的詩，同大多數別的希臘歌人的一樣，我們只知道些零碎殘片。他以較薩福更輕而更少熱情的調子，拈弄着戀愛和酒的主題。他的細緻和素靜的成句的傾向，使他很爲希臘人及近代的詩人所讚賞，而且他還有着寫阿那克里温詩"Anacreontics"的模倣者，這種詩曾有若干世紀是被稱爲他所作的。較之眞正的阿那克里温，倒是對於這些詩，近代的模倣者與翻譯者時常參照着，然而阿那克里温的有幾篇卻也美到夠得上說是那巨匠的著作的。

薩福和阿那克里温的抒情詩是强烈地個性底，是個人的情緒的表現，是詩人作爲自己的經驗而感着的悲呀，苦呀，歡呀，笑呀，憐憫呀等的呼叫。抒情詩的較廣的型是合唱詩，卽正如這一詞所表示，由合唱隊唱着以表現一集團的共通的情緒的詩，例如對神們的讚美及歡歌，讚美戰勝者及英雄的頌詞。這等詩必然抑着詩人的特異的天才的烙印，但實質上寫着在他周圍的宗教底及社會底生活，是在於個人的外部的。所以這類的抒情詩接近詩劇，而且類似劇底合唱的歌，雖然劇詩人也許未曾寫過頌詩，而抒情詩的作者也許未曾試寫過劇本。

合唱底抒情詩人中，（當時想必有數百詩人，所作的歌現已湮沒了）三個最大的就是栖奧斯的施蒙尼迪，巴啓力第，以及品得。如果我們以爲他們是紀元前五百年，薩福後一世紀頌的人，這說的是我們在對於精確的年代的故意無視中，必須限定的他們的年代。

施蒙尼迪完成了頌讚歌，卽讚美英雄的詩，其筆法是在回想作爲阿諛的比較的過去的或一英雄，這樣，雖然詩的直接的主材也許被忘，而傳說底故事則保存了。

巴啓力第是那支配詩人在其死後的名聲的不可思議的運命的一例。他的詩在若干世紀間曾經失掉，其中的幾篇是一八九六年在破爛而不完全的埃及紙草卷中所發見的。記述人間的歷險的書籍往往本身是也有不可思議的歷險的啊！可以說明巴啓力第的天才和希臘戰勝詩的許多精神的，是那讚賞奧林比亞競技中競走獲勝的馬的一篇頌詩。希臘人對於他們的運動甚至比近代的大學學生還看得認眞，因爲運動競技不僅包涵在愛國的動機之中（像亞美利加的艇員在泰晤士河和英吉利的艇員賽艇時似的）而已，還在我們經驗外的宗教的動機之中。詩人讚揚着那馬，也就是讚揚着那主管人塞拉庫西的統治者亥厄洛。然而這篇詩的價值卻在其神話誌的部分說起赫剌克利和麥勒亞渃在冥府的世界會見，而這是希臘文學中出現故事的唯一地方。在祝神的祝祭，在奧林比亞和特爾斐和別的都市的大祝祭，希臘人和希臘人競爭各種形式的技能，從角力及競走乃至音樂，詩，彫刻，哲學底辯論。因此，雖然如我們從現代的學者所聞的不平那樣，當時有些哲學家以爲加於僅僅運動的名譽是過多了，當時的公衆卻也和今日一樣壓到了他們，而詩人以壯重的頌詩祝賀競馬或戰車競走的勝利者，在當時乃是名譽的事情。

勝利的頌詩作者中最優秀者是品得。他不獨在其天才方面還在其死後蒙着好運這一點，是幸福的。爲什麼呢？因爲他的作品約四分之一，那祝賀着奥林比亞，匹替阿斯，伊斯明及泥米亞的競技上的勝利的數篇完全的頌詩，和數百種的斷片是遺留着。這纔頌詩在近代差不多成爲全和品得的名相關聯的了，雖然他在希臘人之間，並不比別的幾個詩人更爲出名。

頌詩實際上是合唱隊對了一種圓舞所歌唱的詩的一節，由從右向左的運動伴着，這就是「左方舞歌章」(strophe)或「旋轉」(turning)同了其次的一節，那運動逆轉，這就是「右方舞歌章」(antistrophe)在第三節，即後歌「尾聲」(epode)之際，合唱歌遂停止了。這三重的單位能夠依詩人的希望幾次三番地反復着。在英吉利的詩中，頌詩成爲美而重要的形式了，雖然較之希臘的，構造上更為弛緩，而和希臘的實質的共通點也差不多可說沒有。雪萊的西風，濟慈的夜鶯和希臘的甕，威至威士的不滅性的暗示，斯文本的獻於微克式囂俄的生日頌，丁尼生的威靈敦公爵都是近代的意義上的頌詩。他們在本質上的一點，即主題的品位和情緒底眞摯是頗像他們希臘的祖先的。雖然不是有高的靈感的詩，但對於亞美利加人深有興味的實例是羅厄爾的紀念頌。較密接地保持希臘的形式的例，則是當馬爾巴羅的勝利，壯麗的威廉·孔格雷夫獻於安女王的那篇東西。他最初指出眞的品得的頌詩，構造上有規則而且精確，並不如十七世紀的詩人考力所稱為「品得風的詩」似的，是長短行隨意雜然地配置的東西。但品得的美並不全部在於他的形式，還在於他的思想的大膽和高尙。他是具有對於一切藝術的感性的藝術家，這感性蓋是希臘人的特徵，並非他的特異所在，然而由他精巧地表白出來了。例如，他認定詩和彫刻的密切的關係，而用了那翻譯出來也不全失其美的言詞云，「我不是要刻永遠閑立在一個臺座上的姿像的彫刻匠，不呀，我的美的歌呀，你從伊齋那出來，到凡有載貨的船上，凡有輕的划子上去罷。」

我們將雅典當作希臘的智底指導者，在數世紀之間，特是紀元前五世紀及四世紀之間是如此的。然而希臘文明卻也播及於小亞細亞，西西里乃至南部意大利，而諸藝術也興盛於許多的都市，許多的州縣。七個都市自稱是荷馬的誕生地，這是深有意味的事。品得生於底比斯附近，巴啓力第和施蒙尼迪則於栖奥斯島，阿那克里温生於小亞細亞的提奥，而阿爾栖阿斯則於列斯堡的密替利泥。從別的希臘諸國家產生的詩人和藝術家醉心於雅典，如果他們能夠，便到那邊去，或者勾留多少時，或者作爲市民住定在那里，恰像法蘭西的作家要想早晚到巴黎去，或英吉利人到倫敦去一樣，雖然雅典並不像近代的大都市似的，是人口稠密的政治底及商業底首都。

當亞歷山大王征服世界的時候，希臘的都市雖不曾立時失其個別底地方底特徵，終究失掉了勢力，而文章也沿了數種塗徑逐漸衰頹下去。這不復是經由天才之口的國民的自然的思想表現了。全世界講希臘語，文學者爲了彼此而寫東西；那些讀者是廣而博學的讀者，但誰都相像，不復是深強而有變化的民衆了。文學一步一步地成爲不像生之聲，而逐漸逐漸地成為書的問題，相互的模仿的問題，自覺底的細工的問題了。主要的文學中心地，即紀元四世紀的末葉征服者所創設的埃及的亞歷山達拉，不多久就有三十萬的人口，一部分因了統治者多利米家所建設的宏富的圖書館，遂將學者與藝術家與詩人吸引過來。在亞歷山達拉，拍加曼及其他新舊的都市的統治者，確乎是努力於開發藝術及學問的。於是學問在哲學及批評方面興盛起來，然而於藝術，尤其於詩，卻發生一點什麼病了。

亞歷山達拉的詩（亞歷山達拉者是指那時代而言，並非指那都市而言）何以失掉了古代希臘的味與力呢？要說明這一層，是沒有確當的法子的。其一原因是，新的詩人寫可讀的即訴於眼的詩，而往昔的詩則是做的給人吟唱而訴於耳的，而且也許因為希臘的天才早經說盡了當說的話，不能以新的思想及形式蘇生自己了罷。

有一個以獨特的樣式說着新鮮的事的詩人，提奧克立塔就是。他完成了田園詩，竟使這個重要的形式和他的名視同一體，有如頌詩和品得幾乎獨占底地視同一體一樣了。田園詩者，正如這一詞所顯示，是關於牧人，關於他們的戀愛，他們的迷信，以及他們生活其中的風景等的詩。牧人的對話和歌謠是極優美而且詩底的，竟使後代的，甚至技巧底時代的批評家疑惑到粗拙的農夫之能得到那樣精美的情緒了。然而我們知道，所謂俗人的民謠於語句及律呂上是富於想像，往往也極可愛的。事實上提奧克立塔的牧歌，（idylls）（這一詞的本義卽「小小的影象」）也是從那些正同今日他們的子孫一樣，在西西里島的綠的丘陵之上，蔚藍的天空之下唱着歌吹着笛的實際的牧人得來的。提奧克立塔雖以複雜的技巧調弄他的材料，但那使他成爲充滿生氣的誠實的詩人者乃是他的材料的眞實，及其對於單純的人們的生活的關係。他的粗俗的詩是他最優的東西。他從牧歌移到因襲底敍事詩的主題時，便不復是西西里的自然的詩人，卻是亞歷山達拉的衒學的詩人了。他的後繼者拜温和摩斯卡斯因了拜温的悼阿多斯尼和摩斯卡斯的悼拜温是難忘的；這兩篇詩以其對於死者的哀歌或聖歌的性質代表田園牧歌；而且因了這性質田園詩是在許多近代的模仿物之中占着最高貴的地位的。

田園詩成了近代的一切國語中的傳統了。味吉爾的短詩是提奧克立塔的模仿品，是還未發見自己，然而有着本身的蠱惑力的青年詩人的缺獨創性的作品；這青年詩人因了後來他的成熟的詩的聲價擴張而且堅實起來，愈益受到讚賞了。不消說，味吉爾及於羅馬系國民及英吉利的影響比任何希臘詩人爲多，而牧歌的增加，一部分是靠了他的。近代國民的田園文學許多是不誠實而且愚傻的，有如法蘭西的宮庭裏慣於以綢和花邊裝扮男女牧人的遊閑漢一樣。然而有許多田園詩卻也完全純粹，因爲詩人愛好鄉村的緣故！倘詩人稱呼可愛的英吉利少女爲克魯依那麼，這少女不是正和呼她爲推斯或安妮時同樣美妙麼？

田園詩沿了四種途徑而發達。短的牧歌或提奧克立塔味吉爾型的短詩在若干世紀間，繼續是詩人的中意的形式。伊利薩伯朝的英吉利文學充滿着「可愛的」牧人「熱情的」牧人，各類的牧人。英吉利牧歌有些是可愛而自然的，最有名者是史本瘦的牧人之曆中的十二篇，每一篇相當於一年的一月，是意識底地模仿古典但也充滿英吉利精神的。在十八世紀，約翰給於牧人的一週中審愼地使牧歌英吉利化，而開手描寫「確乎決不比西西里或亞卡地的農夫更不值得英吉利詩人模仿的我們本國的正直而勤勉的農夫的風俗。」

田園詩的第二段的發達，就是小的對話展開而成完全的劇。在意大利語，最熟知的實例是塔索的亞明泰。英語的最熟知的例則是有着英吉利森林地方的氣味的本·準孫的悲哀的牧人，以及為塔索的亞明泰所鼓動而於人物的配置和名稱以及神話誌這幾點是希臘底或準希臘底的約翰·夫勒拆的忠實的牧女。我們又還不可忘記阿蘭·剌譔穆用了蘇格蘭低地的方言所作的一篇有活現的人物而具質朴單純的美的詩，溫文的牧人。

第三段的發達是散文底羅曼斯，或散文與詩結合在一起的羅曼斯，有如意大利人散那匝洛的埃卡第埃。腓力·錫德尼用了那遠勝於不獨粗鄙的人們的言詞而已，還有文人學士以外任何人們的言詞的藻飾着的文體所寫的埃卡第埃，即以散那匝洛的那本為基礎。我們所尊重的散文田園詩不過是像法蘭西的喬治·桑及英吉利的托馬斯·哈代的羅曼斯似的，取材於鄉下百姓的故事風的小說。他們大約無所負於提奧克立塔的傳統，然而因為他們所描寫的羊和牧人是眞實的這緣故，他們是屬於同一的世界的。

第四段的發達及最崇高的詩底的東西，在密爾頓的力息達斯和雪萊的亞陀尼斯示着實例。哀悼死的友人的詩人們將自己和自己的友人虛擬爲希臘人在亞陀尼斯中，田園詩的風味幾乎沒有；死的主人公濟慈並非直接作爲牧人，卻作爲那爲

他所愛的以及所型成思想的一切

所哀悼的詩人而被描寫着，而希臘風的化裝單是在名字上罷了。然而在力息達斯，密爾頓卻實現着田園詩底象徵主義。他和本是在大學的友人的王，是下面那樣的：

育於同一的山邊，
在泉樹蔭，小川邊飼同一的羊羣。

用了詩的形式的對於死者的哀悼歌，是人工底東西，然而對於英吉利的友人，在給戴了希臘人的假面而表現哀情的地方，尤其是人工底的。不消說，密爾頓這樣地做的很優美，而馬太·亞諾爾特在撒伊利思中，則顯示着他的富於學識的希臘學者的面目。然而我們對於任何後代的這類的標本可當加以注意麼？我以爲是疑問。對於這一類的詩，除了那在過去的偉大的實例以外，我們的趣味已經鈍減下去，也決不至於在近代文學中，蘇生過來了。

現存的希臘的詩，以一切的詩而言，那最貴重的書之一是詩選，（anthology）即從紀元前六世紀至紀元後五六世紀的許多作者的短詩集。這些詩，小的頌詩，小的牧歌，諷詩，短的戀愛抒情詩等，以簡潔的言詞表出的人類的一切性情，比起大敍事詩，戲劇，和歷史底記錄來，使我們更深窺到希臘的生活的核心——或這核心的有些角隅。

詩選是由紀元前一世紀的詩人麥勒亞澤開端的。他將包含前幾世紀的許多大抒情詩人的約四十個詩人的詩編集攏來，稱他的結集爲花環，花環這一詞就有着anthology的意味。這作品非常地風行起來，而且被人模仿，而且爲後代的詩選編纂者所追加，直至麥勒亞澤後十世紀，君士坦丁洛·塞法拉斯（關於這人的其他的事未詳）遂從以前的集本採選攏來，加以自己的增補，作成一種詩選的詩選。這詩選的歷史是關於書的長故事中引人的一章。一個名叫帕盧台斯的僧侶在十四世紀製作了新的版本，他從塞法拉斯的作品删去了許多好的東西，而將或優良或中等的別的東西加上去。這帕盧台斯詩選有好多時候，曾經算是標準本。那期間，塞法拉斯是消失而且被忘了，直至十七世紀的初葉，有一年青的學生纔在海得爾堡的大學發見塞法拉斯的手稿本。這從忘卻中救出的手稿本還有着繼續歷險的運命。三十年戰爭之際，在德意志易滅的東西是什麼都不安全的，這手稿本則被遞送到法迪坎去。其後，當十八世紀末葉，法蘭西人乘戰勝的威風在意大利肆行掠奪的時候，他們便將這手稿本帶到巴黎，在那里，學者們聚集着來觀看。

將詩選的價值看的儘大儘大，也不會看足的。牠保存了許多沒有牠就要滅亡了的詩，不但無數的一朵朵的「花」是優秀的而已，（老實說來，從中有的不過是人工底紙）其結集以全體而言，也還包羅着感情與經驗的廣的領域。雖然對於各個的詩人我們所知者極少，而牠顯示着希臘的詩的發達，從充滿精力的黎明以至衰微的黃昏。在任何別的文學中，（或者除中國文學以外）這樣長續的，許多音響的「合唱歌」我們可尋得到麼？希臘人——並非那一個希臘人，卻是那種族，——是知道說出人們曾經想着感着的各事情的方法的，（不消說，我指着根本底的人間的事實，並非指着希臘崩潰以後加入於人生的詳細的事情，例如亞美利加革命和無線電之類。）希臘人是表現底，直言底的精明的國民。他們能夠將塗毒的雙鋒的刃似的諷刺，猛戳人類的敵，又能以誇傲的歪的唇與哲學底的眉，靜觀最後的敵與友，——即「死」詩選中一個得意的主材的。

英吉利詩人對於這些完全的小詩，已經做了許多優美的翻譯。我就將其一例，紀元前三世紀的詩人而兼學者，而且是亞歷山達拉的大圖書館的司書之一的卡林馬卡斯的詩，來引用一下罷。那翻譯是成於十九世紀的英吉利詩人兼學者威廉·科立之手的。

（英譯詩略）

人家告我，赫拉頡利圖斯，人家告我，說是你死了。
人家齎了悲耗給我聽，苦淚給我流。
想起你我長日清談而送夕陽西沈，
不知有過多少回呵，我哭了。
阿阿，親愛的加里亞的老客人，

現在你成爲遼昔的一握的灰，正睡着呵！
可是你的快樂的聲音遺留着，你的夜鶯醒着；
因爲「死」將什麼都奪了去，卻不能奪你的聲音。

第八章 希臘的劇

奇異的不可思議的東西多得很，
比人類更奇異更不可思議的卻沒有。——索福客利

戰爭呀，殺人呀，或是橫死呀，什麼可怕的事發生了，我們稱之爲悲劇。或小說或戲曲「不幸地」結局，也稱爲悲劇。悲劇"tragedy"這一詞從希臘語的山羊這一詞出來，這是怎麼一回事呢？在我們看來，山羊不是頗有滑稽味的動物麼？對於這疑問的回答是，希臘的悲劇，那偉大的詩底文學，在祝豐饒之神帶奧奈薩斯的一種社戲，或配琴式(pageant)上，有着牠的起原。祝祭的配琴式的有些演員是上了半人半山羊的「綏太」(註一)的裝束的。那原始的綏太劇，經「文學底」詩人之手，發達而成精美的戲曲。不消說，這種發達是緩慢的；經歷著若干的世紀呢，我們可不知道，但比起莎士比亞的劇和人們最早知道的宗教劇之間那許多世紀來，大

約還多罷，

註一 綏太是出於希臘神話的半人半山羊的怪物。

最大的希臘三大悲劇詩人，其作品中的數篇完全的戲曲爲我們所有的，那第一個是伊士奇。現存的八篇戲曲中，三篇形成三部作，阿萊斯梯亞，這是留存著的唯一的希臘三部作。伊士奇寫了七十篇悲劇；在那些湮滅了的戲曲中，有着他那最優的有些作品，也未可知。在深邃與壯大上，誰也沒有超越這最初的大悲劇詩人的天才。他的主材，正同許多希臘的劇的主材一樣，將爲了人們的犯罪及其傲慢之罪，而懲罰他們的那神之力敍述着，是宗教底，且也神話誌底。神們的背後，微現着那不祥的超神「運命」；從「運命」之手，是沒有可逃的路的。希臘的人生觀包藏一種歡喜的要素。希臘人中有些最賢明的人們，例如蘇格拉底，倘不以洋溢的喜氣，則便以微笑看望着物事。然而悲劇詩人的根本哲學卻是陰鬱的，而且像舊約全書一樣，是嚴正地道德底的。

因爲紀元前五世紀的劇場，什麼痕跡也沒有留着，所以那些最大的劇作家輩出的時代，希臘的演劇術的裝置究竟是怎樣的，我們沒有知道。那機械的結構想必是精妙的。因為在伊士奇的被縛的伯羅米修士之中，海洋的「尼謨甫」的合唱隊，浮在空中，直至伯羅米修士吩咐

伊士奇

他們走下去為止。在我們所說的意義上的動作這東西在那里大抵並不多，因為如我們現在所讀的臺本的效果，與其說是同於包含了在觀衆直接的眼界中的動作的近代戲曲中的會話，寧說是伴以抒情詩底合唱的故事朗讀的效果。希臘的舞臺上，只容許兩個三個主要的演員登場，而他們的朗讀由合唱隊伴着或頓挫着。比起苦惱的，摸索着的悲劇的主人公的意志來，更優的神們的意志的公平無私的知識，合唱隊得了指授，遂和主人公以詩底對話辯論當面

的問題。

我們要接近伊士奇，最好的方法是讀羅伯·勃勞寧所譯的阿加綿農的譯本，以及勃勞寧夫人所譯的被縛的伯羅米修士。英吉利的詩的讀者，不消說是知道斯文本的優美的卡利同的阿塔蘭塔的；J. P. 瑪哈飛教授（超於他的權威是沒有的了）嘗說，這是「在近代的伊士奇精神的最眞最深的倣造品。」

第二偉大的希臘悲劇詩人是索福客利，他比伊士奇更後一時代。當時競爭賞牌是詩人的常習，而在伊士奇也是一競爭者的有一回競技，二十八歲的索福客利獲得了賞牌。從那時以降，至紀元前四百年頃他以九十歲去世，他收了差不多完全的成功。他寫了百篇以上的戲曲，有七篇遺留着。他的主題是傳說底的，和伊士奇的相連絡。希臘的劇作家像涉士比亞及其他近代的詩人一樣，並不在結構的發明上，炫示獨創；他們於抒寫的方法上互相競爭，在速度，直截，不安狀態，高潮點，和演劇效果這幾點上，使劇藝術進步。他的厄狄帕斯王，農奴的厄狄帕斯及安提峨尼的翻譯及改作在英吉利，德意志和法蘭西開演而得了成功，這事實就可以證

伯 羅 米 修 士

明索福客利有着普遍的劇底感人力了。孟特爾遜給安提峨尼寫了樂譜；近年，李嘉特·司特老司寫了歌劇，何夫曼塞爾所作的那臺本是根據於索福客利的伊勒克特剌的。以英譯而言，尤其是以R.C.澤布的散文或E.H.普蘭普忒的韻文而言，索福客利的劇單以其故事底興味引動讀者；至於具有一切本來的調和的他的作品，究竟是怎麼樣，大約只有眞正耳聞希臘語而感得其味者纔能夠告訴我們罷。厄狄帕斯和他母親佐卡斯塔的故事非常的可怕，索福客利是用了那一定嘗使希臘的觀衆喫驚的劇底的譏嘲處理這故事的。希臘人熟知這故事，知道厄狄帕斯的運命是註定了的，然而戲曲中的厄狄帕斯卻沒有知道自己的運命，在誇傲與盲目之中，不自知地顚躓着進向運命這里去了。比這更壯大的劇底境地是一切文學中所未之見的。

希臘的第三大悲劇詩人幼里披底，比索福客利小五六歲，在半個世紀之間，這兩詩人乃是雅典的觀衆之前的競爭者。那隱伏於希臘的世界和我們的世界的背後的可怕的無形的影，即運命，對於幼里披底，比對於儕輩的劇作家更爲親切，因爲他的九十篇戲曲中，有十八篇保存下來。幼里披底在希臘的劇作家中是羅曼底，這意義（「羅曼底」這一詞在近代的批評之中是受了極嚴的苛責的）單是在於他將戀愛的動機看的重要罷了。

這動機在別的希臘詩人並非不知道。爲什麼呢？那使一千的船舶衆到水裏，而惹起推羅戰爭來的，可不是巴里司和赫楞的私奔麼？然而幼里披底卻是將戀愛的熱情和其他人間底熱情作爲主要的動機的。人們比神們更爲重要。雖是神們和神話底人物也是用人們的活的語言的。幼里披底知道那已經複雜起來，成爲哲學底，懷疑底，而不復相信神們了的雅典的社會，又悟到牽引觀衆的手段，是在彈奏那從宗教獨立的在血中的熱情，我們人人感到的普遍的情緒。那殺自己的孩子使哲孫憎惡的女魔術師米第亞

悲劇的演員

維持着傳統底神話誌底性格的外觀，而乘了生翼的戰車飛去。然而以她的言詞，她的心而言，她卻是苦惱的女子，像馬克柏司夫人似的眞正的女子。

在希坡利忒中那因爲自己的養子沒有酬答自己的愛而殺自身的飛德劇是適合於近代的傳奇劇(melodrama)的人物。易非機奈亞在托魯斯人中間以及易非機奈亞在奥力斯的女主人公是可愛的人物；幼里披底從眞心愛着美的少女，正同後代的小說家一樣。他所以較之任何別的古代詩人，在法蘭西和德意志的羅曼底古典劇上，有更大的影響者，是容易理解的。不論幼里披底的人間底興味，則他的傑作擺基是全然敍述神們，敍述帶奥奈薩斯加於那反對帶奥奈薩斯的禮拜的國王盆倏斯的懲罰的。這是極其壯大的東西。讀者差不多無需希臘神話誌的知識，就可以從吉爾柏特·墨累的這一種譯本上得到深雋的趣味的。

那算是悲劇的起原的帶奥奈薩斯的禮拜，奇妙得很，竟也是喜劇的起原。悲劇所代表的是儀式的嚴肅的方面，而喜劇所代表的則是其歡笑，騷宴以及酩酊的歡樂。雅典的偉大的喜劇作者是亞理斯多芬，他是在紀元前五世紀的後半享着全盛的。古代雅典的喜劇不僅是娛

米第亞

樂而已，還是對於政治底及社會底過惡的諷刺和抗議的傢伙。那在近代屬於峻烈的社論和政治底諷刺畫的機能牠多少也有一些。首先請將E. L.哥特根（註一）托馬斯．挪司忒（註二）W. S.吉爾柏特（註三）杜來氏（註四）喬治．愛陀（註五）維爾．洛澤斯和亞忒．楊的混合來想像一下罷，那麼，你就彷彿覺到對於雅典的喜劇，對於其中心底天才亞理斯多芬的什麼近代底相類物了。那些「地方底」的現代人的比喻是全然適合於亞理斯多芬的精神的。爲什麼呢？因爲他是「地方底」的，而且爲其直接的環境所制限。他的戲曲無論怎樣的警闢，沒有一種能夠使近代的觀衆有趣味，因爲我們不能在那里捉得滑稽的緣故，那些滑稽是爲着雅典人的，而其要點倘沒有說明底註解，就爲我們所不解了，——註解則是殺滑稽的趣味的。然而他的有些戲曲的一般底諧謔底的概念卻也傳下來，爲我們所了解的。現存的十一篇戲曲中，兩篇是攻擊雅典的政治家克利溫以及「煽動政治」的東西。亂雲這一篇着眼於當時的哲學，乃是對於蘇格拉底的惡毒的「諷刺畫」。蛙是對於伊士奇和幼里披底的文學底批評。兩篇戲曲是對於和斯巴達媾和的辯護。全體戲曲中最爲壯麗者則是對於雅典實在也對於全人類的諷刺文，鳥鳥建都於雲中這一種觀念是愉快模樣幻想底。這又是詩底。亞理斯多芬是笑人們的弱點的人同時是抒情詩人。

註一　亞美利加 Nation 及其他雜誌的主筆。（一八八一——一九〇二）

註二　畫政治底戲畫的亞美利加的插畫家。（一八四〇——一九〇二）

註三　英吉利的諧謔的詩和劇的作者。（一八三六——一九一一）

註四　亞美利加的諧謔的作家（一八二七——）

註五　同上。（一八六六——）

亞理斯多芬沒有留下後繼者來。顯然是誰也不敢，誰也不想模仿他。從他是過去的巨匠的那地方底的，政治底及公衆底的諷刺的境域，希臘喜劇，新喜劇轉移到風俗呀，私情呀，笑話呀，以及踏足於平常的愚傻的人類的娛樂呀之類的喜劇了，——我們都是這所謂愚傻的人類。新喜劇的主要的劇作家是麥喃得，雖然我們僅有他的戲曲的斷片，而他是最近二十年間纔發見的，影響很大的，一種失卻連環似的人。從他這里，羅馬的劇作家普羅塔斯和忒稜斯獲得實質形式和精神，而其次，則從拉丁的戲曲作家這里，近代的劇作家摩利爾和莎士比亞也有所獲益。假如麥喃得及他的同時代人腓力們在搖籃中就被縊殺了，則摩利爾和莎士比亞不會成爲偉大的喜劇作家了罷，我們是不能如此說的。歷史上的「假如如此就要這般了罷」者，不可解的謎也。然而那些希臘的喜劇作者經由後代的劇作家，「實際」是遺傳到我們這里，而以或一意味而言，生存於我們的舞臺上的。（註六）憑了特是在法蘭西的古典劇場和稍後起的德意志的古典劇場的直接的翻案，希臘的悲劇詩人，如我們所見，也生存於我們的舞臺上。拉辛和哥德直趨於希臘的主材，英吉利人則以衒學底調子做了優美的翻譯了。然而可以和拉辛及哥德的新希臘劇相比較的可排演的英語的戲曲，我一種也想不出來。那雄勁的實際底戲曲作家兼且深邃的學者本·準孫，對於拉丁的辛尼加的所知，恐怕較他所知於希臘悲劇詩人者爲多罷。然而辛尼加則又知道希臘人。傳後的事同凡有系譜一樣，是離開正路的，然而在近代的劇場和希臘的大劇作家出世前數百年的希臘的半宗教性的騷宴和儀式之間，卻也存在着毫無疑問的，聯貫的脈絡或連鎖哩。

註六　我們既然說着喜劇的問題，我以爲在這短髮的時代，說起麥喃得的喜劇之一是剪髮的少女的話來，是優美而得當的諧談。但麥喃得的喜劇中，剪髮這事情卻是憤怒的戀人所加的刑罰。——原著者。

第九章　希臘的哲學雄辯術及其他散文

凡有人們本性上是爲智識慾所導動的。——亞理斯多德

在世界的圖書館，除了包含近代哲學的書以外，比希臘哲學史更深邃的書是沒有，也不會有的。希臘人的精神喜歡思辨，以及研究事物的原因和人類精神的過程。那放浪的亞理斯多芬恐怕是對於形而上學的論辯沒有什麽興味的唯一有教養的雅典人罷。受教育的希臘人大都是像呼吸空氣一般呼吸哲學的。那證據就是：當時的教授哲學，從師到弟子的智慧的傳達，有許多不是形式上的教室的事務，卻是不定時而出於會話的。對於在本章的冒頭所引用的亞理斯多德的文句如果——當我們以爲幾多的人們全缺眞實的智底好奇心時——以爲是太過好意的一般人類精神的說明，那麽他乃希臘人又是有思維的特權的有閑階級的一員，就是解答了。

二千年之間，人類在思想上不大有什麼進步。柏拉圖對於天界的運行，所知者沒有像在現代的天文臺之一的極平凡的天文學研究者那麼多，而近代的物理學不復以古代人分析物理界的四元素爲問題了。心理學即心意的機能及習性的研究已經遠越了最博學的希臘人所隱約地思考的境域而邁進了。哲學的物理底基礎變遷了，發達了，無疑地非常鞏固起來，豐富起來了。然而希臘人的精神卻也對於哲學上一切本質底問題，默察過，澈頭澈尾地思考過。有時我們沈潛於柏拉圖和亞理斯多德時，我們覺得，無論我們知道流行的近代哲學（其許多以希臘人爲根基）有怎樣的利益，總之我們不但沒有成就多量的發達，還沒有開始追及古代的愛智慧的人們。

柏拉圖和亞理斯多德將出於他們之前諸哲學者的思想概括起來，做了莫大的獨創的貢獻，直至現代，是重要的哲學者大部分的基礎。在這里，讓我來插說幾句話罷。哲學這東西是人人的問題，不是稀少的受高等訓練的專門家特有的獨占物。對於人生及宇宙以自己的方針下推定，或者拾人家的牙慧的，無知和明哲的程度不一的哲學者，我們都是。哲學者不過是思考的比大概的我們之能思考，更深沈更有脈絡的明哲的人罷了。他不管我們贊同與否，爲我們整理我們的思想。哲學者往往將自己的思想隱蔽在難解的術語之中，因此較之使我們的思想明澈，不如說是使之朦朧；然而這是因爲生的問題複雜而糾纏的緣故罷了。以大體而言，專門的哲學者卽在他多少頭腦混亂的時候，也是給與助力與靈感者。在文學中，較之稱爲哲學這東西愛好家能夠以更大的愉快盤桓其中的別的部門是沒有的了。又，如近代思想家中最壯麗的一人，喬治·散達亞那近來所云，哲學這東西，較之從專門的哲學者中，往往倒是從詩人和小說家中，以更純粹的形而被發見，這一節讓我們記取着罷。

以上的贅言不免說的長了。讓我們說佪到希臘人去罷。柏拉圖以前，有過兩三個想到偉大的觀念的思想家。我們只能略舉其名而已。赫拉顛利圖斯將生命作爲連續的變化而着想，以爲什麽東西都不是一瞬間以前的東西，什麽東西都不是一瞬間以後的東西。他以爲本質的元素是火，火凝結而化爲液體及固體，分解而又成爲火。恩拍多克利發展了火風水地這四元素的理論，直至近代爲止，乃是物理學上通行的觀念。他又有着進化以及「最適者的生存」

柏拉圖

的基本底觀念。畢達哥拉斯，或者帶着他的名稱的一派，使數學及天文學等科學進步，以爲種種物質的差異都是數的問題。夫一個實體和別的實體之所異，基於構成實體的電子的震動律，這事實的發見不過昨今的事耳。那些富於想像力的古代希臘人不能訪近代的實驗室，而見他們的幼稚的直覺由科學底試驗來確認，是十分可惜的。

初代希臘哲學進到認定教哲學是有給的職業這一點。那教師是稱爲"sophist"的。於是在紀元前五世紀，和索福客利及幼里披底同時代，雅典的街上，出現了一個高貴的獨創底思想家，未嘗寫過一本書的大哲學者——蘇格拉底。他和人談話，非難賢者的自負，獎勵年靑的人們自己去求眞理，以度他的一生的大部分。他所取的方法是諧謔而冷嘲底的。他有時作積極的直接的主張，但常以發着質問到達自己的結論。他的假裝無知，不單是怪僻的姿態，實在是劇底態度。他根本上是嚴正的；他相信自己是受內面的聲或「惡魔」的命令而去教人的。他爲理解他的人們所愛，然而他的急進的思想，關於他的國家的非愛國底言詞，他那憤激的辯論方法，以及他對於人生的慣習的不關心卻於他造了許多的敵。他以其使靑年墮落並介紹新的神們致被控訴，宣告有罪。自然，當時的控訴是錯誤的，而審問全體乃是一齣政治底奸計。蘇格拉底像眞實的哲學家似的，容受他的宣判，而和他的友人談靈魂不滅以送他的晚年。人類在自己之上所玩的苦把戲之一——蘇格拉底玩味其乖離的諧謔味——就是殺善良者和勇敢者這事情了。將蘇格拉底的運命和耶穌的運命相比較，是無所謂不敬虔的。一個差異就是蘇格拉底年紀到七十歲，已經過了自己的全生涯，說盡自己得說的一切，而耶穌則當他死於十字架時是比較年青的人。

要知道蘇格拉底的思想，我們得將話頭轉到他那最著名的弟子柏拉圖去，他是用了蘇格拉底作爲運送自己的思想的傢伙的。柏拉圖的對話的哲學中，有多少是蘇格拉底，有多少是柏拉圖，將這一層加以判別是不可能的，而在人類的智慧的故事中，這也沒有成爲怎麼差別。蘇格拉底，柏拉圖的合體擁抱了希臘的最高的智慧。那文學上的形態是愉快的；這是會話的交換，是有生命有人間味而且劇底的質問與應答。柏拉圖的對話約有二十篇，這些是觸着人類思想的幾乎一切的相的。不消說，蘇格拉底是主要人物，柏拉圖是將他自己得意的思想借他的口吐出的。然而這也沒有盡合於蘇格拉底的本意。以可驚的澄靜與公平，柏拉圖用語言表出別的人物的意見，這纔問題的一切側面都映照出來了。有些問題，則正如在正直的哲學底精神常有的樣子，是留着不予解答的。「極多的思想甚至最爲基督教底的思想的萌芽，見於柏拉圖中」——這是卞雅明·昭厄特的意見。他那柏拉圖的翻譯是英吉利的古典，而對於數篇對話的他的緒論則是文學批評的傑作。

在這里，對於柏拉圖的思想，便是將其面目來揭示一下，也是不可能的。然而有兩層我們可以提示出來，其一就是德者知識也，不德者無知也，這一種蘇格拉底的得意的觀念。人做錯事是因爲他沒有知道更好的事的緣故；這信念在今日流行很廣，是曾經提出的對於罪的最好的說明。這和臨終時說着「饒恕他們罷，因爲他們沒有知道怎麽幹纔好」的那人的教言是相一致的。還有算是柏拉圖的形而上學的中心的一種思想，就是：眞實的世界是觀念，而物質底個物單是那觀念的反映。如果你愛美人或美女，則你以知能的最高部分眞實地愛着者，乃是美的觀念，並非其單一的標本：這是關於柏拉圖的愛之說的粗雜而不適切的說法，是錯

蘇格拉底的學校

誤地拘泥於男女間的友情問題的觀念。柏拉圖的思想，則如我們過一會說到他的饗宴時可以看到，是較之這寬廣得多的。

於沒有興味於專門底哲學的讀者，最引人的柏拉圖的對話是共和國和辯明以及饗宴或祝宴。共和國不單是關於理想底共同社會的記事而已，還是關於人類的靈魂和正義的性質的分析。在那理想底共同社會的國王既非政治家又非有錢的人，乃是思想家哲學家，恰和在完全的人，精神是於人類性的別的一切要素之上掌着至高權的一樣。辯明是關於蘇格拉底的審問及晚年的美而感人的敘述。蘇格拉底的話語實際上是他所說的呢，還是大部分是藝術家兼詩人的柏拉圖的發明，這並不是什麼大問題。要之，其効果是劇底的高貴的。於善良的人，生前或死後，惡決不會起來，就是其壯麗的結論。

以大體而言，饗宴是柏拉圖的最引人的文學底作品。那主題是由種種的人們，由照例吐着最後的最明哲的言詞的蘇格拉底不待言，又由那佔極重要的地位於雅典的政治界的英俊的青年亞爾西巴德來發展的，在一切樣相之下的愛。即在那里，我們見到「柏拉圖的愛」的眞實的說明，這句話是滑稽地被誤解，而在通常的談話中被濫用的。僅被表述出來，因而於對話的精妙的發展不十分適切的那本質底思想就是：愛是愛着美，愛着觀念的，對於這觀念，所愛的客體只是牠的一個映像或顯現罷了。柏拉圖的理想底愛的詩底表現，於莎士比亞的短詩中可以見到，但是那里也包含着別的許多東西。在饗宴中，有着智慧和歡樂，使柏拉圖幾乎成爲劇作家的性格描寫，將優美的判斷的鹽加入於他那最錯雜的思想的諧謔味，典雅的表現，眞的詩人的表現等，這一切的要素。近代的哲學者，無論什麼學派，恐怕都一致以爲柏拉圖是他們的專業的無上的光榮的罷。

柏拉圖的最大的弟子亞理斯多德，在二千年之間形成了歐羅巴哲學的經路。直至十七世紀爲止，他乃是"the philosopher"（哲學者的代表）。他的教說賦形於基督教會的正式哲學——這教會是他死後四百年創設的！他的權威成了極嚴格的東西，竟使法蘭西斯·培根似的近代的哲學者反抗他，而主張從事獨立研究的權利了。這其實於亞理斯多德本身的精神是相合的，雖然於什麼學者和衒學之徒所知於亞理斯多德者則不然。爲什麼呢？因爲亞理斯多德，是自由的精神，稟着努力求知事實是什麼的本質上科學底的不可思議的穿鑿心的。他在哲學上有一決定底大問題上，和自己當然所尊敬的柏拉圖分袂了。空想家，神祕家，藝術家而又詩人的柏拉圖相信永遠的實在是抽象的觀念，而萬物不過是牠的映象，較爲散文底而稟有冷靜的常識的亞理斯多德則相信萬物是和其外觀照樣的東西，雖然我們會誤解牠的；又相信你咯，我咯，石咯，木咯，是現實的實體。像人，自然，以及美似的一般性，除了爲分類的目的將其使用的心意中以外，毫無眞實的存在。

在亞理斯多德的世界概念與柏拉圖的世界概念之間的根本底差異，迄今一向是哲學上主要問題之一。這問題未經解決，而且除非僅使偏袒一方面的哲學者滿意，也決不會解決的了。倘使亞理斯多德生於今日，他怕要列於實行主義者或物理科學的實驗家之流罷——雖然這一層，那些不贊同實行主義的人們立時要否定的。確實，關於亞理斯多德或別的哲學者的最精闢的敍述，爲我所曾經留意者，是出於那偉大的唯心論者佐賽亞·羅益世之脣的。

從偶然的事，我們有負於亞理斯多德的是作爲根本底哲學原理的一般名稱的，「形而上學」(metaphysics)這名詞，亞理斯多德自身稱那主題爲「第一」哲學，但他的編纂者之一將關於那主題的他的論文置在關於物理學(physics)的論文之後，(「後」這字在希臘語卽meta)這纔有了metaphysics(形而上學)這名詞。亞理斯多德知道在他的時代已知的一切，遂着手於第一原理，自然史，倫理學，政治學，文學批評等知識的全世界的整頓。因爲知識的分歧與專門化增進起來，近代的哲學家誰也不想作這麼多的企圖了，因此近代的哲學者無論是康德，是黑智爾，是斯賓塞，誰也沒有這樣巨大的統一。這也許是事實：能亞理斯多德的形而上學已經由後代思想家的作品取而代之，而且對於單單文學的讀者，使自己的思辨保持永遠的清新的柏拉圖的文學底手腕，亞理斯多德並沒有倫理學，政治學，還有文學批評上那無比的書，詩學，倒也使對於哲學沒有怎樣專門的準備的普通的讀者可以充分地窺見亞理斯多德的精神。那最後一書，在附有隨伴的論文的S. H. 部拆氏的版本，有着兩倍的活力。捨那特·蕭在他那巧妙的喜劇蕃尼的最初的戲曲中，嘲笑着對於亞理斯多德的戲劇上的意見懷着太過恭順的尊崇心的批評家。然而隔了包含十九世紀光輝的批評底思想在內的，許多的世紀，在今日，亞理斯多德的詩學也還佔着堅實的重要的地位。無論誰，在其文學底判斷上——甚至在其最近的小說的批判上——都知道這部書是不會走怎樣的厄運的。

亞理斯多德以後，支配希臘及羅馬世界的思想的，有兩大學派，即斯多埃學派和伊壁鳩魯學派。這些學派並未將柏拉圖和亞理斯多德取而代之，倒是從這兩個大師，他們獲得了許多的智慧。在當時澎脹着的漸成世界主義化的世界，斯多埃主義和伊壁鳩魯主義是特適於世間智能底人們的實際哲學。亞理斯多德最出名的弟子亞歷山大王當時已經征服了有利於希臘人的一切國土，又在埃及建了亞歷山達拉這都城了。這都城，如我們在上文見過，成爲希臘文化的中心了，雖然作爲希臘文明的心臟的雅典人的搏動決沒有完全停止。當亞歷山大帝國崩潰，權力的座位移於羅馬的時候，被征服的希臘人便成爲拉丁底征服者的教師，而較之希臘人少傾向於純然的思辨的羅馬人當然是將有關於日常行爲的實際底哲學吸收起來，發展起來了。

斯多埃哲學是將一個日常使用的字眼給與我們的。當我們說一個人是「斯多埃底」的時候，我們的意思是說他以平靜的勇氣忍耐着苦痛這一事。這個觀念相當於古代斯多埃學派的哲學者的精神，然而這不過暗示着他們的教說的單是一部分罷了。他們不獨教了忍耐苦痛的勇氣，還教了愉快的情緒的壓抑和支配。在斯多埃哲學者看來，那不讓自己的感情拉了自己而奔放者就是賢者。生的目的是智慧，理性；而至高的幸福則是有德的行爲。

最出名的兩個斯多埃哲學者是奴隸的埃披克提忒，和高貴的羅馬皇帝馬卡斯·奧理略。埃披克提忒是紀元一世紀的人。他年青時是奴隸，後來得了解放，而做宣教師及說教師。像蘇格拉底一樣，他用了口的言語施教，而對於他的思想講話集的保存，我們是幸虧他的一個弟子的。他否認一切世俗底野心，以征服貧困和不健康。他相信眞的哲學是在理解自然之道，忍從神們的意志這種事。他和初代基督教會的有些赤足的聖者並無多大的差異，他有些以聖保羅的精神教着：我們都是一體的分子，而個人要實現自己，必須努力來實現萬人之善纔是。然而希臘羅馬的倫理思想與新的異端底基督教思想妥協其差異，發見其相似，也還是遠在其後的事，——恰在什麼時候，則是思想史上複雜的問題。而其後若干世紀之間，維持希臘及羅馬的哲學的生命者便是基督教的牧師及僧侶了。

因此，我們見到明哲溫文的羅馬皇帝馬卡斯·奧理略對於那教着在遠隔的今日看來和他的思想十分調和的思想的基督教徒懷着敵意的事，是不必驚異的。哲學的諸學派的對立是人類的喜劇及人類的悲劇之一部分。馬卡斯·奧理略乃是皇帝，他相信羅馬國家的神聖，而以基督教徒爲討厭東西，因爲他們毫不顧念羅馬帝國的緣故。然而奇妙之至，在紀元一世紀，馬卡斯·奧理略的許多思想所從而學到的埃披克提忒，和別的哲學者竟從羅馬被放逐了，因爲他們是反對杜密善皇帝的暴政的「自由主義者。」馬卡斯·奧理略決不是暴君，實在是忠於自己的事業的一個活像林肯的人。他的事業是爲疫病，饑饉，和戰爭等所困惱的艱難而殘忍的事業；他同今日最澈底的平和主義者及無抵抗主義者一樣，對於戰爭是深惡痛疾的。在斯多埃主義之中，他覓見援助和安慰，覓見義務的哲學，節儉，（在羅馬皇帝是異常的德性哩！）忍從，和自制。他稱作致自己的這一個優美而直截的標題的他的瞑想這書，是爲了發揚自身促進他的事業而寫的格言和道德底勸言的一小卷。他的哲學並非宇宙的系統底記述，却是當我們說一個人「哲學底」地抱着人生觀時我們所了解的，這一種性格的表現，這一類的書。「生者，」那皇帝有些悲哀地說，「較之跳舞，甯說是像角力的。」然而臨末他却引用着他的師埃披克提忒的話道，「沒有人能夠從我們這里奪去我們的意志。」這是離其思辨的斯多埃哲學的核心。然而我們將一個羅馬皇帝放在希臘哲學這章裏是什麼緣故呢？因爲這個具着拉丁的特徵，問題和事件的羅馬紳士是以希臘語思考而且寫作的緣故。其後，凡有西歐羅巴諸國的紳士便以拉丁語思考而且寫作了。（如果有些會寫！）密接的對比，在十二世紀及十三世紀受教育的英吉利人不像英吉利人却像法蘭西人似地講話這事實上，怕也可以見到的罷。思想的地理底境界不是稅關的人員所决定的。這觀念特是訴於斯多埃哲學者或任何別的希臘哲學者的罷。「我們是爲了彼此而受生的」羅馬皇帝馬卡斯·奧理略這麼說。而猶太的基督教徒保羅也說過很相似的話哩！

伊壁鳩魯及其追從者在或一程度是斯多埃哲學者的反對者，也是成就更高度的發達的柏拉圖及亞理斯多德的哲學的反對者。伊壁鳩魯哲學是寬容而合人情的，並非像斯多埃哲學者那樣，是「清教底」的（我們插入「清教底」這個近代的字眼，也許要受指摘的罷。）伊壁鳩魯哲學者有着極健全的心理學；他知道人類怎樣地造成，知道人是服從他的欲望的，雖然他永不到達這目的地。伊壁鳩魯哲學者注重生命，自由，和幸福的追求的權利。他相信知識的第一源泉是感覺。爲了這緣故，他的名或他的哲學的名，在一般的用語上異樣地被歪纏：而「伊壁鳩魯」(epicure) 乃是好吃美食的人了！對於就我們所知營着穩健節制的生活的那位大師弄的更錯的事是不會有的了。他教着感覺的歡樂，同時也教着義務及「單純」的歡樂。他知道人類性，腳踏實地地行走，有些懷疑於頭在雲中而行走的哲學者。於英語的讀者，則同思想學派的本質底高貴，在英吉利的批評家窩爾忒·佩忒所著的美的書伊璧鳩魯哲學者美立阿斯之中表現的最好。至近代，不獨專門家的學者，還有藝術家和詩人將偉大的諸希臘人復活而且再發見了。

像許多近代的文學者，例如斯文本馬太·亞諾爾特，窩爾忒·佩忒一般，過分褒稱希臘人，而成爲凡有希臘的東西的崇拜者是可以的。批評的判斷應當保持其均衡，而尋求一切時代，一切國民之間最好的東西。可是過分褒稱希臘人也可說是不行的，希臘人發展了一切藝術一切科學，而屬於近代的事物的或種科學則除外。

在希臘的全社會，特是在雅典，到達精練與力的高度的文學底藝術之一是雄辯術。如果記於紙上的口說的言詞有着「可讀的」雄辯，則雄辯術乃是文學。許多的雄辯，像音樂家或優伶的藝術一般，是跟了物理底的聲的沈寂而消滅的。精神底或智能底的聲有時是永久留着。愛德曼·柏克不見得將印象給與過英吉利的議會，或者有什麽偉大的辯舌的力。然而他的演說和講演在英吉利文學卻佔着不朽的地位。那牽集了嘲笑底的政治家和張嘴的羣衆的注意的別的演說家，例如葛拉德士吞，在冷的文字之上是平凡而無力的。還有別的演說家似乎天賦着音聲上的效果，以及能夠作爲印的張頁的標準而存留的文學底雄辯。希臘的演說家使其藝術到達了高的完成之域，因爲這藝術是以在今日登載絕末演講的言詞的報紙及「議會速記錄」的時代所不能想像的程度，左右着政治家的運命的。雅典的大演說家之一，力息阿斯具有無言之舌；他不是正當的市民，因而在法廷取消了演講的資格，這纔將自己的天分獻於爲別人寫演說底稿的事。換了話來說，他是職業底 logographer（演說主稿者）。有一例外則是反對那有責任於力息阿斯的兄弟坡爾馬卡斯的死的專制王埃拉托色尼的，他那口頭的演說。

力息阿斯對於他所依賴者，有着好像熟練於製作論點綱要的法律家之於那熟練於說伏裁判官和陪審官的有爽朗的喉聲的律師似的關係，而以高尚的生意態度服務。和力息阿斯同時代的人伊索格拉底也是演說主稿家，將自己的作品寫以文字而不作爲公然的演說家出頭露面的。他是修辭學與演說法的教師，怕也是紀元前四世紀中最出名的人罷。他從力息阿斯所從事的普通的題材，將演說法提高到以堂皇的調子所處理的壯重的主題，爲雄辯的雄辯之境。然而他的作品不只是僅僅演說而已，在他那對於雅典的讚美，他那教希臘人對於波斯取勇敢的行爲，而對於別的希臘諸州取寬容的行爲這一種勸告上，他是健全而且誠實的。

狄摩西尼

凡有希臘的演說家中，最大者是狄摩西尼。這也許意味上就是他是一切時代的最高的演說家罷。關於他那辯論力的遺聞，爲愚傻的傳說，例如說他含小石於口，以改良自己的語法云云，所翳蔽——凡有實施演說術者，誰也不會幹這麼荒謬的笨事的，然而他的雄辯奪了他的聽衆的心是毫無可疑的。

那遺存着的演說，以其構造的鮮明，心像的複雜和語法的高調是最高性質的散文。他那最有名的演說是對於將希臘的其餘部分征服而將其兒子亞歷山大的帝國的基礎塡就的馬其頓的腓立普加以攻擊的那些東西。這對於腓立普的雄勁而熱情底的攻擊將這一種演說（寫出的或是口說的）的一般底名稱——腓立普克——給與我們。狄摩西尼是言語上的藝術家，也是實際底政治家。他對了較優的武器的力與北方人，儘說客的能力保護雅典。他那最出名的演說就是說王冠。當時曾經有人提議：爲承認他那爲公共的效勞起見，雅典市應將黄金的花環或冠給與狄摩西尼。他的政敵而演說法的競爭者厄斯啓泥（腓立普的工具）提出抗議來。無論這事件的價值如何，總之狄摩西尼掃倒了反對者，而作爲散文的巨匠將自己寫記下來（他的辯論的效果怎麼樣，我們只能想像而已）。他的散文的熱烈的力在翻譯中也沒有失掉。

醉心於希臘的密爾頓用了和他的故事沒有什麼關係的壯麗的文句，將他的古典上的學問插入於恢復的樂園之中，——那文學上的學者於故事底藝術家之上奏着凱歌：

於是要走訪的是著名的雄辯家們，
那些古人，其莫可抵禦的雄辯，
隨意掄着那可怕的民主思想，
使武器庫震顫而越了希臘的國土，
向馬其頓和阿塔薛西斯的御座呼嘯的。

後代的希臘文學及言語的歷史是動人的，但我們差不多只能略一涉獵而已。希臘即以雅典爲中心的亞的克希臘爲馬其頓，爲羅馬征服了兩次；在這兩次征服中，被征服者都是智能上顯着優勢的：雅典及其「弟子的諸州」支配了思想的世界。互古典拉丁的全時代，受教育的羅馬人像當然的事似地說着寫着希臘語。至四世紀頃，因了羅馬的政治底優越和羅馬教會的智能底力這二者，在受教育的人們之間，拉丁語成了支配底言語，而希臘語則潛隱了十世紀，直至稱爲學藝復興期的那壯麗的學問再生之際纔復蘇了。

後代的希臘作家之中，有一個藉自己的創造而偉大，恐怕因其及於近代作家上的影響而愈見偉大的天才底人物。這就是諷刺家琉細安，一個獨創底的富於機智的人物，不但如此，還可說是一個深沈的諧謔家，當時的斯尉夫特，服爾德，馬可·脫溫。他是基督後二世紀的人。時的變遷將好些他的作品留給我們，那些作品已經翻譯爲英語，是欣快模樣鮮活而可讀，並不亞於希臘文學中任何作品的。那敍述着往月世界的旅行以及太陽的住民與月的住民之戰的眞正的歷史是一篇虛構的漫文，令人聯想到刺柏雷，斯尉夫特及朱爾斯·味綸。斯尉夫特的葛利佛從琉細安受了幾分教益也未可知罷，雖然不消說，斯尉夫特的天才是站在自己的壯健的足上的。琉細安生活於懷疑說的闡明的光之中；他雖對於柏拉圖和蘇格拉底顯然呈着非常的尊敬，但絕不相信什麼東西他向傳說的諸神，又向哲學者投着銳利的槍，如果再早一些，他就和蘇格拉底同其運命也未可知罷。在亞歷山大中，他是將那標榜遍希臘和羅馬世界盡人皆知的「神託」的江湖醫生喝破了的。在琉細安看來，凡有宗教是迷信，而凡有哲學，或者大部分的哲學是詭辯底的言詞的戲弄。然而無論他的所信怎樣，總之琉細安是偉大的有想像力的藝術家。善讀希臘語者——或者裝作善讀者——稱道他的文體的美。他的思想的蠱惑力與機才以及開發的睿智，是藉翻譯傳到我們的。

希臘文學交了衰運，詩便從其中銷影，而希臘哲學的力——希臘人的精神的最優的天分——墮於詭辯學派的，那沒有供獻一個觀念於世界的思想的職業底教師的無力的反復了。

然而在希臘的薄暮，卻有過文學上智慧上重要的兩種思想。其一是小說。還有一種是希臘思想和基督教的接合。希臘的小說，或羅曼斯，並無什麼大價值；有眞實的才能者誰也沒有着手於此；詩崩裂了纔成爲散文。然而牠的重要卻比牠的功蹟爲大。牠在羅馬及中世紀的文學上有着相當的影響，恐怕在繼續到昨日纔印刷的最新的小說的冒險故事的造形上，也是有助的罷。其一例就是基督以後二世紀隆加斯所寫的達夫尼斯和克魯依。我以爲：想爲通俗雜誌寫羅曼底故事的略有門徑的人，誰也能夠做出更好的作品來罷。然而趣味這東西是變化的。最優美的趣味在於從存在着的文學感受與味，卻不在於因其載在文學的入門書，在正式文學史裏而過當地褒揚牠。

極重要的是希臘思想和基督教的融合，而許多對於教會有勢力的哲學者在其精神及語言上乃是希臘人。根本地說起來，基督教是希伯來的東西，其主要的解說者保羅稱自己爲希伯來人的希伯來人。至後代，和羅馬的稱霸於世一同，拉丁語成爲教會的正式的言語了。然而，如我們在希臘語譯的聖書上可以見到，在初代的數世紀間，倘非希臘的思想，則希臘的言語，卻在基督教之中流行。保羅一定是受教育於希臘語的聖書的，大約也是以希臘語說教的罷，因爲希臘語似乎是凡有從事文學的人們都所理解的言語，這緣故。將希臘思想謹愼地注入於基督教徒的重要的希臘作家，是聖書的說教者，編纂者奧立澤。他是較之文學，當說是屬於宗教史的人物。四世紀的阿塔內細和巴錫耳也一樣。基督教文學至古代希臘不復是政治的及智的力了的時候爲止，沒有成熟而且繁榮。然而我們記取着罷，這力在一千餘年之間，雖不獨占地重要，總曾經是支配底東西；而希臘的復活在過去五世紀原是最重要的「文學底」事實。在活動的一千年之間，希臘是，而在差不多經一千年的全然忘卻之後，希臘也是世界的智慧。熟讀希臘語——稀少的人們能夠這麼辦——並非必要，但從後代的文明和言語獲得最好的希臘思想卻是必要的。希臘有着許多的缺陷，然而被記錄的歷史上可沒有別的什麼種族，是有用了言語，大理石等一切方法以表現這世或來世的恐怖與美，以及棲息於宇宙的小小的片隅的我們人類的諧謔底哀感這一種能力的了。

第十章 羅馬的歷史和歷史家

我來了，我看見了，我征服了。

——朱理亞・凱撒

言詞之人並不一定是並不往往是事件之人。記錄的製作者生活的記述者常常是不能指揮一旅的兵，不能面着一羣政治家而侃侃辯論的羞怯的人。然而在文學，同在生活一樣，什麼規則都不能通用的。做事的人而能夠論述事也，往往遇到。這二重天才的兩個無比的實例就是拿坡侖和朱理亞・凱撒。凱撒演了歷史，又寫了歷史。他那關於高盧戰爭和國內戰爭（凱撒和龐培之間）的評論，是明澈，單純，而且誠實的故事。

因了內容和文體的單純這緣故，高盧戰事是用作學習拉丁語的初步教科書的，因此，這恐怕也是較之別的拉丁語的書被讀得更廣的罷（如果學校教室的研磨可以稱爲讀書。）我們有許多人在年青時候就有些嫌厭牠，正如對於英語的傑作，在必須加以分解，或照別的說法，加以割裂時，我們有些嫌厭牠一樣。然而成熟的讀者，讀到或原本或優良的翻譯的凱撒的作品，一定可以發見其爲非常有趣，簡潔，有勁的故事的。關於其後成着近代的大國民的羅馬的北方諸州，我們所有的智識，高盧戰爭是那一半的基礎。而國內戰爭則是爲理解羅馬的國內事件計必不可缺的記錄。

朱理亞凱撒

凱撒的文書的目的是使自己在羅馬人的眼中認爲正當，但他也像是藝術家及政治家似地，懂得節制的價值，他並無空談和誇張，並不過分地曲解事實以作自己的陳述。他的家名不獨在古代羅馬，且在德意志俄羅斯被採用爲皇帝的普通的名稱，這事實就表示着他的名的偉大他之死於布魯特斯及其他自由主義者或羨慕他的愛國者之手，是人間底偉大的諷刺的史上無比的實例，（甚至比拿坡侖的生涯更加劇底的。）於英語的讀者，他的生涯的悲劇和他的性格的力在莎士比亞的戲曲中表現的最好。凱撒蠱惑了近代的歷史家，而這些歷史家則又蠱惑一般的讀者。以最優的敍述而言，那見於德人狄奧多·蒙森所著作的羅馬史以及意大利人谷列爾摩·菲勒羅所著更新的羅馬的偉大和衰頹中者，是可指出的。這兩種著作都有着英譯。

凱撒的文章是個人底思想錄，是比他自身更大，但他卻造成其一部分的那事件中他自身的冒險。和這有些相似的近代的實例，是格蘭特將軍的回想錄。而在今日，要將那參加於一九一四——一八年的世界大戰的將軍呀，提督呀，外交官呀所著的自敍傳，回顧錄，辯解書以及辯護論的數目來計算一下，也不可能了。

最初的公平無私或客觀底的羅馬歷史家，是凱撒的同時代人並且擁護者薩拉斯特。他本是事務家，做了在亞非利加的羅馬的一州，努米底亞的知事而致富。紀元前四四年，凱撒去世之後，薩拉斯特隱於自己的宏壯的別墅，度着紳士並且學者的生活。他是健全的歷史家，屢用着書記替他研究而且比較記錄，又是具着文體的知識和劇底的說話的天稟的藝術家。遺留到今的他那兩篇完全的作品就是喀提萊因的謀叛（也是失首羅的著名的演說的主材）的故事以及羅馬軍和努米底亞王朱佔他之間的戰役史。凱撒和薩拉斯特的書不過是羅馬帝國的長的歷史中的插話，而羅馬帝國不過是人類生活的長故事的一個插話罷了。然而在凱撒則向北方，在薩拉斯特則過地中海而向南方的羅馬的發展，這兩個斷片底的歷史家，卻是給與那靈活的影的。

在朱理亞·凱撒，西塞祿，薩拉斯特以後，其次的時代，我們越過了劃線而入於基督紀元。羅馬帝國實在是世界，是以奧古斯都為先導的煊赫的皇帝所統治的事實上，形式上的帝國。那文學時代稱為奧古斯都朝，恰和包含莎士比亞在內的英吉利的文學時代稱為依利薩伯朝一樣。奧古斯都朝的第一流的歷史家而拉丁語散文的最大的巨匠是李維。他企圖將羅馬的全體故事，從其勃興到他自身的時代敘述出來。他的書的標題彷彿是都城創設以來的歷史的書。這是非常偉大的工作，他差不多將牠完成了。他的著作約四分之一遺留着，足以使近代歷史家幾乎全體一致地將他列於最大的編年史家之間。他製作羅馬的散文敘事詩，同味吉爾製作韻文敘事詩一樣，而他的文體是富於詩底色彩的。

生於歷史上的基督以前的羅馬，大率是李維所創造或他從以前的歷史家再行創造的羅馬。他像歷史家和哲學者常有的樣子，對於自身的時代抱着悲觀，而他的愛國主義則取的是以讚嘆追惜之情回顧過去的形式。在那以爲例如學藝復興期以後，或者例如制定亞美利加憲法的祖先以後的人類，絕未出過什麼善良的事的近世著作者之中，我們也見到同樣的態度。這並非批評底態度，然而這卻是助成雄辯和劇底興味的；凡不讚美自己的種族或國民的過去者就不是天生的歷史家。而李維則正是視野廣闊而勤勉博學的那一種天生的歷史家；他吸收以前的拉丁的小歷史家們而使他們歸於廢棄，又給後來一切羅馬的歷史家，築成了基礎。他的書的廉價而便於閱讀的翻譯是我們可以獲得的。不但專門的研究家，還有淺學的歷史耽讀者都可以欣賞牠。

在紀元一世紀的後半及二世紀的初葉，拉丁的第三大歷史家塔西佗生活着。虧了他的日耳曼尼亞，我們纔有關於二千年前條頓族的祖先的最早的記述。塔西佗，像凱撒一樣，對於在開化的羅馬人看來是原始的蠻族的那些人們，懷着大大的尊敬。實在，羅馬人所以支配世界的理由之一是：他們縱使顯着掠奪的殘忍，以全體而言，他們對於別的種族及國民究有着博大的哲學底理解。不但如此，塔西佗又將日耳曼族的德性，他們的質樸和正直推崇起來，意在對於奢侈淫佚的羅馬社會，示以道德的所在。特是於英語的讀者深有興味的，是他對於他的義父，那在不列顛的羅馬知事的傳記底頌德記。他又寫了本身這一世紀的歷史。這種作品有許多的斷片遺留着，乃是關於或善或惡的——大都惡的——初代的皇帝的，我們的智識的基礎。他的天才在於描出性格的能力和他的語句的簡潔的力。他是嚴肅的道德家，在敍述諸帝的犯罪時毫不留情，然而有如當時極高貴的羅馬人一樣，他也信着帝國和羅馬人的本質底德性。「我相信，」他說，「歷史的最高機能是在不使什麼有價值的事不經紀念地放掉。」塔西佗的精神，正同最古代的歷史家的一樣，是道德底，愛國底，藝術底的；這精神，無論怎樣，從近代歷史家的作品上，甚至從主張記錄的公平無私的研究者，和探求事實和批評底判斷者，總沒有全然消滅。

於近代的讀者，羅馬的歷史並非拉丁的編年史家所寫的原語卻是屬於我們的種族和時代的歷史家的作品，這些歷史家是研究過拉丁的材料，抽出其要素，而以自己的風度，自己的言語，講述那故事的。關於羅馬的英吉利大歷史家愛德華·吉本，他的羅馬帝國的衰亡乃是英吉利文學的傑作。一部分叨了十八世紀的最後二十五年中，吉本的作品公布以後纔發見的記錄的光，後代的研究家於許多點，訂正了他的書。吉本知道了當時所能知道的凡有關於羅馬的事情；他將自己的知識極堅實地結合攏來，而極近代的批評底學者遂稱之爲「曾經寫述羅馬的運命的最大的歷史家」。儘近代的研究者所能接近那樣，吉本接近於羅馬的精神，因爲他的初期的教育是以英語和法語兼施的，所以他的接近也就更爲親切了。他的最初的作品是用法語寫的，而在他的英語的文體中，據說也有著法語的影響的痕跡。無論如何，他總是英吉利散文的精華之一。他是一個異教徒，是寄身於文庫之中的隱遁者，卻也是不囿於英吉利的視野的世界人，蔑視着奧克司福大學那樣神聖的英吉利學校的他對於基督教的那一種非基督教底，卽他的異教底羅馬底態度，在那被教以相信羅馬諸皇帝的主要的玩意兒就是製造基督教徒的殉教者這一節的人們中間，惹起了許多的論爭。倘說他有偏見和偏頗的所在——這是人人有之——則這些，在最淵深的近世歷史家中健全者之一，坎必烈奇大學的J.B.柏立所編纂的衰亡的附於本文的註解和序論中，也已經加以訂正，使之均衡了。吉本的歷史是從基督紀元的二世紀寫起的。至於想得到關於羅馬的有脈絡的完全的見解者，可找不到比亞美利加的學者推尼・佛郎克教授所著的羅馬史更好的書了。

第十一章 拉丁的敍事詩

阿！阿殷勤的曼都安的精神呵，他的名聲還在世界上緜延着，而且將儘時間的長久地緜延着。但丁

要創造和希臘文學可以並肩的偉大的文學，這是羅馬的著作者的藝術底，愛國底野心。這個野心在劇的方面終於沒有實現，然而在詩的方面則在秀拔的拉丁詩人味吉爾的作品之中，差不多實現了。他不獨完成了他以前的拉丁詩人的作品，而且同亞理斯多德是"The-philosopher"一樣，他互數世紀是歐羅巴的"The poet"（詩人的代表者）。除了拉丁曾經有負於希臘人而且吸收希臘這一點，全中世紀的歐羅巴的古典文化，可以說是拉丁風不是希臘風；而味吉爾本是，現在依然是羅馬的最壯麗的音聲。奇妙之至，基督教世界使他成了迷信的傳說的主材，一種聖者，預言者並且魔術師；而但丁則在十三世紀揀了他作爲自己的祖師，自己的指導者。他那巨大的名聲，無論怎樣地被歪纏了，他總是應得；而除了十九世紀初葉

幾許嘲弄底批評以外，凡有文學者，詩人和批評家是將他看作拉丁的著作者中的最大者，看作五六名世界最高的詩人之一的。

距味吉爾一世紀餘之前，詩人英尼阿曾經寫過編年史，這是國民底敘事詩風的長的故事詩；所剩留的數百行斷片，示着劇底的強度和詩底的力。然而那國民底精神卻不曾凝固，而更重要者，那國民底言語不曾到達其最高的發達。英尼斯將希臘的六腳韻採入於拉丁語中，而味吉爾完成了六腳韻。對於這，丁尼生稱之為「人的脣所曾經範成的最壯重的句格。」

味吉爾最初的重要作品是短詩或牧謠，即取材於田舍生活和傳說的田園詩；這些詩模倣提奧克立塔的希臘作品，但也充滿以味吉爾對於自然的愛，和對於他所住的實際的北意大利的田野的愛。單是短詩就足以使味吉爾成為舊意大利及新意大利的（甚至在作為日常使用的言語的希臘語廢滅以後）國民詩人之一了。為什麼呢？因為意大利的風景和意大利的春沒有改變，而對於這些沒有詩人感得比味吉爾更銳敏。他的慈愛心和同情和蠱惑力給生命於有些矯飾的陳舊的牧夫和神們，而補救了這初代的韻文的不成熟。真的詩人，連在年青時代的作品上也直截地顯出他的天稟來。在短詩之一這里，有着一個奇妙的迷信的故事，表面上是荒唐的，然而在文學史上卻是重要的，因爲這一部分說明着基督教徒所以尊敬味吉爾的原由。關於將要降生以引導平和的治世的一個孩子的隱約的敍述是被解釋爲基督的預言的！在貴重的作品被忽視而且破毀的無批判的時代，味吉爾的名聲憑了誤解而一部分維持着，這實在是幸運的事。

短詩有數點固然優美，卻不過是作農事詩的準備的人工底的文學底練習罷了。農事詩是純然的自然詩，「田野和家畜的耕牧之歌，樹木之歌。」有福的詩人的愛護者米栖那斯想要促進一種「返士」運動(back-to-the-land)鼓勵味吉爾來讚美田園生活，這也許是事實罷。總之，這是味吉爾的才能愉快地慣習着的主題，甚至比在他的伊泥易德更爲愉快而且自然。他的深愛自然，並不亞於他的希臘的師希西阿，而且他熟知田園生活。他所描寫的場面在今日也和在二千年之前一樣地清新，而他的夜鶯還以美得同濟慈的夜鶯一樣的聲音歌着。

伊泥易德在或一程度是愛國底義務。那眞的主人公不是僅僅人，那忠實的伊尼阿，卻是羅馬這久遠之都。初代的詩人曾經立了事實上並無什麽基礎的傳說，說是羅馬是從沒落的推羅出來的雄壯的漂泊者所創建的；味吉爾便用這思想作爲自己的主題的骨幹。因爲從推羅到拉丁謨之國的遼遠紆曲的旅程，伊尼阿必須經歷，路上便有了豐富的冒險，同在奧德賽中者一樣地激動人心；而在「武器和人」的背後，有着慣例底的神們的組織，有着向高的運命導引那主人公，那個人，那大都的運命。在詩不過是愉快的藝術底玩具的現代，要理解羅馬人給與伊泥易德的款待，幾乎是不可能的。伊泥易德盡情地表現了在羅馬國家中凡是理想的東西。因了牠的主材，因了不見其比的拉丁語使用法，這算是以後拉丁文學的魁首。

味吉爾在生前沒有知道自己幹了怎樣偉大的事情；他的詩是他死後纔公表的。據流傳着的故事云：他對於自己的作品極不滿意，（這是有良心的細心的藝術家都知道的感情）至於想將自己的詩毀棄了；這是仗了他的朋友那奧古斯都皇帝的命令纔得保全的。因爲皇帝是詩中最後的個人底主人公，偉大的頌德底節段的主材，所以他對於保存其最著名的臣民的作品，有着特別的理由。倘使味吉爾當時活着，他就要被推崇到僅亞於皇帝的地位，正像他的墳墓成爲宗教底神龕一樣，也說不定罷。從來什麼詩人也沒有比他更配受這樣的敬意了。

我們如果不幸而沒有可以聽拉丁的詩的耳朵，則去讀那極清楚的翻譯，約翰·科寧爾的純淨的散文的伊尼易德就是。那麼我們得些什麼呢？主要是一個故事；要玩味這故事，我們無須是羅馬人或學者。故事中唯一的失敗的部分是戰爭的場面——一種光榮的失敗！味吉爾必須將這些場面插進去，因爲這些屬於他的戰鬭和攻略羅馬的故事。然而他那溫和的靈魂卻是和戰爭不相投的；荷馬對於鬭爭的大膽的歡喜，他差不多一點也沒有。他是較之荷馬更柔和，更哲學底，——我們不想提出孰是較偉大的詩人這一個愚傻的問題，因爲凡有偉大的東西是獨立而無比較地偉大的。——而在附於他的詩的序論中，所敍述的他的主題就是進到羅馬的創建去的努力，勇氣和困難。

味吉爾在稱道羅馬的榮光和偉大這一種行爲中感到「事物的悲哀。」他在惹厭的要命的那一詞的一切意味上是羅曼底；這就是從羅馬這一詞發生的。他又是羅曼斯作家。羅馬

爾　吉　味

人並沒有（恐怕拍特洛尼阿·阿比忒的作品是除外，對於他，就會說到的）我們的小說似的東西；當時的人們對於羅曼斯的意識，對於變愛故事的愛表現於劇和詩中，而獲得滿足。於羅曼斯的文學上，味吉爾加了偉大的故事之一，帶多的故事。帶多和伊尼阿的戀愛不過是主人公的生涯中的一個插話，這插話是女子的生涯中最後的悲劇，而且吻合於人類性。這所謂人類性就是小說及神話誌底的敘事詩之類凡有文學的基礎。

因爲拉丁語支配了後代的歐羅巴的文學，又因爲味吉爾是拉丁文學的支配底天才，所以在英吉利的詩（在英吉利的詩人作爲當然的事情而讀拉丁語的時候差不多已過的時代）中，他一向是巨大的勢力。而且他引誘了許多有才能的人物來翻譯他的作品。德來登的翻譯，像察普曼或頗普的荷馬一樣，是英吉利的古典。到十九世紀，那朝飯前能夠口吟百行的詩而午飯前畫帷幕的圖樣的可驚的威廉·莫理斯做了略似察普曼的荷馬的精神飽滿的長行的翻譯。倘若馬太·亞諾爾特曾經寫過論味吉爾的翻譯的論文，像他那論荷馬的論文一樣，則他或者就要對於莫理斯和凡有其他的翻譯者加以痛烈的批評了罷。我對於散文譯，科甯呑及J. W.馬開耳的翻譯最覺得愉快。馬開耳通曉拉丁語有如第二的母國語一般，而且他寫出絕好的英文來。科甯呑的序論不但評衡了先前的味吉爾的翻譯，還投光於從一種國語到別的國語而譯詩這一個困難的問題。

詩人不過是人類；但若以爲他受着靈感這一種空想中，有什麽眞實在，則關於伊尼阿的帶多的言詞是可以適用於其創作者的：「我相信他在他的血管中有着神們的血哩。」

第十二章　拉丁的劇底哲學底和抒情底詩

死這怪東西有什麼可以恫嚇人們呢？——琉克理細阿

在一切形式的文學上，羅馬思想的依賴於希臘思想是顯然的。以劇而言，那依賴非常密切，竟至大半的拉丁劇幾乎沒有越出巧妙的翻譯的範圍。在拉丁的翻譯上，場面和人物至少在名稱上依然是希臘底。倘若在紐約開演的一切戲曲都是從法蘭西借來，保留着法蘭西的固有名詞，和巴黎風的布景，而其中投入以亞美利加風的典型和滑稽，那麼，我們就有差不多相同的境地了。劇作家，即使稟着偉大的才能者，常常是最愉快的文學上的偸兒。摩利爾和莎士比亞及其同時代人從古代人有所借貸，而近代諸國民的戲曲作家則無論承認與否，總之，是互相剽竊的。希臘及羅馬的喜劇作者，在他們的本國人看來，怎樣地可笑而切合人生，我們要加以說明，是不容易的；諧謔，尤其是有着地方色的時候，是易滅的貨物；我以爲近代的讀者中，便是最親近古典的學者，對於兩個最優秀的拉丁的喜劇作者普羅塔斯和忒稜斯的可笑的意味，恐怕誰也不會十分領會的罷。普羅塔斯是基督前二世紀頃的人，他說明着這斷片底書所希望提示的數個原則之一，那就是，文學的連續的事，小小的人物和堂堂的天才一同，一時代一時代地傳下思想來的事實。普羅塔斯從希臘的喜劇，特是麥喃得的喜劇借得了許多的思想；麥喃得的喜劇現在大部分已經失掉了，我們經由普羅塔斯，纔知道那些喜劇的一些面目。因爲法蘭西意大利和英吉利等等的後代的劇作家從他取得結構的緣故，他是重要到在他本身以上。他的戲曲中約二十篇還存留着，其中的一篇美內克米於我們有特殊的興味，因爲這是沙士比亞的錯誤的喜劇的基礎的緣故。

繼普羅塔斯之後的忒稜斯以那算是藝術的死的屈從底模倣，寫出近於希臘人的作品的更完成的文體。然而至少那稱爲自己苛責者的戲曲中一行偉大的文句，我們是能夠記憶的：

我是人：我以爲人間的東西，沒有和我無緣的。

我們不知道羅馬人在劇場的文學上何以沒有做了較好的製作，（文學上的「不知道」是文學研究的愉快和利益的一部分）；倘說他們是模倣希臘劇場的，則他們同時也模倣其他種類的希臘文學，而顯露出眞正獨創底天才來。恐怕他們對於角力者之格鬬和其他的觀賞過於感到興味了，遂致不能使正統的舞臺發達起來，也說不定罷——正和現代的舞臺雖然沒有爲野球和電影所破壞卻爲其所威脅，有些相同。比這更難解答的問題，就是辛尼加的悲劇似的第二三流的作品何以爲現代的詩人所非常尊敬這一個問題。這些是偉大的，或差不多偉大的人物曾經寫過的最沉悶的戲曲。莎士比亞的最博學的同代人本．準孫在附於莎士比亞戲曲的最初的摺頁集本的序詩中，說到辛尼加，以爲和伊士奇，幼里披底相匹敵。這也許是一種戲言罷——而我們必須對於文學者的戲言張了眼看，聳了耳聽纔是。莎士比亞在哈孟雷特中，使那淒哀的老獃物坡羅尼阿斯向演員們說着「辛尼加不會過重，普羅塔斯也不會過輕」的話時，確乎也是戲言着呵。

辛尼加是不高明的劇作家，然而他卻是斯多埃學派中重要的哲學者。而且他需要其勇敢的哲學的全部；他是怪僻的皇帝尼祿的家庭教師，在尼祿之下，升到安富尊榮的地位，而隨後則奉令自殺了。

羅馬人的精神在希臘的保護之下是哲學底的。在有一羅馬人的精神中，哲學和拉丁的詩會合而成一傑作——即想着 De Rerum Natura（萬物的本性）時，琉克理細阿的精神。這是非常優美的詩，而在牠的躍入於生命的本體那深處，幾乎有着預言的光景。雖然許多初代的希臘哲學是以韻文寫的，而哲學底思想卻在散文發見其自然的運具。體現哲學於詩中而獲得成功的貫一切時代的少數詩人，琉克理細阿是其一；那詩不是僅僅押韻的散文，卻也有着眞的詩的——偉大的詩的魔力。遠在近代的科學發現以前，他暗示了原子學說，暗示了從神祕的太初以來人類的進化。幸哉我們有他的完全的詩在，這個是流傳給我們，而亞於味吉爾的最壯大最雄辯的拉丁詩了。我們有着最優美的琉克理細阿的英譯，是成於亞美利加的詩人兼學者威廉·愛列來·利奧那特之手的。琉克理細阿將伊璧鳩魯哲學概括起來，加以自己本身的觀察和幻象。以古代哲學爲乾燥無味的讀者一定可以見到琉克理細阿生動得可驚的，而到達他的途徑，因而即到達最優的希臘和羅馬的思想的核心的途徑，則可以由近代的哲學者佐治·散達亞那的論文三個哲學底詩人來照耀的。

奴　隸

絢爛的青年詩人卡塔拉斯（他在三十歲去世，是當時的濟慈或雪萊），是琉克理細阿的同代人；他對於「萬物的本性」並不感着興味，卻只對於他自己的本性和情緒，他的戀愛，他的友情，他的憎惡心，感着興味。他對於自己所戀愛的女子，列斯比亞加以欽崇謾罵，而使成爲不朽。在他的內衷，心情和藝術結合在一起。他的熱情是純正，峻烈，而抒情底，帶着人間的呼叫，但也受支配於詩的典雅的命令的。

要想像卡塔拉斯，我們將他作爲寫腓力·錫德尼或莎士比亞的短詩，或者稍後，朋斯的雄勁的抒情詩，或雪萊的雄勁相等而更美的抒情詩那樣的伊利薩伯朝的人來想一下就可以。他以後的拉丁的讀者，不論是羅馬人還是近代人，總感到他的詩的鋒銳，秀美，以及自然底，技巧底的完成。假如諸君向丁尼生和斯文本這樣的詩人問過在他們看來，誰是拉丁第一的詩人，那麼他們想起比較上的名聲來，答說味吉爾也未可知，然而在心中他們就要說卡塔拉斯了。

卡塔拉斯以後，恰在基督以前還是壯麗的時代，有着在凡有拉丁詩人中，最明哲，最被廣讀，最頻繁地被引用被翻譯的賀拉西。賀拉西毫無卡塔拉斯的熱情（現實底或文學上的）。他是冷靜，沈着，而且明智的人，內衷眞摯而表面沈默，在他的細心的字句和押韻的配列上是極其眞摯的。將生照那到來的樣承受之，淸澄地過活，這是他的哲學。世界的人們愛好他，而稍受諷刺的培養的十八世紀英吉利議會的紳士用他的詩煥發自己的演說法，這是不足驚異的。嚴肅的政治家葛拉德士吞，敏慧的輕詩作家尤金·飛爾德（及其雜誌主義的族類）是賀拉西的讚美者，又是翻譯者。從他那獻於他的愛護者米栖那斯的頌詩，無名的近代詩人所譯的一節，我們可以窺見賀拉西的精神。

（英譯詩省略）

說着「今天活過了！」者

是安心而不知憂的。

明天神降雨也罷，賜晴也罷。

總之，不能奪去過去的什麼了。

什麼力也不能毀滅既有的事的。

運命之神在她那靈敏的把戲中，

把兩手同樣地動作着是稀罕的。

每手輪流地來幫助來破壞，

不倦於她那沒頭緒的事業。

賀拉西遠在敏慧的作詩者以上，是喜歡和愛護者一同飲酒的紳士。他是稟着諷刺底，反省底，哀感底等等複雜多歧的心性的非常眞摯的詩人。對於一切，他以差不多無疵的容易將自己的簡潔的，律呂底的，想像底的文體適應之。從精美的頌詩匹刺的密爾頓的翻譯中，英語的讀者能夠見到他的最美的抒情底剎那之一。賀拉西是詩的理論和實際的巨匠；他那簡短的，顯然隨便寫出的手札，詩的藝術，於近代文學上有着無量的影響，在意大利則經由詩人微達，在法蘭西則經由詩人及批評家霸羅，而在英吉利則經由霸羅的直接的模倣者以上的頗普。在十九世紀遭逢了風行於歐羅巴的羅曼主義運動的範圍較廣而訓練較不純熟的理想，頗普的壯麗的批評論失盡其曾經享受的威權，而賀拉西的精髓不再有保持了幾乎二十世紀的力了，這也許是事實罷。然而無論我們的趣味的變化和詩的理論怎樣，總之，比起賀拉西給與那獻身於藝術的理想的來更優的表現，我們可找不到了。人間的賀拉西是和藝術家同樣偉大的。照耀他的詩的全體的他的人格，是有品位而同時也諧謔的快意的東西。在力，在洞察，在澄澈的心和智慧，在極端嚴正的辭句的支配，他堅實地成長起來。拉丁抒情詩沒有和賀拉西一同滅亡卻繼續榮盛了數世紀。雖然如此，這以任何一個詩人而言，到底沒有到達賀拉西的多樣與力。

然而在這時代，雖較賀拉西稍後起，而也算是他的同代人，——時正在基督紀元之前——有着頗有興味的詩人的一羣，即哀歌作者。這一詞如在說到希臘哀歌作者時我曾經簡單地說過，本來和詩的內容沒有什麼關係，不過表明一種形式而已。詩的形式雖說是引人的主材，但只因爲我們沒有對於這主材或許多關於文學底技巧的問題的餘地，也就不是屬於我們的範疇的東西。然而因爲這在小小的場所說到非常多，我就來引用哥爾利治的哀歌底對句的標本罷：

大言家

In the hexameter rises the fountain's silvery column;

In the pentameter aye falling in melody back.

在六步句中，泉水的白銀的圓柱似地升起；
在五步句中，永久地成階音而落下。

「哀歌」之有我們現在所給與牠的意味，即對於死的友人的，兼具他的德行讚美的哀悼歌或悲歎這一種意義，（丁尼生的紀念歌即我們對「哀歌」這一詞所感到的那樣的「哀歌」）顯然是由於哀歌作者偶然將死作爲主題這一個事實。然而並非凡有哀歌作者都是這麼辦的。那將希臘的形式歸化於拉丁的形式頗爲努力的最初而又最古的伽魯斯不就死而寫，卻就愛而寫。他的成功釀成爲風氣，一時哀歌詩人遂多於別的各類的文學者了。哀歌詩人的最大者，有普洛拍細阿，替巴拉斯，奥維德這三人。

普洛拍細阿是早熟的詩人，對於希臘的規範十分精通，在二十歲上就成爲獨創底詩人（數年後他就死了）。戀愛是他的主題，而他的辛替亞（註一）成爲詩上著名的女主人公之一了。這戀愛詩人，如馬開耳所指示，是常現於十九世紀的羅曼底的詩和故事的，感傷底，自己哀憐底的有些神經質的少年的先驅者。英文學的研究者見了詩人格雷模倣普洛拍細阿的作品，一定可以感到興味的。

（註一）希臘諸神中的女神，又是青年的保護者貞節和月的女神阿提蜜斯的形容詞。

普洛拍細阿似乎有着青年的或種缺點及神聖的力；那似乎由於性急和焦燥的性質似的他的缺陷，爲那些在其標準上逐漸成爲穿鑿底地希臘化了的羅馬人所不滿；對於這一層，因爲遺留的稿本破壞而且不完全了的緣故，我們現在不能說個明白。較謹嚴的羅馬人則讚美別一個年青的哀歌作者替巴拉斯，他的形式的鮮明與細密是全然適於他的思想的柔和與優美的。他沒有普洛拍細阿的一半的力；然而力這東西不過是抒情詩中一個要素罷了。替巴拉斯也是熱中戀愛的青年，易於對他的戀女的寡情而落淚。然而他的淚是忠實的淚，而無情的第力亞也眞切得像詩人的眞正的戀女一般有一個一般的規則，（不消說例外是有的）當我們讀許多戀愛詩時，一定可以使我們啓發的。就是詩人所稱頌的，不是棲力亞呀，辛替亞呀，米理亞呀，或者眞涅呀，雖然和具着實際的血肉的女子一同的悲劇底或喜劇底經驗，他也許曾經有過的罷。他表現着他的空想的女子或女神，所稱頌的乃是戀愛的熱情。瑪利，馬倍耳，和眞涅也許曾經存在罷；在莎士比亞的短詩之陰，也許有過黑婦人罷。然而眞實的瑪利，馬倍耳，眞的黑婦人卻在詩人的頭腦中。

寄食者

哀歌詩人中最有人望的，在近代確乎最知名的是奧維德。他寫道：「替巴拉斯是迦魯斯的後繼者，普洛拍細阿是替巴拉斯的後繼者，而我自身在時間上是列在第四」。

他是貴族，是圍繞着宮廷的煊赫的社會的一員，直至爲了不明瞭的一種理由，遭逢他的主上的不高興，從羅馬被放逐爲止。皇帝爲了那詩人的戀愛技術而懲罰他或者是事實也未可知；然而那雖非入於日曜學校的文庫的書，可是也有趣的愉快的詩，是否能夠使生出奧維德來而他又是其註解者的當時卑猥的成熟底地明智的世界喫驚，卻似乎有些可疑。戀愛技術是難解而有光輝的誠實的書，只是缺乏着戀愛的精神底羅曼底的樣相，因而似乎不是供給於弱者和純潔者的。本職的文學者常爲了他的誠實，快活和想像而愛奧維德。他的想像在變容中表現的最好，在其中，他將希臘及希臘·羅馬的許多神話組合在一起。對於學藝復興期的意大利人，莎士比亞和他的同代人，以及十八世紀和十七世紀的英吉利的詩人之類，近代的詩人，這是古代傳說的大的淵源書。倘若他能夠預見他死後的重要，則他在其流謫之地，也許可以輕減一些愁苦了罷。非常偉大的詩句，奧維德恐怕不曾寫過罷；比我更好的拉丁學者似乎也找不出一句那樣的詩句來；然而他卻是天生的故事家，而實際有無比的手腕的詩人。以全體而言，他的作品在近代諸國的文學上有着無可測度的影響，連味吉爾的影響也無逾於此。從馬邏以至德來登——及其以後——英吉利詩人是耽讀着奧維德的；這不但因爲他將古代的傳說底故事講述的那麼明瞭，（別的諸詩人已經使那些故事慣熟了，）還因爲在他的戀愛技術中，他不像道德家，卻像學者像詩人像紳士似地處理有些犯禁的主題。

奧古斯都時代以後（我們省略精確的年代，將這時代作爲基督教紀元開始的時代），拉丁語的詩從優良移到平凡，又從平凡移到愚劣。然而這過程不是連續的，也不一定是論理的。文學並不成了我們能夠在技師的紙上畫出的曲線而移動。作爲文學的材料的人生也一樣。拉丁的詩衰頹下去，然而這衰頹同羅馬帝國本身的衰頹一樣，經歷了若干世紀，在其間有着卽不偉大總也純正的詩人們。

在紀元一世紀的詩人中，有辛尼加的甥琉坎。他是光輝的青年演說家。他所著的韻文的編年史法耳薩利亞在其當時並歷中世紀是被廣讀的書。他憑了及於柯奈耶的影響，在法蘭西的古典詩上，有着不朽的影響，又因爲馬邏做了法耳薩利亞的第一卷的優美的翻譯，所以他於英語的讀者，也有特別的興味。這一世紀的重要的人物，是許多人以爲優於味吉爾的著作等身的敍事詩人斯退細阿斯；他的綏倍特爲頗普和格雷等等英吉利的詩人評價極高，他們竟將有着溫和的雅趣的，卻似乎缺乏神聖的火似的有些節段翻譯出來。

在那「銀時代」卽紀元一世紀，有兩個詩人；他們在其風格上並不承以前的詩的餘緒，卻也是最高的巨匠；諷刺家馬細阿爾和朱味那爾就是。羅馬人的精神習於諷刺底氣分，而事實上也發明了傳達這種氣分的詩型。賀拉西對於諷刺詩曾經給以優美的文學底資格，然而諷刺不過是他的天才的一面，而他的諷刺又是溫文爾雅的。馬細阿爾和朱味那爾，尤其是朱味那爾，則振強烈的鞭，而時代的墮落和醜聞又給他們以豐富的材料。各時各地將豐富的材料供給於諷刺家，然而諷刺卻是並非凡有詩人誰都具有的極細的技巧。高的程度的諷刺，英吉利人是有的。伊利薩伯朝和雅各本朝（註一）的詩人們將這鍛成可怕的大刀，德來登加以鋒銳的尖端，而頗普則將這做成強靱的長劍。凡有這種英吉利的諷刺詩，或直接或間接地有些負於羅馬人，而所負於朱味那爾者，較之任何別的拉丁人爲多。

（註一） 英吉利的詹姆士一世及二世的時代。雅各本和英語的詹姆士相當。

馬細阿爾的諷詩集，雖然含着極不平順的質素，卻有一個不變的價值，這照他所見一樣，描寫着羅馬的生活，那粗雜的缺點，誠懇而忠實地經觀察而揭露出來，而那形式卽在其生硬時，也是質實的表現底的。他的時代以後，眞的諷詩就帶了他的天才的銘印了。較之馬細阿爾有更辛辣的性質的朱味那爾，在其苛酷的寫實主義，在其對於虛詐和僞善以及對於暴虐和僭越的優勢的憎惡，類似着先輩的諷刺家。他就自己的作品說道：「憤激成詩。」他的眞實，或被公認的粗野，單是生的粗野，對於這，掌着鏡的正直的人是不負什麼責任的。在他的運用言語，在給與暗示，而將具體的意像運到引喩的第二第三的程度去這一種他的力，優越於朱味那爾者可沒有誰了。德來登將朱味那爾的諷刺翻譯了五篇，而他所雇用的助手則翻譯了其他的諸篇。約翰生博士的兩篇的模倣，大約是忠實於朱味那爾的精神的；因爲約翰生雖不是天生的詩的作者，究是偉大的學者。

我們不能遵循着拉丁詩的經路，進到中世紀的暗黑去。牠靜靜地凋萎下去的模樣，是能夠從拉丁詩選中窺見的。拉丁詩選並不是像希臘詩選，一般本國詩人所編纂的自然的產物，卻是以見於初代的集本或見於從英尼阿以至紀元一千年各個的詩人的作品的詩，近世學者所編成的詩集。在這詩集中，最美的詩之一是維勒斯母的春祭的歌維勒斯的味吉爾。那作者不得而知，而創作的期日也只能推測而已。我們所知道的不過是：爲之寫詩的那一種祭表現着從希臘借來的羅馬人的想像的較美的樣相，而那作者是眞正的歌人。這是美的調子，趁此可以和羅馬詩人告別了。拉丁的詩滅亡了。拉丁的散文則作爲活的語言，生活了數世紀。

第十三章 拉丁的散文

卑劣的東西決不是有益的，卽在你獲得你自以爲有用的東西時。

——西塞祿的「職分」

在基督前一世紀的前半，有一個在其當時及其後諸世紀之間，算是拉丁散文的樞要人物的人生活着，寫着文章，並且對人演講着，——西塞祿就是。他是政治家，歷史家，演說家，批評家，道德家，有主張的人。而且他是這一切以上的人；他做了在他以後十六世紀以上的拉丁散文的標準。他以後的優良的拉丁文是西塞祿式的，雖然中世紀教會的人們和哲學者的拉丁文，確也有許多逈異於這典雅的古典羅馬人。以我所知，一切文學中，除了他，誰也沒有將個性強的文體投影於以藝術底效果爲目的，而試着使用自己的國語的幾乎各個作家之上了。當他被殺於羅馬政治的一個殘虐的寄生蟲時，他的頭顱是被割掉的。馬可·安多尼的妻用一枚髮針戳穿了他的舌頭。然而那舌頭卻繼續嘮叨了數百年。

因爲西塞祿極富於引用和比喻的緣故，他是關於他以前的文學的我們許多知識的源泉。例如，對於到現在還保存着的英尼阿的最美的節段，我們是叨了將這作爲詩底力的例子而引用的西塞祿之光的。在其倫理底方面帶着向斯多埃學派的強的傾向，而算是亞凱台美學派的他的哲學，是極其道德底的，因而使他易於爲包括着聖哲羅謨和聖奧古斯丁的基督教著作者們所容受了。對於下至十八世紀末葉的許多英吉利的著作者，他是雄辯和典雅的模範。因此，不論我們自己知道與否，在我們的內衷總都有一點西塞祿的影跡。說他不是有深深的獨創力的人，他是轉假者，是剽竊者，是僅僅成句的製造家，這宗話一向是反對他的一種說法；而作爲催促他的演說機會的許多政治上法律上的問題，較之去年在國會的議事廳喚起高聲的反響來的問題，是索然得多了，這也是事實罷。我們讀了那攻擊喀提萊因的有名的演說，誰不對於那謀叛人和演說家都覺得厭倦呢？雖然如此，倘若西塞祿是成句的製造家，則他也是有手腕的製造家；而且，要而言之，不問在成句的背後的衝動是淺薄還是深刻，文學云者總不過是成句的製造的事情。他是偉大的文學者，而他那親切的書翰不但是愉快的讀物，還說明着關於他的時代的生活的貴重而細碎的事情。對於小普林尼的書簡，那價值無量的關於生和自然的小論文，這乃是直接的靈感；而且在文章這東西算是優美的藝術的十八世紀的英吉利最優的文學者，或種程度上都是西塞祿的弟子。

西塞祿

西塞祿以後，縱有他的影響，拉丁的散文卻據說是就墮落了。然而在古典的薄暗中，卻也湧現着好些美的色彩。算是皇帝尼祿的友人的拍特洛尼阿的諷刺好似羅馬生活的繪畫，是極有味極重要的。在留存到今日的斷片，我們見到拉丁文學中類似近世小說的唯一的東西。這可說是可笑而質直的社會的繪畫，或這種繪畫的一部分。因為社會淫蕩而猥雜，所以那繪畫也完全不是冠冕堂皇的東西。最近所出的牠的英譯引起物議於羞怯病的道德家之間，然而那算是拉丁和英吉利文學的權威的奧克斯福的馬開耳教授卻將拍特洛尼阿正直地比之於莎士比亞和菲爾丁了。在這里，將成爲這簡單的文學概觀的基礎的一個原則，我們來覆述一通罷，——就是聰明的人誰也能夠讀了寫於紙上的任何東西而不受絲毫的道德底損傷的。至於不聰明而缺乏諧謔的人們呢，則因爲不會讀文學也不會理解所想讀的東西這緣故，也是安全的。

拍特洛尼阿接近於風俗與習慣的，即日常生活的小說，在現代稱爲寫實主義這種東西。其一世紀後，出現了亞飄利厄的黃金的驢；這包含着極引人的羅曼斯，邱匹德和賽岐的故事。倘若代替了大凱撒和西塞祿和那沈悶不堪的傢伙尼頗士的作品，將那個故事用作學校的教科書，那麼，我們對於拉丁語就都要發生更大的好感了，也說不定罷。現在呢，我們是靠了近代的作者，纔有拉丁的翻譯的知識的。在威廉·莫理斯的地上的樂園中，邱匹德和賽岐的故事爲我們存留着，而黃金的驢還是吉訶德先生，計爾布拉斯以及台卡美朗中的插話的源泉。

亞飄利厄的愉快的空想底的創造乃是殺風景的河中一個光明的島。爲什麼呢？因爲拉丁語那時成了神學者和教會的人們的正式的言語，而這些人們之中有些也是有天才的，然而他們的思想卻是解說底，宗教底，哲學底，而不是藝術底。

有許多並非文學的藝術家的作者們，在歷史上，哲學上，宗教上是重要的；又有許多是惡漢，是無賴漢而不關心於舊世界轉向何方的作家們，卻倒是帶着言詞的魔術的天稟的天生的藝術家。有一個並非偉大的藝術家，但以建設古典的拉丁文學而言，有差不多等於西塞祿的功蹟的人，批評家兼且修辭學者昆體良就是。他那關於演說法的書，就拉丁文學告知我們者，較之羅馬人所做的別的書爲多。歷二十年實際的經驗之後寫關於教育的書，他是差不多唯一的成功的教師。在沒有大學教授席以置研究學問的人們於高的地位的競爭的時代，昆體良靠了完全自己的力，在他所從事的職業的先頭，保持自己的地位。在精神上，他和亞理斯多德相類似，雖然並不相匹敵。怎麼說是不相匹敵呢？下文那樣，雖然是我們不免厭倦的那些惹厭的比較，和囫圇的概括之一，且讓我們明澈地來加以理解罷。拉丁精神在思想的大部分的分野上，是劣於希臘精神的。

昆體良所涵養似的西塞祿學者的傳統的一產物，是塔西佗的友人兼且誠摯的信奉者，而皇帝圖拉眞的寵臣小普林尼的書翰。他的伯父，大普林尼，一個有名的博物學者兼且事務家，將教育上的各種便利和社會的地位給與他，助他成爲衒學者和自負者。他的手札因其投於當時的社會底和政治底生活的光，是重要的。然而從文學底藝術這一種見地看來，其價值卻不是屬於第一流的。

基督教教會征服羅馬時，羅馬以其語言征服教會。拉丁語今日是天主教會的語言，而在發達了許多的語言的許多世紀之間，拉丁語是智慧的母語，是料想受教育的人們所知道的，「務必知道」的第一的東西。

因爲羅馬是世界，又因爲羅馬成了基督教化，所以拉丁語是存續著。在千餘年之間，凡有學識深沈的作品，宗教上的作品，和凡俗世界的作品都是以拉丁語寫的。基督教拉丁語雖然大抵有幾分失掉了古典拉丁語的典雅，卻也有好些傑作是遠在古代羅馬的結末以後所寫的。請舉二三個顯著的例罷；在四世紀及五世紀的聖奧古斯丁的懺悔和神的都；同時代的聖哲羅謨的拉丁語譯聖書（Vulgate）在十三四紀的聖托馬斯・阿奎那的好些哲學底神學底的書，這是深邃的精神所產生的作品，又是羅馬教會的標準哲學。當時學問並不限於僧侶和牧師。斯賓挪莎似的俗世界的哲學者是以當然的樣子寫拉丁語的。

在現代，有極高的教養的人而不能「解釋」西塞祿或味吉爾的一句也未可知。作爲形式底文學上的練習的希臘語及拉丁語那些古典，是行着衰運了。然而拉丁語卻不管我們的意向怎樣，進入於我們的血中了。爲什麼呢？因爲這是結合於近代西歐羅巴的差不多各種語言，法蘭西，意大利，西班牙等羅馬系諸國語，以及我們說着寫着的那壯大的折衷的傖兒，卽英語的。法蘭西語是保存着古代語的許多精神和形式的近代的拉丁語。英語在形式上是或程度的日耳曼；其語彙的一部是日耳曼的，卻也富於拉丁語。請用「優良強勁的盎格羅薩克森語罷，」這一種屢屢反復着的勸告是十足的獃話。言詞的共通的根的大部分（我們和動物公有的那些關於物理底過程的東西）是盎格羅薩克森底，但我們說到人間的關係卽文明生活時，那言詞卻必然成爲拉丁的了。我們所用的 walk（步行）start（出驚，出發）stop（停止）breath（呼吸）sleep（睡）wake（覺醒）talk（講話 live（生）die（死）等，都是盎格羅薩克森語；然而 advance（進）retreat（退）approach（近）retire(退) inspire（刺戟）animate（鼓舞）confer（商量）discuss（討論）compare（比較）repute（論駁）debate（論爭）perish（死滅）和 survive(生存）還有不消說得，商業上的語彙，commerce(商業) finance（財政）以及 diplomacy（外交）profession（職業）等等，統統是拉丁語。我們不能不用希臘語原的言詞而度日，正同我們不能兩肩上沒有頭而生活一樣。沒有學過拉丁語的作者而有效地甚至優美地使用着英語，這固然是事實。然而近代偉大的作者大都對於古典至少有着學童那樣的熟識，有着關於希臘語和拉丁語的意義以及言語的根的意義的幾分知識，則也是事實。自然，對於古典的舊式教案的教練，有許多是乾燥無味而沒有什麼效果的，而有許多沒有想像力的衒學者，能夠一目瞭然地讀拉丁的詩，卻沒有學到明瞭地思索或巧妙地寫自己的語言的方法。但是那些卽將普通的學生能夠獲得的拉丁語的貧乏的皮毛也從學校竭力排除的人們對於教育可也沒有何等的貢獻。馬可梨給眞的學者下了定義，以爲是擱脚於籬笆上而讀柏拉圖的人。這不但是學者的定義，還是爲愉快而讀書的文學愛好者的定義；而對於讀書的眞的動機，並非自己改善的嚴肅的義務，實在是愉快這一種意識。不論馬可梨的理想的學者是否存在於這個世界，領略翻譯的古典的聽衆總還有着。我們且不要稱拉丁語爲死的語言罷；在近代的研究語言的學生之中，以及那不朽的貴族模樣的本身之中，拉丁語是有着二重的不滅性的。羅馬依然是永久的都哩。

第二部 中世紀

第十四章　日耳曼系吉勒特系和羅曼斯的起原

歐羅巴諸國民的種種語言逐漸推開了古代語而奪其地位，遂致連學者們現在也幾乎沒有想到以拉丁語寫書的事比這一種革命更有味更重要的革命是沒有的了。

——詹姆士·哈維·魯濱孫

永遠的都，牠的語言，文學和宗教支配了歐羅巴的大部分直至最近。在中世紀，凱撒的帝國以日耳曼族爲基礎重建於神聖的羅馬帝國，這正如服爾德以奇警而卻缺乏精確的語調所云，既非神聖，也非羅馬，又不是帝國。羅馬的教皇往往是作爲世界教會的首領的統一底人格，他不但在精神生活上，還在歐羅巴的諸國和公侯國的問題上主宰着；至少，教皇格列高里七世，喜爾得布藍那一個偉大的人物，是顧指着諸王的最高的君主。

因此，經了我們稱爲中世紀或暗黑時代的長的諸世紀，歐羅巴沒有全然終止其爲羅馬底。中世紀是什麼呢？在因襲底歷史上，牠的時代是從五世紀的中葉至十五世紀的中葉約一千年。學藝復興期的人們，那些再發見古典的人文學者，他們的熱誠之餘，覺得自己在智能上屬於希臘及羅馬人，而在他們自身和古代世界之間的一切則是「中間」那大部分是暗黑的。然而他們卻不是健全的歷史家，他們沒有理解恰在他們之前的諸世紀，而至今日還未消失的他們所附於「中世」這一詞的輕蔑的意味，顯示着對於歐羅巴文明的故事的深深的誤解。

在以上的十世紀之間，有着陰暗的條痕，那時代在或一意味上是中間。然而在那里有着偉大的輝耀的閃光，又有着決不消滅的低微的不斷的光。中世紀的活力，歡喜，和藝術底熱誠是在無知，迷信，不絕的戰爭和艱苦的物質底境遇之上佔了勝利的。不但如此，我們必須記取：人類的思想，人類的生活，並非間斷的過程，卻是向善或惡的不斷的過程。在五世紀，日耳曼人鄂多瓦廢了最後的羅馬皇帝，而做意大利的統治者的時候，人類的智能沒有一部分停止下來，或受了急驟的變化。在什麼時候學藝復興期開始露光於地平綫上呢？我們憑了時鐘不得而知。歷史並不區分為界限顯然的部分；一切時代在界限上是模糊而不明瞭的。四世紀流入於五世紀，十五世紀則流入於十六世紀。還有一層，我們也記着罷：人類活動及思想的種族底，語言底和地理底分野，並不區別得嚴峻，而歐羅巴沒有民族，沒有國民，沒有州縣是從其周圍獨立而孤獨地發達的。

中世紀的最高的藝術底天才並不表現於我們的研究的特殊的主材所在的文學，卻表現於建築及其相關聯的藝術。哥雪克寺院倘沒有使近代人自慚矮小，則至少當他向中世紀的祖先取卑視的態度時，是挫抑他的傲慢的。

中世紀的文學中，從藝術底見地看來，最豐富的部分是敍事詩底，羅曼底，抒情詩底等等的詩。於歷史，於哲學，於神學，散文是有無量的重要的。然而我們的中世紀的祖先們卻以種種押韻的形式歌詠他們的故事。連知識上的作品，他們也綴以生硬的韻文。直至十三世紀爲止，日耳曼人絕未想到將散文作爲藝術底媒介；在英吉利則差不多直至綽塞以後，纔有優美的散文；口語之發展而爲文語底標準也是很舒緩的。

從種族及語言的關係看來，中世紀的文學的主要的區分是日耳曼，（包含着斯干的那維亞及英吉利）吉勒特，法蘭西，西班牙，意大利等等。以上的文學是互相借用的，公正地來說明其相互依賴的關係，需要着比較文學上深長的研究。在這里，注意到下面這個極重要的事實是儘夠的：當小國家不絕地在戰爭，而平和的交通極緩慢的那「暗黑」時代，思想在歐羅巴之上到處流行，而發於不知名的僻隅的小流膨脹開來便成大潮流了。在許多地方，一個故事的種種形相，以胚種而言，或以充分的發達而言，那一種最早，我們既然不得而知，我們就可以隨意從歐羅巴的任何主要的文學底區分，來接近中世紀文學這一個巨大的姿體。

請先就以上一切區分的共通的特徵來講述一通罷。羅曼斯，敍事詩，傳說，民謠的大半是敍述着騎士們在戰役和戀愛上的勝利的。那些歸附於一種集羣或類聚，那以亞歷山大王呀，凱撒呀，查理曼呀，或者亞搭爾呀，或實際或虛構的王們為中心的。遇着龍呀，救着苦惱的姑娘呀，保護着無罪者呀，懲罰着作惡者呀，那種種的冒險互相類似，互相重複。那神話誌底機構是異教和基督教的混淆。羅曼斯的理想底騎士，正如興起十字軍而赴聖地的為自己的主而戰的血與肉的騎士事實上一樣，是基督徒。社會底及倫理底法典是騎士道的法典；騎士道者在或一程度實際上存在着，其他的部分則是詩底夢了。騎士道的理想和實際在學藝復興期繁榮起來，不知恐懼，口無惡聲的善良的騎士法蘭西人拜厄德，和英吉利人腓力·錫德尼卿就示着實例。在好些故事中，有的冒險者頗爲「過分」而塞凡提在吉訶德先生中以不朽的笑取笑過他們了。西班牙的羅曼斯，例如，雖然也許起源於法蘭西而抒寫的方法則全然西班牙風的，極通俗的高盧人阿馬狄斯似的，尤其是越乎常理了。可是我們是能夠欣賞他們的獃氣的——我們是因此而讀塞凡提的。

生出中世紀的羅曼斯來的拉丁的源泉成於古典傳說的破碎而歪纏的翻譯。當時知道古典的只有少數的牧師和學者；他們的知識又是不完全的。在伊尼阿和帶多及其他的周圍，發生了浩瀚的故事的系列（推羅的事物），這恐怕該使荷馬和味吉爾也迷惘了罷。如我們前已見過，是優良的故事作家，又是愛的技術的專家的奧維德，因了紳士淑女的娛樂之一的所謂上品的溫雅的戀情，是一種通俗書的權威了。亞歷山大王則成爲許多景仰着的希臘人恐怕也不會承認的神人或封建王了。

吉勒特族對於中世紀的羅曼斯的貢獻分爲二種：第一，算是愛爾蘭，蘇格蘭，威爾士的文學的一部分者，有以韻文及散文寫的偉大的詩底故事。這些故事在大陸的後代的羅曼底文學上有着或一程度的影響；但在初期的文學上卻並無多大的影響；憑了馬克斐孫的高原地蘇格蘭人奧細安（註一）和革斯特夫人的威爾士語的馬比諾吉溫（註二）等等的近代的翻譯，以及吉勒特的復活（註三）的領袖們的更近代的作品，這些故事在英吉利的讀者是知道的。吉勒特文學包含了無數的詩和羅曼斯，那從歐羅巴的其餘部分鎖閉了數世紀的。

（註一）是三世紀末葉的蓋爾人，即高原地蘇格蘭的吉勒特人，吟遊詩人兼且勇士。

（註二）是威爾士的神仙譚。Mabinogian 是威爾士語 Mafinogi 的複數，有對青年的教育這意義。

（註三）易志·格列哥里夫人等所統率的吉勒特文學復活的運動。

還有一種吉勒特族的初期的更根本底的貢獻是「不列顛的事物」；這是許多法蘭西羅曼斯特是亞搭爾王故事的集羣的源泉。西北法蘭西的布勒搭涅州正坐落在從英吉利越了海峽的地方。英吉利（或不列顛）的海岸的一部，即康瓦爾和威爾士現在還是吉勒特的領土，而在遠昔，則那海岸全是吉勒特的。在薩克森人的侵入以後，許多原來的不列顛人越了海峽遁去。他們在習慣及言語上成了法蘭西人，然而那回溯到遠比任何成文記錄還早的他們的吉勒特族的許多故事，他們卻還保留下去。於是發生了下面所說的兩事之一：（發生的是那一種是不成多大的差異的）不是在法蘭西北部的這些吉勒特人將其故事授與法蘭西的作者，便是留在英吉利的吉勒特人將其故事傳給諾爾曼英吉利人的作者，而他們又將那些故事運到法蘭西去。無論怎樣，和亞搭爾的名稱相關聯的故事的全羣，以其現存的最初的文學形式而言，總之是用法蘭西語寫的。亞搭爾是眞實的國王呢，還是傳說的產物？我們不得而知。倘若他是眞實的人，則他乃是吉勒特族的王卽英吉利人的敵，他之作爲席捲到羅馬那麽遠的偉大的征服者而被表現，是基因於亞歷山大和查理曼的傳說所及於亞搭爾的傳說的影響的。

以法蘭西語及從法蘭西語的翻譯，亞搭爾和他的圓桌（註四）的故事越了海峽復歸於英吉利了。最初以英語說起亞搭爾的地方是在十三世紀的詩底編年史拉雅夢的勃拉忒

(Brut)(註五)之中;這作品所根據的是澤稷島(註六)的諾爾曼詩人名叫洼斯的所著的法蘭西的韻文編年史。這又是出於那可算是不列顛人的歷史的蒙穆斯(註七)的赭弗理所著的拉丁語的編年史的。倘若拉雅夢包藏着多於事實的空想,那麼以文學而言倒是更好的結構了。在這里,我們不但見到亞搭爾王及妖術使麥林,還見到莎士比亞的利爾王的結構的萌芽。

(註四)妖術使麥林所造的 table,亞搭爾爲免臨席時尊卑上下之別,用以供他的家臣圍坐者。

(註五)不列顛族的傳說上的王。

(註六)英吉利海峽中的島。

(註七)西部英格蘭的縣。

亞搭爾王故事在以法蘭西語成遂了許多的發展之後,以我們能夠在十五世紀後半托馬斯·馬羅立卿從法蘭西的羅曼斯所編纂的亞搭爾的死中愉快地讀到的這一種文體,和多種多樣的插話一同進入於英吉利文學。當時本也有數篇以英語寫的律語體的羅曼斯,敍述着蘭斯洛蘭法爾加汶等等偉大的騎士的冒險，然而在英語的讀者，馬羅立的作品，卻是The Arthurian story（亞搭爾王故事的代表作）而且這也是出於近代英吉利詩人們的手筆的許多改作的靈感的源泉。近代英吉利詩中最膾炙人口的亞搭爾王故事的改作是丁尼生的王的田園詩。丁尼生使亞搭爾成爲十分英吉利風的王，差不多使人聯想到者不是鐵盔而是silk hat，失盡了古代故事的吉勒特族的風味和神仙譚的風味。雖然如此，近來的批評上小覷丁尼生這一種傾向，以及較丁尼生還深飲中世紀的水的斯文本所提起的一切異議沒有什麼關係，田園詩總之含着精美的節段，而且是英吉利詩的傑作。

集於亞搭爾的名的周圍的，有許多故事；或和別的故事相重複，或取自和亞搭爾本無關係的傳說。第一，是主要地關於他，關於他和女王金湼微耳的結婚，他的不貞，她那對於蘭斯洛的戀愛，以及經兒漢摩得列特之手，宮廷的顚覆和亞搭爾的死的故事。

其次而最爲詩底的是聖杯的故事。在其本來的形不會和基督教有什麼關係，或且恐怕還在基督紀元以前的那些故事和基督教的傳說的融合，這是那深有興味的實例。聖杯是盛了基督的血的器皿；這是「完全」這意義的象徵，惟純潔如基督的騎士纔許一看牠。蘭斯洛的德行是受了沾汚的，他便不能看牠。據各種的改作品，則成功的主人公是加汶，加拉哈，和柏栖發爾。在法蘭西語及德意志語所寫的故事中，柏栖發爾是純潔的騎士；他就是在瓦格涅的歌劇的帕齊法爾。

柏　栖　發　爾

和亞搭爾的傳說相關聯，但本身完全獨立的第三偉大的故事，是透利斯探和易蘇爾特的故事。這故事在人物和背景上顯然是吉勒特底，因爲易蘇爾特是愛爾蘭的公主，而那遣透利斯探將她帶到自己的宮殿裏來的馬可王就是康瓦爾的王。這故事是中世紀的羅曼斯中最通俗者之一，在歐羅巴的幾乎任何部分是通曉的。法蘭西語的讀者，會見到在透利斯探和易蘇爾特中，約瑟·倍提耶精妙地所述的故事的罷。斯文本的來奧涅斯的透利斯探，是富於光彩而有美的旋律的作品。在瓦格涅的歌劇中，則那故事是曾經寫出的最壯重的戀愛音樂。

在通俗的傳說中，和蘭斯洛相競爭的騎士底的主人公是加汶，他雖說和亞搭爾王相關聯，自身卻是一簇的羅曼斯的中心，而在初期的故事中，又是比亞搭爾王更重要的人物。英吉利的故事中最優者之一，那必然是壓根兒吉勒特人的（大約威爾士人的）東西而沒有已知的法蘭西的原本的，是加汶和綠的騎士。這是比普通暇豫的中世紀的筆調更緊湊的富於生彩的故事，而初期英吉利的頭韻體詩的極好實例。

以爲中世紀的英吉利文學全體靠了吉勒特及法蘭西文學纔有其實體與靈感，這麼想是不行的。這有着出自薩克森系的血統的強健的德意志底半面。可是英吉利系薩克森人在想像力上遠劣於吉勒特及法蘭西的鄰人，於藝術上便落在他們之後了。作爲運載文學的傢伙的他的語言，爲要留存在學者們用拉丁語，紳士們用法蘭西語的世界，有過一番惡戰苦鬥。

可是這終於留存下來；而英吉利詩的躍動，脈搏抑揚，調子並且感情，直至今日還是吉勒特底，雖然古代韻文的韻律法和近代英語的全然不同了。作爲判然的語言的盎格羅·薩克森語消滅了，我們是將牠作爲生疏得和牠的親戚荷蘭語和德意志語同樣的外國語一般來讀牠的。牠的文學，照留傳給我們的那麼多，是並不豐富，卻也值得記憶的。

盎格羅·薩克森語的詩，那最長而保持得最好的實例，是遠小於敍事詩的容積的英雄故事，貝奧武爾夫，那所有的材料是差不多和見於各國的傳說的數百種騎士底冒險智能上相同的。編纂這故事一定是在五世紀亨季斯忒和霍爾薩所統率的日耳曼人侵入不列顛以後，而在紀元一千年那通常附於現存的最古稿本（在不列顛博物院的）的期日以前。雖然那語言是盎格羅·薩克森語，但那主人公和場面卻是斯干的那維亞及日耳曼風，這就顯示着那里大約有大陸底起原的，恐怕在以文字寫出以前的遠昔原是口述的故事。有些插話和在挨斯蘭的古史強者古來梯爾（對於挨斯蘭的文學過一會就要說到）中者相像。貝奧武爾夫不消說是偉大的勇士。他爲守護那宮殿被可怕的怪物所攻擊的近鄰的王，挺身而出。貝奥武爾夫殺了那怪物和怪物的母，後來又殺了龍，那龍的火焰似的呼息和含毒的齒終於使主人公斃命了。我們在這里就有着優美的神仙譚的材料，現存的一切歐羅巴文學中這類東西的最古的標本。這並不是傑作，然其內層底價值卻是純正的。這故事之譯成近代英語者有數種。那常愛古代及中世的東西的威廉·莫理斯作了雄勁的翻譯。亞美利加詩人及學者威廉·愛列來·雷奥那特的翻譯也是最優者之一。

還有別的作者不明的盎格羅·薩克森的詩Widsith及Deor作爲即不示着別的什麼，總示着現在失掉不少的盎格羅·薩克森文學的範圍的東西，這對於文學史家是重要的。有眞實的美的一篇短詩是航海者。這就是和約翰·梅斯非德一同還未消滅的關於海的英語詩的偉大的句，那現存的最初的東西。

兩個宗教底詩人是卡德夢和琴涅武爾夫。我們不能確知他們寫了什麼，他們是何時的人。然而卡德夢顯然是在八世紀，作了創始記及出埃及記的韻文意譯的。卡德夢的創始記的一節爲密爾頓所知這話是有過的；還有一個卡德夢的故事因其示着牠的時代的色彩和感情的片鱗，因其介紹那高貴的老薩克森人比德也值得來一說。比德者，因爲亞勒弗烈王翻譯了他的教會史的緣故，纔屬於英吉利文學的。那故事是寺院的僕卡德夢因爲不能歌唱，而立琴輪遞到他這里時又不能彈奏，只得離去祝祭的會集。當他睡眠中，出現了一個不識的人，命他歌唱被創造者的起初，於是他從未聞到的詩來到他的脣上了。

彙集而爲基督的聖詩，琴湼武爾夫是其中三篇的作者，這是頗確實的。因爲他用離合體詩（註八）的方法將自己的名字在那詩中寫出來。他大約也是有頗具劇底和故事底力的章句的四聖徒傳的著者。詩這東西一向常是宗教的侍女。琴湼武爾夫在宗教詩的長的傳統之中佔着美術上和精神上高的地位，在他看來，歌人是從自己的信仰，抽出眞的詩底靈感來的。（這並不是在極敬虔的宗教詩人常有的事）。

註八 這種詩是指各行的頭字湊成一語或數語的形式。

將我們祖母的言詞最初以文字寫出而給以文學的形式者是詩人。這也許因爲詩是較之散文更適於運載高的主題的傢伙的緣故罷。也許因爲理性的言語，卽散文，後於情感的言語，即詩，而發達起來的緣故罷。然而盎格羅·薩克森語的散文卻也是頗繁多的，在其最有趣味者之中，有着亞勒弗烈大王的作品；他在九世紀的最後的第三期，仁慈地統治國家，不但就法律，還就諸藝術和哲學努力來教育他的國民。他翻譯了已故的羅馬哲學者波伊悉阿斯的作品，恐怕於Chronicle（編年史）也有些關係。Chronicle是盎格羅·薩克森語的最重要的散文的記錄，又是從八世紀的中葉到九世紀的中葉，關於英吉利的我們許多知識的源泉。這一書在歷史上和文學上都貴重的，已經譯成近代的英語了。

作為判然的語言的盎格羅·薩克森語即“Englisc”約在諾爾曼人的征服之際衰頹了，然而並不全然由於那征服的緣故，經了十世紀餘，中世紀英語方纔成形。在十二世紀，十三世紀，十四世紀的中世時代，散文還未發達，作為文學而遺留者是詩，是律語的羅曼斯和生於英吉利本地之處多，而借自吉勒特及法蘭西的源泉之所少的其他的詩。有性質全然不同的兩篇是值得記憶而且值得一讀的：就是有眞的哀感和美而詠少女的死的詩眞珠以及如標題所提示恐怕有斯干的那維亞的起原的冗長的故事，對因人哈味羅克。當中世英語發達而成爲雖還有些古風卻可立即認作我們的東西的這一種語言的時代，意大利學藝復興期已經到來了，而在英吉利則於綽塞的雄大的詩中現出曙光來了。

在這里讓我們渡了海峽，到英吉利的偉大的鄰人法蘭西，西班牙和日耳曼諸邦去罷。

第十五章　中世紀的法蘭西文學

在這里，可以窺見高貴的騎士道咯，禮儀咯，仁愛咯，友誼咯，膽力咯，愛咯，怯懦咯，殺戮咯，怨恨咯，以及罪惡咯。追從了善，而離棄了惡就是哩。

——卡克斯敦·馬羅立的「亞塔爾王的死」序

中世紀法蘭西在語言和文學上，（同在地理和政治上一樣）是依了從東到西劃在成為近代法蘭西者的中央以下的線而分割的。南方部分在區域上小於北方——在文學上也小。為什麼呢？因為北方的文學佔了優勢，而南方的語言和文學消沈下去，在今日僅作為愛國底獻身行為而存在於維持着教養着布羅溫斯人（註一）的那一派詩人的作品中了。近代的布羅溫斯詩人中，最知名者是腓特烈·米斯特拿爾。在中世紀，這南方文學即布羅溫斯文學達於全盛，而當十二世紀，十三世紀及十四世紀之間，在西同了西班牙的隣人，在東同了意大利的隣人，這風光明媚的國土有過在歐羅巴最富於色彩和蠱惑力的文明。

註一　法蘭西南部的古州的住民。

那詩人們就是 troubadours（漫遊詩人）（註二）所以這麼稱呼者，是因為這一詞含有發見及發明（法蘭西語的 trouver（看出）和英語 treasure-trove（發見的財寶）的後半）的意義。漫遊詩人在其藝術的全盛時代，並不是穿着大歌劇的衣裳奏着六絃琵琶而彷徨行步的吟遊詩人，卻是作為優雅的藝能而精研了詩和音樂的紳士騎士貴族，甚至王侯。漫遊詩人的品級是極其排他底；只有顯示了作為作曲家的自己的技能的人纔得加入這品級。然而低級社會的人也能獲得這所歆慕的稱號，以這一點而言，這倒是民主底。自己並非詩人的貴族們，在當時保護詩歌的藝術，留養漫遊詩人於自己邸宅，並且款待來自別的邸宅的漫遊詩人。漫遊詩人之外，還有 joglars，（在法蘭西語是 jouglers；這就是英語的 juggler）他們就是職業底演藝師，並不一定是詩人，卻都熟練於歌唱，熟練於背誦民謠和羅曼斯的。

註二　起於十一世紀法蘭西南部布羅溫斯，而盛於十二三世中紀意大利，西班牙的一派抒情詩人。

漫遊詩人用以作主題者是抒情底戀愛。那歌謠，有許多是保存着，或則單純而動情，酷似自然的歌謠，或則細琢細磨，極其複雜；原來那種詩人是努力於發明新的詩形，或加獨創的變化於舊形式的。漫遊詩人又是長故事詩的作者和保存者；繁夥的羅曼斯集羣之廣播於歐羅巴，大概可以歸功於他們。布羅溫斯的漫遊詩人，有百名以上的名字和傳記底知識，我們可以知道。那藝術是倚賴於封建時代的邸宅的繁榮的。入十三世紀，南部的貴族因戰爭而破滅時，漫遊詩人的詩纔衰沈了，而在北部西班牙及意大利，則逐漸消滅了。

於法蘭西北部的詩，（並且散文）是天賜較為永續的，繼續的生命的。為什麼呢？因為支配歐羅巴歷數世紀，而具有至年青的法蘭西詩人所作的最近的抒情詩為止，一千年以上不斷的傳統者是法蘭西文學。相當於布羅溫斯的漫遊詩人的北方的東西是 trouvère，他們早就發達了較其南方的兄弟更專門底更不清客底的對於自己的藝術的態度，而且他們——從文學底觀點看來，這是最重要的——對於平話呀，故事呀，生活呀，較之對於音樂更感着興味。那結果，南方歷數世紀依然是歌謠的國土，而北部則成為故事底羅曼斯的國土了，雖然法蘭西的抒情詩早就開花而從未滅亡，而布羅溫斯的歌人則也出過精美的故事。

達於雄勁的完成之境的最初的法蘭西詩，是 chanson de geste。這句話的意義，就是「功蹟（或冒險）的歌，」其主材是或一騎士或忠誠的主人公的勝利；這在精神及實質上是敍事詩，在感情上則常是強烈地國民底，愛國底，蓋眞正的 chanson，是取材於法蘭西的歷史（法蘭西物）的。別的故事則集於亞歷山大王似的過去的隱約的巨人，以及荷馬和味吉爾那樣的神話誌底主人公（羅馬物）的周圍。還有敍述着亞搭爾王及他的騎士們的（不列顛物）。這些充滿了巨大的卷册的 chansons 和以韻文，後來則以散文綴成的律語底羅曼斯是使求故事的國民的自然的飢餓滿足或部分地滿足的。這所謂飢餓正和今日成千的小說（這是說「新」的東西）和數百萬的雜誌所使之饜足的飢餓相同。中世紀的故事，有許多於今日的我們是頗沈悶的，除非我們是以任何古時的紙片爲貴重的學者，否則我們願將其大部分忘卻了，或絕不予以一顧。雖然如此，在我們所有的百篇的 chansons 中，也有傑作二三篇。其一篇是 chanson de Roland（羅蘭的歌）。羅蘭是眞正的歷史底人物，是當查理的軍隊在西班牙敗北後，經庇里尼斯山脈而退卻之際被殺的查理曼的騎士。傲岸的軍人羅蘭，直至

羅蘭和缶拉古思

他及他的部下徹底地敗北了爲止，拒絕吹鳴求救於查理曼的角笛。羅蘭遂和他的從兄弟奧力味同死，而到最後，（這是極其哀切的）純潔之士羅蘭是向神挑戰的。這 chanson 和其他許多初期的法蘭西詩一同，直至約百年前，一直埋沒着而從那時以後，這纔出版了幾囘，並且譯成了近代的法蘭西語及英語。羅蘭故事憑了無數的改作，經中世紀而保持到學藝復興期。在意大利，這非常地通行，而且是阿利渥斯妥的傑作奧蘭多的主材。直至這故事已經成爲衰弱而無味了爲止，這顯然沒有流傳於英吉利。偉大的法蘭西·英吉利系的故事並非查理曼的故事，卻是如我們在前章簡略地見過亞搭爾王的傳說。

將眞天才寄與這無窮的故事的集成的初代的法蘭西詩人中，有馬利·得·法蘭西和克累提盎·得·特啦。這兩人大約在文物是法蘭西風而皇后厄拉涅則是布羅溫斯的公主的那亨利二世的宮廷罷。馬利·得·法蘭西作爲寄客，而度了她的大部分生涯於英吉利。在馬利的Lais（藝妓）中，我們遇到帶着神仙譚的精神和香味而形頗短的透利斯探和蘭法爾。她是眞的詩人，恐怕沒有從純眞的心自知怎樣巧妙地述着故事罷，恐怕在別一方面她卻也以極其成長的，本職的智慧理會了自己的事務罷。近代的學者傾向於一種意見，以爲初期的詩人實際上無所謂初期，他們也有極豐富的背景和若干世紀的先驅者，不過對於這些，他們以近代的研究所不能恢復的活力感得而且明曉罷了。馬利的藝妓的翻譯和意譯是有的。於英語的讀者，藝妓中有些部分的有趣的自由譯，就是十九世紀的詩人亞搭爾·阿莎萊希譯的那些。

在亞搭爾王故事的久長的發達之中，有偉大的價值而第一重要的詩人是克果提盎·得·特啦，他在十二世紀的後半住於查理曼的宮廷。他的利盎的騎士，伊立格和伊尼德蘭斯洛故事之一馬車的騎士，透利斯探以及拍息發爾等，是初期法蘭西的故事詩的精華，又是我們見於馬羅立的翻譯中的後代散文故事的基礎。如我們在次章就要見到，克果提盎在德意志的文學上，也有着偉大的影響。

在關於亞搭爾及其他的英雄的羅曼斯以外，有三種詩，其中是有着優美的想像底天才的標本——在許多渣屑之中的。其一是詩體故事，（註三）或寓言，卽動物故事，像那些從未停止風行的從伊索乃至我們讀給近代的嬰孩聽以使睡眠的最後的兎的故事似的。將這些動物故事散漫地綴集起來的書就是列那狐的故事。列那故事的英語的實例是綽塞的 Nonne Preestes Tale （尼姑故事）。在那里狐並不像通常一般得到巧妙的狡猾的勝利，卻和在伊索寓言中的一樣，開輸了他的把戲的。後代法蘭西文學的偉大的故事作家是封騰，他並不取材於中世紀的祖先，（直至十九世紀爲止，他們實在沒有重被發見）卻取材於古典的源泉，和他自己銳敏的諷刺底空想。古昔的詩體故事並不是打算作社會的寫照的東西，卻是如亞美利加的利瑪伯父的故事似的，投一點諧謔底光於人類性上的單純的動物故事。

註三　詩體故事 fabliau 是在十二十三紀流行於法蘭西的，以十綴音的韻文所寫的故事。

還有一種詩型則是寓意底，道德底，或教訓底東西，其中的人物是愛，憎，羨慕等等抽象的德性及過惡。那偉大的實例是玫瑰的羅曼斯，這是以戀愛的技巧和伴了爽快的諷刺的婉妙的艷事爲一般的主題的長篇詩。中世紀的人們，縱有純眞的騎士道，社會底規則和優雅的舉止，也喜歡笑樂。玫瑰的羅曼斯，以其認眞和嚴肅，其諧謔味和時代的忠實的描寫而言，是最重要的作品。這大約是由兩個詩人並非協力着卻連續着寫成的唯一的統一的詩罷。其前半是在十三世紀的前半，羅里斯的威廉所寫，後半則是在二時代之後冉·得·米厄所寫。他是具有眞的力的詩人，其遠過於戀愛的主材概括着中世紀的社會思想的大部分。而且冉·得·米厄瞻望着前途。法蘭西批評家的最明智的一人蘭生教授云，這詩人的作品表現着可以萌芽生長的東西，這是包藏未來的。爲什麼呢？因爲這是生命，是國民的生命。玫瑰的羅曼斯的斷片由綽塞翻譯出來了，然而歸功於他的那翻譯的別部分是否眞確，學者卻疑惑着。這詩在三個世紀之間打動了中世紀的空想，在今日又啓示着中世紀精神的和一般的人文的許多樣相。其歷史底價値是毫不容疑的。至於言其所供給的愉快，那是別一問題了。近代的讀者對於長的道德底寓意，沒有如中世紀的祖先那樣深切地加以欣賞，即在牠由諧謔給與生氣時，或在見於偉大的實例史本庋的仙女王之中似的是無比地詩底時，也沒有。

中世紀的詩的第三重大的部分，是繁榮到極豐富而多樣的抒情詩。那作者們，雖其可驚的多數的名氏傳至我們的時代，而大部分則是無名之士；他們屬於社會的各階級。當時有着將自己的旋律和學問相混和，而設法將品位和形態給與文學底言語的學者。又有着愛護藝術而自己從事嘗試的貴族。在那時代，即國王也是歌人；在君王詩人之中，有香賓的提波爾忒四世，而同他一起，我們還可以記取具有歌謠的天稟的別的幾個君王，英格蘭的理查一世

（「獅心王」）蘇格蘭的詹姆士一世和西班牙的亞豐瑣十世（「博學王」）等等。較詩人底貴族出品繁多而手腕並不稍劣者是庶民他們的俗謠（chansons populaires）切合人生，有如一切國度的俗謠，而且是表現着喜怒哀樂之類要素底情緒的。

可以歸類於騎士道羅曼斯而也適當的十四世紀的偉大的書是夫壘沙特的編年史，因爲這作品是差不多歷全世紀的「法蘭西，英格蘭，蘇格蘭，和西班牙」的歷史，激動的過於羅曼斯。這是那一時代的偉大的寫照。夫壘沙特是不知勞倦的旅行家，他以不絕的好奇心眺望世界，而將他從別人學得的，以及自己眼見的事記錄下來。他的文體的輕快與清新，以及他的本質的自明的正直，使他成爲重要的歷史家，（托馬斯·格雷稱他爲「未開化時代的希羅多德」）並且故事術的巨匠。憑了柏涅茲卿的翻譯，那編年史稱爲十六世紀初葉英吉利文學的一部分了。夫壘沙特是有頗可注意的手腕的小詩人。然而他的世紀是散文的時代，直至其次的世紀，法蘭西的立琴（lyre）（註四）方纔作魔術的音響。夫壘沙特對於法蘭西散文的影響進向健全，而且雖說他所寫的委細的事情是混亂的，卻也進向明晰，那在數世紀間，算是法蘭西散文家的偉大的功績的。

註四　抒情詩 Lyric 是出自立琴 Lyre 的字上面曾經說過。

和中世紀法蘭西文學尤其是南部地方卽布羅温斯的文學有密切的關係者是西班牙文學。相當於法蘭西的羅蘭的歌的國民底英雄詩是頭目的詩。頭目者就是對模耳人奮鬬的實在的人物。他的名是律伊·地亞士·得·皮跋爾，而他的稱號，頭目(Cid)則是有「王」這一種意義的亞刺伯字的西班牙語化的字形。像羅蘭和別的半歷史底的人物一般，頭目成爲傳說底事蹟的主題了。聰明的潔凡提使其人物之一說「從前有過頭目這樣的人物，這是無疑的，然而被稱爲他所幹的事，實際上是否他所幹，這卻有許多可疑。」(這是屬於文學並且歷史的論評，應當將這作爲對於許多中世紀羅曼斯的眞實的話而記着纔好。) 頭目是西班牙以外的歐羅巴文學中非常的寵兒之一，又是法蘭西的劇作家柯奈耶所作的悲劇傑作的主材。

遺留着確實的記錄，而有幾乎難信的功業的中世紀的西班牙人是卡斯提利亞的王，十三世紀的亞豐瑣博學王。他以一隻手和世界爭鬬，以別一隻手製作文學。在智能上，他是自己所見聞的一切東西的君王，他給形於卡斯提利亞的詩，將關於一切藝術和科學的作品，寫過或者監督過，又將法蘭西的藝術家及歌人，特是受苦於布羅温斯的政治底叛亂的漫遊詩人，歡迎到自己的宮廷。西班牙的漫遊詩人沒有像法蘭西的那麼繁盛，因爲西班牙是較貧的國的緣故。然而他們也產出了有各種情調而從歪體詩乃至極細巧的詩，價值不等的多量的抒情詩和民謠。除了在現在或過去，西班牙的勢力之下的諸國以外，不見於世界的其他什麼地方的，西班牙曲的無懈可擊的律呂，是回溯到中世紀而加彩於西班牙的抒情詩的。近代諸國家中最不近代底的今日的西班牙，至少在外觀上保留着中世紀精神的片影。學藝復興期的西班牙就在後章會供給光輝的主材於我們的。

第十六章　初期德意志及斯干的那維亞文學

在古代的故事中講給我們聽的是大大的奇異，
關於盛名的英雄和勇武的冒險的。
——泥柏隆根歌

政治，種族，言語等等儘有着許多的差異，中世紀的歐羅巴諸國在智能上可不是互相隔絕的。思想是以速於電信的非常的速度互相流通，如果我們在思想史上將時間的要素來細察一下的話。雕刻大寺院的木石的匠人們，眞正優美的藝術家們，旅行於歐羅巴全境中有建築物在建築的任何城邑。全都講拉丁語的牧師們和學者們，則無論到什麼國度，都不覺不安。文學上的大使無論到那里去，一定受到鄭重的待遇的。政治家往往被人以隱祕的手段或暴力的手段所殺害，然而對於那些特有興味於詩，而不干涉實際問題的人們，記錄上的陰謀事件卻是極少的（雖然個人底的爭鬬也多得很）不但上層階級，養護歌人而借宿於他們，平民也羣集了來聽歌人的歌，來傾聽關於戰爭呀，騎士道呀，和神仙境呀的他們的故事。當膳食和夜宿可以用一篇的歌來購買的時候，極多的人們爲要就 Jougleur（吟遊詩人）的職業而磨練本領，這是不足爲奇的。

詩人雖在什麼國度也沒有如在德意志諸國，特是巴威及奥地利亞等等南方部分那樣的受尊敬了。在布羅溫斯的漫遊詩人的影響之下，發生了Minnesang（戀歌）這一種具有繁縟的禮法的宮廷戀愛的傳說。德意志的 Minnesinger（戀愛詩人）較布羅溫斯的詩人更爲剛健誠實，而少些戲劇味。德意志的詩人以非常的認眞取了自己的藝術，在十二及十三這兩世紀發達了繁夥的抒情詩；有許多是因襲底，於中也有眞的詩底天才的表現的；又和較純樸的民謠一同，發達了德意志的 lied（短歌）的旋律和措辭。這兩者的基礎以那旋律和措辭而言，日耳曼人是佔着最高的地位的。戀愛詩人大抵是下級的騎士，而戀愛詩的中心主題乃是對於自己永遠不能到達的那樣在社會上地位高於自己的婦人的憧憬。這樣的婦人往往是騎士的主人的妻，或則是自己的空想的產物。年青的戀愛者和對於不能達望的女王的那純潔的獻身這一種動機，流貫於中世紀及學藝復興期的許多的詩。這是半戲劇味，卻往往由清純的感情給與靈感而表現於美的詩的大競技。

最大的戀愛詩人是台爾·福吉爾惠伊台的槐爾台爾。他擅長於詩的技巧，但是更重要者，他使抒情詩廣而且深，給以不可思議的近代底的情感的強度。他的抒情詩不是對婦人而彈詠的宮臣的，卻是吐露自己的心情的詩人的。近代的詩人對他評讚得很高，覺得他是比大半的同代人更近於我們。他的詩在菩提樹之下（這是和在柏林的有名的列樹街沒有什麽關係的！）使他成爲海涅的老大哥了。這抒情詩的婦人並非地位高的夫人，卻是平民的單純的少女，其哀感是誠實的。

十三世紀的初葉，在條麟吉亞的宮廷，台爾·福吉爾惠伊台的槐爾台爾遇見了厄申巴哈的烏弗蘭。這是德意志的最雄勁而獨創底的兩個詩人的會見。烏弗蘭是戀愛詩人。他不僅如此，還是授形於那算是聖杯的傳說的最優美的敍述的敍事詩底羅曼斯，帕齊法爾的詩人。這故事從法蘭西來到他這里，一部分從克累提盎·得·特啦，一部分則從別的法蘭西的源泉。

烏弗蘭是比克累提盎更剛健的詩人，對於故事底及劇底價值有着更廣的意識的。他有時生硬而欠明瞭，這一部分是因爲德意志語之作爲故事的用具，在當時沒有像作爲傳達「一口的歌」的用具那樣，成就了高的發達的緣故。烏弗蘭同住在自己的羅曼斯世界的別的詩人一樣，成了後來的羅曼底傳統之中一個羅曼底人物，而且他是在瓦格涅的坦惠則之中，向了未曾讀過他的詩的數百萬人歌唱着。這詩就顯示着作爲那和競爭賞牌的希臘的詩人及劇作家並無多大的差異的競技底藝術家的戀愛詩人。歷史底戀愛詩人坦惠則也許生的太晚，不會看見烏弗蘭的不值得十分尊敬的面貌的罷，這是不成什麼問題的。在羅曼斯之中，一切的時是眞實而可作標準的，而在誠實的文學史上，側重在精神不在日曆。

烏弗蘭和槐爾台爾的同代人，而在德意志的中世紀的詩壇上，和他們兩人一同成爲偉大的三人組者是斯脫拉斯堡的哥特夫里。他寫了德意志中——或歐羅巴中最美的敍事詩底羅曼斯。他的透利斯探是根據於法蘭西的源泉的，然而以表現的強，構想的統一，切合於人類性這幾點（這沒有爲戀愛的穿插和別的迷信的設想所毀傷，甚於馬克柏司之爲魔女所毀傷）而言，這優於任何已知的法蘭西語的作品，而且這是以後一切透利斯探故事（包含着瓦格涅的歌劇）所自發生的標準底藍本。透利斯探故事的對於亞搭爾系故事的關係，我們是已經述過了的。

在源泉上在發達及完全的表現上，純粹是德意志底的敍事詩底故事就是中世紀德意志詩的最大的紀念碑泥柏隆根歌。這以中高位德意志語（註一）的形式綴成的詩，發端於十三世紀，乃是一個未知的詩人或一人以上的詩人將許多的英雄故事，和多少有密切的關係的神話編纂而成的東西。對於那源泉，只能推定而已。這些故事遠在文字的文學發生以前，就經人們講述了罷。這麽假定着是安全的。這故事，或故事的系列，憑了瓦格涅的世界底樂劇，被熟知於德意志以外的近代世界。爲要適合那算是他自己和他的時代的特徵的十九世紀的象徵主義，瓦格涅是否改變過這故事，這是無關重要的。縱有基於各個的故事家和久長的傳統底傳誦及複述的這一種差異，根本的故事到處總是差不多相同的，那中心人物是半神底英雄和可說是極女性底女王的女神，栖格夫里和布綸喜德。栖格夫里就是從挨斯蘭傳來的故事的傳抄本中的棲格特，(Sigurd) 而那故事的故事本身也就是一個羅曼斯。

註一 這句中「高位」這一詞，和智底向上沒有什麼關係。這是單純的地理上的問題。德意志語的高位方言，(或者不知說區分) 就是發見於南部及中央德意志的那些東西。其相反者，則見於低位諸國，尼德蘭諸國，即下流諸國。所謂「中」者也是爲顯示「古代」和「近代」的中間時代，由學者多少隨意地採用的時的問題。 ——原著者

棲格夫里

諾爾綏人，即德意志人及英吉利人的斯干迭那維亞的從兄弟，在遠至亞美利加沿岸的既知及未知的海上，作了許多發見，征服及海賊勾當的航行。在諾曼底，即北部法蘭西，在西西里及南意大利，他們遺留了他們的血，但也放棄了他們的語言，(除了稀少的痕跡以外) 而採用他們所征服的國民的語言。在挨斯蘭這一個沒有可征服的國民，而從歐羅巴的許多爭亂隔絕的孤島，他們發展了有品位的美的文明，這文明

便和住於愛爾蘭蘇格蘭及西方島嶼的那克勒特族鄰人的文明相混和了。從那些挨斯蘭的住民，我們是承受了起原不明而和德意志文學誰也不知道到底有怎樣關係，但是毫無疑義地非常密切的這一種文學的。

我們海王的祖先（註二）是旣是勇士，又是詩人的偉大的種族。關於他們的歌人的生涯，我們只有稀少的記錄，然而歌幸而還留下不少。在十三世紀，名叫斯諾里·斯圖耳雷孫的詩人兼學者作了稱爲幼厄達的故事集。厄達這一詞有着神仙譚的風味，因爲這含有曾祖母這意義，暗示着這些故事是極富於獨創性而饒舌的故事家，講給小孩們聽的。稱爲長的厄達第二卷由許多的詩所集成。那些直至經十七世紀一個博學的僧正再發見了爲止，即挨斯蘭的住民也似乎是失掉過的（除非他們將這些作爲口頭的傳說保存起來）。這些詩的斷片在十八世紀僧正拍息和托馬斯·格雷及其他的人們對於北方的詩感到興味的時候，傳入於英吉利文學之中。不過五十年前，威廉·莫理斯作成了古來梯爾強大王及服爾生人和泥柏隆根的故事的作品時候，挨斯蘭故事的充盈的榮光纔輝耀於英語之中。這些 sagas（這一詞意卽故事）是現在關於栖格夫里（栖格特）及其他的英雄的熟聞的故事了。我們都是正如知道辛得勒拉和巨人殺戮者約克一樣，知道栖夫格里鍛造魔法的劍而將龍殺死的事，又知道布綸喜德的戀愛和她的悲哀，以及她殺栖夫格里的事的。服爾生的古史（Saga）也許並非如莫理斯所稱，「曾經講述的最壯大的故事」然而總是壯大的故事，較之在具有中世紀的羅曼斯底色彩的德意志語中大約還是在斯干的那維亞語中更爲雄勁罷。那不很詩底的英譯本容易到手的瓦格涅的譯本卽撇開他那巨大的音樂，也還是有趣的題作完全的瓦格涅主義者的培那特·蕭的批評底解釋富於暗示而出色，然而有的地方卻是可以使瓦格涅喫驚的。

註二　Viking普通譯爲海賊，是八世紀乃至十世紀之間侵掠歐羅巴的西海岸的集團，和普通的海賊有別。這里譯爲「海王」是因爲他們勢力強盛，不啻海上的王這緣故。

泥柏隆根歌是在本身上偉大，能夠作爲顯示古代德意志國民的天才的壯麗的紀念碑而屹立的。然而牠的秀拔卻也一部分憑於周圍的國家的平凡。德意志直至我們遇見了Meistersinger（註三）和新的牧師，詩人，叛逆者和清教徒路得的宗教改革爲止，差不多沒有生出有可記憶的價值的什麼作品來。Meistersinger 是戀愛詩人的直接的繼承者。他們在那詩的形式，及其組織的規則上，自然這一點欠缺些，而學院風這一點豐富些，然而他們卻也運行了那迄今未止的德意志抒情詩的傳統。

註三　在十四，十五，十六世紀盛於德意志的詩人音樂家的團體。

第十七章 但丁

算是以完全的均衡顯示最高程度的想像底道德底並且智底能力的全世界中的中心人物是但丁。

——納斯欽

歷史上沒有什麼時代是於一定的何年開始或者終結的。人生（並且記錄人生的文學）循了紆徐曲折忽隱忽顯的淺灘和急湍流行，年代底區分不過是概略地示着我們在自己的行程上的什麼地方這一種便利罷了。這些區分在實際的航行上並不大有助於我們，但只是在陸上的測量師的木樁而已。「中世」及「近代」這些言詞，若非我們伸縮自在地用之，是沒有什麼價值的；如果我們想要在任何一定之點來用以堵塞生命之流，則牠們就潰散了。將「中世」用作含有「古代」這居先的東西，或「近代」這在後的東西必更優美這一種意義的溫和的非難的話者，是對於人類的歷史的全然的誤解。至上的天才因為是普遍底的東西，所以超越於時間的一切人工底區劃，他何以生於生活之流中一個特定的瞬間呢？這是從來未經說明，也決不能說明的事。

但丁生於十三世紀，而到十四世紀還活着。他是那被定爲公認的時期的「學藝復興期」以前的人，然而他自身卻是一個「復興」。他的誕生地是佛羅稜薩這都城。佛羅稜薩在他的時代及其後的二三世紀之間，是僅能和雅典的全盛時代相比的文學底並且藝術底活動的中心地。雖然如此，但丁卻並不在佛羅稜薩撰作他的傑作。爲什麼呢？因爲在當時劇烈的政治底鬬爭之中，他處於失勢的地位，而從佛羅稜薩被放逐；於是他以意大利的數個都市，特是味羅那及拉溫那的富裕的愛護者的邸宅爲避難地了。

拉丁雖不，而普通則稱爲 Commedia 的神曲是經歷地獄界，淨罪界及天堂界的夢的旅程。這是在巨大的設想上到達圓滿之境的凡有文學中唯一的作品；要來說明牠最上級的形容詞便成爲單單原級的形容詞了。這是不能歸類於「敘事詩」，或別的任何既知的形式之下的，因爲在其前沒有和這同樣的東西，而在其後沒有一種寫出的東西全然可以和這相比較。但丁創造了牠，實質，形式，並且言詞；雖然可以說誰也沒有不拈取前人的思想而發明什麼東西，而神曲總之是個人的智能的獨創底創造物。

但丁創造自己的材料，而和這同時也將他那時代的世界的一切智慧概括起來，這麼說並沒有矛盾。他打算「觀察死者」時，他在自己的背後有着全歷史和傳記，而且他是以可驚地簡潔的韻文敍述着或暗示着各種程度的罪人的故事，幾乎善良的人和受天惠的人的故事的。正惟這些故事乃以異常的人間底興味給與詩，在地獄界中尤甚，因爲罪人是較之聖者更度着劇底生涯的。但丁的罪人的抒寫是淸教徒底地峻嚴的，有時則顯得可怕；他所描寫的下界的苛罰是肉體底兼且精神底。然而那主體的情感並非復仇底懲罰，倒是哀憐，但丁是將罪人的苦惱和幸福者的歡悅加以表現的。例如那有名的地獄界第五歌，伯羅和夫藍拆斯卡的故事的情感底力在故事詩上是無可淩駕的。還有，更可驚者，這種力貫於全詩，而包含於合理的設想，人類和神的全宇宙的譬喻之中。夢的旅行的終局則是神性的幻象和個人意志於「那使太陽和其他諸星轉動的愛」中的融合。

但丁的公認的目的是對我們千萬人揭開那幻象引導我們出了不幸而進於福祜。在這事業上，雖是對於他自身的困惱時代的人們，他也沒有成功——這不是一個詩人之力所及

伯羅和夫藍拆斯卡

的事業，而且如果可以依觀察的結果來下判斷，也不是但丁所模倣所追從的先師之力所及的事業。作為詩人，作為可愛物的制作家，他是成功了。他遺留了許多神學底並且哲學底的糾纏，（因為生是糾纏着的）這些糾纏經過了六世紀的研究還是沒有疏解開來。作為讀者的我們，憑了在諾吞的翻譯中似的最小限度的解釋，取得但丁的表面的價值而享受其表面的美，是可能的。這表面的美就含有許多主要而深邃的美。但

丁將意義重疊在意義上，然而他所謂自己的小小的吠聲的主要的經路倒是明瞭的。將他引導到天堂界的俾阿特立斯是實在的婦人呢，還是複合的象徵？關於這等問題的批評家的議論，僅足以「面幂」似地掩蔽她的美顏而又並不是但丁所企圖的詩底「面幂」。

但丁的思想的廣大並不比他給與那思想的形式更為可驚。他的構造，作為技巧底造詣看起來，實在是一個構造的奇蹟；在美的均勢，一貫的脈絡，別的什麼詩都沒有及到他。神曲是由地獄界淨業界天堂界這三個部分或是歌章所成。每一部分含有三十三歌，連同在地獄界冒頭的序歌，一共湊成百歌。各歌百四十行內外，差不多長短相等。聯節的單位是「Terza rima（即「三韻句」）」下面舉出近代詩人窩爾忒·愛冷斯培爾所譯的地獄界第十五歌的最後十行，以作英語的三韻句的標本：

（英譯詩略）

當我們讀到一個好色的人，

怎樣地接吻了他期望着的微笑時，

但丁

那個理宜常常在我身邊的人兒，

戰戰兢兢，接吻了我的嘴脣。

這是哥略忒所寫的書，

到那天爲止，我們不更重讀。

一個靈魂說話時，別個靈魂這樣悲痛地喊泣，

因了恐怖我猶如死去一般地昏絕，

我好像倒斃的人似的，倒身於地。

三行所成的各節和其前節及次節相連結，而最後一行則煞了尾，終結了歌。每三行的中間一行和其次三行的第一及第三行是協韻的。但丁於他的百歌中，始終維持這形式。他所發明的這形式的運用法不單是律語的擺布而已，他在三韻句之中，還見到運載自己的故事底，敍述底，諷刺底，哲學底的思想的多種多樣的樣相的傢伙，見到將詩的全體織成一絲也不會

脫落的織物這一種方術。自從他發明了作爲詩的形式的三韻句以來，許多詩人試過這形式，可是沒有一人以其敏慧和力處置之而獲得成功。但丁的手腕的消極底證據就在此。這形式是他所創造的東西，而至今還依然是誰也跟不上的他那個人底的表現的樣式。

不但在他的「聯節」的樣式上，而且在他的語法，語言上，他是獨創底。當有學問的人們以寫拉丁語爲當然的事的時候，他就用通俗的多斯加納語，而使牠成爲文學底語言，因此之故，經了後來的修正，這便成爲現在所謂古典意大利語這一種東西了。意大利有過，而且還有着許多方言，有些是有其自身的通俗底，或純然藝術底的文學的。雖然沒有但丁而佛羅稜薩及其隣邦人的文化高揭旗幟於那長靴形半島全體之上，也是可能的事，而多斯加納方言（卽佛羅稜薩及其周圍的都市和國家的語言）作爲受教育的人們的正確而且正式的語言，較之別的方言更佔優勢者，總幾乎完全可以歸功於但丁。在地獄界但丁的指導者是味吉爾；那年幼的詩人是以他的先師爲授自己「美的詩體」的人而加以欽仰的。味吉爾在但丁和凡有「中世」及「近代」歐羅巴的學者底詩人上，給着大大的影響，這固然是事實。然而倘說會有詩人造了自己的美的詩體，則這詩人，就是但丁了。

郎匪羅在附於地獄界的翻譯的優美的短詩之中，將但丁的詩比之大寺院，這是暗示着那個構造之壯麗的堅實的正當而高貴的幻象。然而對於見者，則石造的傑作和言詞的系列所成的文學底傑作之間是有着差異的。當我們行近並且進入大寺院的時候，牠的壯大的美觀立即壓倒我們，雖然我們到後來也許以好多的時間從事於細部的研究罷。詩是不會有這急速的效果的，要獲得詩的全體的印象，我們必須將那詩從最初一行讀到最後一行纔是。但丁想像自己的詩如同宇宙這一個球體一般，如果我們將球體打碎，這就不成其爲球體了。然而，雖然如此，普通的讀者忽視了但丁的設想和他的論理全體，而沈潛於神曲之中，爲自己隨處尋到有味的節段，例如，地獄界的第五歌及第二十六歌，這麽辦卻也是我所推薦的。我在郎匪羅所描寫的大寺院的幻象中，見到他所企想以上的事，就是當我走近羅馬的聖彼得寺院去時，我站了好久，眺望米開蘭基羅所作，不過是裝飾的一細部而於擎住大穹窿無助的皮亞塔。(註一)阿阿！這並不是學者底的方法呵！但這倒是澈解但丁之最人間底的愉快的道途。

註二 抱基督的遺骸而嘆息的聖母瑪利亞的像。

不懂意大利語的英語的讀者，是能夠在數種的翻譯中，見到但丁的內容和精神的（雖然他的詩的魔力必然是失掉了）。最優的翻譯是查理·愛略脫·諾呑的散文。諾呑在神曲的翻譯之外，還作了但丁的初期作品新生的精優的翻譯。這是但丁對倬阿特立斯的青春戀愛的故事，並且成爲對於那長詩的不可缺的序了。在十九世紀初葉亨利F.揆立將神曲譯爲無韻詩，這翻譯就成了英語的古典也是無韻詩的郞匪羅的翻譯優美忠實，然而缺乏生氣和情熱。凡略通意大利語者，從寺院古典叢書中的小小的三卷神曲會得到大大的愉快的罷；那中間是意大利語印於左手的頁幾乎逐字的英語印於右手的頁的。但丁是「苦心」的思想者，他的思想是極微妙極複雜的。然而至少在其表面的意義上，他的意大利語是並不困難到不許我們追從的。他意在對一切人們說話，這是因爲他對於自己的傳道的價值有尊大的自信，不亞於宗教底預言者的緣故。如果憑了在各國的語言中不絕地增加上去的翻譯，註解和傳記的莫大的數目來下判斷，那麼，可以說，他的作品是接近於他所得意地希望的普遍性的。

第三部　十九世紀以前的近代文學

第十八章　意大利的學藝復興期

學藝復興期這隱喻，意含着較之屬於中世紀者更充實的意識，更自由的能力的行使，可以表示歐羅巴諸國民之入於一般地生氣洋溢的精力的新階段的事。

——約翰·阿定吞·昔蒙

至於說是從對於算是「中世紀」的思想的典型的權威之盲目的倚賴，學藝復興期將人們解放這一種主張呢，那是自己倚賴着盲目於思想的最平凡的過程的歷史家權威的那些人們所懷抱的謬誤。

——詹姆士T·易武惠爾

數年前，T. P. 摩爾根用了巨額的金錢買到中世紀的稿本，那許多金錢該使那無名的書記和埋沒的作者發橫財的罷。當生於但丁生前的佐凡泥·薄伽邱訪一個有名的寺院的書庫時，他發見那些稿本遭了割裂，僧侶一頁頁地撕下來，作為有魔力的符咒賣給迷信家了。現在世界是野蠻得同從前一樣，大約比在今日這樣更兇猛地破壞的事，還不曾有過罷，可是我們在十九世紀對於學問，對於學問的象徵和文書是抱着尊敬的，這就使我們和九世紀時代的人們有所區別。一種變化，一種光，或一種光的增加在十四世紀及十五世紀來到歐羅巴的表面。這光首先來到意大利，因而「學藝復興」形式上雖是法蘭西風，而事實上則是意大利風。而且這光的一部是從薄伽邱在上述那些寺院的稿本上所感的一種興味而來的，因此，學藝復興事實上是學問的復興，或再生。同時恰也有着天才底的人物，他們發見了這光，便將光輝和方向給與牠。

其一是佩脫拉克，他比但丁更幼一時代，在他自身的時代及其後二世紀間，他的名聲高於但丁。他是羅馬的桂冠詩人，享受了他的同代人所能授與他的一切名譽。在我們看來，他是憑了他的抒情詩，特是短詩而不朽的，這些詩的極美的形式在英語中現在還帶着他的名氏——所謂佩脫拉克風就是。他是在詩人以上，他是文化的使徒，「人文主義者」也就是文明的說教者，這所謂文明在他看去，就是希臘及拉丁的文明。

郎使並不較為人文底，卻也人間底遠甚的，是意大利故事散文的第一巨匠，並且照許多批評家所想至今還無可比敵的短篇故事的作家薄伽邱。他同他的友人佩脫拉克一樣，是熱誠的學者，從事於稿本的蒐集和抄錄，並且獎勵希臘研究。他比同時代的人們更感知但丁的偉大，還寫了但丁的傳記。他又是多作的詩人。然而他那別的成績卻為那無可倫比的台卡美朗所掩蔽了。這部集了百篇故事而成的書，由其十七世紀的英譯所取的「歡樂，機智，雄辯和談話的模範」這一個標題表述得很好。這些故事的範圍，從打諢語乃至極細緻的哀感，是值得驚嘆的。有些是瑣屑的故事，而有些則不正經到不好在近代的家庭雜誌上揭載出來。然而沒有一個故事犯了文學上最大的罪過，卽沈悶。台卡美朗全體，同文學中別的偉大的東西一樣，是凡有辨別自己左右手的頭腦的人們，誰都可以以趣味和健全的良心來讀的。薄伽邱的故事中，有些經他發明，有些本是流傳於當時的逸話，而經他改作，有些則取自法蘭西古時的詩體故事。台卡美朗是一般歐羅巴文學的一部分，而從綽塞以至濟慈的英吉利的詩人，從這里借取材料。可是還依然沒有失去時和場所上的地方色，依然是十四世紀的意大利的寫照，或寫照的集錦。

薄伽邱的輕軟的散文是愉快的藝術的媒體。在其次的世紀，馬基雅弗利將意大利的散文，鑄成銳利的解說和分析的器具了。他是政治家兼且事務底人物，同時還是辭句的藝術家。在意大利學藝復興期，智能的各樣的活動不是互相排擠的。人能兼詩人和政治家於一身。雕刻家也寫詩，赴戰爭，並且出席於市議會。那較馬基雅弗利長數齡，而其生涯爲馬基雅弗利所研究的佛羅稜薩的專制王羅稜索·麥第奇不僅是諸藝術的愛護者，而本身也是文學者。馬基雅弗利作爲赴外國宮廷的大使見識了世界，審察了他在其下生活而受苦的那政府，於是着手來解決國家的問題，而在《君主》之中，作了關於政治底社會的最初的實在論底檢討。他說出君主爲成功計，事實上應該

薄伽邱

怎麽做。「馬基雅弗利主義」這一詞，漸有政治上無遠慮的狡謀的意義了。這是因爲馬基雅弗利屏棄了僞善屏棄了以政府爲全然正直而仁慈，或能夠如此這一種假話，而說出眞實來。他相信政府是必要的，決不是無政府主義者。他不求夢幻境，卻求組織和統治的明白的原理。

馬基雅弗利

君主是偉大而獨創底的思想的產物，雖說有着好些地方底的陳腐的細碎事項，而其中心思想卻還沒有失卻光彩。政治上的著作者，尤其是就道德和國民的名譽而饒舌的人們也許誤解此書罷，然而近來攪成了血腥臭的混亂的實際底政治和外交家，在其心胸的隱奧，卻知道馬基雅弗利忠實地說明着事物變動之道的。他的書在其所含蓄的意義，危險地誠實，而在精神和方法則科學底。雖然馬基雅弗利是在或一程度以暴政爲正當，而設定那法則的保守主義者，但他的名之置於政治的狡謀，只是猶如借發見疾病的醫生的名以稱呼那疾病而已。

我們的急促的觀察是着眼於文學的，然而文學只是藝術之一，而藝術只是生的一部分罷了。在學藝復興期，如我已經提示過，有着知識的統一，這是捲在繁複的思想中的我們所不能匹敵的事。當馬基雅弗利就國家而默想之際，他在佛羅稜薩的街上，或在美地希的宮殿的同伴間，遇見過出類拔萃的剛健的天才米開蘭基羅，也未可知。能這個彫塑家兼畫家是屬於文學的人，因爲他並不以鑿和畫筆爲滿足，也寫着詩，而在六十歲的年紀，還將他那餘剩的精力的幾分注入於詩裡！數年後，又一彫塑家般跋奴多·折利泥則以他那引人的自敍傳加於意大利的散文和諸國民的愉悅。這是羅曼底的搭架子而自負的人的自畫像，那人的美的青銅的百爾修（註一）還屹立於佛羅稜薩的羅奇亞·得·蘭什，示着他是有可自負的權利的。

註一　希臘神話中殺女妖麥杜薩的英雄。

學藝復興期的著者及藝術家是羅曼派而同時又是古典派。那差別不是絕對地明確的。騎士道的故事和有些古典底樣式的故事的極美的結合，是阿利渥斯妥的羅曼底敍事詩《奧蘭多·佛里奧索》，這在十五世紀和十六世紀的許多羅曼斯之中最爲膾炙人口，還使那著者獲得了聖羅道味哥的稱號。我們非憑了信用來認許牠的價值不可，因為使這作品為英語的讀者永久地愛好的翻譯還沒有發表於十六世紀末葉的約翰·哈靈吞所作的翻譯，同許多

阿利渥斯妥

法蘭西及意大利的羅曼斯一樣，在依利薩伯朝的詩人們是知道的。奧蘭多，不消說得，就是查理曼的大貴族，法蘭西故事的羅蘭。

十六世紀的最壯麗的意大利詩人是托圭多·搭索。他的被解放的耶路撒冷是十字軍的，部弄的高弗黎佔領聖墓的故事。這詩的容量和一般的敍事詩差不多，而那主題對於搭索及其同代人有過我們所不復感知的宗教底高超。在我們看來，被解放的耶路撒冷的價值似乎和司各脫的小說護符殆相匹敵。然而我們卻得依從十九世紀的意大利的詩人兼批評家卡杜契的意見，他是稱搭索為但丁的繼承者的。搭索在年青時候

寫過他的偉大的詩和許多別的作品。他還未達中年，就成爲一部分不健全的病人了。這樣，他是哀切地代表着他的時代的歷史的。因爲在他以後，黃昏迫近於意大利學藝復興期了。這隱

塔索

喻，與其說是論理底，毋寧說是一種美的言詞。爲什麽呢？因爲學藝復興期是從未死滅的學藝復興期，憑了所產生的作品而活着，那些作品憑了大理石和青銅，顏料和文字而遺留着。學藝復興是傳播於他國的。即就意大利而言，雖然詩是衰頹了，而思想——則在佐達諾·白魯諾與伽利略·伽利利的哲學底散文之中，恐怕爲了政治底暗黑之故愈見雄勁罷——留下來。這兩人都超越於專門底學者之境；憑了他們的文體，他們是屬於文學的。據流傳的故事云，當教會的大官強制伽利略否定地球環繞太陽而轉動的事時，他從改悔的膝起立，呼嚷道，"Eppure si muove!"（可是這

是轉動的呵!）這故事大約是不確的。然而這句話，卻是就天文學，或是生，或是成爲文學的生的部分而思索的時候，可以在心中記住的完全的格言。

第十九章　十九世紀以前法蘭西的散文

書籍對於能適當地選擇之者，是包藏種種愉快的性質的。——蒙旦

十六世紀的法蘭西散文受支配於凡有文學中兩個最獨創底最愉快的思想家，刺柏雷和蒙旦。刺柏雷是十六世紀前半的人，而蒙旦則是其後半的人。這兩人氣質全不相同，刺柏雷飄逸而強健，蒙旦則認眞，和顏，並且反省底。蒙旦知道他那偉大的先輩的作品這一種證據似乎還沒有。蒙旦有些輕蔑純然法蘭西風的東西，是學者風的古典主義者。然而他們兩人卻儘個人所能創造什麼的程度，協力創造了法蘭西的散文；他們對於英吉利的論文家及諷刺家有着大大的影響，他們所築的傳統在阿那托爾·法蘭西似的近代作家之中，顯著地遺留着。

文學上是有兩種稀有的東西的，即算是詩人的詩的作者，和有可笑味的諧謔家。刺柏雷是有可笑味的人。一種諧謔家和別種諧謔家之間的差異，是認眞的哲學底及心理學底論文

的主材（這問題並非其解決）我們能夠憑了實例來提示一下。那無疑地知道剌柏雷的約拿單·斯尉夫特使諸君戰慄，他的諧謔是差不多悲劇底，而他決沒有使諸君高聲的笑。那懂得生的慘苦的迭更司和馬可·脫溫這兩個十分嚴肅的人，則使諸君以歡樂和愉快的獃氣的意識，噓噓地發笑發叫。剌柏雷就如此。他是賢明的人物而雄偉的笑者。在他那散漫地結合着的小說中，他將他那魁偉的主人公加干求亞和加干求亞的兒子判塔格魯厄，還有書中最引人的人物，那有趣的不中用的傢伙，帕涅治投送於事實的世界和空想的世界。他們在其冒險之中，和那全都見於遊戲文章之中，卻眞實得儘人類的喜劇底觀察之能眞實一般的那時代的生活全體相遇，而加以檢查過來。各類的，各種境遇的人們，尤其是博學的職業者，牧師們和律師們迅疾地登場。剌柏雷本是僧侶，後來則做醫生，可是他對於法衣，對於學位是並不懷着什麼尊敬的。同在凡有優美的喜劇底文章中間一樣，在他那喧囂的愚弄底下，卻有着根本底嚴肅。對於「着了毛皮的法律的貓」的他的笑乃是有刺的笑，這在律師公會的集會之前而高聲地讀起來，該是危險的罷。他的不敬虔惱犯了當時信仰較狹的有些人們，而他的不敬和他的粗鹵是和現代的最精美的感性不相調和的。然而同他那雄偉的主人公一樣，加干求亞式的他的巨笑卻使人赧顏；倘若僞善和陰鬱這些心的和靈魂的毛病是能夠救治的，則他乃是對於這些毛病的救治者。他有着非常豐富的語彙，其中混合着他自己所發明的東西。他將幾乎太過急速而豐富的心像和比喻積疊起來。憑了十七世紀的譯成英語的翻譯者，厄赫特和莫托克司等，他是幸運的（或者我們也是幸運的）。他們將他那奔突的力和他那怪奇的笑劇風的辭句，重現出來，因而使英語豐富。那種豐富的有些地方，不讓我們在溫雅的近代的習慣之中來利用，那是熱鬧模樣有趣，卻太有力一點。厄赫特和莫托克司的翻譯是英語的古典，而且翻刻了許多遍。倫敦的卻多及文杜司公司所出的版本，內有考斯道夫·多蕾的插畫，和正文同樣地生氣潑剌的。在摩黎的世界文庫中，有着爲那些須讀整理過的文學的人們計，施過刪削的版本。我相信凡有健全的胃口和健全的心者，是誰都能夠吞嚥剌柏雷而不致受什麽有害的影響的。具有精細的文學底感情和優美的美學底判斷的人，哥爾利治說過，「我該能夠寫讚美剌柏雷的作品之道德底高超的論文，使教會瞠目而集會呻吟，然而這該是眞實，該

雷　伯　剌

是絕對的眞實罷。」然而刺柏雷並不需要這樣的論文，他是根本底地健全的而且——更重要者——他是令人捧腹地滑稽的。

「快活着罷，我的小朋友，開開心罷。」這是刺伯雷的口吻和語調。蒙旦則絕不顧到快活的年靑人們，卻以自己的本性和自己的書籍靜靜地談話。論文是唯一的文學的形式，那血統和誕生的期日判然明瞭的。劇，抒情詩，短篇故事和小說的起原是向過去之中模糊地消失了；沒有一個天才作爲這等式型的父或發明家而顯然地站在前面。只有論文則有着經記錄的期日，在其前無論文，在其後則論文不絕地存在了。一五七一年三月，米雪爾·得·蒙旦從喧囂的世界隱退於自己的城堡的塔，而起首就自己向自己談話，那時候，論文就有了胚胎；而這是恰在九年後，論文集的第一版出世的時候，方纔產生的。最初的論文家乃是最大的論文家。在蒙旦以後，並且如果以例如亞理斯多德和西塞祿的講話爲論文的話，則遠在其前，有着以一切國語寫作的著名的論文家們。然而蒙旦從其所隱棲的幽寂的塔上，卻至今還發號施令，算是被公認的首領哩。

「有如向我所一一會見的人談話似地，我向紙談話」他這麽說。而在別的地方，又說「我的自我是我的書的基礎。」誰也不會比起他來，立於更堅實的基礎，就更多樣的主材，向了更優的目的而寫於紙上論文集。的索引所包括的範圍差不多是百科辭典式的。蒙旦將自己的藏書完全消化了，使成爲自己的第二性質；他又以深厚的興味和無私的公平將自己的性格檢查過來。他是一個懷疑論者，不信本身時代的東西，卻也以極寬大的心，置信於有關人類性的種種意見。他所有的矛盾是人生所有的矛盾，是以種種的氣派觀看人生的同一觀察者所有的矛盾。「我不是哲學者，」他說。倘若哲學解作思想的理論底體系，則這是眞實的。然而，倘若哲學者有着愛智慧者這意義，則他卻是哲學者。他以堅強不屈的精神絕不呻呼地熬受困惱和肉體底苦痛。他是近代藝術家約瑟·康拉德所稱爲非鳴咽的嘆息，非嘲笑的微笑者之偉大的模範。「世界者，」蒙旦說，「只不過是饒舌和言詞罷了。」這纔他自身「饒舌」下去了。

這是壯麗的談話。那標準的英語譯是在十七世紀的初葉約翰·夫羅立奥所作的那一種。夫羅立奥是意大利出身的博學者，奥克斯福的法蘭西語及意大利語的教師。他的世界主義使那從自己的自我中心底塔眺望全宇宙的蒙旦成了英語的傑作。於是孤獨的哲學者蒙旦，同對於他自國的人一樣，於英吉利的讀者也成爲世界最優的伴侶了。

沒有讀者該想稱刺柏雷或蒙旦爲無名的人物罷，而在從小就讀他們文字的法蘭西人看來，他們似乎也並不舊式。然而他們，有如初代依利薩伯朝的英吉利的散文作家一般，各依其獨自之途，是略略自由而平易的。法蘭西的散文長成而入於十七世紀時，在鮮明，精確，和形式上就有了長進。差不多恰是刺柏雷的同代人的喀爾文在緊張而淸楚的講話，顯示了他的力了。這講話恐怕是從他的拉丁的文體移入於他的法蘭西的文體的。他的基督教的制度是爲特殊的研究者的作品，而他的態度又是奇冷的，然而他的文章的優秀卻使他從神學救出，而證示他是文學者了。在十七世紀初葉，冉·路易·巴爾札克對於法蘭西的散文，做過略同於馬雷布對於法蘭西的詩所做的工作。他的目的所在，是思想及律呂的正確，光澤和精密。而且那理想是流行的，因爲那「偉大的世紀」即古典時代的偉大的散文作家們，不論有否知道他的理想，大概學着巴爾札克。法蘭西的學士院設立起來，這便成着對於文體的純粹的批判者及模範了。我們不能說，演說的美和西塞祿底完成的新而狹隘的標準有弊害於法蘭西散文。爲什麼呢？因爲那世紀富於天才底作者，而天才是能夠精神不受拘束地從教師受到教訓的。我們也許記得，在稍後的英吉利，一部分由於法蘭西的影響也有過對於抑制，品位，和健全的措辭的同樣的運動罷。然而英吉利人的性質，和法蘭西人的比較起來，卻是常有不顧規則而走自己獨特之道的傾向的。

在說到有些思想家的時候，要決定他們是屬於文學的呢，還是屬於哲學或科學的特殊的部門，那是困難的。粗率的讀者沒有下這決定的必要，因爲他能夠依了自己的興味的引導而彷徨於書籍之間的罷，——那是最好的讀書法。然而在這緊湊的概說似的關於文學的書中，我們卻得在法蘭西人稱爲「美文」的東西，和無論怎麼重要總不成爲一般文學的部分的作品之間，來粗粗地劃定界綫纔是。倘不顧到劇和小說和歌謠，而單就哲學來作短而不適當的概說，也就可以充滿比這更大的一卷了罷。我們打算劃這粗綫的時候，我們將不免作謬誤的判斷，而下散漫遊移的定義的。我們且用了有些實例，來摸索區分的概略的定義罷。哲學者柏拉圖是第一流重要的文學底藝術家。法蘭西斯·培根也如此。叔本華也如此。從純然文學底觀點，有異常的天才的別的思想家，例如阿柏拉德，托馬斯·阿奎那，康德，黑智爾等，是可以武斷地省略的。對於以上的例子的異議，我是同意於牠的。那些例子至少暗示着我在盲目地進行哩。

十七世紀的法蘭西的哲學者，不但作爲專門底思想家，還作爲法蘭西的散文藝術的巨匠而挺秀的，有兩個人：笛卡兒和巴斯噶就是。恰和培根就哲學教着講英語的事一樣，笛卡兒就哲學教着講法蘭西語。至今爲止，大部分富於學識的講話以拉丁語構成，笛卡兒和巴斯噶也都是用那傳統底學問語寫其許多作品的。笛卡兒以法蘭西語寫的方法論是秩序和明晰和論理的標本，以上的性質，我們是當作法蘭西散文的平凡的美點的。我們不能在這里討論笛卡兒的哲學，任這個由哲學者去討論罷。然而我們却能提示一個中心思想，那使他生於蒙旦死後一二年的事見得適切的一種思想。他信理性，信人間的思想的力；他的哲學以「我思，所以我在」這有名的句子開始。他的思想以極精確極明快的辭句寫出，竟使他成爲對於凡有以後的法蘭西思想家，甚至對於和他意見不同者的模範了。他那主要的作品已經譯成爲英語及其他的國語，是屬於世界的文學的。

笛卡兒是合理主義者，相信我們所能知道的一切眞理的起原是在我們的內部。較笛卡兒後一代的巴斯噶則不信任人間的理性，以爲眞理在我們的外部，可以憑了信仰來發見。他屬於冉森會教徒的異端派，這一派是努力從內部改革天主教會而攻擊耶穌會教徒的。這是於我們不惹興味的古的論爭，卻也是生出巴斯噶的管區書翰和瞑想錄來的因緣，那兩種著作有着使神學底議論和宗教底瞑想惹起人間底愉快來這一種無上的榮譽。巴斯噶是警句的，卽包藏了足以寫一全章的問題的句子的巨匠。他那熱情的雄辯以完全的文體表現出來。他寫道，「人見自然的文體時，是吃驚而歡喜的；因爲人期望看出著者，而看出的是人。」有如他使那就巴斯噶的管區書翰寫過「各類的雄辯包含在這本書裏」的話的服爾德喜歡一樣，他該使他所讚美的蒙旦也喜歡的罷。

古典時代的最豐饒而有活氣的散文作者，是有偉大的精力的波緒亞。他在作爲教師，收師及僧正的勤勉的生活當中，使自己成了當時的法蘭西文學的頭目。他那至今日還保持於法蘭西文學的研究者的心中的地位，並非憑了普通我們以爲是文學底藝術的形式的作品而獲得，卻憑了說教，許多的論爭文，還有演說而獲得。在這種形式上，他是藝術家。雖然演說是時間這東西不大予以尊敬的文學的形式，而他的演說卻屬於偉大的雄辯。不論在參列英吉利的女王的葬式，或在攻擊劇場的惡弊，或在駁斥新教徒，或在宣揚眞的天主教的教義，在方法和效果上，說波緒亞常是演說家，也未嘗不可罷。他並非沈悶的說教者，卻是有着偉大的性格的力而把持着表現術的人物。他是不衒學的學者，不頑迷的教會中人；他是猛烈的攻擊家，但也不施不公正的攻擊。雖然他有着搭壯重的架子，用鏗鏘的辭句的能力，而大體上他卻是單純，誠實，而自由調度從崇高的乃至淺易的許多心氣和調子的人。

較之波緒亞力量弱些的又一演說家式的僧侶，是喀譔布來的大僧正分隆，這一個溫良的人物。他的文章是附隨於他的職業底的勞動，以及關於教育，道德，和宗教的他的思想的發達的。沒有感到天主教國的精神的讀者須得記取，在教會的全盛時代，智能優秀的人物自然是投進僧職之中去了。這所以，正同見到意大利的畫家不穿畫室的便服卻着僧院的寬衣一樣，我們見到作內閣總理的主教，和貢獻於散文及詩的偉大的凡俗世界的藏書的各種等級的僧侶。遠在忘掉了生出藝術家及文學者的傑作來的有的宗教底動機之後，世界還纔珍視着他們。分隆有着信仰，他將自己的信仰表現於聖徒的格言，以為我們該在與神的關係中忘卻自己，該以基督為並非對於或一特殊的罪人的贖罪者而是對於人類的贖罪者。波緒亞攻擊這思想，於是分隆的書為羅馬所非難了。然而這兩個牧師卻都在文學之中維持生命，而他們的論爭的價值沒有多大地喚起我們的興味。法王英諾森十二世在文學的記錄中，是值得說起一兩句話的，因為他在非難分隆之際，以諧謔底的智慧說過，分隆的錯誤由於太愛神，而波緒亞的錯誤由於太欠愛他的鄰人。分隆是愛自己的同胞的，他在一種喻言退雷馬科故事中，描寫空想底社會的夢幻境底狀態，其中就豫示着十八世紀的自由主義者及民主主義者的有的夢。

十七世紀的散文並非都是出於有學問的牧師們的作品。在俗人之間，也有着煊赫的散文作家。其一是律師而世間底人物拉布律耶，他的品性描寫着當時實際底典型底的法蘭西人。這本原上是根據於希臘的哲學者提奧夫剌斯塔的作品的。然而拉布律耶卻超越於他的師之所教。他那銳利的劍往往斬的很深，而許多他的同代人便激怒了。然而他的興味卻在那使我們覺到興味的人類的研究，他不是對於自己的同胞的淺薄的觀察者。他的格言和諷詩是敏慧而穿鑿底的，又是明澈的法蘭西文的模範。

較之拉布律耶天分較低卻很敏銳的又一格言作家是拉洛士佛科。他是因實際上的失敗有些幻滅的富於機才的人。他並不是譏笑家，然而他的根本底思想（或者他的許多思想之一）則是，人類的一切動機都可歸結於或一式型的利己心。他的格言在兩世紀間的反復後也沒有失其特質。他所說的也許並非亙諸時代的智慧的一部分罷。然而這是說的巧妙的，例如「我們都有足以捱受他人的不幸的力量」這等話。

在那「偉大的世紀」，女子在政治及文學上很是活躍。他們的教育在許多點受了限制，在別的諸點則可驚地有着自由。使用自己的機才的婦人，不論從正式的教師受了怎樣的教育，總成着當地的勢力。軒昂的婦人們所主持的許多的客廳，則在文學上有着大大的勢力。有幾個婦人——不消說都出於上層階級——是著名於文學上的。

最有蠱惑力的一人是書翰作家的女王舍焚耶夫人。她那早年的生涯因了悲哀和失望是黯淡的，然而她有堅固的心和冷靜的頭腦，而以不屈的精神和豁達的心情容受了她的悲哀。書翰這東西不過是那着筆於日常生活的事情而有時着筆於社會底事情和文學上的問題的受高尚教養的女子的閒話而已。然而她卻並不閉了自己的眼而寫。有如女子觀察衣裳的質地和式樣一般，她仔細地注視着自己的材料和文體。她的書翰將貴族社會當時的生活顯示了許多，並且呈現了可愛的明晰的心和正直的性格。

有異常的表現的天分的又一婦人，是芒特農夫人。她從無名而微賤的身分，升做了國王路易十四世的妃。這段婚姻未經公然地披露，然而誰都知道這事情。歷三十年之久，芒特農夫人有過女王的實際的特權（以及困難）；她雖不曾干涉王的政治，卻也以優良的才智處理過那偉大的王的有些問題。她的文章是屬於當時重要的政治上及社會上的紀錄的。她嘗在她的邸宅設立私塾而且就女子教育寫過優美的文章。她是稟着理解青年的動機，而加以表現這一種明確的天才的天生的教師。

舍焚那夫人和芒特農夫人並不想做文學底藝術家，然而他們生就的天才卻使他們毫不知覺地將他們列入於重要作家之林了。較他們爲不重要，而本原上，算是藝術家者，有拉法夷脫夫人。她的小說克理甫斯的公主大約是出於女子之手的第一忠實的小說罷。不但如此，這也是用單純的境地代替不近情理的冒險，用自然的日常的言詞代替矯飾過度的文體，這一種小說界的革命的一個初基。拉法夷脫夫人沒有深進的力，但後代的法蘭西的小說恰和其所賴於拉布律耶者一樣，也相當地有賴於她那沈靜的眞理的意識。

入十八世紀，小說纔發達了，雖不很深遠，總之前進了，而別的形式的文學底藝術，則離棄了舊的傳統了。當時偉大的思想家大半是解說者，是論文家。這是理性的時代，或者換了話說，其狂愚和輕率且不論，其眞摯的方面是這樣的。這在好的意味上所獲的利益，也許一面破壞了詩的色和香，而一面則將鹽和健全性加於小說之中了罷。新時代的第一的小說家，是許多戲曲和故事的作家，但主要是憑其傑作計爾布拉斯而出名的勒薩日。計爾布拉斯是以西班牙型的人物爲根柢，置於西班牙的背景的惡漢或浪人的冒險小說，但也不只是如此，以感情和文體而言，這是徹底地法蘭西風，還有以其人間味而言，這是普遍底的。然而那與味不在人情的內面即深的情感，卻在外面的經驗。計爾布拉斯以非常的速度經歷許多的冒險，沒有休止反省的餘暇，卻也費了充分的時間，作其次的冒險的準備，及其生動的說明。這書風行於全歐羅巴，差不多較之在法蘭西，倒是在英吉利更爲重要。爲什麼呢？因爲這書在自國沒有後繼者，而在海峽的彼岸，則影響及於牠的翻譯者斯摩勒特，並且更偉大的藝術家菲爾丁。

在文學上佔永久的地位的羅曼斯，而作者藉以使人記憶的惟一的作品，是拉·倍普勒服的曼儂雷斯科。這小小的故事是在主材和調子上，將那使我們意味到小說這一詞的東西之感給與我們的最初的作品。這戀愛故事是哀切而熱情底的，動機完全現實化，而文章則單純直截，並無外觀上的技巧。在小說寫作過了兩世紀以後的今日，世界對於曼儂的悲劇還依然有着純正的淚哩。

十八世紀的強味並不在於其小說或詩，卻在於其思想家，孟德斯鳩，服爾德，盧梭，狄德羅。他們以種種的樣式，卻特別以哲學底說明或論文的什麼形式，表現了自己。他們都是依了或種途徑，對於固有的社會制度的反抗兒各依其獨自的方法，致或種貢獻於那導引了法蘭西革命的巨大的思想的體系。

盧梭

在本身的時代，其名聲僅次於服爾德的孟德斯鳩並非盧梭型的夢想家，乃是自由主義改革家，並非革命主義者，卻如我們現在該看出他來，是對於本身階級的權利和價值，並無什麼妄想的保守底貴族。他以拍爾薩人的書翰初次聞名於世；這書諷刺了教會國家社會以及文學的愚行。這是在輕快的調子之下，潛藏不少的智慧的機警的書。在那後來的作品，他是比這更認眞了。他成為歷史及法律的精深的研究者，成爲政治學的先驅之一了。他寫了關於羅馬國民的榮華和衰頹的考察；這是必然受知於吉本的作品，蓋吉本的教養大部分是法蘭西風，有如孟德斯鳩的教養，一部分是英吉利風一樣。然而孟德斯鳩卻有一個缺點，是後來有相等的天才的歷史家，連吉本在內，一定避免，或提防着屢犯的：就是他從單一的事實，太過輕易地概括出原則來。因此，哲學底歷史家不贊成他，但也同普通的讀者一起，爲他的暗示所刺激，而玩味他那關於歷史上的事件的原因的闡明底研討。他終究是屬於歷史底綱要的偉大的巨匠吉本及滕的系統的人；他有着易讀這一種無上的價值，而他的文體則運了他貫串於無數思想之中。他的 magnum opus（大傑作）是法的精神；這是關於法律學，社會及政府的形態，古代及近代諸國的風俗及習慣的研究之類，在今日要至少在十類的教授之

孟德斯鳩

間精細地剖分開來的無數問題的論說。

服爾德

便在人們就許多的問題能夠自由地充當權威的當時，也感到知識可以區分，而到達眞理之道是在聚集最優秀的人物的智慧的。大抵靠了狄德羅之功，這成爲百科全書的基礎的思想；百科全書擴充到許多卷數，是凡有當時稱爲科學的和別的許多東西的貯藏庫。最優秀的法蘭西的思想家貢獻於此，較不優秀的有些人們也貢獻於此。這個作品的編纂是狄德羅的傳世的大功業。然而他自身的論文卻也使他成爲第一流的文學者而文學界中獨創底的思想家的。他的論文有些像是百科辭典。爲什麼呢？因爲他的論文是從天才的作品乃至草率的平凡物，價值高下不等，而且包括極廣汎的種種主材的。恐怕他的論文沒有一篇是巨匠的作品罷，但其每篇是意味深長而富於暗示的。他以革新底活力觸到一切的問題，而且他的精神的無畏的獨立，他那願意賬見一切物事的勇氣，是顯示於從初期有名的爲眼明者論盲目書起乃至哥德以爲出色的繪畫論的他的作品全部，顯示於他的根本底哲學的許多表現的。他的哲學是自然。像當時許多的思想家一樣，他發見自然包含了說明了一切事物，而且成了替代傳統之神的詩底女性。狄德羅的自然沒有像盧梭的自然那麽柔軟而且感傷化，這是較爲合理底而較不詩底。在憑了哥德的翻譯介紹於歐羅巴，而普通稱爲他的傑作的幻想底的諷刺拉摩的甥中，狄德羅的藝術並沒有達於最高點；狄德羅的天才是在算是「受靈感的雜誌記者」的談話底文體的最優的實例的，他那敏速的個人底談話。

狄德羅的自然和蒲豐的不同，因爲蒲豐是研究植物，動物及礦物，加以記述，加以分類的博物學者，是專門的生物學者。他並非在野外及實驗室從事研究的近代的生物學者，卻是努力於發見而且表現自然的秩序的有偉大的想像力的人。他所發見的秩序已經被修正，甚而破壞了，而且幾百萬種蒲豐所不知的事實顯然是已經發見了。然而他所發見的秩序，至今依然留存着，因爲這是造了宇宙的眞實的單位，而將無數的創造物不納入於生硬的體系，卻保存於有生命的文體之中的有偉大的同情力的觀察者的秩序。他的博物學，無論科學到底將牠看做怎麼樣，總是一個文學底紀念碑。那在出席於法蘭西學士院的就任講演文體論之中給教訓於文學者的，就是這位科學者蒲豐。

蒲豐以寧靜的心觀察自然。他的自然，借愛默孫的句說起來，沒有向他說「爲什麼這樣激昂呢，渺小的人呀？」的機會。當時的許多作者，那大部分至今也還有興味的，以及已被忘卻的羣衆曾經不絕地激昂着，或是裝作激昂的模樣，以論爭底情態寫了多多的，未免太多的東西。算是論爭底作者的巨擘，但其多方面的才能卻也擁抱論爭以外的許多事物者，是服爾德。他的生涯充滿着十八世紀的四分之三。他嘗試過劇，詩，諷刺小說，歷史，批評，親切的書翰等等凡有文學底樣式。而且他和人生有着極多的接觸，竟成爲那一時代的縮影。在有一點，即他的生涯的故事較之他自身的任何作品都有趣味這一點，他像約翰生博士。他和宗教底政治底勢力戰鬬，做過普魯士腓特烈大王的賓客。他遂致被後人傳說爲嘲弄式的反基督者了。然而他所攻擊的卻並非基督，便是對於當時的基督教也還是對於智底暴虐倒厲害。他用了他的機才打敗他的敵人和那時代的批評家，他又困惑了連托馬斯·略萊爾在內的後代的批評家。喀萊爾似乎在寫他那有名的論文的時候，就失掉了他的諧謔味似的。然而爲了略萊爾，也爲了服爾德我們卻得讀那篇論文。服爾德的浩瀚的作品中，最於我們有興味的是散文，是凡有後代法蘭西的作家，卽使輕視服爾德的思想，也加以讚嘆的那淸麗澄明的散文。服爾德的作品有許多，卻並非全部，已經譯成主要的歐羅巴的國語了。他那多方面的心意的眞摯的方面，在他的查理十二世的生涯中，我們能夠讀到。他的喜劇底諷刺底氣質，則在樂天主義的狂文戇第德之中，有着最好的例證。這其間判格羅斯博士，不管自己和自身的弟子所受的苦惱，主張着「一切東西是爲了這最優的可能世界中的最優者而存在的。」服爾德的精神的快活和多樣，同着他的性格的強和弱，在他的書翰之中最可以看出來。一切文學中，比他更引人入勝的書翰作者是再也沒有的了。

服爾德是稟着敏速的機才和取之不盡的諧謔味的合理主義者。較他年少的同代人，那在思想上和歷史的進行上甚至有更大的影響的冉·札克·盧梭則生來沒有諧謔味，卻有着強的情感和美的意識。他是對於當時的社會制度的感傷底的反抗兒，又成了法蘭西革命的預言者。不消說，造成革命的既不是他，也不是別的思想上行動上的人物，然而盧梭卻雄辯地表達了革命的許多動機，而托馬斯·哲斐孫以及別的亞美利加革命的預言者，受惠於他之處也很多。盧梭的思想一部分是後於時代了，而一部分則遠在現代的實際底世界的前面。他的民約論是在經濟底事實上沒有根據的不可能的社會狀態的解說，然而至今也還輝耀於政治底議論的幽暗的文庫之中。他信人是本來善良的，而墮落和謬誤的社會組織將他弄壞。他以為個人必須為一般的善犧牲自己的自由。「最大多數的最大善」是那意義沒有全失的理想。盧梭的民主主義是還自然運動，和向純朴狀態的歸還，以及沒有為歷史的事實所維持的希臘及羅馬的黃金時代這一種概念的結合。盧梭似的感情底作者的職分是在與其求精確，求論理底，寧求暗示底，刺戟底。我們生來就純正這一種他的所信，引導到他的教育學說；

這發展於一種小說愛彌兒中那主要的原則是，對於孩子應自由地放任，不應以年長者的謬誤的學問加以蹂躪，——這是並不完全實際底的優美的思想，然而牠的精神卻在降至蒙特梭里的一切自由底教育制度之中存留着。以朱里：新愛洛綺時而論，盧梭是美而感傷底的小說的創始者，從中披瀝着對於人類性和外面底自然的他那情熱底愛；他是結合風景和人類的心在一起的小說的最初的作者——這一種配合，在他以後便成爲平凡，成爲往往沈悶而可憫的虛僞了。盧梭的關於人類及事物的思想，他的客觀底觀察本是，現在也還是極重要的。然而他那最有趣味的書卻是關於他自身的他的懺悔錄，這是他的頭腦還未失卻其力而他那敏感的怪僻的魂卻失了均衡的晚年所寫的。有些事實或者可疑也說不定，——因爲沒有自敍傳能夠說出完全的眞實來——然而還卻顯示着其人的性格。

第二十章　十九世紀以前法蘭西的詩和劇

「愛」在這一羣歌人的先頭最先呼出的是徽隆，這一個悲哀而可憎，喜樂而狂暬的我們的同胞的名。——斯文本

在十五世紀前，抒情詩人曾經開發了多種多樣的句格和詩形，使其成爲往往沒有感情，沒有純粹的詩意的技巧底因襲。然而那些詩形卻是準備詩人來使用，來充塡以生命的——每逢詩人到來的時候。在十五世紀，詩人到來了，有着歌謠的天分的數名，卓越於其他者三人，查理·得·奥爾良，徽隆，克雷蒙·馬魯就是。

奥爾良公爵，查理，倘不是詩中一種新的音響，總確然是眞實的音響。以其詩形和思想而言，他是中世紀的貴族，然而他卻是感覺了自己所歌唱的。他雖然沒有偉大的情熱，卻有着蠱惑力，他那對於女子的殷勤出於自然，而他的「春」是眞實的。遹被俘於英吉利的公爵並不是

歷史上可記憶的人物，但從不列顛國的海岸，歌詠對於法蘭西的鄉愁的這詩人卻不至於被忘卻的。

和典雅的公爵成不可思議的對照者，是後於他而偉大得多的詩人弗朗沙·微隆。他是浪人，是竊賊，他的頸頸一再幾入於絞刑吏的輪索，然而博人歡心的人格，他一定是有的。他發見了愛護者便被送到學校去。實際上我們所知於他者不過是，他將自己的人格放入於前數世紀的宮廷詩人所造的既成的形式；對於那些因襲的形式，他給以以前的詩人不曾有過，而以後的詩人恐怕也未有的活力。揭載後面的是微隆想到自己及同伴們翌日要受絞刑時所寫的民謠的斯文本的譯作。

（英譯原詩從略，大意如下：）

人們呵，在我們之後還活着的弟兄們呵，你們的心腸對我們不要太硬罷！因爲你們倘若同情於我們可憐的人們，你們也就可受神的憐恤了。看哪！我們五六人縛起來了。在這里，養育得多麼好的我們的肉呀，一塊一塊地要被喫掉，爛掉，扯碎，撕碎了。而我們這骨殖也化成塵埃和灰土了，你們誰也不要以不快的心笑我們，還是祈求神來教宥我們罷。

雖說我們是依了法律受戮的弟兄們，倘若我們來向你們請教，你們該不至於譏笑我們的心願罷。你們該知道凡有活着的，誰都沒有常行正路的智慧，所以請你們以眞心祈求生於處女的胎的那君罷。求他對於我們的恩惠不要像乾涸的水泉一般，求他不要讓陰慘的雷落於我們的上面。我們死了，你們誰也不要煩擾苛待死了的我們，我們還是祈求神來教宥我們罷。

雨將我們五人洗濯過了，太陽使其乾燥而焦黑；趁着死哪，鴉呀鵲呀用了會嚙會撕的尖嘴，挖出了我們的眼睛，拔起了我們的胡鬚和眉毛。我們片刻也沒有憩息的自由了，而我們的肉順着狂吹的風勢，到處狼藉着，像壁上的果實似的，爲羣鳥所爭食了。人們呵，爲了神的愛，不要在這裏出什麼惡言，還是祈求神來教宥我們罷。

願君耶穌，一切的主和元首，勿使我們墮於黑暗的地獄。我們在這樣的主的廳堂中，沒有什麼可做哩。所以你不要做審理我們的人，還是祈求神來教宥我們罷。

在法蘭西的詩中，求像這首詩及微隆的別的詩那樣哀切的東西，我們得往下到十九世紀來纔是。近代的英吉利的詩人縈心於他的精神和他的詩形，而像這個極巧妙的斯文本的實例似的，以高妙的技能已經將他迻譯了。充滿人間味的對於這詩人的批判底敍說是在羅伯·路易·史蒂芬孫的對於人們和書籍的親切的研究之中。空想底地以微隆的生涯爲根柢的可愛的短篇小說則是史蒂芬孫的宿夜。關於查理·得·奧爾良的史蒂芬孫的論文也是有味的東西。

微　　隆

同微隆一起，我們放開顯明確的中世紀法蘭西的詩，而在他的後繼者及編纂者克盧蒙·馬魯那里，我們便遇到那導引我們入於十六世紀而有近代底風味的優雅的詩人。他的最優的詩在輕快的感觸，日常語的使用，以及彫琢嚴密的形式的弛緩這幾點，顯着特徵。他這纔成爲所謂 Vers de société（世態詩）這一種可愛而不厭聽的微小的主題的詩之最初的作者。這一種詩是單純的，可是因爲在這織物中不施遮蔽極微的瑕疵的刺繡這緣故，倒不容易做。這種詩的完全的巨匠，在十九世紀的英吉利詩人奧斯丁·多布孫那里，英吉利的詩的讀者可以見到的。凡有愛好也許不偉大然而無限愉快的精巧自然的詩的近代人都讚美馬魯。有多少時，因爲更強而且更認眞，那目的在於淨化法蘭西語而模倣古典的新的詩人之羣發生了，他爲他們的影所遮蔽，幾乎消失了。那些詩人屬於我們稱爲學藝復興期的一般底運動的一部，他們不僅從古典，還從意大利受了教訓，而將意大利的短詩輸入於法蘭西。他們仿著七個希臘詩人的集羣，自稱爲 Pleiade（七曜星）。他們儘自己的力所能及，從法蘭西的舊詩離開，這纔爲了洗練並且完成他們所使用的辭句這一種行爲，他們和法蘭西的生活的重要部分分了手了。他們決計使法蘭西語成爲和希臘語同樣的壯麗，這麼辦，他們差不多是成功了；而同時他們卻使法蘭西語人工底地堅硬了。他們樹立了法蘭西的古典詩，這古典詩直留存到十九世紀，在那世紀，「自由詩」的作者及其他的反抗者纔將牠打破了。這十六世紀的「七曜星」的羣中有兩個重要的人物，約翰喜讓·得·柏雷和皮耳·得·龍沙就是他們的詩雖然沒有流行於差不多兩世紀之間，卻支配着法蘭西的詩形。不但如此，他們的作品還傳播到英文學中，成着濺進英吉利來的學藝復興期的波。斯賓塞翻譯了得·柏雷的羅馬的古跡，而依利薩伯朝的英吉利的詩人也顯然是知道這些法蘭西的詩人的。他們是太過重視詩的修辭法，而盲目於本來的法蘭西詩的價值的詩形的實驗者。然而他們也不缺着人間味和誠實的情緒。凡有以法蘭西的詩為冷淡而形式底者請一讀得·柏雷的小犬墓銘罷。以調子，以感情而言，這宛然是十九世紀的詩。倘說十六世紀的抒情詩像是不自然而擬古底，那麼，在純情緒的表現上，較之其次二世紀的嚴冷地正確而全然理性毫無感情的詩，這倒有着大得多多的自由。儘一人的能力將冰冷的姿形給與法蘭西詩者，是詩人兼批評家馬雷布；我們回看他那差不多沒有生命的詩時，想像不到他的偉大的影響。近代底精神是透了冰一般冷的那玻璃片，纔能夠見到徽隆，查理·得·奥良克雷蒙·馬魯的温暖的人間味的。

在這里，趁着說到法蘭西詩的當兒，請就可以幫助我們理解一切近代詩的見解，來陳述一二罷。有韻和音律和聯節的詩是人工底的辭句的配列，然而詩卻也同時是自然的產物。人們因爲必須歌唱所以唱歌，而歌這東西是從那些對於有關詩形學的理論的淵博的作品，一句也不會理解的無數人的嘴脣和咽喉出來的。因此詩的源泉有着通俗底和文學底，自發底和精審的藝術底這兩種。這兩者並非截然地分開或是對立的；在俗謠之中也會有極伶俐極巧妙的藝術，而在高度「文學底」的精練的詩的行列中，也會有生命的鼓動的罷。完全者是從我們稱爲自然這東西和稱爲藝術這東西（兩者都是含混的話）的結合而成立的。危險就在於那對於詩人當然有重大關係的形式怕要流於形式主義，怕要硬化而且抑壓思想，或從中磨出生命來。這是發生於法蘭西的詩的。奧克斯福法蘭西詩集的編纂者云，「求秩序的熱情……這幽靈在詩人的背後騎着拍加隧斯（註一）哩。」許多法蘭西詩所以雖做的精巧，卻沒有使我們怎樣感激者，就是這個緣故了。同樣的趨於堅硬的傾向，在但丁以後的意大利詩中可以觀察到；但丁就是將平易的俗語和錯雜的構造做成了至上的聯合的。算是近代文學中最大的詩的英吉利詩，（因爲歐羅巴的批評家都該承認「最大」的緣故，這並非言語上的愛國主義）常是自由，柔軟，有變化，忠實於活的語言的自然的律呂，而同時有着堅實的結構和光滑的表面的。在有一時代，即十八世紀，英吉利詩中的文學底樣式比內容更爲注重。然而這卻是有些基於法蘭西的影響的一時的勝利。將近同世紀的末葉，英吉利詩恢復了那本來的自由，而在這一百五十年間，一直沒有失掉牠；因此之故，「自由詩」在英吉利決不是什麼新奇的東西，不論任何個人的作品是怎樣地可驚，狂暴，或是美好。在德意志，民謠的傳統，雖經了哥德作爲巨人而君臨着的那古典時代，也並不殘破地保持着。哥德將荷馬及味吉爾的希臘拉丁的六步句採用作自國語，而感了全歐羅巴中最深邃的古典的研究者。然而他的抒情詩卻依然是德意志風，而那抒情詩天才是以神聖的藝術底結婚和德意志的音樂結合的。在俄羅斯語，伺加利語和其他的國語中，同樣的結合存在著，然而我們卻得基於信仰或權威而來承認這事實因爲音樂這一個世界底新娘的聲音，我們能夠聽聞，而對於國語這一個男性的聲音，我們大部分的耳朵卻是聽不到的。人人都以自己在其中長成的那一種國語的詩爲最自然而最美而一切國語，爲眞的詩人所歌唱時，一定都是美的。然而也有着本身有趣味者和助導我們接近什麼文學者這些區別。我們記着這些區別並不很嚴密，那就可以說，英吉利的詩是英吉利自己的音樂，是民衆底兼且文學底的，因爲在英吉利第一流的作曲家很少這緣故；可以說德意志的詩憑了德意志的音樂昇於崇高的境界，而不失其民衆底感情及形式，因此之故，即出於最有學問而細心的詩人之手，這也是民主底藝術；可以說法蘭西的詩則差不多常是對於形式有着冷靜的掛慮的細心的藝術底的東西。法蘭西的詩人，雖然思想上也許是反抗兒，而表現上也許志於改革家，卻保守着或種整勻的姿態，和對於因襲的忠誠。在或一意義上說來，這是一個制限，然而就別的意義上說來，這卻是法蘭西詩中美的本質底要素，而且這是有關於那算是法蘭西散文的特徵的明瞭和淸純的。

註一　繆斯神所乘的飛馬，見希臘神話。

在法蘭西詩劇，早就現了墮於形式主義的傾向，而至今那也還繼續着。法蘭西劇的事實上全西歐羅巴的劇的源泉，（和在抒情詩的情形相等）有文學底或衒學底也就是希臘及拉丁底和民衆底這兩種。民衆劇是成於道德奇跡，和神祕；成於從聖書故事乃至純樸的笑話的主材作根柢的單純的對話的。（在第二十五章，和那成遂了有些和法蘭西同樣的發達的英吉利的劇一起，我就這些初代的戲曲還要陳述一下。）十六世紀及十七世紀的法蘭西劇作家差不多無視這些中世紀的戲曲，而將他們的精力專注於古典劇的改作和移植。

在法蘭西，最初的大悲劇詩人是佩耳·柯奈耶。他的生涯幾乎掩蔽了十七世紀的全體。他寫了三十篇以上的喜劇及悲劇，有些立刻收了成功，至今一直把持了法蘭西的舞台，而大大地決定了法蘭西的詩劇的進路。雖然柯奈耶的戲曲有幾種取材於古代的源泉，他卻遠勝於古典劇的模倣者。他那最風行的戲曲頭目根據於西班牙的原本；那主人公是半傳說底半歷史底的西班牙的隊長，我們在中世紀的羅曼斯中曾經遇見的。柯奈耶的戲曲已翻譯爲一切近代的歐羅巴語了。他的戲曲在那時代的本國惹起了大問題，而包含大僧正黎塞留在內的競爭者的詩人及批評家攻擊過牠。這種攻擊終於失敗了，因爲國民是喜歡這戲曲的。我以爲這一篇劇的活力對於古典底形式作着例證呢，還是蹂躪着，沒有多大關係，而且這活力也不在於柯奈耶的文體的高貴，卻基於這是非常優美的羅曼底傳奇劇這一個事實，而也和這事實相符合。我還以爲埋於重疊的批評和註釋之下的別的許多偉大的戲曲和故事也都還是憑了原始底情緒的力，而搖搖肩站起來，支配我們的。凡有造成卓越的悲劇作者的天稟，柯奈耶都具備着。他的結構有着秩序和劇底情境和動作。他的攫住性格的方法是穩定的；他是人類性，特是內面底糾葛，和意志的衝突的深邃的研究者。不但如此，他還有着詩人的幽玄的技巧，偉大的風度；對於這個他像莎士比亞一樣，以可驚的力保持着，雖然他也往往寫平凡的詩的。尤要者，他使詩像活的人們的言語一樣自然地作響，在辛拿中，賀拉西中，塞多留中，羅多格中，我們有着最崇高的調子的劇詩。現在看來似乎小於他的最優作品的那些戲曲，法蘭西的公衆早就加以稱賞，而予以相當的歡迎了；而且他還把持了舞台歷二世紀以上。柯奈耶的古典劇以後，我們有着較之柯奈耶的十分用心的結構有更多的熱和色彩的豐富的羅曼底戲曲，又有着接近人生的寫實底劇。許多的古典劇是枯萎了，而柯奈耶的作品也並不全有可讀的價值。然而他那最優的作品卻是有着不朽的價值的。

柯奈耶的後繼者和年青的競爭者是冉拉辛。他的主材如在安德路馬岐及非德耳中者，是希臘風及羅馬風，如在以斯帖及亞他利雅中者，是聖書風。他是以文體的優秀被稱賞的；他的文體於法蘭西國民是情感底熱情底，雖然從我們看來有些冷淡。然而在這冷淡的底下，我們卽經由平庸的翻譯這一種更冷的媒體，也能見到拉辛的祕密的靈魂，他的人類性的知識。他所描寫的人們不是希臘人，不是希伯來人，甚至也不是法蘭西人；他們是眞實得同莎士比亞及伊孛生的人物一般，造成我們一切人們的要素。拉辛的理想是形式和辭句的完成；他以示着構造的堅實的統一和語法的典雅（以這一句的最高的意味而言）的他那五六篇最大的戲曲實現他的理想；這是從柯奈耶以至克羅台爾的法蘭西詩人誰也不曾超越的。他是敏銳的批評家，而在附於自己的戲曲的序文中，將那爲羅曼主義者所非難，爲近代的劇作家所破毀，但對於古典劇絕對地健全的自己的信條不卑謙不誇傲地揭示出來。像表現於布立坦尼卡的序文似的他的理想是並無太多的問題的簡單的局面；這絕沒有從自然離開而跳入於異常之中，卻由人物的興味，感情和熱情維持着，一步一步地向終點進行。將拉辛比之於柯奈耶是慣常的事，但這是無謂得猶如將本準孫比之於莎士比亞，將丁尼生比之於勃勞甯似的。然而柯奈耶是較強有力而獨立底的天才，拉辛則是較用心較精細而受訓練的天才，這卻是值得注意的。

英吉利的讀者要看出法蘭西的悲劇的奧妙來，非有多少的努力不可罷。法蘭西的喜劇則照耀世界，而啓迪我們中的最無知者。凡有文學中最大的喜劇作者摩利爾，是柯奈耶及拉辛的同代人。他是法蘭西人又是十七世紀的人，然而他卻屬於包含同國人剌柏雷及阿那托爾·法蘭西西班牙人塞凡提和英語系的親族莎士比亞，菲爾丁，培那特·蕭，馬可·脫溫在內的無時代無國境的笑的人們的血統。

摩利爾和傳說上的莎士比亞同樣，是優伶，是劇場主事者，而他的戲曲不但是讀物，還可以上演——對於這些，法蘭西的劇場是從未忽視的。在文學中，他佔着無比的高的地位。他描寫人類的典型底的愚傻的姿相以愚弄人類。摩利爾的人物是太過典型底，概括底的人物，這是曾經說過的。他所描出的僞善者是一切的僞善者，他所描出的吝嗇家是一切的吝嗇家。然而摩利爾知道舞台上的性格描寫必須急速而明確，他又將他的輪廓描的寬闊而卻切近於人生。那些線形非常堅穩，至於在翻譯上雖然那對話的機才，有許多也許失掉，而其主要的姿形卻是能夠保存的。戲曲的惡漢的主人公塔屠夫是和迭更司的拍克斯尼夫同種族的人物；中等階級的紳士中的如耳檔君也確然是生於和辛克萊·留伊斯的喬治F巴比忒同星球上的人物。摩利爾將他的槍頭針對着尊大，衒學，僞善，貪慾及其他的大過惡，又針對着小的無罪的過惡，單純的愚行和不中用。他的有些

摩利爾

槍是銳利而甚至有毒的，他遂造成了許多的敵。他是被稱爲道德家，哲學者，社會改革家的。這一切大約他都是的罷。我以爲他首先第一是努力寫有趣的場面的戲曲作家。曾經有人說，喜

劇者死的作者所作的笑劇也。摩利爾的許多作品是笑劇，有些至今也還清新而滑稽。他的傑作則深刻有過於笑劇，是生的喜劇底批評。

在摩利爾的友人拉封騰的作品中，表現着劇底，和喜劇底精神。人們穿了其同伴們的獸類和禽類的假裝而呈現出來，這一種形式的故事，拉封騰的寓言是從中最美的實例。這是從伊索寓言遠溯到人們相信「動物」能夠講話的時代的古舊的一種故事。在通俗的民間故事和神仙故事，例如在根據於傳說底的黑奴的神話的佐厄爾C.赫黎斯的利瑪伯父之中，動物「像人羣一般」講話而且動作。新近的作家黎湟司·格累謨在柳中之風中，則借了小動物將他們兩腿直立的弟兄們可愛地描寫出來。不論和人類性有無關係的動物故事都常是風行的，而且直至世間最末的孩子成長起來，而故事全都完結了爲止，一定要風行下去。我們幼小時候在伊索故事中所知的動物寓言是歸宿於道德底格言的小故事。拉封騰將散文的寓言變爲愉快的韻文。他以細巧的諧謔描着人們的特性。比他增版的次數更多，更被廣讀的法蘭西詩人還不曾有過，因爲孩子們是玩味那些的故事，而成人們是玩味關於人情的辛辣的註解和韻文的乖巧的。

在以上一切劇作家及詩人之上，有着較之從亞理斯多德以至馬太·亞諾爾特的任何別的批評家有更多的權威的統轄底的天才——就是霸羅。他是明白了自己的時代和過去的極壯麗的文學而諷刺底地敵對於比自己弱小的同代人的非常傲慢的天才。他直截地認識了拉辛的美和摩利爾的機才。和他類似的天才，經翻譯爲於我們最諗熟的有價値的東西了的，是賀拉西和亞歷山大·頗普。正和頗普的批評論和髮絡的劫奪以霸羅爲基礎同樣，霸羅的L'Art Poétique（詩學）確然是以賀拉西的詩學爲基礎的。然而霸羅卻也像頗普一樣，以自己的脚堅定地站着，雖然有些褊狹而學校教員似的，總究是寬容而正直，銳利，明確而有勁的人格。我在他的詩中沒有發見什麽力；在非法蘭西底的我的耳聽來，這是冰塊似地寒冷而銳利的。至於說到他所提示的智慧呢，那是，在我看來，戈替耶的L'art（藝術）和魏倫的Art Poétique（詩學）倒比霸羅的有名的詩含着多至千倍的智慧和美。而當他說

一切交給意大利吧，

> 將這在無上的陽暉之下尚要眩目的狂癡的事業！

時，他是指摘着十七世紀的意大利詩中有的弱點。然而他曾否或者能否讀但丁，我們卻不明白。我們這位法蘭西的詩的批評家從時間上地理上說來，是村夫。

在十八世紀，有過兩三個喜劇作家，他們的笑至今還似乎有力而且歡暢。在作為諧謔底小說的大家，我們曾經遇到，而所寫的辛辣的劇底諷刺透卡來在喜劇的舞台文學中保持高的地位的勒薩日以後，出現了不可思議的天才馬里服。他是不能列入於受着十二分的批評的法蘭西的作家的合理而有秩序的系列的。他的小說馬利安是向近代的寫實主義的一飛躍；是近代的，卻也是古代的心理，是起於人們的心胸的東西。馬里服的戲曲，特是戀愛和運命的遊戲，有着機才和美質和稍稍任性的獨創：他不喜歡講別人講過的事物，他嫌厭拚的過長的形容詞和名詞，而拆開有些古來的嚴格的熟語。他是文學界中最獨創底的人物之一，對於凡有法蘭西的批評家，即在他們指摘他的缺點的時候，也是寵兒。太過隱喻底而怪僻的他那幻想底的文體將 Marivaudage（馬里服式文章）這一個奇妙的詞給與法蘭西語；這一詞，雖然內容上全然不同，卻可以比之於英文學中的Euphuism（攸佴斯式文章（註二））這一詞的。

註二 模倣十二世紀後半的英吉利人力力所作的攸佴斯的華麗的文體的這一種文章。

馬里服的偉大而流動的天才沒有使他成爲法蘭西的寵兒，而他在法蘭西的國外差不多無名。在他以後的一個劇作家波馬社則是永久使全世界歡悅的，他的塞維爾的理髮師和弗伽羅的結婚大約是較之連查理的伯母在內世界的別的戲曲更使人發笑的罷。他的喜劇的愉快，憑了莫差特和羅西尼的音樂增加了數倍了。弗伽羅是文學上無上的喜劇的人物之一。倘若作家們在天國的什麽所在會面了，我願望波馬社和辟立敦就結構談商一下，而設計出對於神們和人們的什麽獃氣的頑笑來。

第二十一章　古典時代前的近代德意志文學

我不能取消前言，也不存取消的念頭，因爲幹什麼違反良心的事是既不安全又不聰明的。我站在這里，不能幹此外的什麼了。神呵，請助我罷！阿們！——窩牧會議的路得

許多的行爲之人，同時也是文章之人，例如窩爾忒·剌里鄉和葡萄牙詩人喀麼英就是。在本國的實際底問題以及文學上，算是最強的個人底力的歷史上唯一的人物是馬丁·路得。將人的性格的一面從別的一面離開，或者將生活的任何部分從其文學底表現離開，是不可能的。路得的宗教上，政治上的力，憑藉於他的文才者到若何程度，我說不出來；他之成爲德意志的國民底英雄這事實有幾分可以說明因他而發達起來的薩克森的德意志語之成爲對於全國民的近代文學底德意志語的基礎這一種別的事實，我也說不出來。那使我們感着興味者是文學底事實。在文學上，接近於這樣的「唯一人」對於一國或略有關係的諸國的

語言及文學的支配的唯一的例子，是但丁之在意大利文學上灌輸多斯加納語以及自己特殊的多斯加納語的文體。從文學底見地（我們應當記得歷史底地說來這並非完全的見解）看來，那將路得的權威及其重要給與路得者，是他的聖書的翻譯。十六世紀德意志的宗教改革並非全部是對於教會惡弊的反抗，也並非全部是神學底。然而這卻是強烈的德意志底，而路得見到集中自己種種的力的唯一辦法，是在將以本國人所使用的語言譯成的聖書給與本國人；聖書在前本是用古代語寫的，因而成爲學者及僧侶等等有學問的人們的專有物了。他的動機有些和初代英吉利的聖書翻譯者的動機相似，是在將基督教上一切的論爭所自發生的根本的記錄給與本國的人們；那時許多的國民固然是不能讀又不能置備一本書的，然而將這讀給他們聽時，他們卻能理解其語言。到後來德意志的學者及哲學者的散文即在純粹的德意志人，也覺得非常錯綜，複雜，難解了。然而路得的 Gemeindeutsch（共通德意志語）卻至今依然是一般德意志散文的骨幹。路得最初的意志，並不在於做文學底藝術家。他是爲了實際的目的而寫文章的。他向惡魔投墨水壺這一個可疑的傳說，象徵底地說來是眞實的，不過他所投者是墨水而不是壺罷了。話雖如此，他倒也像從王公以至農夫的他的許多同代人一樣，諳習簡單的音樂，而以善彈琵琶聞名；而且他從小受涵養於十五世紀的復活的讚美歌，這些讚美歌在曲調及辭句上，好像英吉利的許多讚美歌（英吉利的曲譜往往從德意志的借來）。路得寫過最有力的德意志的讚美歌，辭句不消說，其曲譜大約也是他寫的。他的讚美歌中最有名的是 Ein Feste Burg Ist Unser Gott（「堅固的保壘是我的神。」）這一種雄勁而簡潔的德意志文不會——恐怕也不能——完好地譯成英語。德意志天才的崇拜家托馬斯·喀萊爾也體會不到路得的意味。Mit unsrer Macht ist Nichts gethan 這一行，正如其次行所傳達的思想，不過是說「沒有神，我們的人力就不中用了。」With force of arms we nothing can「我們以腕力難幹什麼事」這一種喀萊爾的翻譯是原文的誤解，又是很拙劣的英詩。這在我們的簡單的概觀中，不免是瑣微的事情罷，然而這卻是說明着文學故事中極重大的問題，翻譯的困難的。

路得和宗教改革並不包括十六世紀德意志的知底生活的全部。在職工和商人以及紳士和騎士等所組織的 Meistersinger（詠歌師）的好些大公會中，現世底詩繁盛起來。他們實行十二世紀及十三世紀的 Minnesinger（戀愛詩人）的傳統。他們的藝術很眞摯；爲要獲得詠歌師的地位，候補者須得發明詞藻和旋律，以證示自己的能力；他的成功是和受騎士位或得大學的學位一樣重要的。詠歌師的精神，即詩與喜劇，保存於瓦格涅的歌劇。最出名的詩人是路得的同代人並且信奉者努連堡的韓思・薩克思。薩克思是一個鞋匠，然而那時做鞋匠卻並不比做紳士和學者爲低賤。那時代雖然帝王和小貴族都存在着，實在是從古以來最民主底的時代。職工並不是機械的奴隸，卻是獨立的工匠，極有力的公會的會員。伊利薩伯朝的劇作家托馬斯・德克所作的愉快的喜劇，鞋店的節日，中說是鞋匠做了十五世紀的倫敦市長這一種故事，是在一般底事實範圍以內的，雖然就特殊的詳細的事實而言，不恰當也未可知。

路得

韓思・薩克思是散文和詩的多產的作家，其許多作品已經成爲德意志文學的不朽的部分了。然而比任何個人的作品更爲不朽的，卻是這種運動全體的結果；在庶民市民和工匠的中

韓思・薩克思

間，成千的受訓練的素人作歌，而不能創造的人們則至少聽到詩的反響和流傳。在這民衆的藝術與各階級的德意志兒童將詩和音樂的初步作爲當然的事而學習這事實之間，有深切的關係在。最平凡的德意志人，也將巴哈和叔曼歌唱彈奏，將歌德和席勒爾韓思・薩克思誦讀的。因爲這麼著，當偉大的德意志的音樂家和詩人到來時，德意志人就能夠理解而且享樂那些音樂家和詩人了。

然而在德意志，偉大的天才的到來，卻遲延到十八世紀及十九世紀。那在法蘭西及英吉

利燦然放光的十七世紀，在中央歐羅巴則是暗黑的時代。延長到一六四八年而在那時還未終熄的三十年戰爭，壓抑成年者，虐殺青年者，而使德意志荒廢。（幾多死於戰爭的少年本該是天分很高的人們呢？誰知道）照耀於歐羅巴全部的學藝復興期的光，在德意志則消隱下去，而所生的結果多不外乎單調的擬古主義，或是對於近鄰諸國的文學的並不感激的模倣。思想倒沒有終絕：有幸的是思想便在絕望的時代也並不終絕。在三十年戰爭將告終結的時候，德意志最初的偉大哲學者來布尼茲出世了，他的合理主義在十八世紀流行於他的本國，以及法蘭西的專門底思想家之間。然而德意志的文學雖說沒有消失，而在到第四十章，我要約略敍述的那復活爲止百年之間，卻是晦暗的。

第二十二章　十九世紀前的西班牙和葡萄牙文學

阿阿！無可倫比的著者阿阿！阿阿幸福的吉訶德先生阿阿！阿阿出名的達辛泥亞阿阿！阿阿滑稽的桑科·判紮阿！爲了人類的歡樂和開心，你們可以經無限的世界相結地並且相離地生活的罷。

——塞凡提

西班牙在我們看來是羅曼斯的國；是熱的血呀，黑的眼呀，華麗的衣裳呀，和驚心動魄的冒險呀的國。這種特徵並非由易受印象的旅行者歸於西班牙，卻是由西班牙的作者，甚至由有些優秀的近代的小說家歸於西班牙的。然而西班牙人和他們一切的誇傲，騎士道，美的風俗，還有大約是對於這些的矯正的反動罷，卻是具有優美的諧謔味的。在十七世紀的初期，塞凡提寫了吉訶德先生，這是文學中最大的喜劇底小說。便是剌柏雷也敵不過塞凡提（不消說，在做着不同的事情的天才之間，是沒有比敵的問題的）。爲什麼呢？因爲剌柏雷寫的是有

吉訶德先生

非常荒唐的主人公的大諷刺劇，而塞凡提寫的是想像底地，無可否定地，忠實於人生的人物。因爲讀了過多的騎士道故事而變氣質的那古怪的騎士吉訶德先生出去求那些像是見於故事中似的冒險。他將風車錯當作巨人，將淸靜的客棧錯當作大城。他那殺風景的從者桑科•判紮以率直的善意說明着這些冒險和厄運。這是夢和現實的喜劇底衝笑。塞凡提的，因而還有讀者的同情大部分是注集於做夢者這方面的。吉訶德先生是個傻老頭兒，卻也是個可愛的傻老頭兒。他是舉動失當的善人。塞凡提的憎惡是針對着吉訶德先生的精神錯亂的原因的。他在這書的結末說着，他的唯一的目的是在「將騎士道的過度而獃蠢的故事暴露在那應得的輕蔑之下」。

如果這是他的唯一的目的，那是他築成了超於自己所知的東西了。騎士道到達了自然的死，而騎士道故事的大部分也到達了同樣的死，塞凡提則造了和牛這東西同樣廣大而有變化的故事，造了使那些對於他所輕蔑的羅曼斯並不知道，或是毫不在意的人們歡樂的故事。牠的活力深於諷刺劇，或者狂詩文。塞凡提也許是向狹隘蜿曲的嘲弄的小徑出發的罷，然而他不知怎的卻上了人間味的大道。他是並非以傷感底態度，卻以父親似的態度愛自己所描寫的兩個傻子的。在這書的第一部分出版以後，他的厚臉的競爭者寫了牠的續篇，塞凡提憤慨於那僞造的作品，便將眞正的第二部分寫出來。這比第一部分還優美——是續篇的歷史上稀有的事。他假托着這故事取材於名叫息德·哈麥忒這著者的可靠的記錄。在本章的冒頭所引用的語句便是對這架空的原本而說的。倘說這是塞凡提在稱揚自身，則這種稱揚也是應得的。吉訶德先生已經譯成歐羅巴的一切國語了。那標準的英譯是出於剌柏雷的譯者莫托克司的手筆的。這是貫一切時代的偉大的書籍之一。吉訶德先生和他的忠實的從者在其旅行中會見各類的和各種境遇的人們。在這些人們之中，塞凡提描寫西班牙的生活。然而這些人們卻超於西班牙人。他們就是我們自身；狂氣的騎士們和乖巧而古板的哲學家們依然居在這世界哩。

假如塞凡提不會寫出吉訶德先生來，則他也該作爲戲曲和故事的作者，在文學中獲得有名譽的快意的地位罷。同樣，假如綽塞不會寫出坎特布里故事來，則他也該是歷史上極重

提　凡　塞

要的詩人的罷。然而人以宏大的傑作壓到自己時，他也就可以將自己所有別的小作品置於自己旁邊，而安靜地睡於其下的。

在塞凡提的時代，西班牙在政治上，知能上達於全盛。塞凡提去世以前，誕生了西班牙最先的畫家未拉斯刻司。這知能底及藝術底優越繼續到十七世紀。政治底優越則因了當塞凡提四十歲的一五八八年發生的英吉利艦隊擊破阿馬達事件而告終止。那時西班牙的水手之一是羅普·得·惠格這一個青年；他後來便成了西班牙劇場的創設者，十七世紀西班牙文學上幾乎可算是絕對底君主的人物。他雖然在依利薩伯朝的戲劇上有多少的影響，可是在西班牙以外的文學中，至少在英文學中，他的作品沒有一種是有本質底價值的。然而他卻是西班牙文學的榮光之一，而他本人是了不得的人物。他寫過千篇以上的戲曲，倘說這數目不免誇張，則也可以說他所寫的戲曲多到沒有一個西班牙人會裝作全都讀過。不但如此，他還寫過許多劇以外的作品。作爲他的天才的標本而顯著的作品，一種也沒有的理由，大約就在於他寫了過多的書這緣故罷。然而我們在這故事中，卻得暫時止步，對於能夠在二十四小時內寫三幕戲曲的人物，來表一下敬意纔是！

充滿於差不多全十七世紀的西班牙劇場的人物是加爾德倫。他是羅普·得·惠格的確實的繼承者，然而恐怕與其說他是專門的舞臺之人，倒還是說他詩人。那時在西班牙有一種類似英吉利及法蘭西的奇蹟劇，卽 Auto 而動機上宗教底的戲曲，穿着奇妙而卻正經的衣裳的演劇的行列，爲要受國王或是僧正的招待，遵行街上。以這一種戲曲而言，加爾德倫是公認的巨匠。他還寫過像是大魔術師似的羅曼底的荒唐無稽的戲曲，而被稱賞於德意志及英吉利的所謂羅曼時代的詩人——我們可以舉出偉大的名字來指明這些詩人——哥德，雪萊和半世紀後，魯拜集的詩人菲次澤刺德。這大抵是行非行者及受非行者的花把戲，是那算是吉訶德的先生的狂馬所蹂躪的舊式騎士道的殘屑的爭面子的材料。西班牙人至今還纏住牠，微克式·闐俄也如此。這是很好的大歌劇式的材料，然而要將牠提到眞正的悲劇底高度，卻有賴於優秀的音樂家和眞實的詩人。加爾德倫將牠提到那麼樣。柯奈耶也如此。闐俄也如此。

在半島的末端，西班牙有着隣人兼且同族葡萄牙，這是一個小國，然而在十六世紀卻擁有偉大的海軍力。算是葡萄牙詩人之王的喀摩英是敢乘小舟以泛大海的水手之一：他從經驗上知道他的主人公，那最初轉過好望角，因而發見往印度的航路的發斯哥·達·格麥所

喀　摩　英

嘗的危險與苦痛。從那煊赫而殘忍的老海賊（他死於喀摩英出世的那年，即一五二四年）的冒險，這詩人造成了這麼壯麗的敍事詩，至於這並不因葡萄牙語是歐羅巴諸國語中的小兄弟之一這事實而湮沒不彰。喀摩英的大敍事詩，琉息阿德（Lusitania 琉息泰尼亞是葡萄牙的傳說底名稱）不僅是達格麥的故事，甚而也不僅是葡萄牙的故事。這是發見以及和海的戰鬬與異域的征服的羅曼斯。這是奧德賽以後最有力的海的詩。假如哥倫布是一個詩人，則這是想像起來他也許會寫的那一類詩。有一種壯健的翻譯，是在十九世紀出於理查·柏吞的

手筆的；他同喀摩英一樣，是文學家，同時又是旅行家，冒險家。當西班牙人佔領里斯本而使卡斯提爾語成為正式的語言時，那使母國語免於破壞，刺戟本國人來抵抗侵入者，而保存自己的國民性的就是喀摩英的作品。筆也許是並不比劍更強有力罷，然而這往往也有助於決定國民的運命。

第二十三章　伊利薩伯朝以前的英吉利文學

綽塞是將今日當作同昨日一樣優美看待的最初的偉大詩人。

——羅厄爾

綽塞以前的英吉利文學，雖說創造牠的衝動也許是藝術底罷，然而有許多與其說是屬於藝術毋甯說是屬於歷史的。有幾種我們能夠以興味讀之，但以歡悅讀之者卻不多。忽然間——要說明牠是沒有方法的——出現了一個偉大而愉快的詩人。綽塞是沙漠中的椰子樹，或者不如說，是高聳於矮樹叢中的大松。綽塞的教養同十四世紀英吉利的一切紳士一樣，是法蘭西風。他的國王理查二世在宮廷用法蘭西語，而且有些輕蔑英語。綽塞翻譯了法蘭西人的作品，從意大利人那里自由地借了東西來。然而他所用的言詞卻是英語。這並非全然近代的英語；要知道他的語彙，他的詩的「阿克生式」和他的母音的豐富的價值，就有稍加研究的必要。將綽塞移易爲後代英語的熟語和句格這一種企圖，便是德來登這麼聰明的人物所幹的也不免失敗。綽塞的傑作，坎特布里故事是集於一個統一的事情之下，從許多源泉得來的故事集。講故事的人們是在赴坎特布里的旅途的巡禮者——這與其說是敬虔的旅行，不如說是節日的遠遊。這些故事是優美的，但其中比旁的更優美者是記述一行人的序詞。騎士呀，牧師呀，尼僧副院長呀，和其他的人呀，各以完全的數行描寫出來。在一切的文學中，沒有比這更簡潔而鮮明的性格描寫了。那人物從人生的一切小徑選出來，是極有變化的，因此之故，這一羣乃是十四世紀英吉利的縮畫。這些故事顯示着各種故事的氣分，從嚴正的悲劇的冒險，乃至歡欣的喜劇。

綽塞假如不曾寫過坎特布里故事，則爲了他的詩，就該在英吉利的詩中獲得高高的地位了罷。也是莎士比亞戲劇的主題的那特洛易拉斯和克列希台是講的有趣的，然而這在綽塞，或在莎士比亞，或在綽塞這故事所根據的薄伽邱的弗洛司脫拉多中，都不算很有刺戟的故事。綽塞的「小」詩中最優美者是伯爵夫人的書，這是取材於各種源泉，將他的讀書和夢

坎特布里巡禮

想歸納於散漫的，卻也很齊整的單位的美的隨筆集。綽塞的詩都有可讀的價値，其大部分是愉快的；而且在他的散文尤其是他的哲學者波伊悉阿斯（註一）的譯文上，至少有着考古學的興味。對於波伊悉阿斯，綽塞時代以及在他以前一千年間的思想家，比我們更致着高的尊敬——因爲我們從未讀過他。

（註一）五世紀間羅馬的哲學者

綽塞存荒寂的時代這樣的傑出，竟使我們將他的兩個同代人，那在思想及言語上立於對極的人物，高厄和郞蘭，忘卻了，而過一會纔記起來。

高厄是優秀的因襲底作詩家。他寫法蘭西語，拉丁語，和英語，在當時是非常受尊敬的人。他的戀人的告白(Confessio Amantis)有着好的詩句，然而是形式底而且沈悶的，除學者以外，誰也不去讀他。他獻於他的確實的貢物，是在特洛易埒斯和克列希台的末尾的大綽塞的句子：

阿阿高德的高厄，我獻這書於你。

大藝術家綽塞知道他的同代人，我們也容受他的判斷。然而時代卻將高厄的色彩洗褪了。他於我沒有什麼興味，沒有什麼旋律，然而極疏放的，逍遙於英吉利詩中者倒也要對窩德或其他考古學者所選出的二三詩句看一下的。

比他更深有活力者是寫耕人皮而士的幻影的奇妙詩人蘭格力，即郎蘭，我們對於這作者毫無所知，然而在這無比的獨創底詩的背後，一定是有着強有力的個人的，這是結構散漫的關於天國和地獄和基督的生涯的夢想底譬喻。這令人想起較之後來的詩，毋甯故昔的詩的粗魯的頭韻詩中，很少綽塞的溫雅和氣品，然而這卻是空想的，有品位的，誠實的好詩。

綽塞以後一世紀間，英吉利詩是平凡的，這一部分由於詩人中沒有第一流的天才，一部

綽塞

分也由於詩人須得和當時的語言苦鬬，那一種語言已經不復是綽塞的語言，但也還未成爲莎士比亞的語言。作詩術須得從新學起，其時最可愛的抒情詩的音調是在痕立孫，丹巴，答格刺士，和詹姆士王（雖然被稱爲他所作的詩的眞正的作者是否他還是疑問）的詩中，從北方從蘇格蘭來的。他們都是綽塞的弟子，然而並不是模倣者，而且憑了那常常保持其新鮮味和自然的活力的蘇格蘭風的語彙，他們的個性豐富起來。

十五世紀倘不富於文學詩，那麼，該算是民謠的黃金時代罷。傳到我們之手的英吉利及蘇格蘭民謠的最優的形式，大部分顯然是用十七世紀的語言的，雖然要決定精確的年代是不可能，也非必要，雖然有許多的民謠大約也以較早的形式存在。對於那作者，我們不得而知。詩既然是自然出來的，那麼，任何民謠的形式，大約也都是一個什麼個人給以最後的姿形的罷。然而那起原是和神仙譚的同樣不明瞭的。世界有職業底的民謠的歌者或朗吟家，他們爲適合自己起見，或許將熟知的詩改變了也說不定。雖是將民謠一篇一篇地印賣這一種後代的習慣，也保證不了形式的不變。民謠的主材是單純的戀愛故事咯，像有名的洛賓·呼得系故事似的多少有些神話意味的冒險咯，什麼實際底事件咯，像巴特里克·斯盆斯公似的英雄的戰與死咯。

民謠是和盛於中世紀的敍事詩與羅曼斯有密切的關係，而以短的形式安排着同樣的材料的。民謠的稿本的源泉是拍息一折本 (Percy folio) 從那里，托馬斯·拍息在十八世紀擷取了他的片影 (Reliques)，一本在羅曼底復活之際大出風頭的書。最後的集本則是亞美利加的學者柴爾德教授的大著。在一般底民謠之外，我們以爲同樣的出於自然的，有着精審的文學底模倣品，例如哥爾利治的古舟子詠，鄂斯加·王爾德的利定監獄的歌謠，和斯文本對於諸形式的許多優美的實驗，然而古舟子詠似的文學底傑作的風味，異於口傳底民謠的風味，有如香檳酒之異於蘇格蘭產的酒。便是大約暗記了許多民謠的窩爾忒·司各脫之自己的詩中，也沒有全然捉住那「阿克生忒」話雖如此，民謠在複雜的詩上，卻有着大大的影響，有着一切眞正的詩人所感到的蠱惑力。

十六世紀初葉的詩人，主要是作爲榮華的伊利薩伯朝的報曉者而有興味的，日出之前最重要的詩人中有兩個人，托馬斯·崴阿特和薩立卿亨利·豪厄德就是。崴阿特模倣而且翻譯佩脫拉克的短詩，這在以後一直是英吉利詩人所愛好的形式。他又嘗試着別的音律的形式。比崴阿特年幼的薩立寫了平滑的詩，而在伊泥易德的一卷翻譯，將無韻詩的最初期的實例，卽莎士比亞及密爾頓的十綴音句給與英吉利文學。在開拓者，發見者這里，是總有着可驚異的什麼東西的。然而薩立卻並非大詩人。大詩人（在綽塞以後的）在那時還未出現哩。

雖說崴阿特和薩立不是大詩人，他們却也將新的音調帶進到英吉利的詩，而且他們將這從意大利帶來。年青的英吉利人出了大學以後，總要往訪意大利。我們只要舉出密爾頓，雪萊，濟慈，勃勞甯兄弟的名來，就可以想起意大利是歷數世紀觸於英詩的核心的。不僅崴阿特和薩立，還有包括在托退爾詩集之中的其他小詩人顯示着意大利的影響。托退爾詩集是英詩的歷史上的路標。在那時代，紳士作爲優雅的嗜好而寫詩，將自己的作品的稿本流布於友人之間。有企業心的印刷鋪往往收集了這些稿本，對於順序和作者不大加以注意而發行詩集。斷了托退爾和其他的詩集，有許多本該已經失掉的詩——因爲不消說有許多是失掉了——得以保存下來。

因爲是先驅者，是開拓者而可記憶的這時代的小詩人中，有一個是加斯科印。他的鋼鐵的杯是在英吉利詩中最初的諷刺，而並非可輕視的創始。較優秀的詩人是薩克維爾，他寫了敍述諸王之死的悲哀的故事緜長的鏡的一部，唯一的眞正詩底的一部。這是綽塞和史本塞之間音調最美的，最深的詩。

十五世紀及十六世紀初葉的英吉利散文，有許多較之詩於我們的耳更佶屈。眞的詩似乎超時間而散文是漸成陳腐而悖時的。然而在這時代，卻也有好幾個散文作家，他們的活力奏凱歌於當時和現代之間熟語上的任何差異之上。在十五世紀的末葉，有一個有才能的人物托馬斯·馬羅立，關於他的亞搭爾的死，我們是說過了的。這是法蘭西羅曼斯的翻譯，頗散漫地湊成全體，但也分爲數個插話，一一抒說，而用了於我們略作古風的響的文體寫出的。

英吉利文學最初仗了從外國語自由的翻譯和改作，使本身豐饒。最初期的，一個最勤勉的翻譯者是英吉利印刷術之父，而有學問與優美的趣味之人，卡克斯敦。他理解綽塞是「一裝飾」英語，且使之「高雅化」的，便模倣他的師，研究其法蘭西語的原本也使英語高雅化，而給我們的散文以永久的好影響。他譯了二十册書，且在英吉利算是最初的他自己的印刷機上，印出至少五十册以上的書來。他所印刷發行的書，有一本是馬羅立的亞搭爾的死。

當馬羅立從事於他的翻譯之頃，英吉利人中有一個最高貴的人，「受天惠的人」托馬斯·謨耳出世。謨耳的傑作烏托邦，雖然是最初用拉丁語寫，而至謨耳的死後，纔譯成英語的，却在英吉利文學中，佔着大大的地位，這也被譯爲別的主要的歐羅巴語，那標題且成爲說到社會的理想底狀態的普遍底普通名詞了。在描出完全的共同社會的美點之際，他必然地攻擊着他的時代的不德——這顯然是和現代的不德酷似的。倘說關於謨耳的國家的原理從來未嘗實行，則柏拉圖的共和國這一種最優秀的思想，或任何哲學底思想家的最優秀的思想也何嘗實行呢？算是具有常時最優美的精神的謨耳，除了對於亨利八世太過剛愎太過正直以外，沒有什麽罪，却竟遭了殺頭，這是並不稀罕的歷史上的冷嘲之一。那人是較那作者爲重要。他是英吉利最初的人文主義者。雖在文學底天才，劣於他那荷蘭的友人伊拉斯莫斯，而在學問及性格則和他相等。人文主義者的職務不在做本國語上的藝術家，却在普及古典之光。

托馬斯·謨耳

宗教底論爭及教訓對於一般讀者是興味稀少的。坎特布里的最初的新教大僧正克藍麥的文體使那假如用雄辯較遜的辭句寫出，則該早就滅亡了的內容得以保存，這就是克藍麥的天才的證據。他的律呂全然是近代底的：他看去像是比他所生活的時代至少後一百年的人。除開了他在宗教改革史上的重要，他還是伊利薩伯朝以前的英吉利散文上立於先頭的藝術家。

雄辯不及克藍麥，卻具有相等的力和誠實者是又一僧正拉替麥。他也是宗教改革史上重要的人物，他的說教所以有許多現在還遺留着者，其大半的理由在此。然而這些說教卻是爲了那直截而雄勁的文體纔有讀的價值。那文體的力，基於從任何「僧職底」的東西解放，以及使用那些並非取自書籍而取自生活的質直的說明這些事實。

當本章終了之際，來就阿斯坎略敘一下，是適當的罷。他是伊利薩伯的家庭教師，所以在實際底意味上，是創始了伊利薩伯朝的。他的最出名的書校長先生，是關於教育的英語書中最初的重要的論著：雖然其種種問題，經了好多回的駁擊，這書卻依然有着還未過時的節段，阿斯坎多少有些衒學者之嫌，是學者而不是藝術家。徵示着他的度量的有一樁事情，就是他以爲那較之當時別的任何散文，將純潔的歡樂給與更多的人的亞搭爾的死是有害的書！

第二十四章　伊利薩伯朝‥劇以外的文學

愚者呵！我的繆斯神向我說，要洞察你的心而後寫。

——腓力·錫德尼

在十六世紀的中葉，產生了腓力·錫德尼，愛德曼·史本庋，窩爾忒·刺里，還有其他的人們，我們連提也不能提，因為其時英吉利文學的花剛纔開的十分爛漫，我們數不清楚那花的朵數。腓力·錫德尼是執筆的詩人，在他的生涯和死是詩底人物。他負了致命的創傷之後，將自己最後一滴的水給與垂死的兵士時，在戰場上的他的壯烈的姿態是超越羅蘭和故事上任何別的騎士的。錫德尼在理會自己的思慕之情以前，對於嫁給別的男子的斯忒拉的戀愛故事中，有多少是事實且不論，這至少是優美的羅曼底故事，而且是鼓勵他用英語寫最初優美的連續短詩（Sonnet sequence）（註一）阿斯特洛灰和斯忒拉。的他的詩的情調是誠實的，而誠實的表現就是文學中有價值的所在。還有用字的能力也是有價值的。錫德尼熟練於短詩，使牠成爲英吉利詩的自然的，或自然化的形式。

(註一) Sonnet 是十四行的短詩。Sonnet Sequence (連續短詩) 是由 Sonnet 連續而成者。

錫德尼

倘若阿斯特洛灰和斯忒拉沒有直接地喚起史本庾的連續短詩戀情則在那大詩人之上，甚至在那無上的莎士比亞的短詩之上，這是有着或種影響的。然而在這里須得記取，短詩的製作是當時流行的事。同學習劍的使用法一樣，紳士和本職的詩人學習短詩的作法。有的短詩是形式底而僅僅上品的習作。有的則有着眞實的熱情的調子。然而所歌詠的戀情可是對於一個什麼婦人的麼？這一層我們在大概的地方沒有像確錫德尼這里確切地明曉。莎士比亞的短詩裏所隱藏的人是沒有分曉的神祕。地位僅次於史本廋及莎士比亞的連續短詩，至少在我的耳聽來，其美並不稍遜的，是德累吞的短詩，他在劇以外還遺留着較之當時除史本廋外的任何詩人數量更多的純正的詩。

較之以這句起頭的短詩更美更有深的人間味的戀愛短詩是稀有的。

要避也沒法避了，我們來接吻而別罷。

還有一個作優美的短詩的詩人，就是撒母耳・達尼爾。

未生者說，「看呵，她所在的那地方，

她的美使一向默着的他開口了」的時候。

含有這些句子的短詩是使他和莎士比亞並列的。

錫德尼是被德累呑呼爲「那律格和散文的英雄」的。他的散文共有盃布魯克伯爵夫人的亞加狄亞和詩的辯護這兩種作品，後者附於亞加狄亞，較爲重要。這是音樂底的單純而優美的散文，又是算作英吉利的批評的根柢的三四篇論文之一。這是對於稱爲「罵詈派」

的戈生加於劇及詩的攻擊的答辯。這些小册子，因爲顯示着文學界的狀態，顯示着詩在一切的批評上得了最後的勝利，而向正當的方向進行之前所經過的眞正的苦鬬，所以極有興味。可以和辯護一起提及，而大抵也受了牠的影響的論文，是衞布的英詩講說。含有比錫德尼還多的教訓的，是當時最重要的批評上的作品拍推哈謨的英吉利詩學。然而錫德尼的論文卻是最優的散文，他雖然很年靑就死了，卻依然是他們一切人的祖師。

從這古昔的年青祖師的散文和詩轉過身來，一瞥亞加狄亞是有趣的：這是聰明的素人的作品，雖有動人的節段，卻是鬆懈的，技巧底的，矯飾的東西。亞加狄亞是當時的趣味所承認而遠越實在的世界的數篇羅曼斯之一：那些羅曼斯只在猶如莎士比亞將洛治的幻想底的洛絮林德變爲羅曼底的，如你所願以及洛治自身在歌謠中接近於魔術底東西一般，從散文的境域取出而變爲神仙境的詩時，纔於我們是愉快的。有一種自然地運載於詩的悖理，在散文上卻是難忍的重負。那適當的例就是力力的攸佌斯，其緊張的技巧底手法，從我們的眼看來，是滑稽的：可是那手法的筆觸沾染於當時的詩時，這並無什麼害處，倒往往是適切的裝飾。

凡有說攸缶斯式文章——力力的書給我們以這普通名詞——有惡影響於莎士比亞的文體者，只是沒有理解詩或文體的問題而已。攸缶斯式文章浮在空中，沒有一個作者是對牠負責的。爲了女王或者別的什麽女人的歡樂，英吉利人用細琢細磨的語言，掉弄巧妙的辭句，是和他穿戴鑲邊的縐領，淡紅色綢的犢鼻褌，繡花的外套，佩用嵌寶石的劍同樣地自然的。這就簡單地說明了詩之所以是高貴，壯重，往往流於誇張，而散文所以往往流於薄弱，流於怪奇的粉飾的緣故。——這里所說的散文是指羅曼斯的散文而言，因爲說明底散文是淸純，有品位而且健全的。在亞加狄亞中，這有着小規模的完整的說明。那散文的議論是堅實，流暢，健全的第一流的批評文。那抒情詩的小片則是有蠱惑力的。其他則就有陷於裝上瓷製牧婦的結婚式禮糕似的愚劣之虞了。

然而在英吉利的詩就將有有生命的牧婦，而我們在前章略經提及的牧歌就將成爲非常的自然，至於我們幾乎忘記在英吉利的鄉村從未聽到燕麥笛的音調，或安馬立力斯（註一）的聲音，至於赫立克（註二）的迷失的牧婦被稱爲依利薩了。一五七九年史本虔發布了牧人的曆，是在英吉利詩重大的事。這報道了第一流詩人的到來，而續出的多種多樣的短詩確證了這一種報道。做了巨大的傑作的大詩人的較小的詩埋沒於傑作之蔭，是常有的事。以史本庋——或以密爾頓而言則這是不確當的。將他們兩人的名在一起提出來是得當的。爲什麼呢？因爲不論他們另外是什麼，兩人都是無可比敵的抒情詩人。

註一 咏吉爾的短詩中的牧婦。

註二 羅伯·赫立克是十七世紀英吉利抒情詩人。

抒情詩人雖然也許是在四行的句中表現宇宙的罷，却是短呼吸的人。如果用長和短的言詞來測量，眞有較大的詩人的話，這較大的詩人是想出廣大的計畫或結構來，將凡有抒情詩底美點裝入於那計畫中的。史本庋就是綽塞以後有壯麗的意想和處理牠的手腕的最初的英吉利詩人。仙女王是精製的寓話，有十二卷的計畫，而史本庋只成就了六卷。各卷敍述着象徵神聖，節制，貞潔等「道德底德性」之一的騎士的功績。我們對於寓話底羅曼斯的興味，大約沒有像應有的那麼深，而仙女王則是太長了罷。這充滿着一般人叢書的兩卷而格羅布版中排的緊緊的四百頁因此之故，這和坡的規則，說是詩該只有我們能夠一氣讀完這麼長者是不合的。這是史本塞的多數同代人和他以後一切詩人所讚歎的非常巨大的作品。查理·拉穆稱史本塞爲「詩人中的詩人」其一個理由是在詩人們鑑賞他的詩的構成的豐富和力：那詩是以他所發明的史本塞風的數百韻節寫成，雖然內容有時也許缺乏生氣罷，他卻決不技巧底地露出破綻來。還有一個理由是在史本塞有旋律，律呂，心像等等無可比擬的詩底天稟。不能全讀仙女王者，（而且除詩人，學者，和校對以外，誰都沒有全讀這書）可以隨意翻開那一篇看看，就會遇到像古昔的掛幔似的結構上極其華麗絢爛的詩的龍。他那在當時受非難的「古老的阿克生式和雛時代的言詞」只有增加了色彩的豐饒而已。

在那有這麼豐富的歌謠的時代，做無上的抒情詩人纔眞正是偉大的。爲什麼呢？因爲在伊利薩伯朝及詹姆士朝，並且全十八世紀（第一時代是沒有中斷地流入其次的時代的）有非常繁多的抒情的音響，要聽到這所有的音響幾乎是不可能的。連無限豐富的十九世紀也不能十分匹敵，而實際上十九世紀的詩人轉在那里求扶持與靈感的那種豐富，那種新鮮，和那種差不多可驚嘆的多樣，那祕密是在什麼呢？如果翻開那時代的詩選或雜集，例如英吉利的帕那薩斯，一六〇〇年發行的近代英吉利的名花，同年的英吉利的赫立克等等，則我們就遇到巧妙的作品，其中也有出於不甚知名的詩人之手的。又如果向那時任何劇作家，甚至第二流的人物所寫的作品看，則我們就發見凡爲舞臺而寫的詩人都是能夠歌的。爲了抒情詩的饗宴（這話見赫立克獻於準孫的詩中），我們最好還是來翻看有判別力的編纂者選取最優的作品或最優者的幾種的近代的詩選，例如謝林教授的依利薩伯朝的抒情詩，及其姊妹篇十七世紀的抒情詩，亞卑爾的英吉利的穀倉以及步倫的依利薩伯朝歌謠集中的抒情詩等。

那算是眞正抒情底，而非敍事底，劇底，諷刺底，警句底的伊利薩伯朝的詩的明顯共通的特徵是在牠本身歌唱着；而事實上，有的抒情詩，尤其是見於劇中的抒情詩是必然經過歌唱的。有的抒情詩則依着傳統底的旋律而寫，還有別的則按照新的曲調而作，在有些時候，詩人是執筆的能手，同時又是琵琶的能手。詩人音樂家的最顯著的實例是托馬斯·坎匹溫。他的歌曲四書含有言詞兼且樂譜，那所有的言詞和大部分的樂譜是成於坎匹溫自身之手的。他的詩都具有可歌唱的資格，卽在詩中祇有言詞沒有樂譜時，也大抵使那曲調悅耳的。這完全的歌人之渺視自己的歌是不可思議的，他之主張無韻詩也是不可思議的。至於他直至近代的學者再發見了他爲止，全然爲世人所忘卻，那是愈加不可思議了。

別的詩人都認爲詩人之王的是本・準孫，對於他，我們在說到他的戲曲時將再來說一下。人人知道的，

Drink to me only with thine eyes

單用你的眼來敬我一杯

這有名的詩是不獨因爲形的美和言詞的精當的選擇而已，還因爲感情的品位，抑遏的強有力的情熱，而出色的幾十首詩之一。準孫的博學多識使他的悲劇有些笨重，這也許是事實罷。然而在他的歌謠中，他卻將自己的學問載於強健優雅的翼而運行。他的聲不是梟的聲乃是雲雀的聲。他對於古典的精研，在他的詩以及隨他之後凡有本族的詩上有着健全的影響，因

爲他不是古代人的奴隸，他爲了自己的用途和便利而研究他們的緣故。賀拉西，卡塔拉斯，馬細阿爾給他以影響，都是他的範本正像亞諾爾特及丁尼生等有些後代的詩人似的，他知道羅馬的詩人相信他們的均勻對於英吉利的詩是一個教訓，伊利薩伯朝的詩有流於怪僻的危險，而準孫則以其偉大的權威助之以使整齊而不生硬，使正當而不犯因襲，使明晰而不陷於平凡。

準孫的一個友人，在英吉利詩中居高的地位的是德藍夢德，他的組歌（madrigals）及短詩是優雅，精美且充滿感情的。比他那歌夜鶯的短詩更美的那里還會有呢？那短詩，我以爲濟慈是一定讀過了的。

伊利薩伯朝的英吉利和十六世紀及十七世紀的西歐羅巴全體的優美的特徵，是智能底好奇心，冒險的愛，實驗新的思想與表現形式的大膽等等。這時代誠如丁尼生所稱，是「洋洋大觀的時代」，人們可驚地多才多藝。探險家而陸軍大尉的窩爾忒·剌里是抒情詩人中最壯麗的一人。當他幽閉於倫敦塔時，他費了十二年的光陰，寫世界史以慰娛自己。

伊利薩伯朝的抒情詩有着人類的靈魂所知曉的各種氣質，是極其壯麗的。我們應該以柔美的戀歌之一，來將這些關於牠的不完全的節段作一個歡愉的結束罷。然而這時代，在人生，和在舞臺上是同樣地充滿着悲劇的，倒是來引用刺里的有些悲哀的臨終覺得適當，特是因爲他在思想，在行爲上是儘人力所及，代表着那複雜多樣的時代的。

保管我們的靑春和歡樂和我們所有的一切，
而當我們走盡了道路，
將自己的生涯故事結束時，
在幽暗靜默的墓中，
僅以塵土付給我們的，
這正是「時」呵。
然而從這土，從這墓，從這塵埃，
我信我的神將提拔起我來。

最獨立，最獨創底的思想家之一，是近代英吉利哲學的創設者，法蘭西斯・培根。他可也是詩人麼？這是我們在這里不能論列的問題。他那最知名的書是論文集，其中，他將可以分作五十個題目，一百個題目而說的材料壓縮攏來。他似乎是讀破了世界上一切的智慧，而將各種的思想煮成精華的。他在有一著名的信中寫着道，「我將一切的知識取來作爲自己的領土。」倘若他除論文以外不寫什麼，則他就該證明了自己所定的稱號的正當的罷。他的文體是諷詩底而流暢的，富於比喻，且貫以別於那時代的許多太過幻想底的散文的一種淺顯的常識。然而論文集不過是他那以拉丁語和英語寫的文章的小部分罷了。他那最重要的作品，是他所計畫而卻不能實行的廣汎的哲學的斷片新機關。這是誰也不能實行的。他以爲人學知關於宇宙的全眞理，將這知識組成最後的形是可能的。

法蘭西斯・培根

——這是他的唯一的大錯誤。他的偉大的貢獻是在他的實驗底方法和他那對於學派的權威的反抗。在數世紀之間，亞理斯多德和他的弟子曾經支配了差不多一切的思辨。他們起先承受原理，繼而從此辯論着細目。培根則將這個顚倒過來，他說，我們必須看出特殊的眞理，從這眞理推究一般底原理。這種思惟方法稱爲歸納法，是類似蘇格拉底的方法的。這種研究樣式的精神在歐羅巴的思想界創造了革命，而在近代科學中流行着。那促成於科學的進步有至大的勢力的「王家學會」的創立者，就是培根的新阿特蘭替斯。對於思想的獨立，個人作自身的研究的權利及義務的確立，比培根更有貢獻的人是再也沒有的了。在學問的進步中，他說，「人們從自然的靜觀，經驗的觀察撤退的過分了，因而顚躓於他們自身的理性和自慢之中。」又說「因爲任何學問的較誠實而熱心的教授應當建議於自己，致什麽貢獻於那學問，他們卻轉化他們的勞力，以求某種二等的賞牌；像是做深遠的解說者或註解者，做峻烈的鬪士或防護者，做整然的混和者和提要者。這樣，知識的世襲財產往往漸經改善，然而增大起來的事是稀有的。」我們在培根以後已經可說是有不少的進步了，然而他的評語在現在還依然是對於或種流行的學問的非難。

依利薩伯朝文學豐富，有許多全賴那些不獨致力於古典，還致力於同代的歐羅巴文學的翻譯家。我們已經提及過夫羅立奧的蒙旦，托馬斯·挪兒斯的波盧塔，和察普曼的荷馬了。現今的翻譯在文體這一點照例無所謂太好，然而對於原文的全然的忠實，卻是可以想像的事：有一種文學底誠實，是連賣文底翻譯業者也少不得的。依利薩伯朝的翻譯者毫不想到這樣。他對於原文不守什麽規矩，隨自己的喜歡摭拾多少材料而使用之，守着純粹的英吉利式獨立性，對於外國的原著者的智底權利絕未有怎樣的尊敬。那結果是，伊利薩伯朝的外國古典的翻譯，有着強烈的英吉利風的色彩，與其說是翻譯，毋寧說是歸化，因而幾乎是土著文學的一部分。而土著文學是在急速地發達起來了。

第二十五章　莎士比亞以前的伊利薩伯朝的劇

倘若凡有在詩人手中的筆，
都發揮了其主人的思想，
以及煽動他們的情，他們的心的種種樂趣，
就被讚賞的事情而沈思；
倘若從其不朽的詩之花，
絞出凡有聖潔的精髓來；
・・・・
倘若這些已經造成了一個詩的時代，
而全都結成了美的精華，

可是在他們焦躁的頭腦裏，該還剩留着，
至少一種思想，一種美，一種驚異，
是怎樣的力也不能使消化而爲言詞的罷。

——馬邏

英吉利的劇發生於庶民底和文學底這兩個主要的源泉。莎士比亞的庶民底先驅者是中世紀的奇蹟劇。奇蹟劇就是以亞伯拉罕和以撒的以及救世主的誕生的故事似的聖書故事爲根據的單純的對話。在教會中，這是極壯重地實際排演的。然而優伶們，不論是牧師還是俗人，卻採納了塵俗的思想，甚至於喜劇底東西；而宗教上的權威則禁止這些在教會內開演。庶民喜歡這些，便在公共場所繼續開演。公會，卽職業團體，將這些採納了，以其表演的優良自誇。現存的戲曲之羣，支斯得爾，約克，科芬德里等等是以那發達所在的城市命名的。這等戲曲的別一名稱「神祕劇」"Mysterie s"二大抵和主材的神聖並無什麽關聯，卻是在法蘭西和在英吉利都一樣，從"Mistērie"這一個因爲那演者是職工的緣故，所以含有職業這意義的字來的。無論如何，劇底對話，和有訓練的優伶和幼稚的演劇術，總之是在這里發生的。在奇蹟劇之外而比這稍後一點，有着道德劇，其中人物是寓意底抽象物。有些道德劇也有着眞實的文學底性質。一個適當的例，就是數年前復活於現代的舞台而顯得極有效果的愛惠利曼。

禮拜用的戲曲，用幼稚的對話組成的韻文聖書中的插話，以罪，憎惡，驕傲，愚笨等等抽象物爲人物的道德劇，全然俗世界的娛樂，而往往也是對於人類性的笑劇風的嘲弄的插戲——凡有這些對於偉大的劇的準備，固然大都是缺乏詩底性質的，其所有的興味是歷史底，考古學底。可是這卻也是不應忽視的興味。如森次巴立增強了意味所說，「近代劇『委實』發生於奇蹟劇。奇蹟劇『委實』轉變爲道德劇。道德劇『委實』轉變爲近代劇。」但若對於廣大而可尊敬的學問可以將自己的無知覥然對立，則我敢說當森次巴立說着，「雖然古代古典劇的模倣，及其在學校和大學校的表演暫時渲染了，形造了近代劇，而以一般的影響給了牠，而這近代劇之出於古典劇，卻並不稍過於史本庚之出於味吉爾，或呼克爾之出於西塞祿」一時，他是言之過甚了。

無論如何，卽略具近代戲曲的形式的英吉利劇的最初期的未熟的標本，想必也是曾經一瞥古典的大學的人們所寫的。最初期的「嫡出」的英吉利喜劇剌爾夫·羅伊斯太·陀伊斯太，是在十六世紀的中葉，奧克斯福的卒業生而伊吞學校的校長攸達爾所寫的。這戲曲在其內容，卽未熟的清脆的諧謔上，是英吉利式，卻也有着那徵示古典的衣服之披到英吉利人肩上的劇底輪廓和連續。那語法則是缺乏價值的英語歪體詩的語法。

還有一種粗雜，廉價而濃郁地滑稽的笑劇，就是岡布里治大學的卒業生而同大學的副總長約翰·斯替爾所作的迦謨麥迦登的針。這就其粗重的可笑味說，是全然英吉利風，然而也有着同古典一樣古，而於英吉利人是新的這一種構造。

取正式的，卽辛尼加式的形式的最初的英吉利悲劇，是哥爾布達克，那全體，或那一部分據說是那作爲初期的抒情詩人或故事詩人，我們曾經遇見過的薩克維爾所寫的。這是用冗雜而無光輝的韻文寫成的沈悶的戲曲，然而以形式和漸進底動作和性格的意義等等而言，卻進一步了。

以上這些戲曲都是暗中摸索的實驗，在那大女王臨朝的初年的別的戲曲也如此，而且在馬邏以前的戲曲也大半是太幼稚，太沈悶的。然而剛纔在馬邏之前，且在他的周圍，卻有力力，格麟，那士，皮爾，洛治，及啓德（他如果沒有到大學去過，則到公立學校是去過的）等等劇作家一羣；他們同時也是抒情詩人，是小冊子著者，是隨筆的著者，因此成為所謂「大學的智慧」了。除馬邏之外，這些人們的價值並不怎麼大，因為我們是從圓熟的伊利薩伯朝的輝煌的榮光裏看見他們的，所以其價值不免見得小了。

那寫極誇張而虛妄的攸缶斯式的散文的力力，轉移到羅曼底劇時，則失去他的許多缺點而增加他的優點了。恩狄密溫及月世界的女人（用攸缶斯式的詞藻來說）是不滅的幻象，倘不然，就是精美的空想。莎士比亞顯然知道這兩種戲曲，而準孫在附於莎士比亞的二折本之前的紀念詩裏，將力力，啓德和馬邏集成一團者，並不是沒有意義的。

皮爾在他的下列兩種戲曲達於他的頂點：即含有相當地優美的句的田園詩風的宮廷客串劇巴里斯的審訊，和有許多詩底美的節段的聖書故事的眞實的劇底表現大衛和倍式

綏勃、

格麟的最優的戲曲，教團僧倍根和教團僧邦給，是超自然和亂暴的游戲和戀愛故事的混合物，在馬邏的浮士太斯中有着以更高於此的形式組合的相似的東西。比格麟的劇更有趣味的是他的小冊子，特是他的以百萬磅買來的四辨士的智慧，其中含有"Shakesceno"(莎士比亞的場景)似的，對於莎士比亞很不客氣的言詞。

洛治較之作爲劇作家還是作爲抒情詩人及小冊子著者重要得多，而聰明的小冊子著者那士，則差不多僅僅觸手於劇而已。

啓德在西班牙悲劇中，給與充滿着長文句和殺人的事的血的悲劇的初期的實例，換了話說，卽極喧騷的傳奇劇。

使以上這些人都見得渺小，而自己並不因莎士比亞或密爾頓等等最偉大的人們而見得渺小者是在二十九年的短的生涯中，成就了美的奇蹟，而有強烈傲岸的精神的，英語中最初的大悲劇詩人馬邏。他寫了四篇劇曲，每篇中作爲主題的都是人類的野心和對於力的愛，衝入於宇宙的不可解的神祕的人的意志。他那最優的戲曲是以爲了短時間的無限的力，將自己的靈魂出賣於惡魔的魔術師的古傳說爲根據的浮士德的故事，又是谷諾的永久風靡的歌劇的主材。在馬邏的戲曲中，那悲劇底主人公就是反抗人間底拘束而追求無限的知識的這一個詩人。這戲曲含有不少的誇張，然而同時也含有關於馬邏的「可驚的主題」的節段，那屬於曾經以英語寫出的最壯麗的詩的。無韻詩，即成於莎士比亞之手者，也不能比這更有清朗的音響了。當麥菲斯托斐利叫喚推羅的赫楞時，浮士太斯說出這名句道：

> 這就是使那千百的船舶浮到水裏去，
> 使高聳的易力安的塔焚燬了的臉子麼？
> 嫵媚的赫楞呵，請接一個吻，使我不朽罷。

又當浮士太斯問着

> 那麼，你怎麼出了地獄呢？

時，麥菲斯托斐利答道：

這怎麼是地獄呢，我又那里出了地獄？
你以爲看見了神的臉，
嘗味了天國的永遠的歡樂的我，
沒有在十八重地獄受了苛罰，
被剝奪了永久的幸福麼？

浮士太斯是馬遜的傑作。然而另外三篇戲曲也是同樣有特徵，而充塞着優美的東西的。他那對於詩的世界的最初的傲岸的挑戰，泰謨排關大王是以擺侖式青年爲主人公的，氣象蓬勃的修辭底的壯觀。在這里，確有如序詞所豫告的崇高驚人的言詞，如準孫所謂馬遜的偉大的句子。那不顧章法的壯麗，如果更進一層，就該崩潰而流於僅僅戲劇的裝飾了。然而馬遜是能夠驅使他那偉大的自然的力的。摩爾太島的猶太人，及其可怕的殘虐是血的悲劇的好標本，這極顯明地表示着馬遜的一個缺點——也許是基因於熱情底青春的智慧的缺乏，對於人們的性格的全不關心或無知。在愛德華二世，歷史的事實和現實的性格使他屈服時，他有些局促，所以其中沒有許多壯重的文句了，然而這戲曲劇底地人間底地說來，倒是他的最好的傑作。

馬邏是偉大的抒情詩人和故事詩人。他單以他的希洛和林特就會使人記憶起來的罷，其中有着誰都知道的卻並不誰都知道是他所寫的句子：

凡有戀愛的人們，誰不是一見傾心的呢？

創造無韻詩或突然造成英吉利悲劇者，不是馬邏，也不是另外一個什麼人。然而在「他是凡有我們的詩文學中最大的發見者，最勇敢而有靈感的開拓者……在他到來以後，給莎士比亞走的道途是開闢了，路徑是修直了」云云，這一種斯文本的意見中，倒是含有眞理的。

第二十六章 莎士比亞

最美妙的莎士比亞，空想之子。

——密爾頓

在一六二二年，英文學中最重要的書，卽最初二折本的莎士比亞戲曲集出版了，（我們無須將聖書從這最上級的言詞除外，因爲聖書本來不是英吉利的創作的文學底藝術。）就這二折本和其著者而言，有着一個神祕。這是未曾解決而且複雜到不能在這短短的篇幅內討論的神祕。我們只想將這問題來提示一下就是，因爲在英文學的故事中，這是重要的，至少也是很有興味的。這問題就是莎士比亞是什麼人？正同我們對於別的許多有天才的人所知很少一樣，我們對於他所知道的也很是有限。傳說底傳記上的莎士比亞，生於一五六四年斯得拉得福，十八歲和安·哈塔威結婚，二十歲左右時，赴倫敦做了優伶，約三十歲許，以詩人及戲曲作家出名，享有作爲作者，劇場經理人及主人的逐漸興隆的生涯，及至四十五歲左右時，隱退於斯得拉得福，一六一六年便死於那地方。沒有受過大學的教育，沒有至少讀書的充分的機會的人是否能夠寫出那顯示着深邃的學問，和文學上培養的很高的知識的戲曲來呢？十九世紀的中葉，有幾個懷疑的人物，提出了這一個疑問。還未廣汎地爲學者所容納的對於這疑問的解答就是：莎士比亞不過是法蘭西斯·培根的雅號或「隱名」'blind' 罷了。我們不能在這里追索複雜的議論的痕跡。培根學者的主張，以爲從斯得拉得福來的優伶不能做出這種作品來，而培根則能夠做的，這就是那種議論的骨子了。莎士比亞學者則堅以爲培根照他的散文的文章所證明，不能做出那種戲曲和詩來，而莎士比亞不但能夠做，而且事實上也做出來了。

議論儘讓學者們去幹罷。我們有着短詩及戲曲等等他的作品就是了；那作品作爲全體看來，是英吉利的詩中最高的文辭。短詩有大大的傳記底意義也未可知，然而關於其中的意義指着什麼，莎士比亞的恣肆的戀愛的對象是誰這一種議論，有許多與其顯示詩的深的價值，倒適足以遮掩其表面的美。我們可以同情於在生前爲了太多的註解者而着惱的勃勞甯的見解，以爲莎士比亞沒有用短詩以啓發胸懷；「倘若如此，莎士比亞的價值就減低一些了！」戀愛的短詩的連續是莎士比亞的時代的慣習。如我們已經見過，有許多詩人寫短詩，然中也有寫的非常好的人。詩人是作爲詩人，並非作爲戀人而寫的；因此唯一的問題就是：他能夠作怎樣美的短詩呢？要理解如揭載後面似的，表現着誰都會有，然而只有眞詩人纔知道表現方法的心情的短詩的美確乎是沒有什麽困難的：

在幸運和人們的眼前，自慚形穢，
我嗟嘆這被棄的我身，
徒然的呼叫不能使蒼天聽聞，
我顧盼我身，咀咒我運命，
我希望自己有什麽人的豐美的容姿，
我希冀這人的技術，那人的知識；

可是埋在這樣的思想裏，我未免輕蔑自身了——
偶或我想到你，於是我的心境，
像雲雀一般，在黎明從微暗的大地
飛昇，向天國的門唱着讚歌了；
因爲留在我心裏的你的愛使我滿心歡暢，
於是我輕蔑想和王侯易地而處的念頭了。

（譯大意）

蒐集於最初的二折本裏的莎士比亞的戲曲是十四篇喜劇，帶有英吉利的諸王的名的十篇歷史劇和十一篇悲劇。我們對於這些作品的寫作的順序，沒有確切地知道，也沒有以多大的熱誠想要知道。連對於最薄弱者就是最初期者這一種一般底原則，我們也沒有確信。藝術家卽在沒有活到老齡者，年青時做了勁健的作品，或者往往在那生涯的中途從他的最高的標準墜落下去，這樣的事也是有的。那順序是莎士比亞的專門底研究者沒有一致的問題，不必來麻煩我們。總之，在這里有着戲曲，而「戲曲則是實物。」

當你浮眼看過莎士比亞劇的歷史時，那打動你的心的一個實際的事實，就是那直至今日不絕地崢嶸於舞臺的他的戲曲，多於其他伊利薩伯朝的劇作家的作品併在一起；就是經過了三百年間的風尙和趣味的一切變遷，卽使他在或一時代並不怎樣的風靡，他總之從沒有被世人忘記，從沒有失去驚動了觀客及胸抱大志的優伶的力。十九世紀的大優伶，如愛底溫·蒲士，亨利·歐文，摩德澤卡和薩爾徽泥等，扮演莎士比亞的人物而收了最可注目的成功。在過去一代之間，我們看過了錯誤的喜劇，中夏的夜夢，威尼斯的商人，如你所願，十二夜，理查二世，亨利五世，羅美阿和朱力厄特，朱理亞凱撒，和哈孟雷特等等多少成功的表演。在德意志，莎士比亞的劇本也不絕地開演着，據我們所聞，演的十分好。這其間的原由是在那包含最美的英吉利的詩的劇，大抵和其所企望者照樣，是有效果的「壯觀。」在莎士比亞的時代，人們並不像今日的我們似的，容易獲得書籍，而劇場便是較之在今日比較地更重要的傳運思想的東西。

大部分莎士比亞的戲曲的根本底性質，是在牠有優美的結構，有趣的故事。從意大利的故事，英吉利的編年史，波盧塔的傳記等，凡有能夠求得結構的地方，他取作自己的結構。他的發明在於他改作故事，而用本國語的活肉蓋於那骨骼之上這一種手腕。結構之中是有着輕鬆的，因襲底的地方的；雖然他也許是有處理自己的故事的能力的實際底戲曲作家罷，他的天才發揮其最高的光輝的地方，卻是在人物和語法，詩和言詞的諧謔味之中。他的戲曲即使價值極缺乏的，差不多每篇都有我們認爲莎士比亞風的那種有特殊的美的句子。然而我們不要忘記，這種詩體在或一程度，是並不憑藉於個人的天才，卻憑藉於時代的天才的；其他的詩人，有幾個也寫過全然莎士比亞風的文句的。莎士比亞者，無論他是怎樣的人，畢竟不是神，他常常降落於自己的最優的東西之下，寫出許多薄弱的場面和散漫的詩來。因此之故，對於可疑地稱爲他所作的戲曲，我們根據了文體的價值和缺陷，打算肯定或否定其作者時，我們都是墮於五里霧中的。

我們所以認識莎士比亞中有些節段的特殊的美的理由，恐怕就在我們預先知道那是莎士比亞寫的這緣故罷。可是時代不能使其凋萎，引用不能使其喪失生氣的他的措辭的魔術，另外誰還有呢？

怪異劇暴風雨中的普洛斯拍洛的語句：

我們的餘興告終了。那些優伶們，
正如我所豫告你，都是精靈；
消溶到空氣中，稀薄的空氣中去；
像這虛幻的沒有基礎的假建築物一般。
那聳入雲霄的樓臺，那華麗的宮殿，
那莊嚴的寺院，那大地球本身，
還有地上所有的一切，都得溶解，
而且同現在消去了的那幻影一樣，
沒有剩下一個泡沫來。

我們是同造成夢的東西一般，我們這渺小的一生，
以睡眠始而以睡眠終。

爲毒蛇所害，而將死時，克利奧佩特剌的話。

噓！噓！
你不見在這懷中的嬰兒，
那嘓嘖嘓嘖地吸乳，催的乳母睡去的？

哈孟雷特

包含着近代排演用的臺本所省略的節段的哈孟雷特的幾乎全部，以辭句的完成，各行的適切於性格和場面而言，是莎士比亞的最優的，無可匹敵的傑作。

聽到女王的死時，馬克柏司

的話：

她該從此死了哩；
這樣的話是彷彿常常聽到的。
明日來明日去，又來又去，
時一小步一小步，一刻一刻地，
行到留於記錄的最後一分鐘；
凡有昨日的日子是照耀愚人們
赴死的道路的。

這樣子我們引證下去，就不免溢出本書的篇幅了。別的詩人能夠將或一種類的事圓滿地說出。莎士比亞則什麼事都能夠說。和他的人物的種類極多相當，他的思想的範圍是非常廣大的。那些適合於村夫，以及於國王，於可愛的無賴漢福爾斯塔夫，以及於煩惱不幸的哈孟雷特，於靈敏的坡細亞，以及於悲劇底的馬克柏司夫人的思想和情緒，他都表達出來。從笑劇風的愚行以至可怕的苦惱，沒有一種重要的人間的情緒和經驗，莎士比亞是不曾以確實的手觸過的。他的一個優美的缺陷就是豐富。當一個局面暗示一種思想時，這詩人和戲曲作家一同溜走，將這思想轉成許多的樣相。這就是在今日的急躁的時代，排演用的臺本所以極峻烈地删削的理由之一了。例如，馬克柏司殺害了睡着的王之後，在恐怖中屢屢說：

似乎聽到什麼地方一聲呼號呵！

「不能安眠了，馬克柏司殺着安眠哩。」

莎士比亞將馬克柏司送進有着六個壯麗的隱喻的關於睡眠的抒情詩裏去，對於在這樣的昂奮狀態中的人，這是太冗贅了。他的偉大的競爭者並且讚美者本·準孫表示莎士比亞該抹掉一千行這一種希望時，他大概並不是指着這樣壯麗的節段，卻是指着較荏弱的地方的罷。然而後面這樣正確地寫到他的，也正是準孫呵：

他並非一時代的人，卻是爲着一切時代的！

第二十七章 伊利薩伯朝的其他劇作家

死去了的詩人的魂呵，
你知道怎樣的「樂土」麼，
知道比「人魚酒場」更好的
歡樂的原野或生苔的洞窟麼？

——濟慈

文學上的時代在便利上是以帝王或世紀的名稱爲名稱的，（在英吉利文學，似乎伊利薩伯，安和維多利亞等等女王佔着優勢）。然而沒有一種文學上的運動恰和統治者的生涯和年歷數學上嚴密地相符合。所謂伊利薩伯朝的劇大半是在伊利薩伯於一六〇三年死後，而詹姆士即王位以來所寫，但那婦人的名卻遺留於文學中；還有 Jacobean（雅各勃朝底，暗示着和後來詹姆士諸王相關聯的歷史上別的事情。伊利薩伯朝的劇在十七世紀的最初二十五年達於頂點。在那時代，莎士比亞以外，還有着巨子，有着許多有才能的第二流的劇。沒有傾心於這許多劇作家全體的心思和機會的讀者，在可觀的人魚叢書中，可以發見選出的他們最優的戲曲。那些但願嘗味最優良的所在的讀者，則在查理·拉穆的和莎士比亞同時代的英吉利劇詩人的雛型之中也可以見到。

這時代的戰士之一是喬治·察普曼，然而他，較之憑了他的戲曲，倒是憑了他的荷馬的翻譯而爲人所知。察普曼並不是天生的劇作家；祇因爲當時一切的文學中，劇是最「流行」的東西，這纔傾心於劇，恰和今日有種種文學底天才的現代人，不論小說是否自己最好的表現的傢伙，着手於或想要着手於小說一樣。察普曼的喜劇頗爲氣悶，從那譏刺的一班獃子裏，便是準孫的粗雜的諧謔所惹起的這樣的笑味也找不出來。他的悲劇忙碌的達讃波亥及其續篇復仇是以同代的歷史為基礎的血的悲劇。從中有壯麗的文句，也有誇張而愚劣的文句。察普曼性質上是哲學底反省的詩人，是偉大而有極不均衡的性質的天才。

最接近於莎士比亞的王位的人物是本·準孫；或者，還不如說，假如莎士比亞在文人的集會所「人魚酒場」和當時的詩人聚於一處，則那就桌子的首席而支配衆人的就是準孫了。在全十七世紀中間他的名聲和權威甚至大於莎士比亞。他的戲曲中可選的一篇，如果只選一篇的話，是人人的氣質。這篇東西始終嘲弄他的時代的缺陷，是遒勁而重要的「風俗的喜劇」。倘若在戲曲本身以外，有對於這戲曲的活力作怎樣的證明的必要，則我們可以想起卻爾斯·迭更斯將這篇選作給他的一夥優伶排演的最初的劇的事來。準孫是人間喜劇的觀察者，同時又是學者；他的學識顯示於他的悲劇塞哲那斯及喀提萊因之中。那學識並不是衒學底學識，而悲劇之感是深刻的。倘說在性格和言詞的魔術，準孫的羅馬劇沒有和莎士比亞的相匹敵，這不過是因爲準孫並非莎士比亞罷了。除了準孫以外，既非莎士比亞，又非任何別的詩人所寫或者能寫的一篇羅馬劇就是僞詩人，從中，奧古斯都時代的詩人味吉爾，賀拉西，奧維德，替巴拉斯以那種像是從以上的詩人的作品翻譯過來，實係準孫所創造的文體談話。而且於此有兩重的意味，就是在羅馬風的扮裝之下，有着對於準孫的同代人德克和馬斯敦的銳利的攻擊。密爾頓所稱爲準孫的「博學的襪」者是藏有踢人的脚的。

準孫的最大的喜劇是伏爾普一名狐，伊壁希恆一名沈默的女及錬金術師。凡有準孫的喜劇的方法是在造出代表單一的動機卽貪慾呀，狡猾呀，傲慢呀之類各個的「氣質」的人物來。準孫的一切喜劇底人物中，最圓熟最合式者是錬金術師中的伊壁鳩兒·曼夢，（註一）這又是照那名稱所顯示的一個「氣質」，然而在其談話和行動，卻是同福爾斯塔夫（註二）一樣地深入人心的出色的大言家。

本·準孫

註一 Mammon（曼夢）作利慾解。

註二 莎士比亞亨利五世中的人物。

在十七世紀的初葉，非常盛行，可是因爲很靡費，只有宮廷和貴族的過分揮霍能夠辦到，所以在另一意義也非盛行的一種娛樂，假面劇，準孫寫了許多。這是一種小喜劇，大抵頗像近代的假裝行列，(Folies revue) 是且跳舞且歌的表演。建築家因尼哥·準斯，當時供給了往往非常精密的「演劇術」，而第一流的作曲家則供給了曲譜。以全體而言，這種劇的興味一定是憑藉於表演的。至今遺留着者是許多美的抒情詩。大約除了培根以外，那在當時算是最博學的人物，那被稱爲粗率而傲慢的人物，倒也是有着像蝴蝶的翅似的細巧的風味的。說到準孫，即使極簡短地說着，也不能不提及他的堅潔，遒勁而且堅實的散文集合了關於人及事物的各別的小論而稱爲發見的這一冊小書，是有敏銳的智慧的黃金的寶藏。在韋斯敏斯德寺院的他的墓碑上就寫着「阿阿！稀罕的人本·準孫」這句話哩。

本·準孫的天才普及於極多的方面，所以他滿是矛盾。他的抒情詩細巧而柔婉。他的諧謔則粗率而深酷。比他愉快得多的諧謔家（莎士比亞且不說）是準孫的協作者，友人又是敵的托馬斯·德克。伊利薩伯朝的劇作家一同工作，發生爭執，在舞台上彼此相罵，然後飲酒和解這種模樣，本身就是大大的喜劇或喜劇的連續。德克的最優的戲曲是將倫敦的生活和特徵與可愛的羅曼斯編組而成的愉快的描寫鞋匠舖的節日。我們對於這歡樂的戲曲，曾和德意志的鞋匠舖的韓思·薩克思聯在一起說過了。德克的鞋匠並不是詩人，卻是薩克思該也欣賞的諸讀者。

托馬斯·海武德的傑作是爲親切而被殺的女人，從中正如這標題所指示，受寃的丈夫要赦宥他的妻而反罰了她。這是引起清純的哀感的正直的作品，而在現代可以說這種「心理」是眞實的。以語法而言，這是伊利薩伯朝中最單純，而粉飾最少的戲曲之一。在現代的舞臺上，這可以和莎士比亞的任何戲曲同樣地成功的。這戲曲的動機，大約是再現於人們不必用手槍和七首等幼稚手段復讎的十九世紀的戲曲中的。當拉穆呼海武德爲「一種『散文』的莎士比亞」時，他的意思，照他進而說明那樣，是說海武德的人物是自然主義底的，日常生活的人物，然而他卻沒有足以使我們相信在太陽之下，或在太陽彼方的什麼事情的莎士比亞的魔力。

寫到伊利薩伯朝的劇作家時，憑了莎士比亞的標準來比較凡有其他的作家，試着來決定許多的天才中，誰是列於那位巨匠之次的人，這是自然的事情。卽使讚美伊利薩伯朝的一切東西的斯文本這麼辦，這也不是極佳妙的批評方法。然而這卻是提示價值的好方法。那第二位最優的悲劇作家就是約翰·韋白斯特，他的馬爾飛公爵夫人可怕而且淒涼。這樣的意大利風或準意大利風的悽慘劇有許多，大都不過是用韻文寫的樂劇罷了。有兩三種則升到詩底高度。其一是莎士比亞的奧忒羅。還有一種是兩世紀後的雪萊的辰奇。還有一種則就是韋白斯特的馬爾飛公爵夫人了。在這戲曲中，情緒的力是強盛到使詩和律呂破裂的，例如在斐迪南見到自己的死的姊妹的姿態時所說的句子：

夫勒拆

將她的臉掩住了罷；我的眼昏眩了：她年紀青青就死了呀。

比拉穆的下列這文句更好的對於韋白斯特的批評是再也沒有的了：「非常淒清地表現於馬爾飛公爵夫人中的那猛烈，嚴肅，奇怪的悲哀的範型。」韋白斯特的別的大戲曲維多利亞・柯隆波那，——其中一個美麗的女子是無論到那里都引起死和災殃來的——倘若攀不到像希臘悲劇或莎士比亞的最高貴的悲劇那麼高的詩底品位的階段，則因了其中對於死和廢滅的瞑想，總該是陰慘的作品罷。

求莎士比亞的右側的一席的別的競爭者是波蒙和直至波蒙死時爲止不能分離的協作者夫勒拆。他們寫了悲劇及喜劇；他們的特徵所在，似乎與其是喚起恐怖和笑的單一的天才的流露，倒是他們的作品的始終一貫的優秀。憑了家世和教育，他們是有高的教養的紳士。德來登（他是優秀的批評者）在他們之中所發見的價值就是：「靠了他們，英語達於那最高的完成」他們的作品範圍廣大。他們所寫的（是單獨寫的呢？互相協作的呢？還是和別的劇作家協作的呢？我們只能推測而已）代表底的認眞的戲曲是非列斯透和處女的悲劇；這是羅曼底地缺乏眞實的，卻也是富於哀感的，人間底的，微妙地詩底的，而作爲戲曲看起來，結構優美，毫無錯誤之處的。對於製作戲曲的事，有這麼多或更多的知識的只有準孫和莎士比亞罷了。他們的喜劇的最適當的例，是“The Knight of the Burning Pestle”。數年前耶魯大學的學生開演時，這使觀客捧腹大笑——顯示那可笑味的永久的新鮮的更好的證據，可還有麼？

其許多的作品和其協作者不可分的小劇作家是馬斯敦。有趣的合作的實例是準孫，察普曼和馬斯敦所寫的向東呵。即在這簡短的論述中，下列這件事也是值得記入的：就是察普曼和馬斯敦為了似乎侮辱了蘇格蘭人似的事，被送進牢獄去時，準孫自動地和兩人一同進去。馬斯敦在當時博得了諷刺家的名聲，他是有着辛辣的厭人底力的。然而他的諷刺在今日是艱難的讀物了，他的戲曲則沒有一種是升到第二等的等級以上的。請將不平家中，他那對於厭人家的說法，來和準孫及摩利爾的同型的人物來作一比較罷，馬斯敦的缺點就當即可以明瞭的。

在彌得爾敦的大部的作品中，至少有一篇傑作，替代的小兒。他的天才的特異的強味在於和英雄底悲劇區別的家庭底悲劇。以這一點而言，以他的日常的人間味而言，他是像海武德的。他在失敗處是平凡的，在成功處則是優秀的。假如他沒有像德克和其他專門的劇作家似的，常常怱促地寫着，他該還優秀些罷。他的捉老東西的計謀在描寫「氣質」這一點，和準孫類似而且相匹敵。女巫因爲或者暗示了馬克柏司的女巫這個緣故罷，是有着特殊的興味的。在兩篇戲曲，彌得爾敦從寫實主義飛到詩底羅曼斯。西班牙的吉普息人是住在如你所願的魔術底世界的。優美的吵鬧則照拉穆所說，是充滿着「可讚歎的熱情」的非常劇底的作品。

伊利薩伯朝的劇（雖然是過了詹姆士的治世而入於查理的治世了，依然可以說是伊利薩伯朝）的落日是煊赫而輝耀的。莎士比亞和準孫是死了。然而誰可以說馬辛澤和福耳德和瑟力不是出色的後繼者呢？馬辛澤主要是爲了出色的喜劇，還舊債的新法而令人記憶的；這戲曲入十九世紀頗出風頭於舞臺，其主要的人物奧味里赤是引動許多優伶的心的角色。馬辛澤是缺乏熱情的詩人，然而正如拉穆所指示，爲了這緣故，就從激昂的文體擺脫，而有冷靜明朗的可玩味的所在了。

福耳德是易於感傷，略略技巧底，而無端地陷於苦痛的劇詩人中最含淚最悲涼的人物。然而他卻是以極近代底的情緒分析探索靈魂，而使用巧妙的辭句的人，雖然因了作品中鮮血迸流，死骸山積，有些蒼涼，總究是眞實的詩人。他的戲曲的標題，戀人的悲哀，失戀，失戀的犧牲等等，本身就顯示着他的心情哩。

瑟力是已經在黃昏的微光中了。然而即使德來登以爲單調，這黃昏卻是愉快而美麗的。當瑟力在處女的復仇似的，試作悲劇時，他使我們想起劇是走向衰運了。當他在歡樂的婦人似的，寫喜劇詩，（而且他寫了許多的喜劇）則他使我們想起隨後到來的一種劇，即復活時代的劇。然而這實在是多年之後，許多的歷史造成了之後纔到來的。在一六四二年，淸教徒封閉了劇場，而伊利薩伯朝的劇於是告終了。

第二十八章 十七世紀的英吉利的抒情詩

薔薇的花，趁時摘罷。
現在還在飛着呀，「古的時。」
——赫立克

伊利薩伯朝的劇作家，差不多都是抒情詩人，他們的戲曲是嵌着珠玉的。倘若他們不能自己製造那寶玉，則他們也有將牠從別處偸來，綴於新的衣裳的機才。而且這種寶玉是十分豐富的。偉大的，或者不如說大的，構造物，即敍事詩，劇，小說，有着盛衰。英吉利文學中的抒情詩則是不朽的，是永不消滅的無數的焰。這焰永不消滅，卻也變換色彩；有時一種色和別的色相混，那變換差不多是覺察不出的。有興味於分類這種事的人，在十七世紀的抒情詩中，可以看出三種區分來。第一是在偉大的本·準孫還活着，活躍着，且操着比英吉利文學中別的任何文學者都大的權威的時代。還有一個種類各別的同樣的權威，就是和準孫全然相異的敦。敦是不明確的，內省底的，律語上的叛逆者，準孫則是雖不受拘束而注意於形式的，思想及實行上的古典主義者。同世紀進行，而那些算是「本之子」，同時依了較不直接底，較不意識底的途徑，也是「敦之子」的人們，雖然保持了準孫的學識的外觀，卻喪失了那學識的幾分的力。他們又不能到達那希奇的難於模仿的詩人敦的微妙的力，反而因了他的纏夾的隱喻呀，措辭法的蹂躪呀，牽強附會的言詞呀，這種種他的顯明的缺點，有些腐化了。這照德來登所稱的（約翰生博士也曾借用這言詞）「形而上學」一派是應受其次的世紀對於他們的罵詈的。

於是來到詩人求明晰，和健全性和正則的第三時代。我們已經到達德來登而在赴頗普的途上了。文學的反動好像鐘擺，只是沒有那麼確切，那麼整齊。然而頗普的時代對於敦的時代的反抗，由後代的威至威士和哥爾利治之於頗普和約翰生的嚴格和制限，而差不多正確地返於平衡了。住在偉大的羅曼底時代的這邊的我們，是有將敦及其後繼者的黃金和寶玉全都發見出來，而以頗普精心鑄造的金屬爲沒有這麼貴重這一種傾向的。從批評的觀點，從純粹的素人底享樂的觀點，這是一種錯誤。對於一切詩人，一切藝術家，應當不管在他以前，他的附近，他以後的別的藝術家做了什麼，但憑了「他」的種類之中，「他」所作的最善的東西，加以鑑賞，批判，和尊重。在兩個種類不同的優秀的標本中，那一個較好的話，誰應當說，誰有說的必要呢？

這些文學上的系統，這些歷史底順序雖然是着眼於一種連續的我們的故事的一部分，但到達詩人的方法倒在用決定方向的極簡單的言詞，直接趨於他這里。寫這一章的最生動的方法該在提出詩人的大名及其幾首最優美的詩來罷。因爲他們的詩就是他們的故事。

最深最獨創底的英吉利的抒情詩人之一，是約翰·敦，他的晦澀和神祕主義是妨礙他的出名的。他在青年時代寫戀歌和諷刺。後來，他成了有名的說教師，便將其詩的熱轉化爲宗教詩。在十七世紀，宗教詩有過在其後英吉利的詩中稀見的熾烈的美。英吉利的讚美歌和別的形式的宗教詩，與其說是詩底，倒是敬虔的。以宗教底情緒之詩底表現而言，即在詩人叢多的十八世紀，直至法蘭西斯·湯卜遜到來爲止，可以找出和敦的此作相比較的作品來麼？我以爲還是疑問。

獻於父神的讚歌

雖說是還昔所犯，卻是我的罪的，
我起初的罪，你可以赦宥麼？
我曾經犯過的，雖然悔恨着而現在
依然犯着的這罪，你可以赦宥麼？
你赦宥了我時，你實在還沒有赦宥；
因爲我還有罪呵。

我蠱惑別人來犯，而使他們的罪
歸於我的這個罪，你可以赦宥麼？
我戒忌了一年兩年，而長年累月，
沈溺着的這個罪，你可以赦宥麼？
你赦宥了我時，你其實還沒有赦宥，

因爲我還有罪呵。
我有的是恐懼的罪，就是我紡完了
我的最後的絲時，恐怕我沒有贖罪，就絕命了呵。
但是請你自己發誓罷，我死時，你的兒子，
該像他現在一般輝耀着，
你這樣地赦宥了罪時你是眞的赦宥了；
我不再怕什麼了。

倘說敦沒有理解律語底藝術，而他那美得深切的節段則是經了支離滅裂的有缺點的音格，由熱情之火發出來，這一種話，我相信是錯誤的。凡他所着手的事，他都十分理解。他那顚倒的阿克生忒和破格的律呂是故意而且巧妙的。他當高興時候，能夠寫出和準孫同樣循規蹈矩的東西，像以

我耐不住最甘美的情愛，

因為對你感到了厭倦。

起頭的這等美句似的。

比起敦來，有歡樂得多的性質的僧侶，是極愉快的小抒情詩的過去的巨匠羅伯·赫立克。和揭載後面的詩同樣優美的，他寫了許多。這首詩我是因了牠的優秀纔選出來，並非代表他那愉快的氣質的。

致水仙

美的水仙呵，我們哭着，
見你這麼急速地逝去；
而早升的太陽
還沒有到達中空。
且住呵，且住呵，
待到疾行的
日子

行到黃昏時候；
我們一同祈禱以後，
和你同去就是了。

時是短的，和你照樣，
春是短的，和你照樣；
成長遇到衰亡是迅速的，
和你照樣，和什麼東西都照樣。
我們死去，
和你的時的死照樣，
消失下去，
有如夏日的雨，
朝露的珠乾下去，

不復可見了。

赫立克是最偉大的「本之子」。正如斯文本所說，他只消將懶洋洋的，粗疏的手按在他的師非常仔細地較準絃索的樂器上，抒情詩的調子這東西便「立卽感應於他的手的本能底睿智」了。倘說準孫是他的父，那麽，賀拉西及卡搭拉斯就是他的曾祖父了。他像拉丁的詩人似的，寫頌詩和結婚讚歌，獻給十餘名虛構的戀人，徹底地是異教徒，同時又是由衷的敬虔的基督教徒。他寫引用於近代的書頁上來似乎太混淆的諷詩，還作非凡的脆弱的詩。亞美利加的作者奧爾德立亦稱他爲偉大的小詩人。這是巧妙的言詞，但以或種心情看來，就會删除「小」這一個字的罷。

敦的弟子而對於敦寫過壯重的哀詩，但也避免他的缺點的卡脩，和赫立克同樣，是愛花的人，又是愛酒和女子的人；而路德派的三位一體的第三位顯然是現於他的作品中的。他的詩是柔和的光明的旋律底的東西。他的風味依然是在伊利薩伯朝風，是在已經褪色的時代的片影；然而他也預見聰明冷雋幾乎口語體的「世態詩」——這種詩的大家，就是赫然誇着十七世紀及十八世紀的普賴厄。

森次巴立氏以痛切的熱誠，歎着這時代的詩人這麼多數，這麼動人，而這動人的蠱惑力又往往是成於美而小的斷片，竟有誘惑我們以不均衡的偏重來詳論他們的危險。在這許多

喬治·赫伯特

有價值的作者的名也不能列舉的這混雜的概觀，我們不能長久逗留於後期伊利薩伯朝的合唱隊這里。對於後面以稀少的幾段說到的三個宗教詩人極迅速地掠過去，是煞費苦心的。

温雅而敬虔的詩人喬治·赫伯特，在我看來，沒有寫過一首怎樣顯著的詩；然而縱有不合我們的趣味而於他是誠實的那幻想底「奇想」，他實在是始終如一地甘美的。有更奇異，更難消的美的是作着不朽的明晃的嫩枝的亨利·服安的詩。諸君見到

有一夜，我看見「永遠」

好像純潔而無盡的大大的光明之環。

這樣的句子就覺得遇到了一個詩人了。

在理查・克剌勺之中，我們看出算是這時代的特徵的，世俗底及「異教底」東西和宗教底東西的結合或衝突來。克剌勺是寫過以

不管她爲何人，
支配我的心身的
是她也難說。

起筆的細巧的句的。

他還就聖德利撒寫過壯麗的詩，這是以聲調的充分的力唱出來的：

阿！
阿你這不屈不撓的欲望之女！

因爲在大叛亂（註一）之際，偶然是王的近臣而得名的所謂騎士詩人中，有薩克令及拉甫雷斯這兩個可記憶的人物。薩克令的戀歌有着生動的蠱惑力；這是世間底人物的抒情

底笑，卻從那和復古時代一同到來的犬儒主義全然解放。其最優者做的很清純，而損害這時代眞正美妙精巧的詩的智底「奇想」，並不過多。他的詩中算是典型底者是這有名的歌：

何故這樣蒼白憔悴呢，深愛的人呀？
請告訴我罷，你何故這樣蒼白？

約翰·薩克令

薩克令的許多作品，連劇在內，是十分難讀的。

（註一）從一六四二年對於查理一世的暴政的叛亂，至一六六〇年其子查理二世的王政復古之間的革命。

同樣難讀的是拉甫雷斯的作品的大部分。然而他的詩中有兩三篇可算是完全的：赴戰爭之際——

親愛的人，我不能深深地愛你，
我更不愛什麼榮譽。

還有從牢獄致阿爾提亞——

不要造石壁的牢獄，
也不要造鐵條的檻籠。

在這極希奇地連續着而因了戰爭極峻然地截成兩斷的世紀，赫立克的弟是馬味爾。他們的血緣是在他們對於自然，小鳥昆蟲及花等等單純的愛。倘若馬味爾的士螢和刈草人偶然印入於赫立克的書裏，誰也不會覺得是不相宜的罷。

你這有生的燈呵，在你的親愛的光傍，
夜鶯這麼深更坐着哩。

馬味爾是無比的庭園的詩人——

抛去了一切人工所造的東西，
轉心於綠蔭底下的綠色的思惟。

而害庭園的刈草人，則是對於庭園的反面的讚美。他有着寬廣的範圍。他的年青的戀愛提示着半世紀後，普賴厄所寫的上流社會的孩子，是可愛的。他的頌克倫威爾自愛爾蘭歸是莊重而印象深的，其接近於賀拉西的精神和樣式，大約並不亞於以英語寫的什麼作品。

在那時代受了非常的過高的評價，而在現代大抵受不足的評價的是考力。他在當時比密爾頓更爲有名，密爾頓從今日的眼光看來，高高地聳出於他之上，竟使他幾乎看不出了。然而他決不是可輕視的詩人。他的「品特風」的頌詩至少有着巧妙而熟練的構造，如果在其次的時代，德來登不曾更遒勁地，頗普不曾更嫻熟地做出所謂英雄底對句這東西來，則他那有單調的抑揚的押韻對句，就該更顯得優美了罷。考力是劃了，或者不如說造成了從形而上學底時代（註二）向理性時代的推移的人們之一。因此，在他的同代人看來，他是新而可驚的現象，是不足爲奇的。然而他卻失去了自己所離棄，而事實上正在衰亡的那一類的詩的力，又沒有到達那在他不知不覺中，凡有英吉利詩對着移動的目標。

（註二） 指着寫以形而上學底奇想和超越常軌的空想爲特徵的這一類詩的十七世紀詩人輩出的時代。

還有一個推移期的詩人是登安，他的作品只有押韻對句的發達上歷史底興味。窩勒的作品的興味也同樣，但他是那時代最機敏的對句的操縱家，他是聰明的作詩家；他有一種實際底本能，那告知他這一類新詩快要成爲「代表物」的。像法蘭西人馬雷布一般，他喜歡將自己看作純正的天生的古典主義之聲。他的對句是瘦縮而喀喇作響的。然而他的兩篇抒情詩，走呵美的薔薇及腰帶中，卻有着眞正的詩的味。

如果這些推移期的詩人從纏繞古詩的僞隱喻的荆棘之中遁出了，那麼他們也就將野生的花和蜜蜂留在後面了。然而有一個大詩人卻保存着那劇底力，那抒情底美等等許多古昔的榮光；同時又是無可凌駕的新時代的巨匠。這就是德來登。還有和史本廋，莎士比亞，準孫等一同，是幾乎全然古昔的人的更加偉大的詩人，就是密爾頓。

第二十九章 密爾頓

密爾頓呵，你現在該還活着罷。

——威至威士

密爾頓的生涯經歷了十七世紀的四分之三，照我們現在看起來，他是他的時代的巨人，莎士比亞以後的主要的詩人。他的傳紀比起許多的詩人的傳記來，更爲重要，更有趣味，因爲這是和他的時代的那歷史有關係的。確然，凡有詩人受其所住的世界的影響，是他的時代之子，而有些詩人則參加着實際的事業。然而密爾頓的生涯倒可以算是十七世紀的精神底歷史的基礎罷。他在青年時代是優秀的學者，早熟的詩人，精神上伊利薩伯朝的人物。他最初以印刷物出現，是在一六三二年附於莎士比亞的第二兩折本的頌詩。他寫了 L'Allegro（愉快的人）Il Penseros（悲哀的人） 和力息達斯等極巧妙的短詩。他如果死於那時候，則在英吉利的抒情詩人之間，就該獲得高高的地位了罷。一六四二年，當國內戰爭勃發時，他加入於叛徒一方面，在二十年之間背棄了繆斯的神，爲了自由將他的精力獻於小册子。他一部分因作克倫威爾的外國語方面的祕書官而勞作的結果成爲盲目。當克倫威爾共和國沒落而王政恢復時，憑了友人的盡力又憑了官吏們追求比貧困的詩人更大的獲物這事實，他從刑臺得救了。他於是隱退，送他的餘生於失樂園，恢復的樂園和大力士參孫等等他的傑作的構造。這樣，他的生涯是分爲相當於同世紀的政治底歷史的三個時代的，即伊利薩伯朝的黃昏，共和國，和王政的復古。

密爾頓的初期的詩並無年青的拙陋的痕跡；他是直截地發見了他的抒情詩底天才的。他二十一歲時所寫的讚基督降生的早晨，極其壯麗，預兆着後來將基督教的主題編入於敍事詩的這詩人。愉快的人則充溢着生的歡悦：

在晴朗的假日，
少的老的出來遊戲，
直至長日的陽光傾斜，

密爾頓

於是去喝香冽的栗色的麥酒。

這教我們想起，清教並不一定是對於地上的歡樂懷敵意的。而密爾頓自身就是清教在其初期的階段並非藝術或思想的自由之敵這一種證據。這本來是廓清教會，矯正明白的弊害的一種運動，卻也有其熱狂底的一面，經馬可梨以下面那樣有名的斷定戲畫化地說出的，就是：清教徒所以對於弄熊（註一）提出抗議者，並非因其傷熊，卻以其娛人云云。清教徒對於劇場的反對竟至於封閉劇場，而以看戲爲一種犯罪了，這並不是對於劇底藝術的反對，卻是對於事實上已經腐敗了的制度的道德底反抗。密爾頓如後列數行所顯示，嘗愛劇場：

於是再赴踏煞的舞台，
如果穿上準孫的博學的襪，
或者美妙的莎士比亞空想之子，
唱着故鄉的鳥的歌調。

一個人是藝術家，是愛生者，同時又是清教徒，這是可能的。在史本塞及錫德尼中，有強的清教底要素在。而對於清教發展起來不免陷入的偏狹的無知，他們該不至於比密爾頓更有同情罷。在密爾頓和十七世紀的別的詩人，宗教不是嚴格的苦痛，卻是嚴肅的歡悅。從悲哀的人錄下的下列這文句，教我們想起他自身是受音樂的訓練於父的一個鋼琴的彈奏者：

在苦修的庵的地界，
我兩脚不倦地走，
愛賞那射着幽玄的微光的，
裝飾着故事圖畫的窗牖，
以及支着堅牢的古柱的，
高高的圓形的屋頂。
其下在高聳的功課和清朗的頌歌裏，
響亮的樂器合着
悠揚的合唱隊彈奏，

經了我的耳朵，彷彿
那音色將我消融在悅樂裏。

（註一）縛起熊來使與犬戲弄這一種遊戲。

密爾頓的初期的詩中，最有力的是哀悼一個友人的死的力息達斯。這是英吉利文學中三大哀歌之一；別的兩篇就是雪萊的亞陀尼斯，和丁尼生的紀念。為個人的娛樂而寫的假面劇科馬斯，顯示着密爾頓對於伊利薩伯朝的劇的密切的關係。假如他早生一代，則他一定該是劇作家了罷，因為他在晚年所寫的大力士參孫中，顯示着這種能力哩。

失樂園是有古典底敍事詩的品位的以英語寫的唯一的敍事詩。雖然那主材是聖書底，這與其說是像普通有些無謂地互相比較的但丁的神曲，還不如說是像古典。密爾頓將創始記中以數語述說的故事取來，做成十二本壯重的無韻詩。主要的題材是希伯來的基督教徒；那英語非常健全，竟至於被認為詩底措辭法的標準了。然而那構造，那方法，繁夥的隱喻及暗示卻是純然異教徒的。夏娃比判多剌（註一）更美，亞當及夏娃的「創造者」是和「朱匹式大神的眞實的火」見於同頁上的。這故事是誰都知道，結構上也沒有什麼問題，而我們的目的單在玩味密爾頓的言語上的美，因爲這緣故，我所要提示的是善讀最初的四書就儘夠

亞當和夏娃

了。至恢復的樂園則沒有失樂園的明麗的美。這是偏頗的話，然而有着並不遜於查理・愛略脫・諾吞的學者的權威，諾吞是以爲失樂園的兩書足以將其全體的觀念給與我們的。但是我們也不能省略第三書的開卷，這就是盲目詩人求宗教底光的祈願。在各書中都有燦爛的節段。除卻基於天才的獨合點和密爾頓全然缺乏自己批判底氣質這事實的，有些單調的文句以外，他將他的「壯大的文體」維持到底。我們是爲文體而讀失樂園的。爲什麼呢？因爲主題的興味在今日沒有像人相信這是福音

的眞理時那麼強烈了。在我們看來，密爾頓的獨創，在其辭句以外，是他對於惡魔的性格的展開；這惡魔是那詩的眞正的主人公。亞當和夏娃不過是犧牲，而神和天使則是影一般的。惡魔委實非常的生動，是行動全體的首要的原動者。

（註一）據希臘神話，判多剌是朱匹忒大神所創造的世界最初的女人。

密爾頓的最後的傑作是大力士參孫。遺留了比這更崇高的告別辭而去此世的詩人可還有誰麼？他是在盲人參孫中，劇化自己的盲目的。這是以英語最接近於悲劇的作品，而以沈靜的調子終篇的：

靜心呵，凡有熱情是用完了。

密爾頓是當時重要的散文作家，又是雄勁的辯論家，小册子的作者。當時是熱烈的議論盛行的時代，其有些議論是冷落了，有些則爲惡劣的混合物所淆汚。然而他的有些論文和演說卻還未失卻光芒，其一是不滅的灼熱放光的關於印刷的自由的 Areopagitica，於信仰言論自由者，這就是永遠的宣言。「殺人類者殺的是有理性的生物，是神的影；然而破壞良好的書者，殺的卻是理性本身，是神的像。」在幾乎三百年之後，我們也還發着密爾頓的這質問：「怎樣的行政官不會聽受虛僞的報告呢？倘若印刷的自由掌握於寥寥的權力者之手，不是愈加容易這麼着麼？」在威至威士的美的文句：

你的魂像星一般離開住着。

中，是有詩底眞理的。

然而就事實問題說來，密爾頓的生涯的中心二十年是在熱烈的鬬爭中，而且他是以無可超越的智力挺秀於凡有英吉利詩人的中間的。

第三十章 十七世紀的英吉利的散文

全創造是一個神祕，而人類的創造尤其是。回顧古昔的時代，默想我們的祖先，是合宜的事。

——托馬斯·布牢溫

詩和散文的一個大差異是在詩不失新鮮而超越時間，至於散文則從一時代往其次的時代，易於失卻生氣，變成陳腐或不合時代性。倘若近代的詩人寫一篇密爾頓的短詩似的真正優美的短詩，則這會有剛出爐灶的麵包塊一般的香味的罷。然而出席於國會或勞動大會而用密爾頓的文體滔滔辯論者，就該是出人意外的獃子，比以現代的文體辯論者還獃的獃子了。在我們和十七世紀散文作家之間，橫着或照耀着十八世紀的明澈的散文。對於十七世紀散文的趣味是習得的文學底趣味，然而也是值得習得的，尤其在查理·拉穆勸誘諸君嘗試的時候。拉穆所欣賞者之一是羅伯·柏吞，他稱柏吞為「幻想底的偉大的老人」。柏吞的悲哀的解剖是曾經寫出的最不悲哀的書之一；這是偉大的拔萃書，是著者讀破無數的古書而精選出來的文粹，充滿着奇想和雄辯，全由和蒙旦的氣質幾乎同樣獨創底，同樣有蠱惑力，卻沒有那麼沈靜，那麼哲學底的氣質結合攏來的。

托馬斯・布牢溫

稟受不可思議的辯才，有更反省底，哲學底氣質的人物是托馬斯・布牢溫。他的 Religio Medici（醫師之學）（布牢溫是醫師）和骨壺埋葬是富於警句而有品位，卻決非獃笨地嚴肅的關於生和死的深邃的瞑想，以既壯大又奇怪的英語寫出的。將布牢溫的關於睡眠和夢的反省與關聯於弗洛伊德（註一）的有名的近代心理學的許多書相交換，人該不大願意罷。我們將死叫作睡眠；然而這卻也是殺卻我們，破壞那些算是生的住家的精神的覺醒」表示他之以沈靜的心超越俗世的，就是在他的任何作品中，沒有他經歷那大叛亂時代的形跡這一個事實他和密爾頓以及別的許多同代人不同，是立於教會和國家的鬬爭之上的。

〔註一〕 是現代偉大的心理學者，又是精神分析學的創始者。

稟有偉大的文學底天才的兩個人物，耶利米·泰羅和托馬斯·佛勒沒有相當於他們的那麼知名，這是因為他們的文章大都用說教的形式寫成，而俗世的讀者，不論他信仰如何，不論他怎樣喜歡傾聽日曜的說教師的言詞，總是不喜歡讀說教的。然而泰羅的神聖的生活和神聖的死卻也有着將其運出說教壇之外的文學底質素；而佛勒在其神聖及瀆神的諸狀態中所流露的世俗底機才，以及他的英吉利偉人的歷史也使他為拉穆和哥爾利治所深愛，這是儘夠算得推薦了。

如果人們照例不喜歡讀關於宗教和道德的書，則關於釣魚的書，他們一定是愛讀的。伊紮克·窩爾呑的釣師大全在非內行的漁師和從未釣過一回魚的文學的愛好者之間，不經地博得聲望。這本書裏還包含着釣魚以外的許多事情。窩爾呑是極愉快的人物，傍了他坐在岸邊，傾聽他的話就是一樁樂事哩。他在那傑作以外，還寫過敦赫伯特及其他的可愛的傳記。

這時代的偉大的思想家，培根及陸克間最傑出的哲學者是托馬斯·霍布斯。他的作品大部分屬於我們的範圍以外專門底哲學的領域；他又沒有使哲學變成文學底藝術的文體的蠱惑力。然而他的書之一，利未阿然卻是屬於文學的。這是關於國家和共同社會而最初以英語寫的有同情的述說。這憑了喚起同情或反對的緣由，影響到凡有後代的政治哲學。那中心思想是在，國家是至高的，是併吞個人的怪物，或「利未阿然」（註二）；這並非是關於國家或政府應當怎樣，卻是關於事實上這常是怎樣的優美的說明。霍布斯雖沒有文體的美，卻是完全可讀的，他的勁健的明晰多少有些憑藉於他那終生的對於修昔的底斯的研究。

（註二）　舊約全書約伯記第四十一章，詩篇第一百六十四篇中說起的巨大的怪物。

十七世紀的多數散文作家的文體，雖然有許多是雄辯而美的，而且拉穆和哥爾利治和其他十九世紀的作家從這里有所學得，卻不是我們如果能夠寫時所要寫的這一類文體。然而在十七世紀的後半，出現了一個作家，他的散文在構造，律呂及語彙上，我們該樂於模倣的罷。這就是德來登。

第三十一章　復古時代的英吉利文學

以韻文而言古時代的黃昏時，

以散文而言近代之頁的黎明時。

——阿農

這一章很可以稱爲「德來登的時代」的罷。爲什麽呢？因爲斯圖亞特王恢復王位的事，不及德來登之在那里祝賀那事件爲重要。他是這樣的傑出，也可以說，他的同代人這樣的不及他的傑出，竟使他的名在文學上成爲這時代的名稱了。在這里，我們記憶着罷，時代者是互相交錯的；人生並不依了日曆而營生活，文學也不依了日曆而產生作品。年青的德來登認識了，而且稱讚了年老的密爾頓，至於年老的德來登則完成了押韻對句而成爲十八世紀的詩的祖父。在這一章的冒頭的對句第一行是不十分確當的，因爲以詩而言，以散文而言，德來登都是眞實的革新家。他的詩所以似乎褪色，或「黃昏模樣」的理由，是因爲經由他，且在他的背後，我們見到他用所有的天才也不能怎樣比敵的古昔的劇和詩。他的天才廣汎而多樣。他寫過抒情詩，諷刺文，戲曲，和批評底散文。

他的抒情詩帶有過渡時代的性質，直至多年之後，像聖塞息力亞祭日歌和有着

None but the brave deserves the fair

（唯勇者應得美人）

這有名的文句的亞歷山大的饗宴似的音樂底的壯重的東西，我們纔在英吉利詩中見到。德來登的押韻對句是遒勁而柔順的，他將那形式用於英雄底悲劇和那並非最高的詩，卻含着英文學中有些最機警的文句的猛烈破壞的諷刺之類，極其多樣的主材。在他的措辭法上，有着非常的精確，例如從他痛責一個貧詩人的麥克弗來克諾引來的下列文句的"deviate"這一字。

The rest to some faint meaning make Pretence,

But Shad well never deviate into sense

德來登的戲曲於他的時代，較之於現代更有興味；在算是盲目底的莎士比亞崇拜者的我們看來，他在全都爲了戀愛中，將安東尼和克利奧佩特刺的故事改頭換面，似乎可說是太不要臉。然而極優美的戲曲，他卻做成功了；這對於莎士比亞的作品優劣如何，不成什麽問題；依其本身的權利，這是優美的。

德來登

德來登是英吉利最初偉大的批評底論文家，他所寫的論劇的東西較他的劇更有興味。他的劇詩論及別的文章，在英吉利的批評和英吉利的散文體上劃一時代。他的時代和他以後的一世紀是散文的時代；而他是最初出現的散文的巨匠。

寫劇的德來登的同代者大都在我們不過僅知其名而已。喜劇這樣過時極快的東西是沒有的，兩世紀中趣味的變化儘足以將復古時代的戲曲大部分送入忘卻之淵了。只有特殊的研究者投到那里去，將那些東西取到光明中來。然而當時一個年青的劇作家卻有着保持輕脆的「世態」戲曲而不朽的機才，這就是威廉·孔格雷夫。他的戲曲底對話是有着晶瑩的光輝的。他的表裏的人及世間的道途是罪惡一般聰明的。在那時還擁有強大的力，見劇場的放縱而戰慄的清教徒看來，復古時代的劇都似乎是罪惡的；在我們則以爲這單是聰明的，而有時滑稽的罷了。

文學底藝術家和其他的藝術家，大都是享受教育——無論這個很廣汎的詞包括什麼——的利益的有教養的人物。當博學多識的密爾頓正作他那最後的偉大的詩，而世間富於機才的人們正作燦然的，有些乖巧的劇時，班讓的無學的天才中表現着庶民底宗教。天路歷程是在一六七八年，卽密爾頓死後四年，和德來登的全都爲了戀愛同年出版的。德來登有否聽到過班讓，還是疑問，而德來登或當時任何別的紳士底學者的作品，班讓一字一語也不曾讀過，則從理論上說來，是確實的。班讓屬於庶民，屬於不知或嫌惡多數的世俗底文學的世界，然而這是極多的人所住的世界，從中班釀便發見了人類。天路歷程成爲第二的聖書了，而班釀是從第一的聖書，又從日常的言語學到自己的文體的。這是用口語體寫出，構造直截，而以聖書的文句施着裝飾，適於他的目的的好文體。那主題是表現基督教徒的生活的苦鬬和最後的勝利的夢的寓話。以大體而言，在其將傳教的使命負於可讀的故事的背上這一點，這是成功的寓話。那宗教底興味已經消衰了，然而那純眞的文學底藝術卻還遺留着。凡於基督教徒的靈的生涯沒有什麼興味的人們是能夠愉快地讀天路歷程的。

班釀

在文學故事之中，最有興味的插話是偶然的事。班釀以宗教底眞理爲目的而到達於文學底不朽是一種偶然。比這更異常的偶然是撒母耳·皮普斯的日記，這不是作者想要刊行的作品，直至十九世紀的初葉方纔被發見被闡釋了。這在最近百年之間，是和皮普斯時代的偉大的任何藝術品，同樣地被愛讀的。這是極龐雜的一種饒舌的閒話，然而皮普斯沒有知道如此，至少也沒有想要如此，卻將大大小小的事情的記錄給與我們，且作了他的時代的偉大的綜合繪畫了。這皮普斯，班釀，德來登並且孔格雷夫是同時代的孩子——哪哪，思想這臥床是寬闊的，而其中不可思議的孩子們臥在一起。

第三十二章　十八世紀的英吉利的散文

當代的最大偉人委實是約拿單・斯尉夫特。

——喀萊爾

在英吉利文學上，十八世紀是散文的時代，所以這麼說者，並非因爲詩很拙劣，卻因爲散文極優美。在同世紀的初葉的最大的巨匠是斯尉夫特。對於葛利佛和渺小到葛利佛在其間成爲巨人了的那些小人島，力力帕特的人們在一起，或和葛利佛在其間顯得小人一般的那些巨人們在一起的冒險覺着欣悅的一切兒童們，葛利佛的旅行是愛讀的古典。成人的讀者知道葛利佛的船裝載着辛辣的批評，而這書是加於人類之上的破壞底諷刺。將馬當作眞正的百姓而雅胡這一種人類則作爲他們的齷齪的婢僕的豪印謨國的記事，是有着英吉利文學或任何文學上無可倫比的野蠻的力的。這一種力的祕密是在，那里沒有顯現的憤怒的形跡，又並不高揚聲音，調子是冷靜，譏嘲，而抑遏着的，只當斯尉夫特的滑稽的意識勝過他時，有些愚弄的閃光加以變化。

話雖如此，斯尉夫特的諧謔中卻有些笑味在，而他自身則差不多沒有笑這一回事的。因了他的過分的誇傲，（對於這，他有着權利哪！）因了他在教會內沒有昇擢到高位，以及他自知有或種形態的狂氣這些事實，——因爲他自知這樣所以他不結婚罷——他的生涯陷於不幸。然而使他憎惡嫌厭稱爲人類的這動物者不僅是個人底不平而已。他以冷靜的眼和熾烈的憤怒的奇妙的結合，見到我們是怎樣愚昧的生物，毫不容情地鞭打我們。可是毫不容情倒也不能說，因爲在他的表面的冷酷之下是潛伏着深切的憐憫和同情的氣質的。他還有着對於他的友人的堅強的情愛。照他所說，他愛托穆，愛狄克，愛哈立，卻憎惡人類。可是爲了他裝作所輕蔑的，然而崇拜他的那人類，尤其是爲了對於愛爾蘭人的正義效勞，他也往往用他的筆。說是該喫掉愛爾蘭人的兒童纔好這一個他的「謙遜的提議，」正唯濃了其間的殘忍，乃是對於英吉利人的殘忍之猛烈的攻擊。桶的故事是對於羅馬教，英吉利教及喀爾文教等，教會的三個分派的弱點的諷刺。雖然爲了主材的緣故，這於我們不及葛利佛有趣味，然而這卻是斯尉夫特達於他的頂點的作品，而他至老年叫着「我寫這書時我有怎樣的天才呵！」的時候，他是十分對的。

給斯忒拉的日記同皮普斯之於恰在其前的時代一樣，是爲了當時的詳細的歷史和閑話，所以重要的。而且這顯示着在一切的心氣中的斯尉夫特。可是這是不可思議的緘默的書，從這里，或從別的材料，我們是不能察知斯尉夫特和美麗的斯忒拉（厄斯忒·約翰生）的關係究竟怎樣的。關於偉大的作家們的私自底生活的穿鑿的喋喋，我們無所用其關心；憑了他們的作品，我們就可以知道他們。然而斯尉夫特的生涯的理解，於他的作品的理解上，卻是必要的。而且對於這個人物的誤解，就生出對於他的天才的誤解來，正如塔刻立的壯麗的，但也錯誤的論文中所說。斯尉夫特的滿意的傳記還未經人寫出，恐怕永不會得寫出的罷。他的作品是強烈地個人底實際底，卽以算是突出他自身之外的故事葛利佛和桶的故事而言，無論何人的作品和其作者的性格有比這更密切的關係者是沒有的。因此，他的傳記是比大概的文學者的傳記更値得研究，値得調查的。我們將他研究愈深，就愈將相信他以堅忍不拔的心忍受強烈的苦惱，而他的冷酷的殘忍是掩蔽寬大而親愛的性質的。他所憎惡者不是人類，卻是虛僞，他自身乃是非常正直的人物。這一種正直於他的文體上有着直接的影響。他的文體簡明，直截，沒有矯揉或虛飾，以美而言，爲更其詩底的作者所超越，但以其赤裸裸的強健的力而言，卻是無可比敵的。

和斯尉夫特的健實的力成對照者，是約瑟·愛迭孫和理查·斯提爾的輕快和優雅。他們的聯合的工作（和別的投稿者一起）是斯配克推透，這是小論文和簡短的廣告及通告所湊成的小日報。在當時，近代的報紙似的東西還不曾有，英吉利的紳士在早餐的桌上所看到的不是泰晤士報，卻是揭載關於風俗，道德，書籍，宗教和性格的清楚的小論文的斯配克推透。這連續出了約兩年光景。愛迭孫及斯提爾（尤其是愛迭孫）是道德家，他們的目的是在一面娛人，一面教以上品而優美的趣味。而且他們的諧謔，是自發底，乃至熟慮底地批評底，哲學底的純正的諧謔。最優的文章之一是愛迭孫論機才和諧謔的文，這是以這明哲的語句開端的：「各類的文章中，沒有一種文章，作者在那里是較之在諧謔的作品更懷着勝人的野心，而同時更易陷於失敗的。」在斯配克推透的投稿者，失敗的事是稀罕的。他們含着微笑的智慧至今還清新，這是因爲社會的缺陷極少變化，（不論斯配克推透氏矯正這些缺陷的努力如何）又因爲這些論文是以難模倣的輕快的嚴正寫出的緣故。約翰生博士以爲要寫好文章，我們得日夜用心於愛迭孫。這博學的博士是氣質極重厚的人，未必依自己的勸告獲得什麼利益，然而這卻是優良的勸告。我們不能將斯蔚夫特當作模範罷；他於我們是太大了。斯配克推透，那愛迭孫及斯提爾的較多的投稿，和學這些巨匠的風格的較次的人們的文章乃是沒有混汚的英語之優美的或則清澄的泉流。這些論文有的是德來登及拉穆之間最優的批評。爲什麼呢？因爲雖然愛迭孫的好惡並非我們的好惡，（這不消說，「是他的，」）他卻理會了抓住作者的核心或本質，而以數語表現之這一種方術。在描寫善良的鄉間紳士的安靜的生活和天眞的冒險的得卡味力紙之中，我們見到性格及社會底背景等，小說的最重要的要素。別的重要的要素，卽結構則欠缺着，因爲那些插話是斷片底地散在斯配克推透中散漫地相關聯的論文，這緣故。叟羅哲爾（註一）單單平常地生，平常地死，而他倒是英吉利的小說中最眞實的人們中的一人。

（註一）曳羅哲爾得卡味力是斯配克推透中假想底俱樂部的一員，經斯提爾描成輪廓，愛迭孫加以發揮的人物。

「將哲學從小室和圖書室學校和大學帶出來，使住在俱樂部和集會中，茶席上和咖啡店裏，」這是斯配克推透氏所聲明的抱負。這是以其最廣，最一般底意味，恐怕也是最明哲的意味詮釋哲學的。在當時，有因爲領會寫文章的方法，所以屬於文學的一個專門家的哲學者，喬治・柏克立。他是否大哲學者，這是我們留給一班哲學者去討論的問題；他那可辯論的觀念論是在我們的研究範圍之外。然而他是英吉利散文的大家之一這一層，卻沒有爭論的餘地。英吉利及德意志的哲學大都是誇大而難讀的，柏克立的視覽新論及人知的原理並且他的一切作品則是玻璃一般明澈的。

善良的僧正柏克立是沈靜，深省，在論辯上完全自制的人。畢生從事於論爭的達尼爾・笛福缺乏柏克立，愛迭孫以及斯提爾的美，但他的力無可倫比，竟使他的許多小册子即在主材已成死的問題以後也還有生氣。然而我們記憶到笛福，並不作爲小册子的作者，卻作爲魯濱孫・克羅沙的著者。這大約是最被廣讀的英語的作品罷。我們只消一舉其名就使自己想起牠的價值和牠給與少年時代的我們的歡悅了。我們到成年時，因爲理會了牠的技巧，就愈加愛讀牠了。小說和故事大都是在社會在人們當中的個人的故事。魯濱孫・克羅沙則是孤獨裏的個人的故事。牠的英雄氣質，是我們誰都讚美，但只有少許人纔有的資質，即自恃的心。笛福有着奇妙的寫實底空想。魯濱孫・克羅沙據說是以名叫森爾刻克的水手的經驗爲根柢的，然而現實的印象並不靠着任何可以想像的事實上的基礎，卻靠着發明出似乎像事實的詳細的情節來的笛福的創意。如果我們詢問自己的記憶，我們就覺得，自

魯濱孫・克羅沙和足跡

已是常常相信魯濱孫·克羅沙的故事「如此」的，覺得在砂上發見足跡這一件驚異的事，並非故事的無人島上的發明，倒還是和哥倫布的發見亞美利加相類的可信的事。同樣的細微曲折之感是將生命給與較魯濱孫·克羅沙興味有限，卻也有迷人的生彩的書，疫病之年的日記的。當疫病之年，笛福還是小孩子，對於那可怖的時代，憑本身的經驗一些不會知道什麼，然而這書卻是彷彿他親歷其境一般作響的。我們讀船長沈格來登彷彿身在亞非利加，（這地方笛福恐怕未嘗見過罷），而騎兵的回想則全然像是歷史，竟至欺騙了苶坦謨卿和許多較不諳練的讀者們了。笛福的較小的作品是被魯濱孫·克羅沙排擠到一旁的了，然而這些卻儘夠造成較小的人物的好運。假如他現今活着，他該使GH威爾士之類的人們小心看顧他們的桂冠，而且當然該是名新聞記者或通信員了。笛福是最初偉大的寫實底小說家，最低地看來是煽情底小說家，最高地看來是天才。他的興味與其說是在性格，寗說是在冒險，他的人物在外觀，在行動是眞實的。然而對於人物的靈魂，他卻差不多沒有關心。

進到心的內面，尤其是婦人的心的內面的最初的英吉利的小說家是撒母耳·理查孫。

距他一世紀前，劇作家曾經研究而且描寫性格；在詩則人間的富於生彩的描寫至少也回溯到綽塞；一切小說的材料及用短的形式委實圓滿的對於牠的處理表現於薄伽邱；他是憑了翻譯，凡有文學底的英吉利人都所知道的。有想像上不可能的英雄底的主人公的散文羅曼斯，追溯到中世紀。然而如果什麼都有起始，則英吉利的小說始於十八世紀，而理査孫便是牠的父。克拉里撒是以英語寫的最初的感傷底大小說，那興味較之在結構或冒險，倒還是在女子的情緒。結構是極單純的，放蕩子加於貞潔的姑娘的迫害就是。這是以書簡這一種在我們以爲沈悶的形式寫的，是最長的英語小說之一。其中沒有一些諧謔的光芒。雖然如此，姑娘克拉里撒卻是活活的。她的哀切的故事不獨在英吉利，還在法蘭西及德意志立卽風靡起來，而有極大的影響及於近代小說。司各脫及擺侖以前的英吉利的作家，其生前在國內及國外博得這樣廣大的名聲者再也沒有什麼人了。

理査孫的初期的作品帕米拉（一名受酬報的德性）以其感傷底的道德而論，幾乎是悖謬的，但不獨因爲這作品的成功鼓勵理査孫進而從事他的傑作，且因爲這喚起了最大的英吉利小說家亨利・菲爾丁的最初的喜劇底小說這緣故，這卻也是重要的。在帕米拉中，貧苦的姑娘不受主人的預付的款，而她的德性的報酬便是主人和她結婚。這故事有着價值，其主要者就在對於女性的性格德行，及其實際底淑愼的忠實。爲了這故事的本身，還爲了這在小說史上的價值，這是值得一讀的。可是我們也無須震於什麼偉大的聲望，帕米拉是較之我們現在可稱爲良好的影戲本事者，好不了幾多的。

帕米拉的君子神氣觸着了菲爾丁的癢處，他在約瑟安德魯，便倒轉了那境地而將善良的青年作爲布貝夫人的愛情的對象。假如他卽此爲止，他該不過將諷刺底喜劇或揶揄底改作給與我們而已罷。然而想要和理查孫開頑笑這一個本來的意志，他卻忘掉了，或則從這漸漸離開了，而他竟寫出了性格和風俗的眞實的小說。他的興味，我們的興味，與其在於約瑟，倒是在於斯立普斯洛普夫人和算是不朽的創造物的牧師亞當斯。在約瑟安德魯中，菲爾丁發見了自己的手法，他在托穆準茲就將發展的那種特異的天才。

我們寫述到自己所稱賞的書時，將「偉大」和「最大」這些文字用的太頻繁，太無判別了。然而對於有儘小說所有的一切價値，而凡堅實的小說家在百五十年之間以讚嘆和羨望的眼看望的托穆準茲，另外可用的文字却沒有。給形於英吉利的小說者就是菲爾丁。他給種種的書籍所作的序言底論文是餘技，這所謂餘技是近代的小說家不會因以妨阻他的故事的；菲爾丁又在十八世紀享受了他的性質之勁健的正直所必需的表現的自由，其次的世紀所禁遏的自由。正如塔刻立惋惜似地所說：「托穆準茲的作者安葬以後，我們之間的小說家是誰也不被允許儘其力量來描寫『人間』的」然而在托穆準茲以後的大部分諧謔底的英吉利小說中，菲爾丁的影響却也是可以辨認的。他的人物不獨是屬於十八世紀的英吉利的而已，他們還是今日及明日的人物。菲爾丁本人是極有興味的人物，是率直公正的「判官」，他從此世的罪人所得的經驗就使自己的同情加深，使自己的理解加銳了。他冷嘲地洞察人生，但他的觀察力公正而寬大，他的冷嘲是沒有辛辣之處的。

和稱爲散文的時代同樣，十八世紀也可以稱爲笑的時代。爲什麼呢？因爲除理查孫之外，差不多個個文學者都天生着可笑味這東西的。可笑味者就是生的味之謂。那時代的強健的諧謔家是遠小於菲爾丁的藝術家，但和菲爾丁同樣，算是人間的銳敏的觀察家的托拜阿斯·斯摩勒特。他有一時期，做過海軍的外科醫的助手，他在海軍裏學知英吉利的水手的性格，對於他們他是最初用其粗雜的諧謔來描寫的。他是航海作家，是那包括庫拍和馬立阿武和約瑟·康拉德在內的同行的第一人，那些同行們，不消說，是沒有像斯摩勒特所大膽發揮的那麽粗魯的。斯摩勒特還知道陸上的人們，他的傑作漢符理·克令刻的背景，不是在海上，卻是在蘇格蘭及英格蘭。他的其他有名的故事，羅德力·藍頓和拍勒格麟·畢克爾是於胃弱的人們太硬性的瑣話，然而這些故事卻也充滿着生命與行動，而司各脫和迭更司非常加以讚賞，迭更司描寫怪奇的，但也人間底地眞實的人物的技巧，有些是從斯摩勒特學得的。

笛福，菲爾丁，斯摩勒特和斯尉夫特的共通的特徵，至少以他們的文章的構造和組織而言，是他們的遒勁的健全和強健的常識。羅棱斯·斯滕的諧謔是壯麗奇幻而怪僻的。特立斯特藍·善狄是最愉快的傑作之一，大約也是世界上最狂放的傑作。這書沒有什麽表面上的秩序，但在從一個主材向別個主材飛躍這一點，是任性而不協調的。然而斯滕卻了然於自己在做什麽，在他那表面上的兒戲之下，有着最深的統一，有着特立斯特藍的父以及永久可愛而心地單純的老感傷家，伯父托比等等的強性格的柱梁。斯滕「臉頰裏抵着舌頭」（註一）有時還做着一個斜眼而寫出文章來。然而他的舌頭一動，這就是最雄辯的舌頭之一了；在他的眼中，也沒有眞正的惡光。感傷底旅行是簡短的半自敍傳式的遠旅，在這里，沒有特立斯特藍·善狄那麽許多文體上的幻變，以哀感和諧謔而言，則斯滕達於他的極頂。

（註一）這是英語中的成語，意謂兒戲。

像後代的感傷底諧謔家塔刻立所嫌惡似的嫌惡斯滕，而對於那毁損他的天才的樣式主義，吹毛求疵是可能的。但要不喜歡撒母耳·約翰生和奥立味·哥德斯密那些可讚賞的友人，而且不論他們的缺點怎樣，要不承認他們貫澈尋常健全的散文的傳統這事情是不可能的。

約翰生博士是十八世紀後半的智底生活的龐大的中心，而那時代批評底標準的體現和統率者。有各種標準的一世紀半的批評，和較精細的美的意識將他從我們隔離，他不復有他的同代人幾乎禮拜一般地奉讓給他的權威了。他的最優的書是波茲衛爾所作的他的傳記，這是一句眞實的話。倘說這是文學者的最優的傳記，那理由不但在波茲衛爾有一種恰當的才能，和描寫他的主人公這一種虔心，還在他的主人公實際上是偉大的。是偉大的人物，是談話家的巨擘，卻並非偉大的作家。這是因爲約翰生是沒有遺留什麼重要的藝術底作品的唯一重要的文學者的緣故。他的辭典是他的勤勉和學識的紀念碑，附在那里的序文反響着他的人格；然而辭典卽當其中的定義是有味模樣獨創底那時候，也不是藝術上的作品。他那曾經有名的小說剌塞拉斯是單調的。他那模擬斯配克推透的論文是重厚而缺乏初期的巨匠的氣品的；最奇妙者，約翰生最優的會話的愉快氣分也差不多沒有他的詩人的生涯，大部分逃着小作詩家，除了作爲他的趣味和他的時代的趣味之歷史底記錄以外，差不多是陳死的東西。他的詩是不值得注意的。雖然如此，他卻是偉大的人物，是波茲衛爾所保存而當時最明智的人們所敬愛的人物。

哥德斯密是除了他那糊口的雜作以外，在他手所觸的一切東西的藝術家。威克飛爾德的牧師以其羅曼底結構和諧謔底性格描寫，是比大概魯濱孫·克羅沙以外十八世紀的什麼小說都更被廣讀，更多增版次數的小說。不能愛好這作品的世界上恐怕就是馬可·脫溫一個人罷；他以為少年摩西在市集受騙這一個插話，並不有趣，倒是可哀得沈痛的。然而哥德斯密卻知曉自己所做的事，覺察潛伏在人世喜劇之下的哀感。愛讀牧師的不只是英吉利人而已。哥德斯密「以那優美的故事進入於歐羅巴的各城堡各村落了」這一句塔刻立所說的話差不多是十分眞實的。哥德則說到哥德斯密的「高尚而慈愛的冷嘲，那對於一切弱點和缺陷的公平而寬容的看法。」

哥德斯密

哥德斯密的兩篇戲曲中較優的她為要征服而屈從，是在舞臺上維特了一世紀半的生命的。這和薛立敦的戲曲敵及造謠學校是發揮了極堅強的活力的當時無可並肩的戲曲。無論在劇場看起來，聽起來，或在印成的書頁上讀起來，這總之是優良的喜劇。除了詩的氣質和故事的天分之外，哥德斯密有着約翰生所缺乏而幾乎和愛迭孫及其同僚一同消失的那一種寫通俗的論文的天分。那在其中有一個中國紳士批評英吉利的生活的世界的市民，有着變幻的蠱惑力和眞的諷刺的辛辣。在哥德斯密的小詩束中，有優秀的麥穗在他的冷落的村，差不多是全部值得引用的。這是用了將耳朵向着頗普這方面的當時因襲底調子寫成，然而這卻是哥德斯密自身的東西，而頗普自身所寫不出的。

哥德斯密巧妙地非難自己的友人的報復包含着下列的句子：

爲世界而生，窄狹了心，
而將爲人類的意志給與黨派的人。

這句子的主材是演說家兼且政治家的愛德曼·柏克，說是他將爲文學的意志給與實際底政治，也許更爲適切罷。他的演說和小冊子大都是以在今日沒有像在當時那麼重要的東西爲主材的。其一論與亞美利加的媾和，這演說，於亞美利加人有特殊的興味，不因時的推移和英吉利的政治家沒有留意其中的智慧這直接的事實，而其雄辯和論理稍受損傷。柏克以熱情保持了自己的確信，卽當他有錯誤時，他的誠實也將眞實的音響給與他那壯麗的修辭的。他的心像往往是詩底的，他那最好的言詞，則有着高貴的音響。

雖然種類不同而有同樣高傲的雄辯的柏克的同代人，是愛德華·吉本。他的羅馬帝國的衰亡是以英語寫的最壯重絢爛的歷史。後代的歷史家已經將詳細的事情附加於他的作品，訂正不精確之點，修正他的解釋中有些地方了。然而在他的視野的廣大，和他那組織事實的力，尤其是在使歷史成爲富於蠱惑力的文學這一點，他是使那些歷史家見得渺小的。

吉本的作品是文學底藝術。大衛·休謨的作品則橫在Belles lettres（美文）和說不上怎樣美，但因其內容，卻永久貴重的這一類文章之間的中間地帶。他的人性論——休謨在其後的論文發展那思想，但終沒有超越於此——是將方向給與思想的進路的那一類決定底書籍之一。這不獨給了蘇格蘭及英格蘭哲學新的出發點而已，（雖然休謨的國人之認識他是遲緩的）還是包括二三種重要的康德的教說在內的許多德意志哲學的源泉。

十八世紀的散文古典，大都是重版了許多回的。十八世紀的散文密接於我們，許多十九世紀的散文則不消說就是牠的連續。後代英吉利的作家對於「奧古斯丁時代」的價值，是愈益加以鑑賞了，不獨爲的是雄勁的散文的作家斯尉夫特和非爾丁等等的巨人，還爲的是小於他們的兄弟，詩人們。

第三十三章　十八世紀的英吉利詩

詩底表現含有音響和意義德來登云，「音響者，不明瞭的詩也」所以在頗普的優點之內，必須說到他的音律的律呂。——約翰生。

英吉利之有天賦黃金舌的詩人們的音響不斷的合唱隊，已經一世紀以上了；那些詩人的旋律是使我沒有聽到，或沒有關心其前的世紀的白銀的詩人的。他們的詩，雖是最大的巨匠亞歷山大·頗普的，似乎在我們的耳聽來，也不及在約翰生博士的耳聽來那麽諧調。頗普的對句，雖有那些機才和精練的氣品，但若一時讀起許多來，就有些單調似的。然而以短短的節段而言，他是在自己的形式的限度之內；他那狹隘的思想是有壯麗的措辭的完成的。他寫過比莎士比亞以外任何英吉利詩人都多的格言底句子。他那荷馬的翻譯是早經說過了；這顯示着他的勤勉和聰明，還造成了他的幸運，然而這並非他的個人底天才的表現，他的天才是不能生出偉大的句子的。在髮綹的劫奪這鮮明的喜劇，在惡辣地批評敵人的丹悉阿德的懷藏惡意的機才，以及在燦然輝耀的書翰和諷刺，他達於他的頂點。他的哲學和美學，是當時平凡的東西，然而由他以在其前及其後所未見的辭句表現出來，就給他自己的

> 眞的才智是屢經思索卻未經巧妙地表現的最宜於裝飾起來的性質。

這定義示現了實例。倘若有表現的明澈而無抒情底神祕或思想的深邃可以成詩，頗普便是正缺之最大的要素的詩人。他的模倣者有許多，然而成功的一個也沒有，況且大部分現在也被忘卻了。沒有被忘卻的聰明的詩人中，有兩個僅居於頗普的次位：馬太·普賴厄和約翰·給就是。普賴厄是輕快的詩的巨匠，上品的 vers de société（世態詩）的發明家，機警的諷詩的王者；在他的戀愛詩中，是有非熱情卽蠱惑力的。獻於上流社會的孩子是全然完全的。給是不獨因了他的隨時的作品，和關於都會附近的人的他的觀察脫力味亞，尤其是因了他那富於愉快的機才的作品乞丐的歌劇而使後人記憶。乞丐的歌劇這一篇，約兩世紀之後，復興於現代的舞臺之上，博得大大的成功。他和那時代最優的詩人，尤其是普賴厄和頗普的特徵所

在，就是他們在其範圍中，是已經學得了作詩術的，即當似乎極任意而倉卒的時候，他們也以端麗的措辭審愼地寫出來。十七世紀及十九世紀的富於魔力的抒情詩不是在他們的天稟範圍之內的。

頹普

然而，和頹普的燦然的堅實全然異趣的詩感，雖然顫弱地搖動起來了，卻沒有消失下去。威廉·叩林斯的稀少的詩的最優者中，有使他似乎成爲頹普的，不，還是說濟慈的友人似的抒情詩底美。叩林斯應該聲名更大些纔好，雖然他的名習慣上也是和格雷的名相聯結的。

我們只消一舉格雷的寫於鄉間的墓地的哀歌的名，就聽得流貫我們的記憶的那些唸熟的詩節。他的詩沒有一節是不完全，或者沒有完全的句子的；那詩就全體說來，是組織的很優美的。格雷爲要自娛，且娛自己的友人，寫了稀少的詩；誠如迭更司就他所說，臂間挾了這麼小的詩卷而入於不朽者之林的詩人，另外是從來沒有的。他是精通建築和音樂等等藝術的學者兼且歷史的教授，是領會自然的風光，而對於羅曼底復活，卽在古代英吉利的民謠和愛爾蘭及威爾士的古代吉勒特文學中新的或重新的興味，懷了同情的當時稀少的人們之一。羅曼底和古典底東西結合於「吟遊詩人」中，在那里威爾士的傳統是鑄成爲品特風的頌詩的。他回顧德來登和密爾頓，而前瞻我們就要說到的威至威士和哥爾利治的羅曼底時代。馬太·亞諾爾特以爲當時的散文底精神壓抑了格雷，因此他沒有「說透。」其實他得說的話，他大概是說盡了的，而那時代的散文底性質太被側重了。只不過，不知怎的，當時的詩人是沒有稟受着最高的詩底力的。

然而他們是眞實的詩人。在詹姆士·湯姆孫的四季和算是破損的天才，但也是眞的天才的威廉·顧伯的溫和悲哀的詩，是表現着對於自然的愛的。顧伯的工作有着於當時的詩算是新的一種單純，和從修辭解放的處所。而且他有着顯示於他的民謠約翰·季爾品和他那無可比較的書翰中的愉快的諧謔——他知道怎樣使生的細小的事情富於興味，而使生的偉大的事情眞摯，至少在這一點，他是英吉利最優的書翰作者。

現於英吉利的詩的新的音響，是喬治·克剌布的作品。在他那以詩寫成的小說村鎮廳堂故事中，他將和曾經有過的什麼東西異樣的寫實主義採入於英吉利的詩。他描寫現實的光景和活的人間，以代替虛妄的田園詩，這纔將新的生命注入於文學了。他是和朋斯一樣純正的。他的缺陷是在他沒有很精細的耳朵，而他的措辭往往生硬而散文底。然而他卻是勁健而誠實的，時常發揮出講說故事的偉大的力來。

布來克

十八世紀末葉，我們最所尊重的兩個抒情詩人是威廉·布來克和羅伯·朋斯；他們是精神上不甚相離，（雖然朋斯大約是不曾聞知布來克的）而確然爲他們對於人們和動物的愛所結合的人物。布來克是詩人，同時也是畫家，是彫刻家。他的藝術的一面影響於另一面。他用自己所發明的方法，將自己的詩的本文和插畫底圖案鐫刻於銅板上，在從這等銅板印成的書頁，又親手着色。他那作畫家和詩人的名聲漸漸增高起來，便成着年青詩人的神們之一。將他那最有名的抒情詩引用一下，那理由就會明白的。

虎

虎呵！
在黑夜的森林裹亮晶晶地發光的虎呵！
怎樣的神手神眼，
竟能組成這麼可怕的均齊？
在怎麼遙遠的蒼空或深處，
你的兩眼的火燃燒着？

仗了怎樣的大翼他竟能飛昇？
怎樣的手竟能抓住那火？

怎樣的肩膀怎樣的手術
竟能絞扭你的心臟的筋肉。
待到你的心臟開始搏動，
何等可怕的手呀脚呀！

鐵錐呀！鐵鍊呀！打造了你的身。
在怎樣的鎔爐裏將你的頭腦鎔鍊？
在怎樣的鐵砧呀？怎麼可怕的掌握，
竟能摑住她的非常可怖的震慄？

待到羣星擲下他們的槍矛，
大空爲星的淚所濡溼，
神可不是眺望你的姿態而微笑？
造羊的神可不是造了你？

虎呵！
在黑夜的森林裏亮晶晶地發光的虎呵！
怎樣的神手神眼，
竟能組成這麼可怕的均齊？

布來克的貞潔之歌和經驗之歌包含着有神祕底想像和單純的調和的許多抒情詩。然而他的神祕底象徵往往像十七世紀宗教詩人的一般，是不明瞭的；他和那些詩人是有密切的關係的因此他在生前並未博得聲望，而他的天才的偉大現在也不過受知於詩人和別的文學底同志罷了。

羅伯・朋斯具有蠱惑文學底人們，同時沁入文學底人們的心胸這二重的天稟。他在去

朋斯

世之前是被公認爲蘇格蘭的桂冠詩人的，這個地位他到現在還保持着；而且他是爲偶不屬於種族上言語上蘇格蘭系的我們數百萬人所知曉所誦讀的英吉利文學中的大抒情詩人之一。英語的分枝蘇格蘭語（這算是「方言」Dialect 並不過於愛爾蘭人的言語之算是「土腔」Broque）倘附以一兩語的說明，是在世間任何說英語的人們可以完全瞭解的。朋斯是一個帝國和兩三個共和國的共有財產。他的詩，約翰・安得孫：我的瓊，奧爾特蘭森及其他百餘篇，是使那些

以其原有的音節在蘇格蘭不知流傳了多麼久遠的在他以前的詩成爲最後的形的，他的藝術底改作。然而改作本國人民的歌以外，他還做了別的工作。他的創作的詩，致鼠，致雛菊，農夫的土曜日晚間，禪透的泰譔，快活的乞丐，無論有賴於古昔的蘇格蘭詩之處多少，以其同情，其諧謔，其作法而言，總之是天生的詩人而優美的藝術家的作品。只當他試着像同代的英吉利的詩人似的寫作時，他就失敗了；那時候，他就生硬，而在最惡的意味上形式底，文學底了。這是因爲他是蘇格蘭人的緣故。然而這時代的英吉利的詩以來自北不列顛的勁健，熱烈，哀切，並且笑着的音響告終卻是幸運的事。我說着告終罷？倒不如說達於高潮呵。

第四部　十九世纪及现代

第三十四章　英吉利文學中羅曼底復活：詩

嘗生於那黎明的世界是大福，
但在青春就彷彿在天堂界似的了！——威至威士

一七九八年，哥爾利治和威至威士刊行了抒情的民謠，這是包含着哥爾利治的傑作古舟子詠和至少威至威士的最優的詩之一廷騰寺院的小卷。這書彷彿是全新而革命的什麼東西似的，常被稱爲英吉利的詩的轉移點。羅曼底要素並不算新，那著名的序文的原則在一百年前的德來登該也可以完全理解的罷。眞正的新穎是在這介紹了兩個新詩人，兩個很偉大的詩人。

威至威士寫過不可勝數的詩，其許多是全然愚拙而不可卒讀的，其最優者則觸着神性。他崇拜神和自然，且感到星和雛菊之間有巨大的統一存在。因而神或自然，或星，或雛菊有時控制了他那沒有間斷的筆，而將本身放進他的詩裏，以作高貴的回報。作爲去讀更多的，但也不必過多，大約像馬太·亞諾爾特所選的一卷所包含的那麽多少的，他的詩的引線，讓我們將他的詩句想起幾行來罷。

從孤獨的刈割人：

她唱的什麽？無人告訴我。——
大概那哀切的音調所喋喋的
是遠世的不幸的事情，
是往昔的戰爭的軼聞罷。

完全的短詩，卡力斯海岸的黃昏的起頭：

是甯靜而自由的美的黃昏；
你這聖的時宛如屏息着
敬神的尼姑一般的沈靜。

還有一篇完全的短詩在韋斯敏斯德橋上的起頭：

大地上沒有顯現着更多的美的什麼了。

從不滅性的暗示。

瀑布在懸崖吹着喇叭；
季節不再使我添愁了；
我聽得傳過山峽中間的回聲，
風從睡眠的原野向我這里吹來了。

然而從愛默孫以爲是十九世紀詩的最高的水準的這篇詩，來引用斷片實在是不應該的事。威至威士不單是在這里那里寫了優美的句子而已；他的最優的詩是盡善盡美而從最初一行乃至最後一行都完全的。他的較不優美的詩，雖然棄之也許使我們失去或種靈感的閃光，卻是可以不予一顧的。他對於人類，自然以及社會，詩底地推究哲理這一個偉大的計畫終於沒有成就。然而在例如邁克爾似的短詩，他是和朋斯或迭更司同樣接近於人類的共通的運命和苦惱的心的。而且他的關於自然的詩極其精巧而深入人心，竟致其後寫着關於自然的散文及詩的英吉利的作家，連離英吉利的鄉村而往荒野的異域去的也在內，差不多都成爲威至威士派了。

威至威士

抒情的民謠的作者們（註一）所公言的意志便是：威至威士要使平凡成爲非凡，哥爾利治要使非凡成爲可信。這計畫中的哥爾利治部分在那有魔力的民謠古舟子詠出色地成就了；這是只因爲有魔力的緣故所以可信的。那構造和律呂以古英吉利的民謠爲根柢；那奇蹟似的措辭是哥爾利治的。

日下沈，星出來；

忽然間，黑暗襲來；
在海面，趁着遠遠聽得的微風，
寬的船疾駛去了。

在古舟子詠以後，他不曾做完結的克立斯塔柏的神異故事和夢的斷片忽必烈汗之中，他那表現奇異和神怪的天分，達於最高點。

但是阿阿！在那從綠山斜下的
深深的羅曼底溪上橫覆着杉樹一棵！
好荒野的地方！又聖潔又幽美，
彷彿在殘月之下曾有一個哭尋着
寬戀人的女子時常出沒於這地方！

哥爾利治是重要的批評家，他教導而且刺戟他的同代人，他又是在羅曼底精神的德意志及英吉利間的道路上兩方面的聯絡士官。他的文學者傳是不獨披瀝了哥爾利治的個人底見解，還概括了那詩和哲學的大時代的豐富的書。

（註一）指哥爾利治及威至威士。

天分少於哥爾利治的詩人窩爾忒·司各脫在普及新詩這一點上有更強大的影響。世界對於他的散文的羅曼斯比他以詩寫出的故事更爲愛讀使他轉而致力於小說者，無論是逐漸增大的擺侖的聲望呢，還是散文故事比詩更賣的多錢這事實，總之在文學是幸運的。他列於大小說家之間；卻並非大詩人。然而他有着用韻文寫可讀的緊湊的故事這一種能力，那些故事是不解哥爾利治及雪萊的神祕底美的無數的人也能夠理解的。他的最後的吟遊詩人的歌，馬密溫，湖上女等博得非常的成功而且他是當更玄妙的詩人被無視而煊赫的擺侖較之被愛毋寧被讚美之時受一世的崇拜的羅曼斯的王。我們大都在學校讀過馬密溫，我們還能記得，這是課於我們的，眞正的或被推稱的傑作中最易讀的書之一。那淺易那明晰，就是牠的價值。其故事毫不阻斷地進行，而其韻文雖然有時也平凡單調，卻不至於中途作梗。關於司各脫的散文，在次章要再說一番。

司各脫的後繼者兼且競爭者是擺侖，他是突然間成爲不獨英吉利簡直全歐羅巴的偶像的。在二十四歲時，柴爾德·哈洛德的巡禮的最初二曲出版之後，據他所說，他有一早晨醒來便見得自己成名了。柴爾德·哈洛德是以醒目的華麗生動的詩寫成的在大陸的冒險和見聞的記述。這是以史本虔式的律句寫的，這本身就是示着羅曼斯的復歸的一個證據。擺侖的律句有着和史本虔的沈着的氣品全然異趣的速度和熱。然而他誇傲着自己不必怎樣努力而做出詩來的能力，在他的作品全體漫不用心。他乘着感興寫急就的詩，非常便當他的詩有好多很優美，實在是可驚歎的。他毫無雪萊的對於詩的藝術的專心；在他的詩佔勝利的地方是他的勢力，他的熱心和他的機才。他是在獨立戰爭之際赴希臘而爲希臘人打仗的，三十六歲上便在希臘罹熱病而死了，——雖然他寧願戰死罷，這卻也是他那動亂底生涯的適切的高潮點。他在短的生涯中產生了查跋犀永的四人之類，有許多缺點，卻幾乎絕無孱弱的缺點的故事呀，劇呀，抒情詩呀，許多的作品，——在一世紀間被讀被記憶的那些作品，單是目錄就要充滿一頁了罷。他最後的長作品兼且他的傑作是他活着時候沒有完成的唐璜；這儘其進行的限度包含着擺侖所有的幾乎各類的思想，又有着諧謔諷刺，人類的性格，風景的描寫以及哲學等等許多種類的東西。他的哲學從前有人以為是陰暗模樣厭世底，但我們正像擺侖以此自娛似的，能夠全然愉快地將其容納的。擺侖在歐羅巴的名聲，較之莎士比亞也不除外，別的任何詩人的名聲都大，而在英吉利最近五十年間，他的名聲是增加起來了。

擺侖

擺侖的強有力的影響是直接底，永續底，這一部分是因為他的思想明瞭，至少也容易抓住，且差不多即能譯成他國語的緣故。比起同世紀的最細巧的抒情詩人雪萊的力來，他的力是生硬而粗暴的。倘說某一偉大的詩人優於別一偉大的詩人，這是愚妄的。但若認識他們不同的優點就不愚妄了。同擺侖一樣，雪萊是那稱為法蘭西革命的智底大動亂，那幾乎歸於泡影的求自由的鬬爭的一部，

的產物。那猛烈的精力已經爲拿破侖統治策所浪費所破碎了，只有夢還遺留於後。擺侖有些冷嘲似的笑，而像極少的當時新聞記者和政治家所見似的，洞見其兇惡的鬬技全體，而爲自由犧牲了自己最後的實際底犧牲。

雪萊夢想，夢想的是人們會自由時一種茫漠的未來。在雪萊死後五十年，馬太·亞諾爾特稱他爲「虛空的天使，」事實上他是如此，而亞諾爾特自身也如此。正如我們在一九一四年以後痛切地感知似的，又例如從基督紀元前三十三年頃起頭的非紀錄上的歷史的研究可以感知似的，凡有詩人及夢想家在實際底世界是虛空的。然而詩卻高翔於事實之上。重要的事是在雪萊是天使，而天使似的歌唱。他像他自己所作的雲雀一般，他又是在西風頌之中祈願自己做到的豎琴。他的豎琴上只有一根鬆弛的絃線，幸而他不大撥彈那一根絃線；他是同密爾頓一樣，缺乏諧謔的。他的豎琴的其他絃線所發的音響眞實，是不住地豐饒地作響的。他三十歲上溺死的理由大約就在神們不能寬恕有這樣的無窮無盡的歌的青年這一個緣故罷。他的長詩伊斯蘭的謀叛（卽人類的謀叛）及被解放的伯羅米修士（卽人類的解放）極富於抒情底節段，讀起來就幾乎忘記雪萊是有熱烈的有脈絡的目的的了。他的劇辰奇太過充滿着美的句子，竟致失掉劇底動作了——在這一點，這劇是劣於莎士比亞的悼濟慈的死的哀詩亞陀尼斯不使濟慈而使雪萊成爲不朽。惟最偉大的詩人纔能寫：

生，像是五光十色的玻璃殿堂，
沾塗着永遠的白耀光。

雪萊是靈底夢幻底，縱有對於人類的奮鬬底愛，卻住於羣星之間。濟慈是地上的人，是發揮了大地的色彩與香氣，其現在的青春與其永遠的古代的青春的，最美的地上的人。他就喜悅而歌曰：

美的東西呀，就是永遠的喜悅——

又就悲哀而歌曰：

悲哀和美——必死的美住在一起；
而喜悅呢，他的手常按在脣邊，

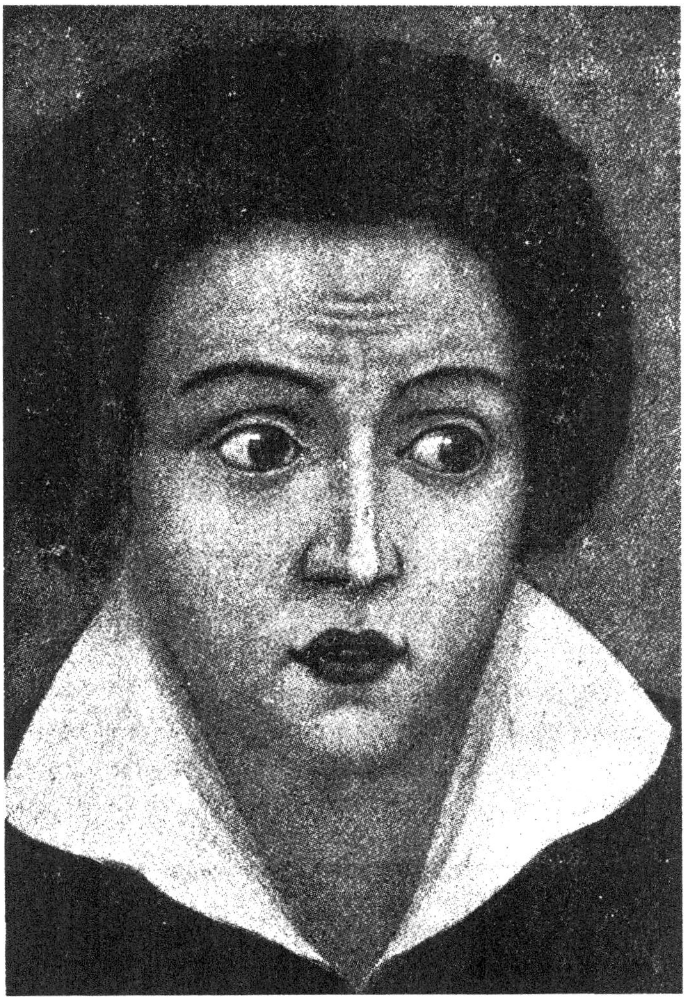

雪萊

告着別哩。

希臘的甕賦，致秋，致夜鶯這三篇頌詩，二十六歲就死的人竟到達於那形式及措辭的精練，最後的完成之境，是幾乎不可信的。詩和音樂屬於青春，而許多詩人及音樂家是當他們不過是兒童時候，就成就了可驚異的感情的。濟慈只一躍便入於成熟之境了。假如他活着，會進了怎樣的境地呢，這是無謂的推測；而未完的亥皮立溫也不過是對於他的天才所赴的可能方面的一個暗示罷了。然而對於他也無所用其嘆惜。他的詩並非青春的前途有望的東西；卻是完全的成績。馬太·亞諾爾特關於濟慈所表明的信念的批評，說是他會在英吉利的詩人中被紀念云云，是有痛切的公道的；亞諾爾特簡單地云，「他在。他和莎士比亞同在。」寫希臘的甕賦這下列的一節者實在是毛羽豐滿的詩人，是大巨匠中的貴族：

阿阿！阿提嗒的形美的姿態呵！
襯托了樹林的枝，踐踏過的草呀，
細鏤着大理石的男女；

阿阿！沉默的形，你像永遠所爲似的，
將我撺出了思想之外，冷冷的牧歌！
當老齡將消滅這世的人時，
在此世的悲哀以外的悲哀中間，
你依然在着，長作人間之友，你對人間說
「美卽眞，眞卽美」——這就是
人在此世所知曉的一切，也就是人須知曉的一切。

濟慈年青死了。生於距濟慈二十年前，因而差不多正和哥爾利治及威至威士同時代的窩爾忒·薩維吉·蘭得，遠入於十九世紀還活着，而爲勃勞甯及斯文本等新的年青詩人所稱讚。他運了一個詩的時代入於其次的時代；他是屬於這兩時代的。爲什麼呢？因爲他像威至威士似的，並不至老年而衰頹，卻是直達其勁健的生涯的晚年的詩人。他是憑了以散文寫的歷史底或傳說底人物之間劇底對話空想底談話最爲人所知，——他應當更爲人所知——

這作品是包含着諸時代的智慧的要素的。蘭得的性格好戰而猛烈，他又像那時代許多的作家似的，爲法蘭西革命所開始，以拿破侖的失墜終止的歐羅巴的大興隆所搖動。較之擺侖除外別的任何詩人，蘭得委實演過許多問題上更活動底脚色，因爲他曾在西班牙組織，指揮一個對抗拿破侖的軍團。然而他的詩明朗而純粹，有着從希臘詩學得的奧林比亞底的品位。結束那狂飈與動亂時代的適當的東西便是他所誇傲的四行詩他的七十五歲誕日頌了。

我不追求什麼，因爲什麼都不值得追求，
我愛自然，次於自然愛藝術；
我將兩手在生命的火之前取暖，
生沈下去，我便預備上旅途了。

第三十五章　十九世紀的英吉利小說

人間的生活不是小說的主材，卻是主材所自選出的無盡藏的雜誌；這些主材的名稱衆多；跟了各種新主材，眞的藝術家變易其手法，掉換着手點。——史蒂芬孫

因那多種的變化，因那以熟練與力從生的「無盡藏的雜誌」取材而描寫的極多的作家，英吉利小說作爲全體或一羣看來，是可注目的。在十九世紀，英吉利產生了曾經寫出的幾乎一切種類的小說，而各樣的種類並不在什麼時間互相排擠。司各脫和眞·奧斯騰是同時代的人；羅伯·路易·史蒂芬孫，和亨利·詹姆士則是朋友。

非爾丁以後，小說一時衰頹，雖然試作小說而獲多少的成功者也有許多。和一八一四年司各脫的威味力那長羅曼斯的連續的第一卷的刊行一同，小說得了生命；這作品是使一切國家的數百萬讀者喜悅的。對於不會到過蘇格蘭的那些人們，或者或在一程度對於生在該

地的人們，那國是窩爾忒・司各脫的國。他知曉而且愛好那國的所有角隅，因此他所描寫的風景並非僅僅故事的美的裝飾，實在是生出那故事來的巖石，的泥土。算是極豐富的他那歷

司各脫

史上的知識，以壯大的冒險和傳說上的英雄供給他的想像力。不但如此，他對於庶民，還有着深愛的理解。他那女王瑪麗・斯圖亞特的壯麗的寫照，沒有像米特羅安的內心中單純的少女藹飛及貞妮・第因的描寫那樣的可驚。而在蘭麥繆耳的新嫁娘中，我們記憶的不獨傳奇劇底的累汾茲武德而已，還有老迦勒・波爾特斯東。司各脫無限的肥沃豐饒，有時則性急而粗疏，但即當他害病而疲勞的時候，也總是充滿着活力的。他是將結構和文體任其自然的天生的故事家。他又是（雖然這種評語是在

我們的目的之外）極偉大的人物；他擔承了法律上本來可以避免的出版者的債務，爲要償還這些債務遂致自己疲憊了。然而對於讀者，他決不使其疲憊到底。無所疑懼的小兒童，和在到處設批評底制限的成人的讀者，是都能夠全讀那威味力小說全體的：藎曼湼靈，洛布壘，愛凡和，護符，劉廷·得衛德等——這些標題就打開記憶和想像之門來。

司各脫在其小說和詩，生於大的羅曼底行動的世界。以其個人底生活而言，他享有名聲，財產和受騎士位這一種變相的貢物，乃是極大的世界的中心。

在小說上，司各脫的最大的同代人眞·奥斯騰是住在遠離喧騷的羣集的鄉鎮的羞澀而隱逸的女性，其作品至她死後爲止，一直沒有廣受人知。司各脫知曉她的小說，他對於她的讚辭乃是定評：「那年青的婦人具有描出複雜的東西，描出日常生活的感情和性格這一種才能，這是我曾經遇到的最可驚異的東西。大聲的吠嗥，我能夠幹的不比誰差些；但由描寫和情緒的眞實使平凡的東西和人物有趣這一種微妙的風味，在我卻沒有」。

眞·奥斯騰完成了諾散格寺院，說服，感覺和感性，驕傲和偏見，曼士菲兒特公園以及恩瑪這六篇小說。每篇都是完全的，於愛好她那沈靜的冷嘲和人物的單純細緻的分析的讀者，那些小說沒有什麼優劣。在那里，是沒有英雄底熱情和可驚嘆的冒險的。諾散格寺院是對於幽靈的城堡的神祕故事的溫和的諷刺。在她一切的小說中，年青的人們的豔事，是眞摯而同情模樣的，卻也做了諧謔服從於我們的生活大都踏住的普通的情緒的階段。她是那取材於無關重要的中等階級的人們的小說的創始者。這類小說在後來的英吉利小說，有着許多優美的實例。她的文體是平易而沒有努力的形跡的，委實是第琴稷說了沒有因俗語和世界的隱語而墮落的英語，我們應當求之於有教養的婦人這一番話時所意指者完全的實例。

差不多當眞·奧斯騰的驕傲和偏見和司各脫的威味力刊布的時候，查理·迭更司出世了。他是司各脫以後凡有英吉利小說家中最受人愛的人。二十五歲上，他就以匹克尉克·配剖躍入於聲譽和繁榮之中了，這包含着打諢，笑劇，動物的高尙精神，哀感動作和場面的意義等等——他的後期小說的一切要素。有些是此外決無更好的例示的。他捕捉了公衆，使批評家注目。在一篇復一篇的小說中，他陸續創造了切合於人生的幻想底人物，並且發明了經無涯的頁抓住讀者的心神的毫無秩序的結構。倘若誰都能夠洞察天才的祕密，則那祕密是，在迭更司稟受着極偉大的活力，而他濫用那活力方纔使牠終於耗盡了。他愛生，他愛書寫這事情，（他寫了多到儘夠充滿普通人的時間的親切的書信）他又非常愛賞自己的人物，相信那些人物那些人物是成爲我們的父和祖父所熟知的繁夥的集羣了。青年的人們也還知道那些人們罷？——衞勒，拍克斯尼夫。斯諾格剌斯，朋勃爾，史維惠斐，拍各推，樸特史奈普，克忒爾，薩克思，南錫，奈爾，厄密力，及其他的人們？

在他的畫廊，據說沒有貴族的眞實的寫照，因而是缺乏在司各脫，莎士比亞和塔刻立中所見到的什麼的。他對於上層階級的智識有限，這的確是事實。他的世界是庶民的世界，和僅能存在於人類頭腦中的羅曼斯的廣大世界的混合物。他的最優的作品是大衞·考貝菲爾，這包含着眞實和傳奇劇呀，純正的哀感和感傷性呀，像見於那狂暴的場面似的美妙的文章呀，以及隨處可見的過多的言詞呀，凡有他的長處和他的大半的短處，他的驚人的洞察力貫注於其全篇，使他最弱的節段也永不落於連續的趣味的水平線以下者，便是這一種力。在我們日常的感情之上，他的力量無可比敵，因爲他能夠使讀者在上一頁捧腹大笑，而以正直的淚沾溼次頁的。迭更司全然用黑和白描寫，間或則潑上一些華麗的描寫的色彩。他的黑是結局常常不好的惡漢的黑。他的白則是趨向現世的繁榮和良善的結局，或者遭遇溫和模樣哀切的死的美的姑娘和勇敢的青年。因此之故，雖然他十分盡心地抒述可怕的虐殺和無賴的行爲，而別一偉大的小說家寫到他，說是「我所感激的是大衛·考貝菲爾的著者給與我的孩子們的那天眞的笑，和美的無瑕的頁」云云也未始不可。

迭　更　司

那別一個小說家便是塔刻立。塔刻立的初期的作品是由極壯麗的滑稽文小品，(Sketch)諷刺文所成；這是因爲我們記憶後期的塔刻立，纔連帶爲我們所記憶的。在照他所稱「沒有主人公」卻有女主人公裴克·沙普的小說虛榮市，他發見自己且成爲不朽地可紀念的人了。塔刻立的「善良的」女子沒有趣味。他的較不善良的女子（雖然塔刻立的手是決不重放在入歧路的女子之上的）則是有蠱惑力的。就裴克·沙普而言，這是事實；就十八世紀的壯麗的歷史底羅曼斯亨利·厄茲夢德中剛愎而敗德的少女俾阿特立克斯而言，這也是事實。塔刻立對於過去時代的劇底羅曼斯的感覺和司各脫的同樣有生彩，而在亨利·厄茲夢德中，他不獨編成激動的結構，還描出那時代的智能底調子來。在盆登尼斯，及紐卡謨一家，塔刻立以長於世故者的眼眺望當時的社會。以雖不那麼露骨，卻和菲爾丁的相等的正直，以迭更司毫不明曉的有些階級的知識，以對於比眞·奧斯騰的更廣的人生大喜劇的瞭望加以研究加以描寫的人類性，在那里是有的。那些故事，像人生本身似的，以閑豫的，幾乎散漫的調子舒展。種種的事件如此這般發生這一種幻影中，倘有什麼破綻，則這是只在塔刻立以道德底註解阻斷事件的進行時候。他以一種爲父親的親切對付的亞搭爾·盆登尼斯和克萊武·紐卡謨等等青年的描寫上，他是擅長的，而較年長的人物則寫的尤佳——像是塔刻立也許曾在倫敦俱樂部遇見過似的完全的世間人物大盆登尼斯，以及算是對於塔刻立是冷嘲底這一種曾經流行的觀念的現成的反駁，而幾乎純潔到在這地球上到處不會遇到的優美的老紳士紐卡謨大佐等。他是一些冷嘲也沒有的；他是愛人類而向人類大笑的從舒服的靠手椅快活地笑談的人。塔刻立的天才，像菲爾丁的一般，是將論文家和故事家的天才結合在一起的。在他最輕淡的文章，雖然往往犯着懶惰的不精確的毛病，卻寫的佳妙。在厄茲夢德折斷他的劍，棄掉自己的生得權，以及洛敦·克勞累擲倒放蕩的老人斯泰因這樣的大場面，他是場面和性格和傳達這些的文體的無比的巨匠。

在對於英吉利小說的出色的貢獻者之中，有兩三個可注目的婦人，眞·奧斯騰便是長姊——或者未婚的姑母。在別的形式的藝術，婦人可曾大大地成功了麼？是我們沒有來回答的必要的問題。就小說方面他們的成績而言是沒有什麼疑問的。倘有說明的必要，這也是容易說明的，小說的根柢是人類的性格，而這是聰明的女子至少能夠和男子同樣理解的。不但如此，同將語言傳授於兒童者是女子的談話一樣，使用語言乃是女子的自然的機能，而女子的舌的伶俐銳敏是盡人皆知的。在現代，我們將女子之作文學底藝術家，看作當然的事了。對於新小說，我們不發「這可是女子所作的麼」這一般底質問，而發這可是梅·辛克萊，或仲狄司·霍吞，或革特魯德·阿弍吞所作這一種特殊的質問了。在我們的祖父時代，女子的智能底境地是比今日更受限制的。雖然在眞·奧斯騰之前，寫作而且發表的別的女子也曾有過，但是她匿名發表自己的小說的理由則恐怕和司各脫的不同，並非全然由於個人底謙遜罷。（註一）同樣的事就夏羅得，厄密力及安這布倫弍家三姊妹而言也適切；他們是以卡拉譪利思，及阿克吞·柏爾的名發表他們的小說的。厄密力及夏羅得是遒勁的天才的女子。雖然他們的天才一部分受拘束而還未發達，每人卻也至少遺留了一篇傑作；即厄密力·布倫弍的風嘯岡，夏羅得·布倫弍的眞亞爾。風嘯岡是和從來寫出的任何小說，全然各別，而有異常的情緒的強味的作品。在其「空氣」，在其怪奇幽暗的詩底色彩，這是同本身的場景的孤獨一樣，在英吉利小說中，佔着孤獨的地位的。眞亞爾是同樣地獨創底，似乎毫不憑藉於其前舉得出名來的任何作品。這是對於因襲底女主人公這東西的反抗。爲什麼呢？因爲眞亞爾並不美麗，乃是出於無名的家世的貧困的女子。並不美麗的女子嘗味人生的羅曼斯這一端，在英吉利小說是新的事情。法蘭西的巴爾札克曾經以不同的方法發展這一種意境，然而布倫忒姑娘可知道巴爾札克的小說麽，卻是疑問。平凡的女子爲既非辛得勒拉（註二）又非推羅的赫楞的少女的最後勝利所阿諛所安慰，眞亞爾的迅速而繼續的聲望是一部分憑藉於這一個事實的。

（註一）司各脫的小說威味力於一八一四年匿名出版，因爲當時他詩名已高，不知道這篇小說能否獲得同樣的成功，所以不願讀者知道是他所作。

（註二）著名的童話的美麗的女主人公。

夏羅得·布倫忒的友人兼且作傳者伊利薩伯·加斯刻爾至少寫了兩卷在英吉利小說中，佔着重要地位的書。曼徹斯特的勞動者的故事瑪麗·巴呑訴於廣大的讀者，且博得喀萊爾及迭更司的稱讚。這是並無喀萊爾的憤激的咆哮或迭更司的感傷底雄辯的（像在困難的時代中似的）貧民的忠實的寫照。大約就因爲這是沈靜的，且沒有傳奇劇的風味，沒有許多的結構的緣故罷，牠的偉大是被忘卻了的；而且我們大約也不喜歡爲娛樂而讀窮人的極不單純的長的記錄的。然而我們卻都喜歡讀到算是鄉村生活的故事，或者不如說，小品的結集的克蘭福特中的人們。這是可愛的書，在那小小的世界中，沒有發生什麼事而也一切事都發生。這是收於胡桃殼中——或者婦人的針黹中的人生。

在英吉利文壇上最雄健的婦人是喬治·愛略脫，因爲她有廣汎的智能底興味，和用今日稱爲「心理底」的言詞分析性格的能力，她以其男性的或剛健的性質而受了稱揚。其實她是徹底的感性底的女性。在她的最初的大小說亞當·比德中，男子，善良的男子亞當和塞司和罪惡的青年多尼桑，以堅實的手腕描寫出來，在那特性描寫中，提示作者的屬性的地方是差不多沒有的。在對於不幸的赫推·索勒爾的母性底同情，和波伊塞夫人的精妙的諧謔底寫照中則顯示着女性的情感；波伊塞夫人是發揮了愉快的銳敏，而以女性的情感訓迪男子們的。喬治·愛略脫的強味是在她的人物之中；她是和那些人物一同生活，和他們一同受苦，而和迭更司同樣公開地袒露自己的心胸的。她理解西拉·瑪婁和馬基·夫立浮（弗羅斯河的水車之中的）似的單純的人們，以及綸摩拉中美貌的惡漢替多·美里麥似的頹復雜的性質。因了故事的感覺，卽那算是神們的賜物，也可以說是塔刻立的暢流或迭更司的急湍的不可思議的感覺的缺乏，她的情緒底誠實和智能底力——在她後期的作品中，智力有壓服情緒的傾向，——在其表現上是受阻害的。喬治·愛略脫的聲望使她吃了驚，而她得到聲望之後，絕不想重溫她的成功，卻像對付新的問題似的，進而從事於其次的書。生的諸問題往往充塞於她的故事中，使她挨不到藝術家的境地，然而我們最後從她獲得者卻在面接諸問題這一種諧謔底，哲學底的勇氣之感。

對於生的諸問題，對於世界的什麼所在不對，以及如何處理之這些問題有深深的關係的維多利亞朝的小說家還有一個。就是查理·里特。他要改革監獄和瘋人院，以及其他的管理不良的一切制度這一種熱心，和迭更司一樣的熱烈，所不同者，里特的熱心沒有爲迭更司的廣汎的諧謔之類似的什麼所調和。里特的傑作是從近代英吉利遠離的；這就是人文主義者之父伊拉斯莫斯的故事，而一部分取材於伊拉斯莫斯的對話書及其他文章的僧寺與爐邊。這是中世紀末葉或學藝復興期初葉的壯麗的盛觀，有着具有偉大的劇底力的場面，又有機剌德初見自己的孩兒，及孩兒的母親死去這兩個絞心似的美的場面。比這更美的任何時代的歷史底羅曼斯，比這更輝耀的十五世紀的寫照是再也沒有的了。

有眞實的價值的第二流的天才是英吉利小說家中最多產的作家安秃尼·特洛拉普。他在二十年之間，每年寫出三篇或四篇小說，他的作品的目錄差不多要竭盡數學者的力纔可以列舉出來。他的小說沒有一篇有第一流的性質，也沒有一篇有第二流以下的性質。像在迭更司，塔刻立，梅列笛斯，哈代，甚或喬治·愛略脫和查理·里特之中所見似的，靈感超越於平凡的境域的壯麗的場面和節段，在特洛拉普之中是尋不出的。然而他的成績的全體，並且他的手藝的優秀實在可驚。倘若他間或具有神聖的火的筆觸，則他就該較之其他任何小說家，更迫近於寫作英吉利的「人間喜劇」的境界了罷。都會的書記和鄉間的牧師呀，國會議員和獵狐的地主呀，秀麗的少女和老婆子呀，他的人物的羣衆都是生動的，有些人物，則他在一篇復一篇的小說裏陸續採納進去，常使那人物儘像老朋友一般的可以認識。他的最優的書——從他那平靜的劃一性，要施行選擇是困難的——是巴哲斯德的塔巴薩德的最後的紀錄，桑博士亞林登的小家庭，夫藍美的牧師公館等他最初發見自己的特殊的才能的短篇小說則是 The Warden。

在小說（並且別的形式的文學）從讀者的觀點值得考察的作者有三種，而讀者也許是合格的批評底判斷者罷，也許不是罷，總之作者的生命是依靠於那讀者的。第一而最幸運的是捉住同代人的想像，繼使其次的時代感覺興味的塔刻立及迭更司似的作者。其次，是在本身的時代盛受喝采，跟着時代的推移有些衰頹，但不致被忘且不該被忘的那些作者。在十九世紀，同在現代一樣，可讀的，曾經風靡的故事家成着羣。威廉·哈禮孫·恩斯衛司的溫座爾城；G. P. R. 詹姆士的黎塞留；煊赫的政治家迭士累利所作的維維安葛累及昆甯茲比部爾；衞栗董的旁貝的末日；查理·利末的誇張的哈立·洛來苦及查理·阿瑪利；馬立阿式大佐的船長李提，少尉候補生伊希君以及彼得·沈謨普爾（現代的少年倘不知道那些書，是覺着非常損失的）底拿·克累克的紳士約翰·哈黎法克斯；布拉克摩的羅那頓；查理·金斯黎的海披薩及往西呵;尉爾啓·叩林斯的白衣女子;馬加勒特·奧力蕃特的非國教徒的會堂;還有我們的祖父,差不多像讚美在我們現在以爲第一明星似的五六人的小說一樣,所讚美的別的小說家的作品,至今還經怎麼許多的人們讀着我們一問圖書館及一般翻刻本的發行者就可以明白了。

因爲世間的判斷在大體上是公正的這緣故,爲數不多的第三類的作家,包括着那些必須等待長久纔被承認的天才人。在一八五九年,卽迭更司的二城故事和喬治·愛略脫的亞當·比德出版的一年,出現了喬治·梅列笛斯所作的理查·菲浮來爾的苦節。這書和著者是有在比較底無名之中停留許多年的定命的,只有有判別力的少許人們,特是喬治·愛略脫及丹第·迦伯列·洛塞諦似的文學者知道在英吉利文學中,新的大天才已經到臨了。今日爲數日增的批評底讀者是知道梅列笛斯在世界小說家之間佔極高的地位的。他也許永不至於獲得廣多的讀者罷。爲什麼呢?因爲縱有他的勁健的諧謔,他的故事是凄淸的。查理·菲浮來爾是在主入公沒有死之甯靜的安慰的傷心的悲劇。他的最大的小說利己主義者有着可悲的結末，在人對此而發的沈默的笑裏，非有勇氣不可；而波宋的生涯則是以可悲的空虛收梢的。不但如此，因了岐出於各個方向的他的思想的繁複，梅列笛斯的故事是使僅有單綫的心的讀者心頭迷亂的，他的複雜恰像勃勞甯的複雜，（他雖幽玄得多，但在有幾點是和勃勞甯相像的）生的複雜。人類的思想是複雜的；而梅列笛斯則就以在那不可思議而深有興味的動物，卽人類的內面進行的事作爲問題。然而在那里，「故事」並不缺乏；他的偉大的場面是有動情的興味的。較之羅大·佛來銘更有趣的故事，較之哈立·里士滿更充滿着劇底冒險者，在何處還找得到麼？爲求十分的理解起見，他需要着能將自己的頭腦和作者的頭腦相頡頏的讀者，就這一點而言，莎士比亞以及凡有其他的天才人也是如此的。

同了於一九〇九年梅列笛斯的死，在許多人以爲維多利亞朝似乎確然已經告終了。然而時代這東西並不這麼突然地開始突然地終結。現在（一九二五）還有不亞於前世紀任何人的偉大作家托馬斯·哈代活着。（註一）在一八七四年他那最初成功的小說，從狂督的羣衆遠離在一種什麼雜誌匿名刊載時，有些讀者還以爲這是喬治·愛略脫所作。這就暗示着哈代之於維多利亞朝的小說家怎樣的接近。然而此書的悲劇底冷嘲和女主人公的宿命底任性既非喬治·愛略脫所作，又非世界上以前曾經聽聞的任何別的作家所作；這是最單純的讀者也可以看出的。哈代的文體完全明澈，他的故事是傳奇劇一般急速地開展的；因此之故，即使他那冷淡凄清的哲學難免常使他從感傷底集羣疏隔，他卻不必像梅列笛斯似的等待小部分遲來的讀者。

（註一）此書脫稿時，哈代尚未去世。

哈代的最有名的小說是寶培維爾家的推斯，其副標題是忠實地描寫出來的純潔的女子。推斯是運命，無可解釋的事變和一個男子的懦弱及別一男子的奸惡之犧牲者。這是一篇柔和模樣殘酷的故事，柔和是因爲哈代用了不可測度的哀憐敍述他的女主人公，而殘酷是因爲他擺布了生的一切力進攻她；理查孫挖苦克拉里撤·哈羅還沒有這麼嚴酷呢。哈代的美在於他的自然的描寫。那自然的意味雖是悲哀的，盲目的，無可解决的，而他像表形藝術家似的將自然畫着，（他原是本職的建築師兼繪圖師。）生的喜劇是在於那些有着眞率的言語與幼稚思想的鄉人之中。悲劇則是在不可解的懷敵意的世界上人類的奮鬪與熱情。他那最強有力的小說無名的裘特帶着至於使歡迎推斯的讀者懷反感的他的厭世主義——這一語對於這作品可是不十分恰當的。哈代在前此二十五年以上，就停止寫小說了。從那時以後，他一意致力於詩。

史蒂芬孫

哈代的裘特出版前那一年，羅伯·路易·史蒂芬孫死了。在十九世紀的最後十年間，他藉了他的精美的文體，博得文學者的稱讚，又藉了寶島算是最初而誘拐算是最後的他的潑刺的故事，博得非文學專門者的稱讚。他的論文和書翰是極富於魔力的；長育於他的魔力之下的讀者要來批評他的小說的重要，幾乎是不可能的。然而寶島和魯濱孫·克羅沙同樣的不朽，卻似乎是確實的了。

在我看來，史蒂芬孫儘有那青年的讚美，那歡欣的勇氣，那對於藝術的完全的獻身，那博大的聲望，總之是反動者，是舊式的人物。當他磨鍊着他的文章的期間，優美的新工作由別一藝術家喬治・季星幹着，季星也磨鍊着自己的文章，但他有更剛堅的金屬可磨鍊了。他的平民，無可分類者，漩渦等等是使他列於英吉利的大小說家之間的。我願將自己的名譽賭於這一個判斷之上，因爲世間對於他的興味，只見增加不見減退，我也就覺得於此更可自信了。至於要知道什麼運命來壓迫他的名聲，現在還太早哩。

喬治・穆爾

同樣，直至批評底時代來援助我們爲止，對於繁榮於現世紀的最初二十五年而其許多還生存着的小說作者，要估量其價值，是不可能的。英吉利小說壇（包含亞美利加的）是以許多有本領的作家爲分子的強大的制度。「雖然生在今日的人們之中，沒有傑出的巨人也未可知，但他們都在一起演着的競技卻大於曾經有過的」本身是壯麗的小說家的G.H.威爾士說着這一番有意味的話時，他是有正確的見解的。距今日五十年以後的人們，倘不知道路特耶·吉卜甯的短篇小說和長篇故事吉謨，

約瑟·康拉德

約瑟·康拉德的羅曼斯，喬治·穆爾，約翰·高爾斯華綏，D·H·羅凌士，W·索美塞得·茅罕，亞諾爾特·本湟特（在老妻故事）梅·辛克萊等的小說，則對於現代就盲目，且就失卻許多美的作品了。在以上的作品中，還得加以培那特·蕭的戲曲，而十名以上的現存藝術家的作品也還可以加進去。在這現在，將爲我們的裔孫所記憶的小說正在寫着罷，這決不是不可能的事哩。

第三十六章　十九世紀的英吉利論文家和哲學者

饒舌的著者所遺留的是怎樣的少呵！——查理·拉穆

和凡有別的短短的定義同樣，這一章的標題不過是一種方便。因爲對於與其說是論文家或哲學者，不如說是歷史家或科學者的兩三個思想家，我們也要述說一番，所以並不以此爲制限。分類的職能是在將方位指示我們，並不是將我們縛於什麼標柱的。

雖然一切標柱明白地指查理·拉穆爲英吉利論文家之最有獨創力者，但他幾乎是使分類不可能的。一部分從十七世紀的散文作家，他得來那豐富奇警的文體。然而他所製成的不是補綴的衣裳，卻是恰適於他的新的東西。伊立阿的論文和拉穆的其他的文章及個人的書翰是將從愉快的戲言和胡說乃至夢的兒童的柔婉的哀感和最精美極絢爛的批評兼收並蓄的。他比誰都更致力於復活對於古詩人的興味，他又鑑賞算是自己的友人的威至威士，哥爾利治並且濟慈等等新的詩人，對於「溫和的伊立阿」和他所愛好的書籍的嗜好就是表示文學底趣味的確實證據。

查理・拉穆

以蠱惑力及批評底洞察而言，僅亞於拉穆的論文作者是利・韓德。他的隨筆在諸時代的文學中，並不是第一等重要的東西；但即在英吉利論文的極簡單的概述中也不會被漏眼的。那些隨筆仗了健全而自然的英語的模範，常規的平易的文體而得保存。韓德的論文的選本是決不能轟動世界，卻能使其一隅生氣盎然的貴重的小書之一。

五十年前的批評底文章該將騷狄列於詩人之羣了罷。但從我們的趣味看來，騷狄的詩是失卻香氣的要理解他之嘗被看作和威至威士及哥爾利治成爲三傑也幾乎是不可能的。正同要理解洛澤斯和坎柏爾曾被當作重要，而愛爾蘭的民謠作家托馬斯·穆爾博得僅次於擺侖的名聲是困難的一樣，騷狄的詩決不是使他列於不朽者之間的東西。然而在他的散文中，卻有永遠的價值在。他的納爾孫的生涯，無論其作爲歷史的價值怎樣，總之是寫的佳妙的。在這作品和別的認眞的作品中，他極其用心，而以愛迭孫風的品位寫着。然而他是有着強盛的諧謔的氣質的。在博士這一篇太不出名的作品，他任情發揮凡有幻想的諧謔；這是差不多匹敵於斯騰的靈妙的亂談的。

騷狄是在他的時代受高的尊敬，好學而正經，學者脾胃的作家。拉穆則偏頗怪誕而爲人所愛。韓德則是愉快親切的人。較之他們更有力的批評家威廉·嘿茲力特則是使敵憤怒，使友背離的盛氣的人物。當時的喧嘩，特是在刺戟嘿茲力特而增加力量於他那熱烈而痛快的文章這一點，是有興味的。他是深邃的系統底的英吉利文學的研究者，是英吉利的最初重要的藝術（他試作畫家而失敗）批評家。在讀他的試作批評的人們之間，他的名聲從沒有如其在今日這樣高讀者要使自己對於書籍的興味加銳，要引導自己進入文學的諸問題（並不沈悶而深有興味的）的正中，更優於嘿茲力特的關於英吉利的喜劇作者的講演，時代的精神並且壯麗得可驚的桌上語者，是什麼也找不到了。他的關於莎士比亞戲曲的人物又關於伊利薩伯朝的劇文學的講演，是歷全世紀的批評及研究而始終輝耀的。

大抵以文學批評爲主材的嘿茲力特似的作家（雖然關於別的問題，嘿茲力特也寫過優美的東西）是僅訴於有文學底傾向的心的人們的，因爲讀批評的人比較的稀少。然而人人愛好人間的故事，倘是奇妙的故事，就尤其如此。托馬斯·第琴稷不僅憑了他的學者底論文，還憑了他的自敍式的英吉利的吃鴉片者的懺悔而出名。倫敦的青年的放浪和他對於姑娘的棄兒的友情的顚末是單純而令人感動的。鴉片的影響的分析精確得一目了然；而夢不但是詩底的，還一部分以預見近代的心理似的調子被解釋着。第琴稷像拉穆似的回返於十七世紀的修辭壯重的散文。然而海一般起伏着而碎成泡沫及虹的第琴稷的散文之澎湃的波動卻是他的心意之特異的運動，於欣賞律呂的讀者極美，但於希求自己的思想分明率直的讀者是不快的。屬於後一種的讀者在托馬斯·倍賓吞·馬可梨這里，就覺得較自在了；他是明澈到使誰也不會誤解他，有力到要不贊成他非有勇氣不可的。他那傳世的作品是較之別的什麽歷史更爲英吉利人及亞美利加人所多讀的英吉利史。公衆立卽感到而專門的批評家不會否認的那作品的偉大的價値是在說明的澄澈，和以劇底効果描寫人物及事件這一點。在他的論文，尤其是不論到文學者而論到社會名人的論文，也有同樣的價値，他的力之最優的例子，並不是使他著名的密爾頓，卻是茶坦謨和窩稜·哈斯丁斯這些論文。

在十九世紀中葉的四十年間，小說及詩以外（或者包括這些在內）的英吉利文學的顯著的頭領是托馬斯·喀萊爾。他起初徐徐地發展起來。他在衣裳哲學，用了羅稜斯·斯滕以後以最奇怪的文體寫出的德意志及蘇格蘭哲學之可驚的結合，想要聳動英吉利的耳目。英吉利人當時對於德意志哲學，並沒有什麽興味，雖然這種哲學，哥爾利治也曾以絢爛的斷片的調子教過他們一點。喀萊爾的這部書，除了包含亞美利加的愛默孫在內的稀少的人以外，不很受人歡迎。然而這本是，現在也還是偉大的書；是在以衣裳爲象徵的人類的幻想底概念之下，將人和自己的精神底鬬爭，他要抓住社會的意義這一種努力，表現出來的故事。這該使約拿單・斯尉夫特的眉端打喜悅之皺了罷——假如他是能夠理解德意志化的文體的。

托馬斯・喀萊爾

話雖如此，這書的中心的主題，並不是斯尉夫特式，卻屬於喀萊爾長育其中的困惱的懷疑的時代。這時代還沒有告終，而在現在恐怕還以更強調的形重現着罷。

喀萊爾的教說是從厭世底否定趨於漠不關心，又從這里趨於肯定底，挑戰底的勇氣的靈魂的成長。他宣說這教說的變調歷四十年。雖然得益於說教者的教說的人們是稀少的，但至少世界在喀萊爾這里，漸漸認識鼓舞底，刺戟底的力了。他那最初成功的書，是法蘭西革命；這並非批評底，紀錄底歷史，卻是絢爛的劇底的散文敍事詩。同種類的想像力使他的中世紀的研究過去和現在有着生氣。喀萊爾信仰英雄，信仰 Great Men (偉人)（這兩個字照他的意思，該要用大楷來寫的罷。）在他的英雄與英雄崇拜並且奧力味·克倫威爾中，他教我們，倘要求救就得坐於那偉人，那高貴的偉人的足下。他的文體和他的思想，最壞地看來，是怪奇，胡亂而爲一種個人底的喀萊爾式僞善口吻所傷害，這種僞善口吻是和他所非難的一般流行的僞善口吻差不多同樣惡劣的。最好地看來，他壯大得像希伯來的預言者一般。而在他那怪奇的熱心之中，是有銳敏的諧謔的閃光的。

繼承喀萊爾的許多思想的弟子是約翰·納斯欽，他在那峻嚴的道德，及那對於當時流行的政治底及經濟底虛僞和殘酷的憎惡，類似着他的師。納斯欽同喀萊爾一樣，是蘇格蘭系的人。喀萊爾生於貧農之家，終生度着貧窮的生活。納斯欽則是富裕的商人的兒子，享受過旅行呀，音樂及美術方面初步的教育呀，一切的利益。他是老練的圖案家，是以能文兼能畫的人的權威寫作的，嘿玆力特以後英吉利最初的美術評論家。他的近世畫家，建築的七盞燈和威尼斯的石中，他的視覺美的意識，變形而爲充滿着對於美的東西的詩底歡悅的，色彩絢爛的散文；然而這美的東西卻給沈悶單調的道德論一半減殺了。他所說的是：美術及建築是國民的宗教和社會底習慣的表現；又美術必須是純潔，懇摯，而有熱誠的。作爲歷史上的問題，又作爲藝術家製作的方法的說明，這是深切地眞實的，而納斯欽的原理便是倫理底美學之決定底表現。然而無論納斯欽怎樣眞摯地愛美的東西，這種原理卻漏落了美術的許多歡樂的成分；人不免疑心到般跋奴多·折利泥該笑牠，米開蘭基羅該忙碌到無暇來傾聽牠，而在納斯欽所愛的威尼斯建造聖馬可寺院和總督的邸宅的人們該驚訝於這從北方來的嚴肅的人究竟說着什麼罷。

納斯欽對於社會問題的興味，逐漸增進起來；關於這方面的他的見解在給那最後的人和胡麻與百合中表現得最好。他同威廉·莫理斯是英吉利一種藝術底社會主義的創設者；其理想所在便是藝術傳導於人人，而不會有醜惡的都市和建築物的這麼一個社會。形式方面且不說，他是雪萊似的詩人，是爲生的事實所戰敗的夢想家。他將從那節儉的父親遺留下來的多量的財產布施給人；除了可以說是想望自己的思想傳播這一種懷着熱情底確信的人，什麽主我底的地方也沒有，常常是溫厚而無私心的。納斯欽早年就修習文藝，在五十年之間，雖也往往使自己埋沒於無數的問題之中，卻從未失掉他自己的文體——從詳說來，即道

瑪麗·安利埃內忒

德底，經濟底，社會底思想之明澈而單純的闡釋，與他的藝術底熱誠之磨鍊的，剖析的，雄辯的表現，他的這兩種文體。以措辭而言，他既不喀萊爾似的怪特，又不塔刻立似的粗率。批評家嘲笑他的藝術觀，而經濟學者破壞他的社會理論了。然而對於他的文體，誰也不曾有過爭執，誰也不會拒絕將他列於散文的巨匠之間的第一位。

納斯欽希望藉了藝術，宗教，並且文學，凡有人們可以文明化。他的同代人馬太·亞諾爾

特（他們差不多同時畢業於奧克斯福大學）對於民主主義沒有納斯欽的熱情底信仰，卻宣說爲少數人的文化，那少數人他以爲是能夠容納文化的。他對於生的展望爲幾乎可說是勢利文化的定義所制限，然而他對於文學的展望卻是廣汎，清朗，優雅而諧謔的。在文化與無秩序及其他的論文之中，和那時代太狹隘的基督教所代表的希伯來底理想相反對，他擁護希臘思想。在文學與教理之中，他將聖書從神學者和俗人之手救出來。倘若亞諾爾特的這些較爲論爭底的論文已經有些褪色了，這是因爲他得以巧妙的智底鬬爭來擁護的思想，現在爲有識的人們當作不消說得的事了。可是批評無論怎樣的發達，總不能從論克勒特的文學，論荷馬的翻譯並且論濟慈及威至威士等關於詩的論文抹殺其精華，因爲他自身是詩人，卽使不是偉大的，且他的眞興味不在社會問題，乃在美的文章。倘說他將文化之曲奏得太多罷，則我們也該明白，他是不能豫見這在現代經了太多的反復，致成爲厭倦的名詞的；且他對於這種反復有着特別的權利，因爲他在當時較之別的任何英吉利的文學者更有深厚的教養。

十九世紀是沸騰於經濟底，宗教底，並且科學底問題的時代，喀萊爾，納斯欽，亞諾爾特等等中心底文學者，乃至小說家參加這些鬭爭，或則感得鬭爭的反響。有些本非文學者的辯論者及解說者，無論那特殊的目的是什麽，卻寫的極好，竟在英吉利文學中佔着確固的地位。

約翰·斯圖亞特·穆勒的政治經濟學是過時了，近今發生的事情也已經使許多十九世紀的經濟學說投向字紙簏中去了。然而穆勒的書卻是解說底文章的模範。他的婦人的屈從從近世的女性解放論的觀點看來，也成爲陳腐了。然而他的關於自由的論文卻有着不朽的生命，在今日比這更潑剌更適切者是再也沒有的了。

在教會的新教與羅馬教分派間的論爭，在十九世紀中葉搖動了英吉利的智底生活全體，且有歷史的意義的論爭，約翰·亨利·紐盟是站於羅馬天主教方面的中心人物。於我們有關係的單是論爭的文學底興味，而紐盟的功績卽在對於他的信仰漠不關心，甚或反對的人們看來也有着最高的文學底價值。他的對於他的生涯的辯明是以單純的，同時也微妙而無瑕疵的文體寫的，富於蠱惑力的自敍傳。雖然他的強健的精神直指實際底目的，他卻本能底地是藝術家；他又是教師，而一個大學的思想中，關於英文作文的有些諸謔底節段是凡有教員和學文章作法的人們都該手頭置備的。

還有一個思想家，其目的是在實際，卻以文學爲自己之僕的，查理・達爾文就是。關於種的起原和人類的由來的科學底價値的說明，不是我們的職分，關於這些的議論，我們委之於生物學者。我們知道的是達爾文形成完全適合於自己的主材的文體，而且無論進化理論將來會怎樣的發達，他的文學底力總是將不滅性給與他的作品的。反之，達爾文的友人，進化的哲學者赫伯特・斯賓塞，在哲學的領域怎樣且不論，在文學的領域則早就有被忘卻的趨勢，就因爲他不懂得文章之術的緣故。如果我們不下精確的定義，以最廣的意味理解或概括實質上意見相同的這兩個既是朋友又是同僚的有力的人們所徵示的差別，能寫文章的人和不能寫文章的人的差別，那麼，我們就領略一些文學云者的意義所在了。

十九世紀的凡有科學者中，文學最確當地要求歸於牠的領域者，便是托馬斯・亨利・赫胥黎。他是專門的生物學者，在那一門科學被公認的領袖。憑了從科學底自由與正教底權威之間連續的論爭發生出來的種種的論文及講演，他在文學中有着生命。他的文章遠過於專門底議論；這是對於自由研究和對於眞理的無限探求的權利的論爭底辯論。人在自然界的地位及講演與凡俗的說教是於全無科學底訓練的讀者完全明瞭的這類作品的模範，對於一般的見解有極大的影響。他的文體所缺乏的唯一美質便是馬太·亞諾爾特及大僧正紐盟的亞迭孫風的優雅。然而在赫胥黎這里，倘有這種美質恐怕反是弱點，而缺了牠並不就使他常成爲不公正不懇摯。他以直接的肉迫的力和自己的材料之冷靜的支配，以科學底知識與文學底技巧之可驚的結合，向自己的主材和聽衆邁進。

從生之論爭底及實際底戰鬬離開的純粹的文學底論文在羅伯·路易·史蒂芬孫（關於他的小說早已說過了）及窩爾忒·佩忒這里，升到極高的優位。以文體的精鍊而言，佩忒是最後之辭。他所寫的東西稀少，而他極其用心地寫作，差不多他所寫的全都值得一讀的。他的鑑賞論是關於拉穆，威至威士及哥爾利治爲主的美的論文集。他的死後一代之間，試作批評的英吉利的青年，一半是與其說亞諾爾特的，倒不如說佩忒的忠實弟子。對於這些青年及其他，「將來」還須下以判斷的罷。

第三十七章　維多利亞朝的詩

我來了，作爲一半兒遺留，

一半兒先驅的思想的主人；

英吉利所產生的最古

又最新的歌人。——斯文本：「蘭得」

維多利亞朝的詩，開始於什麽特殊的時代是說不出的，開始了那一朝的詩的特殊的人也是沒有的。生於十九世紀的初葉，繁榮於其中葉的詩人繼承着威至威士，哥爾利治，濟慈，雪萊等等直接的連續的統緒。奧克斯福的維多利亞朝詩選是極適切地以蘭得的詩選開端的；關於蘭得，我們已經約略說過一番了。他到十九世紀之中還長遠活着，他的死在引用於上首的句子，爲青年斯文本所歌詠。時代這東西原是互相接合的。

維多利亞朝的詩中最初有意義的期日恐怕是丁尼生刊行了他的英吉利的牧歌及其他的詩的一八四二年罷。憑了其十年前刊行的一小卷，他原是作爲英吉利詩中的新聲，受知於少數的讚賞者的。一八四二年的一卷包含着經過精心的推敲的他那初期的詩的最優者，和尤利綏斯，羅克斯力·荷爾及其他的新詩；這些現已成爲日常的談話和思想的一部分，而八十年前英吉利的讀者欣賞這些詩時的驚愕的歡悅，在我們竟幾乎不可復得了。例如從尤利綏斯：

丁尼生

我是我所遭遇者的一部分；

可是那一切經驗是一個拱門，

從這里顯現着未經旅行的世界，那境界，
永久永久地消去，當我自身每一動。

英吉利的牧歌刋行後五十年之間，依了一般的投票，還依了正式的任命，丁尼生算是英吉利詩人的王了。在這五十年之間，同在其最初的諸卷一樣，他以偉大的手腕使他的歌變化，且探觸到凡有可歌的主材，乃是精巧的抒情詩人。他越了抒情詩的境域而進於故事及劇的境域時，他並不在其最上的地位。那羅曼斯風的組歌公主刋行後，貧苦的批評者喀萊爾和優美的批評者愛德華·菲次澤剌德以爲他一無足取。這詩是憑了完全的歌，和故事的純然抒情底節段而得救的。在下列引用的兩個例子會令人想起將沉悶模樣缺乏諧謔的全體償贖了的美來罷：

唉唉，又悲涼又蕭索，彷彿是夏天清早
窗上曙色蒼茫，映到垂死的眼時，
傳送到垂死的耳的，惺忪的小鳥的爭先啁啾；

悲涼呀，蕭索呀，這些不復返的日子。
　美的是種種的聲音，
你的聲音更其美，然而種種的聲音都美；
草原中間急流過的澗水的汩汩，
幾千年的古榆上山鳩的悲鳴，
還有成羣的蜜蜂的嗡嗡。

他致力了三十年的王的田園詩應當算是偉大的英吉利敍事詩。這是偉大的主材。具有眞實的敍事詩底力的唯一的英吉利詩人密爾頓曾經想取材於此，但隨後便棄而採取他的聖書底主材了。丁尼生沒有處理這主題的故事底力，他將雄勁的古昔的羅曼斯感傷化了。他的亞搭爾王是沾沾自喜者，而騎士大都是羅曼斯的朦朧的反響。然而丁尼生的目和耳保持着調和的美的處所，在那里也存在。例如，叟·柏爾維第耳將臨死的亞搭爾的劍厄克斯卡力柏投於海中的節段：

亞搭爾王的圓桌

大寶劍呀，
在月下發出電閃，
一圈一圈地閃耀，畫着弓形旋舞。
一霎時流去，彷彿清早北方天空
的流星。

這樣的節段——有許多——及他直到其最後的告別的呼息，越境也不失其技巧的無數的抒情詩是丁尼生的光榮。這是由一部分批評的叢雲所翳蔽而不能消失的光榮。

恰像在一般的思想之中，迭

更司及塔刻立的名是聯結着算是維多利亞朝的小說的聯合底或競爭底所有者似的，在那時代的詩的所有權的競爭中，丁尼生和勃勞甯的名也聯結着。不消說，在事實上，文學的貴族底，無政府底民主主義中，這樣的競對底競爭或排他底所有之類的意味是沒有的。有天才的

勃勞甯

人各受時代，環境和家世的支配，始終不失其本來面目，而循自己的途徑進行。丁尼生的聲望傳播得迅疾而又普及的緣故，不但因爲他審愼地培養聲望，還因爲在他用了自己內中的極度的注意和一切力培養着自己的藝術的當兒，他發見了使人和自己共感，共見，共歌這一種至上的天稟。羅伯·勃勞甯須得等待好久纔被認識，這是因爲於許多的讀者，他最初似乎是晦澀而難解的。世界要讀他，愛好他，須得學習一番纔是。一八六八年，他至七十六歲的晚年時，在那充實的故事指環與聖書之中，寫着道，「不列顚的人們呵，不愛好我的你們，神愛你們哩！」公衆

之漸漸曉得他，大概是因爲當他隨意試作此詩時，他具有熱情底音樂底的直截的抒情底天才這緣故：

阿阿！「抒情的愛」(註一)呵，一半兒天使，一半兒小鳥，
全是驚異全是不羈的願望——
曾經衝犯太陽，求住家於
神聖的蒼穹，當了太陽的面
高唱出同類的魂的最勇猛的心呵，——
可是當陰暗的大地的最初的呼聲
達于棲居在那住家的你，
使那邊的聖的蒼色失去，榮光消亡時，
卻就成爲心兒紅熱的人間底，降下來，
爲人類辛勞，受苦或者甚至就死了——

這是和往日同樣的聲音，你的魂可能覺得什麼變化麼？

那麼，哪哪，從救之國傳來的聲響，你聽着罷！

（註一）指環與聖書可以說是謳歌勃勞甯夫人的詩。「抒情的愛」便是呼喚夫人的亡魂的話！

勃勞甯在他所發明的形式，卽劇底抒情詩，劇底故事達於那最高的造詣，在其中，或一假定底人物是唱着歌，講着故事的。襯托於許多心情和許多境地的這等作品，他寫過許多：在公陀拉中，最後的共同騎行，教法師本以斯拉，掃羅，我的最後的公爵夫人，對於生的愛等等。以上是英吉利歌謠的不朽的寶玉，要解釋這些是無須什麼勃勞甯學會之類的貫串於往往複雜而難解的勃勞甯的思想者，是使他將並不太過冷嘲底，或太過哲學底地批評底的讀者的愛更確實地握住的一個鮮明的思想：這就是勇敢的戰鬬底樂天主義的音響。他在臨終時說了關於自己的最後的話：

絕不轉背而挺胸前進，

絕不疑惑積雲會破，

絕不夢見正義敗挫，邪惡勝利，
確信我跌倒爲的是起來，敗北爲的是打個更好的仗，
就睡爲的是醒來的人呀。
在人事倥偬的午晝，
歡樂地招呼不識者罷！
叫他前進呵，背也罷，胸也罷，
「努力呵！奮勉呵！」叫着罷「快快，——戰上去，永久戰上去，
在彼世也如在此世」。

勃勞甯夫人，依利薩伯·巴勒特，以其感情，其優秀的智力而言是詩人。倘說她沒有達於最高的詩的境域，這是由於她是既不憑本能又不憑訓練而擅詩的技巧的這緣故。在她和勃勞甯相識以前刊行的詩裏，她曾經寫道：

或者從勃勞甯一個什麽「石榴」這東西，倘若當中深深割下去，
就顯出有人情的脈絡的血色斑爛的一顆心。

這是文學史上最幸福的羅曼斯之一，他們兩人的羅曼斯的起端。然而她是病人，恐怕自己成爲對於他的重荷。她的躊躇和否定時代的詩底表現是葡萄牙人的短詩；這作品，即使從技巧底構造上說來不然，以情緒和空想而言，是美得不亞於以英語寫的什麽的。對於「謳歌自己的短詩」的意境有些輕蔑的勃勞甯一定知道自己的妻是在詩這方面，英吉利的什麽女子未曾幹過那麽樣，以這鍵兒開了她的心胸的：

從我這里去了。可是我覺得
此後我將立在你的影中了。
不復立於我個人的生活的門口，
獨自兒指揮我的靈魂的活動了。
不復先前一般，靜靜地，

舉手於太陽光裏而不覺到我所抑制的感覺，——
掌上你的手的接觸了。運命雖
使我們兩人遠隔，你的心胸的音響卻遺留在我的心胸裏，
使脈膊加倍的跳動了。凡我所爲，
凡我所夢者都包含着你，
仿彿葡萄酒有着葡萄味。
當我爲自己祈神時，神就聽聞你的名，
且在我眼裏看出二人淚。

在一八五九年，小詩集出現了，當時誰也不予以一顧，而作者自身則深知其偉大。這就是愛德華·菲次澤剌德的莪默卡耶謨的魯拜集。這是從那波斯人得來的，卻遠在翻譯以上，乃是英吉利語的傑作。洛塞諦及斯文本發見了牠，於是牠的聲價漸漸增加起來；至菲次澤剌德死後，同世紀的末葉，這便成爲青年文學者的一種詩底聖書，而被稱讚到竟過於那崇高的價

値了；這在今日是較之同樣美的性質的任何別的詩更被熟知，更被廣泛地引用的。那絢爛的運命主義，那有羅曼底厭世主義的色彩的乏力的悲哀到達於潛在我們一切人的內中，而東洋的詩人們前此未曾表現出來的一種異教徒底本能而且非次澤剌德的四行詩是深入的；一度進到耳裏，這便停留在那里。我們沒有從那詩引用什麼的必要，因爲那詩是誰都知道的。只消將其律呂囘想一番就是：

樹枝下面一卷詩，
一壺酒，一塊麵包——還有你
在荒野中，傍了我歌唱——
阿阿，唯荒野是完全的樂園！

洛塞諦

作爲重要的批評家已經見過的馬太·亞諾爾特是有精優的手腕和訓練和趣味的詩人，他的詩不過從偉大詩的境域稍微離開一些。神聖的火似乎一觸他的詩的邊端便卽消失下去，任其月一般的冷卻了。大約亞諾爾特做批評家太過，不能解放自己了罷。他的最美的詩是葬送了的生，有着熱情的呼叫。然而我不引用牠，卻要引用更有特徵的詩，這詩於形式，於內容是顯示他的詩的完成和限度的詩的峻嚴——

那意大利之子，在但丁到來以前，
試吹聖歌的喇叭者，
當明媚的青春在禮祭的羣集中，
和他的新娘同坐看社戲。
新娘眞美麗，青春在她前
星一般輝耀，還有屬於青春者，
華麗的衣裳，閃爍的裝飾，健強的誇傲。
忽然一柱斷！高臺坍下來！看呵，
在負傷掙扎的苦惱者當中，那新娘橫着，

貧傷的人們顛顛地將新娘的衣裳剝了——
於是發見了一襲粗麻衣，緊貼光滑雪白的肌膚。
這樣的，詩人呵，便是你的新娘，繆斯的神！
年青，歡欣，光輝徹於外；
裏面是思想和峻嚴的隱地。

這峻嚴的詩觀是切合於入了成熟的境域的但丁及密爾頓的精神的。然而，尤其是爲那麼常談希臘精神的人物所主張時，這卻是不快模樣禁慾底的。較爲愉快而人間底的繆斯觀則便是較亞諾爾特稍年青的丹第·迦伯列·洛塞諦，威廉·莫理斯和阿爾澤農·查理·斯文本等三詩人的見解。

洛塞諦是詩人兼畫家，屬於自稱拉斐爾前派而試將英吉利的藝術從因襲性引導到初代意大利繪畫的黎明的清新去的一集團。洛塞諦的畫術於他的詩上有着多少的影響；以色彩及視覺這些畫家的用語觀看生的那天才，是將言詞用作視覺底象徵的洛塞諦的才能還有着別一種二元性；他的父是意大利人，他長育於其祖先的言語和文學的完全的知識之中。在英吉利的從意大利借來的短詩，他該是凡有英吉利巨匠中最大者，這是可以理解的。他的天才是從莎士比亞，古英吉利的民謠和他的同代人勃勞甯產生的全然英吉利式的天才。然而他卻將意大利人的爽朗的流利多少引入於算是世間最柔軟的語言的英語之中。他的生命之家是莎士比亞以後最美的連續短詩，揭載於下文者，題作戀愛中的死，顯示着洛塞諦的繪畫的力，和雖說同但丁一樣的古，卻也是他固有的語癖的象徵主義：

「生命」的隨從裏有一個形像
生着「戀愛」的翼，背着「戀愛」的旗：
美哉那織物，崇高哉其上的花紋，
阿阿，靈魂退隱的面龐，你的姿態和顏色！
像春從冬醒來這樣的迷人的影響，
在其摺縫裏顫動；牠的力貫了我的胸

無路地奔騰，彷彿誕生的門口一聲呱呱

而一切變新時，那難忘的一刻。

可是一個蒙面的女人追上來，

用手抓住了旗柄，將旗捲起來，——

於是拔了背旗者翼上的羽毛，

送到嘴唇邊，一動也不動，

對我說道，「看呵，這里沒有呼吸了：

我和這『戀愛』是一身，我便是『死』哪。」

洛塞諦的朋友威廉·莫理斯也是詩人兼畫家。莫理斯有着廣泛的天才，像中世紀及學藝復興期的人們一般；他們的精神，他竭力要使其復活於產業底英吉利。他的活動是廣大的。他一手描壁紙的圖案，而一手寫詩，趁了休養的期間，還作關於社會問題的演說。有人冷嘲似地說過，倘若他不怠惰，他還該作出二三部裴多芬風最優的交響樂來罷。

在這里，使我們最感興味者是莫理斯的文學底作品。在丁尼生的牧歌算是最有聲望者的亞搭爾羅曼斯的許多詩底復活中，莫理斯的金湼徽耳的擁護是最美的作品之一，卻不是最有精神，最絢爛的作品。在哲孫的生涯與死，他將大家熟知的希臘的傳說轉成韻律的羅曼斯，這羅曼斯將古代精神，和中世紀精神和十九世紀的神經質的速度奇妙地融合起來。這是可以全讀而不致有沉悶之感的少數的長詩之一。而且這也立即博得成功了。莫理斯隨又從事於地上的樂園，這是

斯文本

同樣地取材於希臘及羅曼底的資料，而史本塞的仙女王以後有最龐大的企圖的二十四篇故事，成功地完成了的。莫理斯的缺點是在他寫的太多。他縱有那樣的力呀，速度呀，色彩呀，調度英語的音律的能力呀，但出了埋沒於莫理斯的一卷之中似的兩小卷書的洛塞諦的窮極

底地完全的文句，在莫理斯這里是稀罕的。而且莫理斯又沒有達到算是差不多同樣多產的作家的一個友人斯文本的魔術的境域。

一八六四年，斯文本二十七歲上刊行了卡利同的阿塔蘭塔，二年後隨又出了詩和民謠。他的盛燃的青春，他的叛逆和情火結合於音律和旋律之複雜的學者底的調度。這是他的同代人誰也不能並肩，而他以前的英吉利詩人誰也不能凌駕的。除了斯文本以後，從音律的美向自由詩離去的人們，凡有英吉利的青年詩人都受了他的魔力的支配；自由詩者，假如他有試作之意，在他看來該也不過是兒戲而已罷。他是能夠和英語相結合的一切諧調，律呂，尾韻和揚音 (accent) 的巨匠。他從最古的材料籌畫出新的句格和律句的形式來。

斯文本的天才不是僅僅言語底練達的問題。較之以為斯文本缺乏思想這觀念更悖於詩的精神者是不會有的了。他有着摩肩接踵似的許多的思想，從他關於古代及近代文學的龐大的知識和他那深切的熱情所發生的思想。他的抒情詩往往弄得非常冗長，——沒有別的詩人能夠那麼可驚地支持自己的詩了——而斷片底地來引用他的詩，也能夠將他的流利，他的調子的管弦樂底充實給人一點印象的。然而恰如一節綠可以表示交響樂似的音節，塞派因的讚歌中的四行可以表示他的音樂：

凡有美妙的日子，喜悅的日子，凡有精力和悲哀都拋棄了呵，
和過去的浮波，現在的推盪着的泡沫一同遠去：
往極端的海壁之外，極遠的海門之間，
海波翻騰，大船沈沒，可怕的死等待着的地方。

斯文本不僅是有言詞的魔術底引力的抒情詩人。他還是偉大的故事詩人之一。亞搭爾王故事的許多復活作品中，他的來奧湼斯的透利斯探是無可倫比的極壯重絢爛的作品。雖說範圍較狹，而有幾乎不遜於斯文本的魔力的詩人，就是作爲同世紀第一流小說家，我們曾經遇到過的喬治·梅列笛斯。他歌咏大地的讚美，歌咏人和自然的交感的讚美，而他的戀愛詩，在其人間的熱情和世界的美的融和，是極美的。對於他的谷間的戀愛，丁尼生說過，那些句子，不能從自己的腦際消去，而聽了那些富於魔力的律呂，是誰也不能忘了牠的。

松鼠般羞澀，燕子般任性，
　掠着河光飛繞水面，
去迎影裏的翅的燕子般敏捷，
　她休止時比飛時更顯得飄逸。
跳躍松梢間的松鼠般羞澀，
　日落時掠過頭上的燕子般任性，
我所愛的她是難以捉住，難以到手的，
　難呀難，可是，阿阿，唯勝利的榮譽纔可以籠絡她！

沒有那麽魔術底，而更加哲學底，探求底者，是題曰近世的戀愛的略似短詩（sonnets）的詩的連續，這顯示着那歌人，不倒不如說顯示着那小說家。

純粹的天使的音響是丹第·迦伯列·洛塞諦的妹克立斯提那的音響。她同其兄一樣，有着對於形式，尤其是短詩的完全的支配力；她又有着其兄算是統率者的那一集團的中世紀神祕主義的色彩。然而她的神祕主義卻取了極眞摯高尙的宗教底虔誠的形。她的戀愛詩是以尼姑似的出世的心氣寫着的。將她和勃勞甯夫人來比較雖不很瞭然，卻是慣常的事了。勃勞甯夫人的表現更爲豐富而雄勁，但她終究沒有到達她的姊妹詩人的窮極底單純和律呂及言語的正確的境域。下列的「歌」並非克立斯提那·洛塞諦的傑作，然而這卻顯示着她的精神的甜美的凄寂，也是完全的詩！

如果我死了，親愛的人呀，
不要爲我唱悲歌，
不要在我頭邊種什麼玫瑰花，
或是濃蔭的杉樹：
同了雨水和露滴，
覆我身上的是綠草；
你要記得，就記得罷，

你要忘卻，就忘卻罷。

我將看不見那影，
覺不到那雨；
聽不得夜鶯
傷心似地啁啾；
在不升不沈的
朦朧境裏做夢，
有時，我也許記得罷，
有時，我也許忘卻罷。

維多利亞朝的故老的最後生存者是在八十三歲刊行了新詩集的托馬斯·哈代。他同梅列笛斯一樣，是詩人，同時也是小說的巨匠；比照着欣賞他的詩者一人，則讀他小說者有二十人。然而他的心情，他那懷着哀憐和苦惱的情熱底心情卻常在他的詩中；從他的短詩，又從龐大的敍事詩劇王朝的人們，人所感得的是：他之所以寫故事是因爲他有這能力，又因爲有對於故事的外面底要求，而他之寫詩，乃是服從他的內面底命令。他是英吉利文學中最悲哀的詩人；這里所說的是悲哀，並非太被濫用的厭世主義這句話。他是威至威士似的對於自然的綿密的觀察者，愛好者，然而他幾乎沒有從自然獲得威至威士的穩靜的安慰。他的詩有些硬固，卻是傑作，硬固云者，較之在音韻，倒是在思想。他那在幾乎最欣悅的瞬間的中心底心氣可於陰晤中的畫眉的末節窺見。他聽得小鳥歌唱「無限的歡喜」，於是吟詠道：

奏這樣的妙調的
理由很少寫於
周圍遠遠近近的
現世的事物，
這纔我能夠想到，惟他所知道

我所不知的祝福的「希望」呵，
經了他那幸福的
良夜的音調而顫動。

在大部分的抒情詩中，流着一脈的悲哀，這是因爲我們一切人懷抱自己的悲哀，便使成爲悲鳴或號泣，好些呢，從此全不發出什麽音響來，而詩人則領會將那悲哀變化爲藝術的方法的。十九世紀那樣，有着許多沈鬱的悲歌——和希臘或伊利薩伯朝的偉大的劇的苦惱全異的東西——的世紀，在英吉利詩是沒有的了。不能被忘卻的天才，有着現實的肉體底苦悶的破損的天才是受了傷損而卻可驚的傑作可怖的夜之都的著者詹姆士·湯姆孫。引用這詩是不可能的，因爲無論那一節倘沒有其他便什麽意味也沒有了。不消說，勃勞甯的健全的精神是對於成就內面底成長的靈魂的一服解毒劑。在他以後較年青的人們便奏出力與勇氣之曲來作那膾炙人口的蔽我的夜之外的威廉·厄湼斯忒·亨里將自己深信的勇氣，較之在詩倒是在散文表現的更好的羅伯·路易·史蒂芬孫；二十年前作那些掛於人人口頭至今還未被忘的強健的詩的路特耶特·吉卜甯等。

回顧維多利亞朝的詩時，我們驚嘆於詩的豐富，和我們甚至還沒有列舉其名，然而倘無更偉大的兄弟該成高貴的文學了的那些詩人的數目：太過以諧謔家出名，太不以詩人出名的優美的人物，而寫過三四篇完全的歌的詩人托馬斯·呼得；帶了克勒特族的魔術出世的愛爾蘭暗黑的羅撒林的詩人曼干；寫過倘非極高，總算是眞正的詩的稀少的抒情詩的，亞諾爾特的友人克拉夫；寫過例如玩具似的，令人下淚的詩的科芬德里·帕特摩；在聽得「自由詩」的聲浪以前寫過美的晚禱歌的錫德尼·多柏爾；長詩多用方言寫，而用古典英吉利語寫的短抒情詩則在思想，在情緒，在獨創底勇氣，和旋律底律呂的配置，可注目的萌島詩人托馬斯·愛德華·布拉文；還有輕快的作詩家蘭特，多布孫及其他。

在十九世紀的末葉和現世紀的初葉，實行了偉大的英吉利歌謠的傳統，而增加了顯然個人底曲調的生存的或死亡的較年青的詩人，即使要悉舉其名，也是不可能的。從中有的是：寫過強有力的利定監獄的歌謠的鄂斯加·王爾德；強健的民謠的被確認的作者約翰·德衛孫；天賦以吉勒特族的蠱惑力的威廉 B. 夏芝給詩人的偉大並非憑了他的分量而被測算的事作證據的士洛普細耳的青年的作者 A. E. 豪斯曼；抒情詩和冒險底故事的大家約翰·梅斯非德有根底很深的細巧的空想的窩爾忒·得·拉·美耳。英吉利詩的榮光不獨在偉大的獨唱的聲中而已，還在較小的歌者的大羣集所成的合唱隊中；那些歌者每人是獨唱家，因爲詩人並不是合隊而唱的。在這簡短的概述中，甚至沒有舉名的詩人們所作的詩，我們也可以從那里編出美的詩選來。

凡有現存詩人所一致同意，可作說到十九世紀的詩的一章的高潮點而立脚的名字，便是法蘭西斯·湯卜遜這名字。他不是偉大的英吉利詩人的最後者，因爲最後這一回事在這里是沒有也不該有的。然而我們却可以，倘非批評底地，則詩底地，以他爲壯麗的落日，而將他的落日頌的豐富的幻影戴於他自己的頭上的：

> 阿呵，你這被放逐的日呵，
>
> 沈下去時收斂周圍的光彩的日呵，

你的東方日出式好不榮華；
但你如今在更莊嚴的美觀裏沈下去，
以天上的動亂而被頌讚：
你的顯現的奏樂使天空震聾，
你的鐃鈸爲燒西天而大響，
你是這麼從容地就死呵：
我祇「見」你的管樂器的殷紅的高鳴！

湯卜遜在善良的友人發見他的天才而救他以前，是悲慘模樣貧乏而孤獨的。他的華麗絢爛的空想是從生的慘苦的逃避；對於詩人和讀者，詩便是這麼一種的逃避。在宗教底極樂詩天國的獵狗中，在尊崇模樣貞潔而高尙的戀愛詩姊妹歌，及第恩的膝的戀愛中，又在哀婉的兒童詩中，他發見了安慰。他在罌粟中將見於莎士比亞的短詩中的那樣，授不滅性於自己的主材和自己的那昂然的意識表現着。這一章就以這詩的引用而來終結罷，因爲這說着詩人的故事和那詩人的幻影的最後的勝利：

戀愛呵，戀愛呵！凋零的夢的你的花
在韻律的葉蔭裏平安地橫着，
爲要避刈割的人及那人的刈割者「時」，
在韻律的葉蔭裏藏躲着。

戀愛呵我爲「時」的爪所攫了！
然而韻律的葉蔭裏還遺留着
爲這現世所尊重的——
凋零的我的夢，凋零的我的夢。

第三十八章　十九世紀的法蘭西散文

窩爾忒·司各脫的華麗而卻散文底的羅曼斯以後，遺留着有待創造的是更美更完全的別的羅曼斯。這就是劇而兼敘事詩，華麗而卻詩底，現實底而卻理想底，眞實而卻壯大的羅曼斯。

——微克忒·嚣俄

凡有東西常存在，凡有東西又常共存。羅曼主義有其愚人，這又有其明哲的人。

——里米·得·哥爾蒙

所以法蘭西羅曼派，不誇張地，可以稱爲十九世紀的最大的文學上的一派。

——該屋爾古·白蘭德司

法蘭西文學的羅曼底時代，在時代上又有幾分在精神上相當於英吉利文學的羅曼底復活，而兩者都是有關於包含在法蘭西革命裏的思想的。英吉利的運動，白蘭德司的話且不論，遠比法蘭西的爲強大，而在英吉利，因爲偶然產生了較之法蘭西的更見偉大的文學者，所以那運動更早更豐富地繁榮了。時代（將一八〇〇年圖表底地作爲牠的中心罷）、鼓勵英吉利的思想界，便有英吉利的詩人來應和。法蘭西的思想界是沈鬱的；濟慈及雪萊等，法蘭西直至他們死後爲止不曾耳聞的人們且不提，足和司各脫及擺侖相比較的文學者在法蘭西至後代方纔出現。從十八世紀法蘭西的思想界，服爾德的個人底名聲雖留存下來，但他的澄明辛辣的睿智作爲文學底勢力卻消滅了。那時支配底力是經沙多勃易盎轉化爲宗教底情緒和智底反動的盧梭的感傷底羅曼主義。沙多勃易盎的基督教的精神發表於同世紀的初葉，是在法蘭西最有力的新書。這雖夾雜着多量的議論和神學，卻是並非用議論或神學的口吻而用色彩和美和象徵主義的口吻的基督教的擁護或讚美。那最劣的處所是說教，那最好的處所則是彩色玻璃和大寺院的風琴。一個插話，卽核耐的故事，是在全歐羅巴的小說及詩中，屢見不鮮的探求底，憧憬底的充滿悲哀的年青的魂的羅曼斯。雪萊的阿拉斯忒及哥德的維特是同一思想——因爲這思想彌漫於當時一般的社會，所以並非直接借來的——的表現。喀萊爾對於這思想全體的頗苛刻的回答是這樣：「青年呵，莫再閑散着，還是去工作罷。」

在現代的小說中我們有着這些淒淸的不滿足的少年，然而我們就想將他們送往稱爲精神分析學者的醫生們那里去，無論那些醫生們是否比沙多勃易盎更爲賢明。

沙多勃易盎

「凡有東西常存在。」他那悲哀的調子可沒有將給與百年前法蘭西人的那麼深的印象給與英吉利的讀者了。爲什麼呢？因爲英吉利的羅曼斯在兩世紀之間，是熟識稱爲哈孟雷特的悲哀的懷疑底的少年的；而一八〇〇年左右的英吉利的小說，雖含有不少的當時的廢話，卻還由菲爾丁及斯摩勒特的強健的健全性支配着，又將爲司各脫的同樣強健的健全性所支配的。沙多勃易盎在英吉利居留了數年，至晚年翻譯了失樂園；而和這正相對，他的作品有許多也被翻譯爲英語。然而爲了既經提示，也許並不正確的理由，他在英吉利沒有被廣讀。對於近代的法蘭西人，他的修辭是不快的；然而猶如許多的法蘭西人在斷頭臺上及其他的地方失了頭似的，那法蘭西的散文失了頭時，和在那強健的肩上復得了鮮明的頭時之間，他是那過渡期內的巨匠，這是他們所知道的。

微克忒・囂俄

那肩逐漸地成長起來，那頭便是有各種各樣的力的許多的頭了。在同世紀的初葉——前後數年也算了罷——產生了巴爾札克，微克忒·囂俄，亞歷山大·仲馬，喬治·桑等小說家，和批評家兼論文家聖柏甫。法蘭西的小說家中最豐沃最有力的巴爾札克，雖然寫了許多的作品，還沒有理解或宣布自己的目的；可是他企圖描寫生的一切樣相，稱了他的小說的全部作品爲人間喜劇。他沒有活到可以完成自己的計畫的時候；他五十歲上死了。人間喜劇是超越着任何一人，一國，或一時代的範圍的。然而巴爾札克以前及以後的小說家，對於這麽普泛的標題，是誰也沒有過於他的權利的。他創出了繁多的人們；這些人們，任何國家的讀者——他的書的大部分是翻譯爲凡有歐羅巴的語言了的——是無論地方底乃至世俗底境地有何分別，總之認作他們自身和自己的友人及敵的。巴爾札克研究過巴黎的市民，農夫，及鄉鎮的小資產社會等一切的類型。因爲他的生涯的大部分在書案邊過去，且他捲進於足以盡奪普通人的精力的事業的辛勞之中，所以他怎樣覓得直接知道那許多種類的社會的時間，是不可思議的事。那解答便是，他無可比類地有着作小說家的本質底天稟，即洞察。他要理解，吸收場景和性格，使其成爲自己的一部分而給以精確的詳情——有時則過多的詳情，只消看見一回就是。他的洞察仗了他那偉大的知底誠實和勇氣而得增添力量。在這一點，他類似着他所極其讚美的司各脫，又像司各脫一樣，他得維持苦惱的生活而寫的過多。然而他決不迴避那爲作家的責任，往往接連十六小時，超人似地工作，將自己的作品修改着，琢磨着，而將使其大部分，雖是極冗長的頁也有不朽的生命的那無盡藏的力都貫注於其中。

巴爾札克的作品該可以將如今還頗無謂地進行的羅曼斯和寫實主義之長久的理論底論爭，差不多在其發生之前，就實際上解決一下的罷。對於批評家及小說家之就他們的藝術推究理論者，那是有興味的專門的問題。凡有長的虛構作品，不論那內容或取材怎樣，在法蘭西人自身的精確的語言上，都稱爲 Roman，這事實豈不就將那問題爲他們解答了麼？又，將生的全部或大部分作爲靈魂及事情的羅曼底冒險看，且爲給與對於事實的眞實這一個印象起見不避怎樣的苦痛的那最大的法蘭西小說家所實行的處所，豈不也回答了那問題麼？在巴爾札克，文字的解釋和幻想底想像並不相衝突；讀者見到相衝突的所在也未可知，但巴爾札克卻並不覺到的。他的偉大在於他的同情的範圍。他在厄熱泥·格龍台，描寫處於狹苦的環境的單純的鄉下姑娘。在別的書上，則寫着別種女子的「榮華和不幸」他是將事業和金錢的卑低的羅曼斯收納於小說裏的第一人，在綏柴爾·琵洛妥之中，利用着在商業的

巴爾扎克

世界的自己的經驗。而在從弟逢，從妹佩妥，老哥略阿等等他那許多的，差不多一切的小說中，流貫着種種形態的貪慾，吝嗇，利己心等等可憎的動機。巴爾札克不是以愛撫底，感傷底的方法愛人生的人。他的人生觀正當而往往苛烈，但當關係到年青的姑娘時，則又往往溫雅。他那對於青年的態度大體上是峻嚴的；他將「利己主義者」在梅列笛斯寫到之前，早就描寫過幾回了。他將情感的生活推進到遠在歡樂的夫婦的結婚的鐘聲以外；結婚是一個插話而已，人們進行生活，進行到老年——巴爾札克的妄想底的，不愉快的，悲哀的老人們描寫的巧妙可驚。這個男女的觀察者有着對於場景及境地的感覺，而在文體上雖然照例不是詩人，但在算是思惠登波爾式神秘主義的實驗的"Séraphita"那里，他卻能直迫散文詩的境域，這也是耐人尋思的。他委實是一個 Colossus（巨像），或 Colossoum，（註一）因爲後代的小說家是獲石於他的偉大的結構，去造小規模的建築物的。

（註一）羅馬的大圓戲場。

巴爾札克的友人而同樣的巨人歆克忒·囂俄差不多生活於十九世紀，五十年之間，在法蘭西是最大的文學底勢力。他是詩人，劇作家，小說家，政治底小册子作者。憑了將他流放於國外凡二十年這一回事，政治上的好運增加了他的聲名，待到歸國時，他這樣地被戴了桂冠，授了光榮，竟使冷靜的批評家對於他的盛名有些覺得反感了。

於英吉利的讀者並且法蘭西以外的歐羅巴，他在其散文小說巴黎的諾脫爾達摩（在英語則普通稱為諾脫爾達摩的駝背）海的苦難者，雷密在拉蒲爾等最為知名，也確乎最為人所讀。那些是傳奇劇式，在有些場景則有趣到激盪心胸。當吉略忒和章魚的拏戰鬪，或駝背硬使他的敵人放脫那抓住了大寺院的水溜的自己的手而跌個半死不活時，誰不覺得戰慄呢？然而囂俄的傳奇劇，像莎士比亞的傳奇劇和其他一切優良的傳奇劇似的，在其背後，卻也有着思想和熱情，有着使思想難忘似地抓住人心的煽情底力。囂俄有些像迭更司所為似地，用着醒目的情景使本身沈悶朦朧的社會底動機頓有生氣。這兩人不消說，還有其他具傳奇劇底想像力的一切作家享樂醒目的情景，是為了那本身的緣故。在雷密在拉蒲爾（Les Miserables），囂俄張了頗弛緩的絃於冉·發耳戎的生涯上，而將五六篇小說及更多的材料綴集攏來。在這里有着小說所能包含的幾乎一切；標題是不能翻譯的，因爲其意味所在既不是「悲哀」又不是「貧苦」又不是「悲慘」，又不是「不幸」；這有着那一切和更多的什麽意義；在法蘭西語中，將豐富的意義給與這一詞者大約就是囂俄罷。他所命意，他所執行，是在顯示安樂和特權的水面以下的生活全體。倘若囂俄，不是煊赫的故事家，則這該是社會學上特殊的抗辯，令人厭倦的

冉發耳戎

材料了罷。斯文本爲盲目底熱情所驅使，而稱雷密在拉蒲爾爲「曾經創造或着想的最大的

抒情詩底，劇底的小說作品。」我們不必說到那樣程度，但對於以爲囂俄的散文羅曼斯「該給任何作家造成了極大的聲名，可是這些還不過是微克忒·囂俄給自己的天才建立的紀念碑的一面而已」，這一種史蒂芬孫的較冷靜的意見卻能夠贊同的。關於那別一面，卽他的詩及劇，我們將在次章來說一番。

亞歷山大·仲馬，在百年之間，大概是較之司各脫也不除外別的一切作家，使更多的讀者喜歡的罷。他是或則假造，或則眞實，然而全都非常生動，以歷史爲背景的武俠羅曼斯的無比的巨匠。倘若仲馬不是那樣的藝術家，那麼他的故事就會落到市本小說的地位了罷；那大概也會使羣衆喜歡的，卻不會在文學上佔着現今所佔的永久的地位，又不會保持在小說上要求情節和冒險以上的事物的讀者的尊敬了。然而仲馬卻是不僅以想出刺戟底結構來爲止的藝術家；他創造那些立起來，穿了自己的長靴行走或搖擺，以及用活靈活現的聲音講話的人物。卽當以司各脫，巴爾札克和特洛拉普的生產力，比較起來也還顯得舒泰而周到的那麼樣速度寫着時，他的生氣也不從他離開。他有着許多協作者，而被非難爲經營着小說工場；

然而他總之是那工場的頭腦的，心臟的，發電機，可驚的是他那無數的羅曼斯（戲曲，歷史及回想錄等且不說）中可以算是傑作的極多。至少三個火槍手和曼特克里斯托伯爵這兩篇佔着英吉利讀者（而法蘭西讀者不消說）的少年時代的極大部分，竟致我們幾乎記不起那沒有知道那些作品的時代了。坡托斯，亞陀斯，阿剌彌斯這不朽的三人，如果「永久」容納比較的話，則還有更不朽的達太南，我們對於他們是决不至於失却興味的。然而仲馬遠在聰明的故事作者以上，而 Olympe de Clèves 及其他是着想堅實，製作優美，全然列於第一流的小說，這一層我們卻漸漸地認識了。仲馬是性急，輕快，商業底，演劇風味底的他（並且他的事情）並不將可以思索的時間給與他自己，他依賴於自己的豐富的才能和卽興創作的力太過了。然而他那急速的火似的風趣之下，卻是充溢的生命之感和可驚的睿智。

仲馬在外面底冒險和遠離的時代，看出羅曼斯來。法蘭西小說家中最大的婦人，或者法蘭西婦人中最大的小說家喬治·桑則在她自身之中，在內心的事件之中，又在她以母性底愛所愛的法蘭西國家和農夫之中，看出羅曼斯來。不論她的小說的場景或結構怎麽樣，她總有着權利，義務及愛的自由之類的一個主題。以其使那主題發展爲許多形式而言，她是真率的女性；她的男性底別號是沒有難免和她相比較而差不多和她不像的英吉利女子——喬治·愛略脫的別號那樣的意義的。他們所共有的便是，他們對於單純的人們的愛情，對於世界的殘酷的反抗，以及使他們的誠實的思想明晰這一種能力。喬治·桑的小說的最美者是取材於村落生活的東西，有蠱惑力的田園詩，或者照她正當地所稱，則「牧歌」小法台式，孤兒弗朗沙及惡魔的沼等。

喬治·桑

那時代的大批評家，這些羅曼斯作家及詩人們的友或敵，但就大體看來，則曾經算是，及依然算是法蘭西文學中的俊傑者的友，是聖柏甫。他的重要大抵限於法蘭西。批評是並非直赴離文學底人們的興味很遠的境域的文章的形式國際上算是重要的批評家是稀少的委實可以說，批評家在本國以外的什麼國家都沒有什麼名譽。聖柏甫有影響於馬太·亞諾爾特及其他英吉利的批評家，而歐羅巴的一切文學底批評家恐怕都是從他獲得教訓的。他的偉大的功績是給法蘭西人，又給世界，他

聖柏甫

那對於法蘭西文學的明澈的解釋。然而世界却不讀批評之類。聖柏甫的論文有些已經翻譯爲英語了。但他對於未讀法語者依然是掩閉的書。對於讀法語者，他不但是揭開着的書而已，且是別人的，他以前的一切法蘭西文學的，又往往經他錯誤判斷的他的同代者（例如巴爾札克）的書的揭開者；然而以大體而言，他是以批評底睿智的直截的判別底光觀察的。聖柏甫以後，任何識字的法蘭西人都沒有不理解本國的文學的口實了，而摸索法蘭西文學中最優的東西的任何外國人也除遵從聖柏甫的指導以外，

不會有更好的辦法了。

法蘭西精神的合理底及批評底方面——恐怕其最有力的方面罷，雖然法蘭西有着一切形式的文學底藝術上的巨匠，——顯現於愛爾納司忒·芮農及H.A.滕。芮農憑了他的耶穌的生涯最爲知名；這是懷疑的兼且敬虔的作品。這同關於宗教問題的一切書所必有的運命一樣，成爲論爭的材料了；基督教徒不喜歡這書，異教徒則爲芮農所意想不到似地利用這書；而芮農自身因爲否認對於文學的一切興味，便使問題愈益糾紛了。在他自己想來，他是於文體沒有什麽關心的眞理的探求者，是歷史家。然而文學是以赦敵爲報復，而覺得耶穌的生涯這一書無論是否分析優美的或「科學底」歷史，總之，無可否認地算得藝術的作品的。這是以豐富的色彩實地描寫的新約全書的闡明底改作；實地描寫云者，因爲這書的大部分，芮農是在敍利亞在那場景的中間寫的。他志在作歷史家，批評家，哲學者，東洋學者。他成了文學底藝術家。人們欺騙自己而寫比自己所知更好的東西。而文學，那玄妙的不可解的女神是採納他們的。

像芮壽滕一樣，H. A. 將自己較之文學者倒是看作科學底歷史家及論理學者的。至十九世紀的後半，科學底精神領有一切的思想部門，「科學底」這一詞，連同這一詞所代表的思想或方法有些用的太過分。一切人間活動的，甚至色情勾當的科學都有了。這運動是對於羅曼底時代的散漫的思惟的反動，而滕便是在法蘭西的這項運動的指導者。他以為對於不問

滕

政治家或詩人，凡有天才的人，倘我們確知他的種族，他的時代，他的社會底事情，及他的支配底能力，便能夠將他說明的。在這公式之下，批評大抵是成為傳記及歷史的問題的，到後來，感到這並沒有完全說明人間的天才的批評家提出了對於滕的方法的反對。其實滕自身是超於他所知的詩人，在他的論文中，他的美底熱誠往往將他運出於那聲明的原則之外。在英吉利的讀者看來，他的價值是難量的，因為他的大著英吉利文學史決不

能全然爲後代的研究所替代，而從偉大的法蘭西人的視點來看英吉利文學，是極其顯耀的。那英譯極爲出色。

悲哀這東西通常是被當作羅曼底氣質所特有的東西的。然而在法蘭西，稱揚生活的歡悅的是囂俄，喬治·桑，仲馬等等羅曼主義者，而算是悲哀而厭世底者則是合理主義底寫實主義者。滕以幾乎陰鬱的斷念觀看人類。而追從巴爾札克的小說家——福羅貝爾，莫泊桑，左拉——則分得了滕的陰暗的心氣；這並不由於他的影響，卻因爲當時的空氣一部分爲了一八七〇年的戰爭，是暗黑的這緣故。

考斯道夫·福羅貝爾以冷淡的輕蔑，同時又以遠矚千里的鋒銳的睿智眺望人間。未經使我們發笑的諧謔弄得圓熟的，諷刺底的他的人生觀使他的書卽在他本國也難以廣泛地普及了。然而於文章之術有興味的讀者看來，福羅貝爾卻是完成的極峯。他因爲努力尋求恰當的言詞，在僅僅一頁上工作了達一星期之久；那結果並非修飾底，誇張底，或人工底，卻是精確，遒勁，而言詞自然到似乎自己發見似的。他那最有名的小說是波華荔夫人，這是哀憐模樣荏弱的女子，以及她和單調的鄉鎮裏平凡的人們的放逸的戀事的描寫。這樣的記述，似乎不動人；可是這不但爲了那完全的文體，還因了對於人物的忠實，卻是極偉大的小說。那故事用非英雄底的，甚至毫不有趣的材料製成；然而平凡成了非凡，而故事的進行難避得像潮流一樣。雖然重現福羅貝爾的「恰當的言詞」是困難的，那進步和眞實之感在翻譯中（完全的英譯是有的）卻也沒有失掉。

波華荔夫人爲什麼是福羅貝爾的作品中名聲最好的呢？這是難以說明完滿的。爲什麼多呢？因爲感情的教育是青年的凋萎的希望的悲劇，而偉大得多的書。福羅貝爾的視野極廣；他將過去和現在，事實和空想，羅曼主義和寫實主義的差別一掃而開。在薩郎坡，他像羅曼底小說家，司各脫或仲馬似的，向過去求色彩。然而他卻保持着客觀底，科學底研究者的態度。他發見悲劇於單純之中，諷刺於柔和之中，熱情於平凡之中，現在於過去之中這一種天才並非反話和矛盾的天才，卻是整個地看見生的智慧的天才。待到他的生涯的晚年，冷嘲的精神崇住了他；他在未完的 Bouvard et Pécuchet 他便借了鄉間的小人物，將全人類作爲愚人而描寫着。這個對於平凡東西的貴族底憎惡者終於將我們都視爲平凡了。福羅貝爾將理性收納於羅曼斯裏，將生的事實能夠變形爲精妙的美，眞實並不單調，而辭句的典雅在於單純精確，明瞭和論理這一種只有巨匠學到的教訓給與繼他而起的寫實主義。

算是福羅貝爾的弟子，而並未依賴什麽師的獨創底天才是短篇小說的巨匠基·得·莫泊桑。在莫泊桑，除了故事，演故事的人們，和發生故事的場所的毫不修飾的輪廓以外，什麽都沒有存在。無論那個作家對於生的故事的問題都不曾懷有那樣的興味。除了仲馬以外，將絢爛的羅曼斯作家和嚴格的寫實主義者併在一起來說是矛盾而恰當的；他們依了各別的途徑，有着共通的天稟，即控制關於自己的人物的一切註解這一種天稟。人們「存在」而且「行動」。在那里，人類性的分析呀，善惡的選擇呀，註解的「心理」呀，都沒有存在。自然，相似處也就在那里告終了，因爲仲馬住於有色彩的過去，發明刺戟底局面，而反之，莫泊桑住於娼家和街上，裝作沒有發明欺不了誰的羅曼底虛僞似的，然而使生從行爲裏說出本身來，而不顯出操縱着人間問題的模樣的那一種力，仲馬以別種的方法有着，而莫泊桑則在自己的觀察的範圍內也是有着的。這是見於薄伽邱和天方夜譚中的質素，而在大多數近代小說中往往缺之的。但若生是可哀的，滑稽的，殘忍的，賤劣的，則似乎該負此責者是生，不是莫泊桑。何以這麼說呢。因爲莫泊桑喜歡描摹不是客室談話的因襲底材料的生的樣相，而他的小說有些即在法蘭西也受非議，而且恐怕也不該給年青的人薄弱的人讀的罷。然而莫泊桑的倫理底展望在大體上是健全而峻烈的。在這一點，我們能夠信賴托爾斯泰，他在到達其最峻嚴的道德底階段時，說道：「次於微克武·囂俄，莫泊桑是現代的最優的作家了。我極喜歡他，將他列於凡有他的同代人之上。」表示他的天才的最初的作品，脂肪塊中的最優的故事，雖然表面上往往冷酷，卻是同情極深的。他之觀察人間及事物全然爲的是要知道牠們生出那類的故事來。而且，不問那故事愉快不愉快，他總之是不傾向善也不傾向惡，不傾向英雄也不傾向惡漢，絕不側重於自己的故事的直接底効果以外的那一點，爲故事本身而公平無私地說着的。他的語言是遒勁而愼重的，既無一些贅餘的事情，又無一句無用的話。莫泊桑之是短篇小說方面無上的藝術家，竟使我們會忘卻他是有更持久的力的小說家了。女子的一生及死一般強是儘法蘭西文學所能發揮的，近於完滿的小說。

莫泊桑仗了言語和思想的經濟造出他的效果來。自然主義或寫實主義者最多產的人愛彌爾·左拉則將細碎的事項堆積起來，全然是仗了重量得到他的效果的。比起他來，連巴爾札克也似乎簡潔而吝嗇，而莫泊桑不過是骸骨罷了。左拉的小說以其集成底力而言是偉大的；一切生活都被結集於其中，竟致讀者幾乎飽饜於生活這東西，情願那里沒有這許多的生活了。左拉沒有最優的法蘭西的蠱惑力和雅致，而法蘭西批評壇以銳利的辛辣對待他。在凡有左拉的作品中，並無什麼傑作，或什麼珠玉。然而要從他那無數的作品中挑選兩三篇，則我們可以舉出娜娜，瓦解和土來。這幾種及其他許多種已經翻譯爲英語了，因爲他的力在其內容，不在特殊的文體的魔術，所以他在譯本中幾乎沒有什麼損失。左拉的批評家以過於偏重醜陋奇怪淫猥的東西（而他的小說是無可否定的證據）這一種過失非難他。然而他的人生觀並非不健全的，不過單是記述痛苦的徵候的醫師，或將世界的錯誤告知我們而希望其改良的社會改革家的人生觀罷了。他那最初成功的作品酒店是反對酒精的偉大的傳道文。左拉的目的的誠實決沒有什麽疑問，他的性格的高貴爲德雷福事件中他的勇敢的戰鬪所證明，那事件是使他在死後成爲國民底英雄的。

在左拉的墳墓作演說的是儘兩個法蘭西人所能相異的限度和左拉相異的人物阿那托爾·法蘭西。法蘭西先生將本國的名用爲他的文學上的名（這實際是他的父的名，弗朗沙的縮形）而對於這名，誰也不能有更超越的權利。他是獨創底，獨立底，在怪僻的安全方面涉着遐想，可是他那怪僻的精神卻包括着法蘭西傳統的最優的東西。假如我們僅有他的書，則我們似乎也就能從那些書裏學得他的國，他的時代，以及取最完成的形的法蘭西語罷。什麽生活的樣相，他不是以鋒銳，剛健，明朗的懷疑主義觸着的呢？盆京島是諷刺底的文明史。約拿單·斯尉夫特，該見此而笑，服爾德該對優於自己的人物致敬罷。彙集而稱爲現代的歷史的四篇小說是寫實主義——有着一片光芒。西微士德·波那特的罪是羅曼斯——有着淚和微笑。他遇着種種的大問題時，是同他的朋友左拉一樣眞摯而熱情底；那使單純的學究辟易似的博學的重荷，他負在他那聳着的肩上輕易似地運行。他的思想往往是革命底；他的文體則純粹而簡樸。他憎惡欺詐和僞善，但他的憎惡卻是溫和，冷嘲，哲學底的，決不因憤激而暴躁。他的天才是批評底，穿鑿底；他的小說是傳達着他的思想和意見的，運用得靈巧的傢伙。

十九世紀是法蘭西散文最豐富的時代之一。小說和批評在質和量上都非常興旺。即使沒有傑出的巨匠，近代的法蘭西也會有着偉大的散文文學的。在有才能的人物羣集的世紀中，要說出傑出的是誰來，是困難的，恐怕也沒有說的必要。這困難當說到主材服從於在公衆的趣味，在批評家的判斷上急速的動搖的小說時，尤其是困惑的，雖然這也沒有使我們煩惱的必要。

和時一起增加聲價上去的一個天才人是亨里·培爾，照他所自稱，則是斯通達爾。他的小說紅和黑及派爾謨的修道院在人物的分析是可注目的。這些在同世紀的前半發表，但至斯通達爾的死後爲止，不曾給人怎麼大的印象。巴爾札克理解他的價值，而後代的法蘭西作家是認識他的影響，稱揚他的天才的。近代批評家的最壯麗者里米·得·哥爾蒙將他看作試金石；如果我們不喜歡他，則我們可說是不屬於「幸福的少數者」有理解的被選者的。

寫過爲幸福的多數者所有的小說的作者是普洛思剖·美里美。他的科西嘉島的故事哥倫白是內容刺戟底的，同美里美別的作品的作風一樣，以古典底地明澈的，同時還充滿詩底色彩的文體寫出的完全的故事。他的嘉爾曼有着對於不朽性的二重的權利。爲什麼呢？因爲這是比最的不朽的歌劇的臺本的資料。

有幾分恰當地被稱爲法蘭西的迭更司的亞豐瑣·杜德，以他的哀感和諧謔，他那對於各類的人們，特是爲生所苛待的人們的由衷的同情而言，是像英吉利的巨匠的。在這方面同酷似着迭更司一樣，他也酷似着微克忒·囂俄。最初使他成名的小說大福羅蒙忒和小列思斐充滿着寬大的溫和，而從可嫌的感傷性解放；就使他愈益保持公衆的愛的續出的書而言也如此。他的文體（及大概那人間本身）的蠱惑力博得了左拉，福羅貝爾，厄特蒙·得·龔古爾等，懷着較之他的人生觀遠過批評底，分析底的人生觀的作家的尊敬。他屬於自然主義派，又屬於刺柏雷一派笑謔家及詼諧家。他的泰拉思孔的泰泰林是文學上最優的戲謔之一。

杜德的友人厄特蒙·得·龔古爾及他的弟尤耳是自然主義者，或者更恰當地說來，則視覺主義者的指導者。他們對於生，與其說是見其爲故事的材料，不如說是見其爲繪畫的詳細的記述的材料。然而照史蒂芬孫所說，算是文學的典型底法式的故事卻勝過他們的理論；而在他們的小說的數篇，倘只舉出一種來，則核耐·摩拍林中，他們是將故事的古藝術和在他們手中多少算是新東西的人物的內面作用之綿密的分析，或印象描寫這一種藝術結合在一起的。比小說更爲重要的是日記，這不獨是作者的信念和人格的表現，還是十九世紀的法蘭西文學上煌然直射的光。厄特蒙·得·龔古爾爲創立「翰林院」(academie) 而遺留財產。這在其發端本是對於官立的法蘭西學士院的一個抗議，現在卻是一般公認的一個組織了。牠對於文學底功績的無上的實質的賞金，是凡有法蘭西的青年作家所渴望的。這一向是在法蘭西文學上擁護自由和勇氣的強大的力。

受了龔古爾的深深的影響，卻也有着怪僻模樣猛烈的意志和力而行走自己的路的是J. K. 羽斯芒。他在結婚生活似的小說，作爲左拉一派的寫實主義者開始，而告終於宗教底神祕主義，例如大寺院。羽斯芒沒有充分地，或者在曾經嘗試的二三種書中，適切地被翻譯爲英語，他那濃極其厚的色彩難以翻譯，他分明是作者的作者，文學者的愛寵。然而他將來在法蘭西，又在其他諸國必至於更加出名的。

有各類的讀者都能感知的美的細巧的美術家是死於一九二三年的披耳·綠諦。他是海軍士官，見過不少的世界，且感到海和異域的土的魔力。他的經驗和印象，他巧妙地誠實地重現於他的小說及回顧錄。他在南海見到綠諦的結婚；在日本則菊子夫人；在布勒通海岸及北海，則埃斯蘭的漁夫。他又將他的敏感的人格滲入於外面底記述和事件。

綠諦是印象主義者；在他看來，世界是色彩，是感覺，又無論在那里，是和善惡觀念中的道德並無什麼關係的經驗。保爾·部爾熱是逐漸傾向於保守底，道德底人生觀的，銳敏的，毋甯說是嚴肅的社會的研究者。他進逼他所描出的人物的內心，倘使他的態度少些紳士氣味，則會打到我們的內心的。然而他是藝術家，而弟子和約定的地是有第一流的價值的小說。部爾熱和他的時代在其分析有些苛酷而過分着實，在其人生觀則是保守底。大戰以前，有過照了新理想主義的光而見「生」的年青的，卻不能說是稚幼的人們，其中的主要人物是羅曼·

羅蘭，他的若望・克利司朵夫是以在法蘭西獲得一部分經驗的德意志的音樂家爲其主人公的國際底小說。雖然這是長得無限的，但在法蘭西，且以其英譯而言，這卻是被廣讀的他的精神擁抱世界。然而世界擁抱在一九一四年卻成爲死的把握了。羅曼・羅蘭在稱爲在戰鬭之上的這小册子，努力要升到其上；爲了這小册子，及其他的人道底的文章，他沒有獲得聲望於戰鬭底國人之間。阿那托爾・法蘭西則維持了特權底舊時代的靜謐。亨利・排部士（在火）及其他的作家則是利用了戰爭的。

阿那托爾・法蘭西

遍觀現代的英吉利及亞美利加的文學，我們見到要指示出什麼被行着什麼是有勢力的運動來是不可能的。對於自己沒有生而來到其中，自己沒有在其當中生活着的一種文學中的工作者，要一眼就來評定他，判別他，甚至知道他，則更困難得多。話雖如此，我們卻可以並非豫言模樣，試來提示馬塞爾·普牢斯忒的死是劃了一時代的終結的。他的小說往事的追憶似乎是敏感的觀察者所見的近代社會的嚴密的研究，是歷半世紀的心理底小說的極點，是已經存在的事的概括，又是對於小說的未知的將來的序曲似的。

在文學的一部門，法蘭西佔着無上的地位；那就是批評。從覇羅乃至里米·得·哥爾蒙和現存的年青的人們，法蘭西的批評一向是最高意義上的創造，在其本身，且為了其本身，是優秀的，而為了及於別的形式的文學上的影響，又有着無量的價值。聖柏甫，芮農，滕社，累耳，薩塞的一派還興盛着。承年長的巨匠之後，出現了布輪退耳和法給這兩個學究，以及印象底批評家的最大人物阿那托爾·法蘭西。法蘭西卽在其小說中也常是批評家。年青去世的兩個卓著的人物：是對於英吉利文學幾乎同對於法蘭西文學一樣懷着靈敏而有識的興味的馬塞爾·許華勃，和那以對於法蘭西作家，並且坡及迭更司似的成為法蘭西文學的一部的外國作家的極簡明的研究算是文學底論文藝術的最後之辭的愛彌爾·痕涅亢。在批評的部門，一文學的世界全體是低頭於法蘭西的。

第三十九章　十九世紀的法蘭西詩

見而且歌正和邪的人，
現在統制了一切的歌鍵的人。

——斯文本「徵克武・嚣俄」

就如敍述十七世紀的英吉利抒情詩人的當兒，我所試說過似的，詩的派別或式型是使凡有試要劃出確定的線來的人們困惑那樣地互相融合着。我們不能說甲派在何處終結，乙派在何處開始。十九世紀（及數年前及數年後）的法蘭西詩極不顯明地別爲羅曼派和高蹈派和象徵派這三羣。在英吉利和法蘭西的羅曼派，（在這兩國的運動是不可思議模樣酷似着，而也相異的）在形式上，又在內容上脫離桎梏的因襲，爲求主材而赴過去，赴自己的靈魂的深處，並且赴星，放鬆拍加薩斯的繮轡。高蹈派則反抗羅曼派的放縱，和個人底哀聲和擺命底主我主義，努力使詩成爲客觀底，非個人底，「非人情底，」並不像大理石似的堅冷，卻像美的塑像似的純潔堅實而清楚，這是甚至將莎士比亞及但丁也看做「粗俗」的新古典主義。其次出現了主張個人底東西主張歌自己的必要，又主張誠實地行別的什麼事爲不可能的象徵主義者。他們的批評底發言者，里米·得·哥爾蒙云，人爲寫文章計，所有的唯一口實便在表現自己自身的人格。這三派和幾個附屬的分派，（據說法蘭西是每隔十五年便有一個新的詩派的，）並沒有在根柢上互相敵對或排斥，因爲究竟詩總是詩。高蹈派的最大的人物勒奈·得·利爾，是正同魏倫在他一流是個人底一樣，在他一流是個人底。高蹈派說着，且實行着形式的美，音響的美。魏倫的最大的標語是，「音樂先於其他什麼。」表現自己的心情和心氣，憑了暗示而將自己的感情和感覺傳達於讀者的象徵主義者，確然是沒有和初期的羅曼主義者什麼可爭之處的。例如，拉馬丁在湖在寂境中，豈不也是這麼辦的麼？倘說高蹈派有幾點和小說上的寫實主義者相似，則羅曼斯和寫實主義間的劃線在那里，這一個古舊的問題又復發生了。然而對於現代的詩人呢！我們試要決定那些詩人坐於流派中的什麼交椅上，就不會十分理解他們的。

法蘭西詩的羅曼底運動，儘能指出確然的開端來的限度，是開始於三十二歲時死於刑臺上的可驚的青年詩人安得烈·社內的。他從希臘及拉丁獲得了他的靈感。雖然羅曼主義者稱他爲先驅者，他實在是徹底的古典主義者。然而他的古典主義並不是衒學底這並不是借來物或意識底地經過研究的東西，卻是他的本性的一部。是多實的古典主義。他的詩柔而且美，因此羅曼主義者是稱他爲父的。他的有些詩，倘採入於希臘詩選中，該也相當的罷。

偉大的民謠詩人，兼俗謠歌人貝龍熱，雖然他那雄勁的歌確乎不是和非常讚美他的羅曼底同代者不相調和的，卻並不屬於羅曼主義的羣，而全然孤立着。他的歌或民謠，燦然輝耀，富於生彩，有巧妙的變化，語彙單純而誠實，律呂卽不微妙也是可唱的，在那一類中，雖非最大卻是完全的東西。像針指着拿破侖的這一首似的充溢昂然的精神的民謠是再也沒有的了：

從前有伊佛多的王。

羅曼主義者的羣中最初偉大的詩人是拉馬丁。他那未嘗被以後自己的作品所超越的瞑想是法蘭西文學中决定底書之一。這樣的旋律在十七世紀以後的法蘭西未經聽聞。這是自發的，清新而純粹的東西。悲哀，毗連於感傷性的柔和的悲哀，「黃昏和記憶」的心氣是完全誠實的。他的感情的範圍有限，而他那細巧的色彩在嚣俄及他的一派的壯重的絢爛之前，幾乎消褪到看不出來。然而後代的詩人及批評家卻以逐漸增大的讚美的眼來看他了，這是毫無可疑的。他那最出名的詩是湖，從中，我來一引莎利所翻譯的兩節罷。

湖呵！別來將經一年了，
現在是來到她該賞覽的往日所諗熟的這流波左近，
你看呵！獨自兒我坐這塊巖石上，
這巖石，你知道，正是她所坐的地方。
在當時，你也這樣的在這石罅裏汩汩，
你也這樣的在這石巖上噴濺，

那飄蕩的泡沫呢，也這樣的落在沙灘上，
落在她的脚曾經踏過的沙灘上。

還有一個革新家是亞勒弗烈·得·梵宜，他是憑了 Cinq-Mars 那歷史小說，受知於英吉利的讀者的。他那最初的詩集古代及近代的詩有着爲牠而要求的獨創性，取劇及故事的形的哲學。他是並不以青年時代的詩爲止境的，所以在法蘭西詩的發達上有着大大的意義；他長大起來，他的詩也就愈益變得思想深邃，姿態清楚了。這類的新詩人在沙多勃易盎的指導之下，大概是宗教底的。然而得·梵宜的宗教在十八世紀之中，還是合理的。拉馬丁的神是苦惱之父；得·梵宜的則是思想之神：

唯眞的神，強的神是思想之神。
在偶然撒着種子的我們的額上，
使知識發達起來，成爲豐饒的流波罷；
過一會，將浸潤着聖潔的寂寞的香的

生自靈魂的果實採集起來，
將這果實投於海，人羣的海中罷。
——神將用指摘取牠，引導到港裏去。

詩人的王是微克式·嚣俄，他將他的王位保持了五十年。他的作品的多樣和豐富是難以相信的；小覷他的姿像的後代批評的傾向一部分是對於他的量的抗議。嚣俄的戲曲非常流行。在最初的公演後爲國王路易·腓立所禁止的王的歡樂，他活到能夠見其五十年後，開演於狂瀾似的喝采裏。而在這些戲曲寫出之後幾乎經了一世紀的今日，法蘭西喜劇院還是差不多沒有一個星期裏不演厄內泥或律伊布拉斯的。嚣俄的戲曲是沒有多大的對於人物的眞實或結構的誠樸的傳奇劇。然而故事「動着，」而字裏行間是充滿着往往達到極高的詩底階段的優美的修辭的。

嚣俄的戲曲，縱有那熱烈的修辭，卻開始失卻生氣了。曾經講過的他的散文則有着較耐久的生氣（雖然近代的法蘭西批評家加以過低的評價）散文羅曼斯，卽當用火似的辭句寫出，充滿着虛僞的局面時候，也是較之同樣傳奇劇風的戲曲，更接近於生，更從劇場情調獲得解放的。而且我以爲不滅性還更確然地蓋印於囂俄的抒情詩和故事詩的最優者之上的罷。他是偉大的歌人，而歌從其人迸出來這一回事倘若就什麼人而言是眞實的，則就他而言，這也是眞實的。他的戲曲和羅曼斯之間，出現了一卷復一卷的短詩。而短詩（有許多是很長的！）之中，現着其人的靈魂。他能夠調弄抒情詩的句格以讚美嬰孩，或詛咒國王。他爲英吉利的許多詩人所讚美，所以他的詩大部分譯成英語了。然而那些翻譯大都是長到不能引用於我們所限制的範圍中的詩。粗率地譯出的下列這一首，是顯示着他的所信的一個樣相的：

孩兒唱着；母親在牀上，疲乏之至，
快要死了，她的秀眉在幽靈之上彎彎了；
「死」在雲中，她的上面翱翔了；
我聽得垂死時喝喝的喉音，又聽得孩兒的歌了。

孩兒是五歲，在窗的左近
他的笑聲和遊嬉聲湊成了可愛的音響。
而母親在整日歌唱的
可憐可愛的東西旁邊，徹夜地咳嗽着。

母親往僧院的石下長眠去了；
而孩兒又復歌唱起來了。——
悲哀是一顆果實，神沒有使這果實
生於柔細到沒有支架牠的力的小枝上。

這是頗爲感傷底地說明着囂俄對於神的善和生的勝利的信仰，他在許多苦惱的經驗之前所維持的信仰的。這使他別於他的厭世底同代者，而和偉大的哀憐之感結合着，這一種哀憐之感是在凡有他的作品裏，卽當其成爲舞臺風而光華燦爛的時候，也貫注着的。全世界，連就他的藝術尋求缺陷及不贊成他的政治論者在內，是都尊敬着其人的。

疑惑或是希望不能彎曲
那見得挺直到底的最高的大地的頭。

沒有囂俄那樣雄勁的詩人是亞勒弗烈·得·繆塞。他有着深深的悲哀的音色，這音色倘無他的諧謔這一種調味的鹽，那麼就要成為病底，嬌嫩底了，也說不定罷。他的強味是在他的批評底容智；這不獨支配了他那任性的心氣，還使他能見古典底劇和羅曼底劇間的紛爭上有什麼無謂的事在。他是將這兩類的戲曲結合在一起的。他的劇場用的作品，特是馬利安的任性，在法蘭西的劇場上還有着生命，而他那精妙的喜劇少女們夢着什麼和人不玩弄戀愛和諺語劇則是法蘭西劇場有定評的開演目錄的一部分。為繆塞所讚美，但他若要模倣顯然不能模倣的擺侖的那種粗野，遑意，乘興制作底的性質，也帶着一些的他的情感底的抒情詩是以古典法蘭西詩的藝術底手腕形成的。他在優美的致拉馬丁的書翰中，將他的自身以及那時代的精神，其悲哀和希望概括起來。下列的詩：悲可以使人窺見繆塞的悲哀的音色的：

力和生命已經消失了，
朋友們沒有，歡樂消亡了；
在昔日，養育着崇仰我的柔脆的星的信心的
驕傲現在是沒有了。

從前，我向眞理作爲朋友招呼，
那時我還不知道她那變易的風姿；
迷蒙的翳從我們的眼落下時，
唉唉，苦的眞理呵！
眞理的力是永存的，
沒有留意而過旁的

人們，空虛地
度着他們短促的時間。
神說話，聽着的人
必須回答生給與
我的好東西，便是
使我的心輕鬆的淚流。

在這時代，倘若沒有爲偉大的人物所圍繞，則就該更加出名的詩人有三個。勃利士，巴倮亞，和機刺德·得·尼爾華爾就是。勃利士是布勒通人，將他的故鄉用作自己的材料，因此他的詩是誠實的，人間底的，土的詩。他又將但丁的神曲全體翻譯爲三韻句。祉內的弟子巴倮亞以雄勁的諷刺詩抨擊當時的惡弊。得·尼爾華爾則是細巧的抒情詩人；他保持了前世紀的優雅的形，卻也悅於羅曼底色彩。他的浮士德的翻譯將哥德介紹於法蘭西。他的散文故事，特是包含着他的傑作 Sylvie 的 Les Filles du Feu 是優秀的作品。

在羅曼主義的動亂的海上，提阿非爾·戈替耶乘了小小的船，很巧妙地駕駛過去，使其白帆晃耀於大船之間，順了鮮明的航路進行。他的詩法瑯和浮彫有着即在法蘭西的詩中也可驚似的完成的形式。戈替耶的寶石有着法蘭西風的刻面，(facet) 是不能正如寶石當然的樣子，運過語言的境界去的。暗示他的詩的理論與實際者是藝術。就原文而言，這是對於法蘭西的耳的悅樂，是對於法蘭西的詩人的福音。下列便是喬治·散達亞那所翻譯的數節：

萬物都是歸於塵的，
除卻構造得巧妙的美的東西。
胸像的壽命，
長於堡砦哩。
耕夫的踵往往

踏破了古昔的土，
　顯露出
凱撒或是什麼神。
神們也是免不了死的，唉唉！
然而不死而比青銅
　還強的
惟有至上的歌。
彫呵，刻呵，磨呵，
直至你的幻夢
將其微笑

鐫刻於頑石之上。

戈替耶的散文是磨鍊得同他的詩一樣精美的。他那有名的摩品姑娘及較不出名卻同樣使人欣賞的「揶揄底」羅曼斯年青的法蘭西是毫無瑕疵的文體。戈替耶不是深邃的思想家，恐怕也不是偉大的詩人，然而他卻正是典雅和趣味的，從卑俗的解放的典型。表現於藝術又於大約是他所發明的「爲藝術的藝術」這一句的他的理想正是他算作最上位的成員的高蹈派的一羣的思想。

這一羣之中，最深邃的詩人是勒空·得·利爾。他輕蔑羅曼主義，和對於藝術及客觀底眞理的獻身以外一切生的悅樂。他同叔本華一樣，是於不能實現的靜觀的世界看出唯一的隱避所的，勇敢的厭世主義者。他幾乎並不愛安易的死，但也愛死在生以上的。他要使連神也包含在內的全世界絕滅。這個叔本華風的陰鬱的靈魂是有着美到使他困惱似的美的意識的：

恰如在遼遠的茂林裏水神
在潮流之下睡着，

從瀆神的手，從眼逍去，便躲起來，
精靈的光，阿阿，美呵！

勒空·得·利爾是偉大的古典學者。他不但爲了他自己的許多詩，在古代人之中看出靈感而已，還作了荷馬，伊士奇，索福客利，賀拉西等無上的翻譯。凡有高蹈派都是古代的愛好者，而這實在是羅曼斯的心氣。即使勒空·得·利爾感到將自己的創傷顯示於市場是夠不上眞藝術家的品位的，他卻也在全人類的苦痛之中，體現自己的心痛，而差不多犯着同樣的事。而且他縱有其非人格非人情的態度，卻深銳地受着苦，而照樣說着什麽感傷的羅曼主義者是都不會比下列這一節更爲人格底，主我底的（根據莎利的翻譯：）

阿阿，燦爛的血潮，在你的波浪之中，來聽我的懺悔呵，
這纔我可以當卑賤之徒叫罵時，
保持了清純的精神移行到我的無盡的國去。

是戈替耶及繆塞的年青的同代人，並不屬於那一派，卻走自己的陰暗而不可思議的路

波特萊爾

的，是查理・波特萊爾。他的惡之花中，有的思想是邪惡的，然而惡不過是土中的一要素罷了，而花則是不滅的東西。波特萊爾在坡這里看出同類的精神；他說過，坡的思想是存於他自身的心中，卻從未成了形式的。他那可讚嘆的坡的翻譯使那亞美利加作家成為法蘭西文學的一部分了。要將波特萊爾翻譯為英語，該需要和坡的天才相等的天才罷。然而英吉利的詩人阿塔爾・賽夢茲卻成就了波特萊爾的散文詩的優美的翻譯了。

同勒空・得・利爾一樣，波特萊爾夢着死，有着大理石似的美的理想：

我是美得像寶石的夢一般。

他孤立着，雖說有着幾分高踏派的理想，卻並不屬於那一派。爲什麽呢？因爲他是用第一人稱公然地，用勁地披示他的靈魂的。

狄奥多·得·蓬微爾是戈替耶的弟子，在其安排音律的巧妙的手腕全和他的老師相匹敵。他的思想是淺薄的，然而他可說的稀少的事，他卻說的圓滿。他將古法蘭西形式，即「龍陀」和「微賴内爾」（註）巧妙地復活，而且製作出來，和戈替耶一起，影響到英吉利的輕快的作詩家之上。

（註）「龍陀」rondeaux 即循環句法的小詩；「微賴内爾」(villanelle) 即十九行二韻體的詩。

薩立·普律同的高踏派底客觀性是取哲學和科學的形的。他的正義和幸福是寫成詩體的論理學及形而上學論。然而他有着對於人間的苦惱的柔和的感覺，並非全然抽象底。雖然他離開抒情詩的歡喜似的東西很遠，他卻有着眞實的詩底感情，和對於辭句及形式的毫無可疑的技巧。

勒空·得·利爾以後最確實的高踏派的人是愛雷笛亞。他的脫羅非這一卷，在法蘭西語，或者我敢說，在莎士比亞以後任何國語，是最可驚嘆的短詩集。愛雷笛亞的客觀性是歷史底；他爲求自己的主材而探索人類的過去，他的高蹈派友人高貝稱他的詩爲「寫成短詩體的諸世紀的傳說」那些詩是優美地譯成英語了的，然而各行裝塞着極多的內容，極其潤澤，且因幻像而又皎潔晃耀，倘要適切地翻譯出來，該有待於洛塞諦這個人罷。

入於什麼流派都不適合，但極怪僻地獨立着的天才作家是有動搖不定的生活和思想，卻也有偉大的獨創力的人物黎塞本。他的最初的詩集惡漢的歌是非常大膽，竟致黎塞本以蹂躪公衆道德這罪名而遭拘禁了。然而他沒有歇手，法蘭西便也對他慣熟起來，至於承認他的本質底的誠實，他要和生格關這一個勇敢的意志了。不但如此，他的作品還逐漸高明起來，他的小說及戲曲雖然是不許妥協似地猛烈的，卻也到達於心理底洞察。他是法蘭西劇壇的被公認的古典。

高蹈派還未全然經歷了他們的行程，他們就被象徵主義者這勃興的一派所接替了。這一詞，在這章的冒頭我們曾經提及，是難下定義的。然而較之給詩這東西下定義，恐怕也未見得更難罷。象徵主義是什麼，我們可以舉我們所熟知的一例來暗示的。倘若坡的詩中的大鴉是運命，或是他的靈魂的一種陰暗的樣相，則詩的表面之下就有着二重的意味，這詩便是象

史諦反·麥拉美

徵底了。這在一物代表他物這一種單純的比喻以上，是由一個聯合思想將全思想加以表象這一種東西。象徵主義是和詩同樣古老的東西。法蘭西詩人創出牠的意識底方法來。波特萊爾的弟子，史諦反·麥拉美將牠推進到越過算是思想表現的失敗這一種普通的意味上的晦澀之境的一點。他審慎地壓抑了第一義底思想和言語的意義，不留一些什麼形跡，——除了他自身的想像以外——給着第二義的思想和意義。

這在以明瞭著稱的文學上是新而奇異的東西且也使可讚歎的法蘭西的詩人及批許家不免迷惑的。然而麥拉美的許多詩卻明澈得像白晝的光一般，否則便也是橫在蠱惑的黃昏境，橫在英吉利詩的讀者所慣熟的朦朧境的。麥拉美同波特萊爾一樣，倘不將坡看作老師，則也看作同僚藝術家，而作了那位亞美利加詩人的美的翻譯。

麥拉美的神祕底聲音僅達於同國人中稀少的被選者的耳，大抵不會聳動法蘭西以外世界的耳目的。罷別種的象徵主義者保爾·魏倫則生前就以法蘭西及近代歐羅巴的大詩人之一出名。魏倫的詩是他的感覺，愛憎，希望，絕望等的奔放的發露。他對於語言，差不多無視了法蘭西詩的古典底規則而使用着，只依從着幾乎無誤的內部的旋律之感。他在那有名的詩學之中，述着自己的原則；這不消說是他自己的，於別的詩人沒有多大稗益，雖然許多青年詩人是在他的支配之下的。第一的原則是音樂超於別的一切；沒有聰明，沒有機才，沒有修辭，惟有音樂常在着。

魏倫照了嘴上所說而實行。他向了早風放吟自己的詩，彷彿他因爲非歌不可，所以歌唱羣鳥的歌一般自然的歌的。這是將這些詩的許多移入樂譜的作曲家的悅樂，也是試要供給英譯者的絕望。魏倫是有許多猛烈的感情的人，但也是偉大而單純的孩子，是至晚年傾向於宗教底神祕主義的狂醉的波希米亞的孩子。他往往不是他自己的主人，然而不成爲自己的藝術的主人的時候是稀罕的。魏倫以高蹈派開始，隨後成了象徵主義者，然而他抖棄了一切的流派，進行自己的路，創造出從修辭獲得解放，單純而卻無限微妙的他自身的慣用語來。他輕蔑僅僅文字這東西，絕不用他所沒有意會的話語。他那奇妙而難忘的小篇的諧調是詩中無可並比的。在情緒的力，在他接觸讀者的心情的直截，他好像海涅，好像雪萊，然而不消說得，和他們是全然不同的。

和魏倫一起被聯想到的是少年藍波，是比英吉利的查泰吞更奇妙的英才——又好得多的詩人。他在二十歲以前寫過蠱惑了魏倫的詩，於是兩人在一起浪遊了。魏倫在發酒性的當兒射擊了這同伴，他的用意是惡的，而創傷還不成爲致命傷。魏倫坐了兩年監獄，在那里他從異教徒改信天主教，又從那里他攜了法蘭西文學中最美的一卷宗教詩出來。那時際，藍波背棄文學，浪遊世界。他的小小的一卷包含着怪奇而有効果，新舊的言詞所成的語彙的可驚的詩。魏倫沒有概括一時代，他倒是創始鼓舞繼起的時代的。是否憑了他的影響（注入於天才的泉流的影響有許多）且不問，法蘭西的現存詩人，及最近去世的人們，總括起來，是極其絢爛壯麗，不亞於法蘭西所曾有的光景的。

這些同代的詩人中，有兩三人從其餘卓顯出來，雖然至後代將以和我們現今以爲正當而判然的評價不同的相對價來估定他們也未可知罷。有壯大的力的詩人是有法蘭西風的型，德意志風的力的法蘭德斯人末耳哈棱。他的男性底調子，他的北方底粗大有時使法蘭西語緊張起來；法蘭西語是實際上能夠容受熱情，但在其性質中也有或程度的哲學底抑制力的。在末耳哈棱看來，生是充滿着美，同時也充滿着不幸的動亂的混亂。可是末耳哈棱的最後的音調則在附於他的一書的跋文中；那書稱爲向未來的方面；其結末的音調是說到「世界的青年在懷新希望以前必夢的夢」的。

還有一個比利時的詩人是梅脫靈。在他是細巧而空想底，精鍊而纖薄，甚至於華奢這一點，他是和那較他更不出名，較他更雄勁的同邦人兩樣的。梅脫靈與其說是詩人，不如說是散文家。他以青鳥算是最有聲望的他的戲曲，又以關於自然和文學的他的論文聞名於全世界。較之愛男和女，他似乎太愛小孩呀，犬呀，蜂呀，花呀罷。爲什麽呢？因爲他所描寫的成年人物，尤其是女子，是壁紙一般平板的。

現存法蘭西詩人中最爲貴族底，最爲典雅者是都會底的，明朗的，哲學底的形式的巨匠，不在味耳哈棱所彷徨的野生的森林，而住於整潔的公園的詩人得·累內。得·累內有着自然的和古典的血緣；他所發明而名爲「抒情短曲」的形式，恐怕是從賀拉西發展的。然而他的思想卻到處侵徹了心理底洞察，是極其近代底的。他並不和生硬闢，卻像他的友人里米·得·哥爾蒙似的，即不退居於象牙之塔，則也退居於布置得極舒適的幽靜的書齋。這些受優秀的教養的文學者都不是衒學者。他們是知了太多，領會使用書籍，使其變化爲自身的精神的營養這一種方術的。

有古典的學問和典雅，同時又試作愉快的諧謔底惡戲的詩人是皮耳·路意。他那佯稱從希臘語翻譯的勃里底斯的歌，以調子及內容而言，全是希臘風，竟致有些年青的批評家受了欺，而老成的批評家則以稱許底的嚴肅來考察他的「希臘風味」了。路意被稱爲頹廢派，然而像他這樣美的頹廢派是富於蠱惑力而全然無害的。

在得·哥爾蒙及阿那托爾·法蘭西已死的現今，法蘭西文壇恐怕幾乎一致承認得·累內是他們全體的領袖的師長罷。然而中選的詩人的王（選舉的方法全然不明）卻是將取材於凡有想得到的法蘭西生活的樣相，和從路易十世乃至一九一四年的歷史的法蘭西民謠集次第發刊的剛健的多作詩人保爾·福爾。他是雄勁而多產皮相上孟浪而反抗的，但在這一切之下，卻也是極細心的作者，對於任何法蘭西人，恐怕連眞正的文學者也決不能將自己擺脫的那傳統底形式致敬意的。福爾用散文的形式寫他的詩句，但當你高聲讀起來時，你便覺到，或者不如說聽到，那些詩句大都是完美直截的詩。這位詩人所具的最富於蠱惑力的東西是他那無盡藏的幻像的湧出，他那豐饒的發明，他那對於從亂雜無章的心氣乃至柔婉的哀感，及見於他的有些戰爭詩中的憤激之類一切情緒的支配力。戰爭文學大都是雜志主義底的，沈悶的，興味索然的，然而保爾·福爾的詩也許會繼續有着生命罷。爲什麼呢？因爲他是在理姆斯大寺院的蔭影之下誕生，長育的。

較之福爾遠過纖弱，遠不男性底者是在內容上病着的極確實的藝術家，黯淡蒼白的詩人薩曼。他雖有其倦弱的悲哀，卻是他在其味吉爾這詩中所希望做到的「淸純佳妙的輝耀的火焰」。

有些離開法蘭西詩的潮流，卻爲法蘭西的美爾居爾的編輯者所懇切地歡迎獎勵的詩人，是遠離狂亂的羣集而住於庇里尼斯連山的法蘭西斯·詹姆。他依據了地方的傳說，寫出優美的故事來。他所描寫的農夫或山鄉人似乎是眞實的，至少他的詩底語法是「人間之聲」。我並不是想將他置於近代法蘭西詩的高潮點，然而用以結束這一短章或關於詩的任何一章似乎適合的他所有的標題，倒有一個：生的勝利就是。

第四十章　德意志文學的古典時代

哥德在我們看來，是有那深的才能和天稟的幻像，又有那對於人間的生活的經驗和同情的人；那種種是將不但使他作爲文學底裝飾，還使他在許多方面作爲「人生的教師」及他的時代的典範而聳立着這一種資格給與他的。

——喀萊爾

在這關於文學的敍述中，思惟的習慣和文章的法術多少是連續底過程這一層，我們似乎已經弄得明白了；在這里，有起伏，有無可說明的天才的閃光，又有沈滯的時候。任何「時代」其實不是時代，因爲時代這一詞似乎含着確然的始和終這意味的。在文學的故事，又儘我所能推究，在人類的故事的別的任何部分，這樣確然的時間是極少的。發生的事件和思想流着，而且互相混融着。因此當我們說到十九世紀時，我們並不意指一個什麽思想恰生於一八〇一年的一月一日。十九世紀的思想有許多可以追溯到十八世紀的。

德意志的古典時代於一八〇〇年的兩側，幾乎相等地展開。在這概述中，我們將在百科全書誰都尋得到的精確的期日故意沒有提及；然而爲要不忘大體的位置，則哥德死於一八三二年，（和司各脫的死同年）而他那勁健的生產底時代跨於十八世紀及十九世紀的事，我們可以記在心裏。的先驅者都是在十八世紀的。

要理解哥德及他的同代者，我們有追溯到數年前，而尋覓出引導到那無上的巨匠及德意志文學的古典時代的東西來這必要。

當一六四八年，威斯特發里亞的平和使三十年戰爭告終時，凡有使用德意志語的國土經戰爭弄成荒廢，而只有戰爭前所有的人口的僅僅一半了。宗教改革及其結果所致的戰爭使德意志的學藝復興陷於完全失敗，而剩下德意志文學的唯一的遺產，民謠來。雖在大戰期間，不消說文學也不會全然死滅的。在文明的衰頹之中，保持幾分的火焰儘燃着，是散處的作家的目的。自然，這樣的作家，並沒有切望精確以上的東西，採納平滑的作詩法，保持言語的純粹。而這便是算作當時德國的窩勒（註一）並且馬雷布（註二）的馬丁·奧匹次的目的。他採納了亞歷山大句格，寫作了論到德意志的作詩法的小論文，又依別的種種方法，打算採納「大時代」（註三）的法蘭西文學的形式和理想。那荒落的時代的最獨創底的作家大約是諷詩家洛哥了，他的有些小詩憑了郎匪羅的翻譯，受知於英語的讀者。在劇作家格立菲阿斯之上，或在努力來保持言語的純粹，保持文學上生動的興味的種種地方底學會之上，我們可都沒有來停留的必要了。

註一　愛德曼·窩勒，做過長期議會的議員的英吉利詩人。

註二　參照第十九章。

註三　路易十四世在位的時代。

從三十年戰爭至七年戰爭的期間，值得注目的人物只有三人。三十年戰爭的慘禍，由克利斯多福·望·格列謨美爾斯霍生，描寫於澈底寫實底的氣質的小說單純中的單純裏這取材於惡漢的傳說，至今日還極可讀的。對於路得以後的德意志最大的讚美歌作者庖盧斯·給耳哈特，也不可不來說一句，他的聖歌有許多經約翰·衛斯力及其他的人們翻譯出來，在使用英語的各處是熟識的。

當一七四〇年，來比錫是德意志文學上的首都。這地方仿彿是麥加，在這里哥特瑟德便是霸羅的豫言者。爲要對於德意志文學的偉大的古典底巨匠的作品，那批評底方面，加以說明，有來注重最乾燥無味的，最皮相的法蘭西風的占着優勢之必要。那些作品是在瑞士有了微弱的先驅者的。瑞士的批評家波德麥及勃拉丁蓋爾從法蘭西離開而轉向英吉利了。他們出了摹倣斯配克推透的定期刊物，並且反對法蘭西的謬誤而冷冷的雄辯，而注目於密爾頓的眞的壯嚴。同是瑞士的詩人亞爾勃來赫托·望·哈婁在那阿爾卑斯山的詩，模倣湯卜遜的四季，而略略其後，哀歌詩人薩立斯和馬替孫則於詩模倣格雷。那詩有些由郎匪羅的英譯被知於英語的讀者了。當時在德意志本國，詩是止於模倣法蘭西這境地的。

古典時代的最初的人物里特夫里希·哥托里勃·克洛卜斯托克並且克里斯托夫·馬丁·薇蘭出現的時候，文學界的狀態就是那樣子。在或一意味上，這兩個人代表着上面所述的兩個傾向，卽密爾頓風和法蘭西風。然而兩人還更加深進。克洛卜斯托克的長六步句的敍事詩救世主，在今日固然成爲不可讀的東西了，然而那力和語法的氣品卻也委實對於爲了戰爭和飢餓從歐羅巴的文學隔絕的德意志人，使其確信他們祖國的語言是容易和別的偉大的文學底語言相匹敵的媒介的。不但如此，克洛卜斯托克的頌詩往往還有着品位和雄辯以上的東西。那頌詩，在那最高之處，有着想像和尖端，至今還可以算在十八世紀的較爲形式底的抒情詩的最優者之中的。

薇蘭在各點都和嚴肅的「詩人底」的克洛卜斯托克相對立。他在氣質上是法蘭西底。然而儘他的時代所許，他出於法蘭西人的背後，而行向希臘人那里去。他行向偉大的意大利人那里，阿利渥斯妥和塔索那里去。他又行向莎士比亞那里，而作了那戲曲的最早的德意志譯文數種。他的柔韌，平易，鮮明，流暢，於他本國的讀者和作者有着難量的恩惠，而他那哲學底羅曼斯亞迦桑和以阿利渥斯妥「八句體」寫成的羅曼底敍事詩奧佩朗至今還是可讀的。

在我們講到巨匠之前，還有一個先驅者須說一下。這先驅者即佐罕·哥特夫里·赫得。他不是詩人，沒有寫過什麼可紀念的作品，只不過刊行些文選和批評底斷片，卻是培養或一時代全體的文學的萌芽底精神之一。他的莎士比亞，奧細安的研究，根本底批評底問題的研究是多實的。有着最上的意義者卽他發見一切國土的民謠詩的至上價値這一端。他的現於歌謠上的諸國民之聲打破了人巧底的古典底學藝復興期文化的優勢，對於民謠，俗謠並且歌謠的開發給開了路；這些至後代是成着羅曼底運動全體及比較言語學，比較神話學，民俗學等的羅曼底諸學所自發生的源泉的。

哥忒霍爾特·以法蓮·勒新是戲曲作家，學者，思想家，批評家。首先說來，他寫過優美的散文。他以爲自己缺乏創造的力，而如往往被忘似的，忘卻了偉大的文體本身就是在最高程度的創造。他的批評論文和神學底小册子，有些在今日缺着內容的現實性了，這事是琉細安及斯尉夫特同樣地有着的運命。然而繪畫或詩的批評家誰也不敢說不知雷奧科溫，劇的批評家或歷史家，誰也不敢說不知漢堡劇作法，又思想史的研究者誰也不敢說不知人類的教育或服爾分步忒斷片罷。以上的諸作和別的全然缺乏價値的作品，憑了那澄明和輝煌的機才，和雄辯，和構造的完成，對於愛文學的人們都是貴重的。和勒新的精神相接觸的事，無論他處理着的主材怎樣，總之是自由的教育之謂。爲什麽呢？因爲約翰生寫於哥德斯密的墓石的話可以全然適當地用於他的：「沒有他未嘗試寫的什麽種類的文章，又沒有他觸了而未加修飾的文章」對於劇作家勒新，人非以同樣的尊敬，但較冷靜地來述說不可。他在班海爾謨的明那，將最初的古典底喜劇，又在賢者拿單，將在高位的最初的詩劇給與德意志國民。這兩種作品都還流行於舞台。然而班海爾謨的明那並沒有略略褪色，卽就賢者明那也可以說，那最高的價値是在這再度說明了那作者的高貴寬容和澄明的心性的。

要將這德意志作家的最大者，又一切文學中的最上的人物之一哥德，簡單地來寫明白是困難的。他是最大的巨匠中最近代底的人物，因而在精神，氣質，活動也是最爲複雜的。但丁代表着中世紀底世界觀及宇宙觀；涉士比亞代表着學藝復興期的道德底秩序；哥德則並不代表着什麽。他是近代人，是探求，努力而使生這東西結晶爲藝術的人。他是第一流的抒情詩人。在昨日，今日及長期間的明日，對於近代人帶着同神曲之於十四世紀的人們一樣的關係的浮士德，他是那作者。浮士德表現着我們——我們的時代，問題，道德底冒險。而且由書翰，談

德　　　哥

話，格言風詩，韻文及散文的格言等，構成着有寬廣的範圍與恆久的意義的智慧的文學。在其中，近代底，或科學底時代的一切困難問題和活動是以發見反響於凡受教育的人們中間的言語，創造底地被詳論的。

就如亞諾爾特和愛默孫和摩黎似的，我們無論自己知道沒有都是哥德的弟子。任何自由主義底人物只消和這巨匠一接觸，就會了解必然地成着他的弟子的事的。較之道德底形式主義，倒愛好道德底精力，較之國際底敵對，倒愛好世界聯合，而在文學生活，政治思想上則對着神話底價值，倒愛好本質底東西的開拓的，誰都能夠從這一個人的生活呀，模範呀，文章呀——甚至於偶然所寫的信札和短的諷詩之類——汲取無限的靈感和力和光的。

哥德是大詩人，然而他還遠在這以上——而他有些正式的作品，雖是維爾·海爾謨邁伊斯推爾，親和力之類的小說，雖是有些戲曲，在今日世界也不是最易讀的讀物。補償這一個事實者就是，他無限地遠在詩人以上那一回事。

哥德青年時，在來比錫是哥特瑟德和法蘭西風的學生，寫過當時的因襲底的阿那克里溫風戀愛詩。他從來比錫赴斯特拉斯堡，會見赫得，那赫得給他啓發了俗謠詩的寶物，於是幾乎一夜之間，他成爲第一流的抒情詩人了。接着是莎士比亞崇拜熱和中世紀主義和羅曼底悲哀的「狂風和動亂」的時代到來了，這就由那風靡歐羅巴又使哥德以二十四歲的年齡獲得國際底名聲的小說少年維特的煩惱顯示着。這前途有望的青年被招待到威馬爾的宮廷去，他在那里，雖也時時有着短的間隔，卻送了他那長長的生涯到威馬爾那里，他攜了浮士德第一部的斷片底草稿去，那第二部，他是六十五年之後纔在那里完成的。接着是忙碌的懊惱的諸年，向意大利的遁走，和古典化的時代到來了。這之際他寫了易菲機尼，托圭多．搭索等等的戲曲華麗的威尼斯風的諷詩，巧緻的牧歌，赫爾曼和多羅塞亞。他的中年時代和直至極老年齡的晚年時代是獻於政治呀，劇場的發展呀，物理底及生物底科學呀，自敍傳的寫作呀，浮士德的完成呀的。然而在他的生涯的各時代，卻有片刻不停的抒情詩之流；這流在範圍，在熱情，在智慧，在音樂，是沒有被別的任何詩人所超越的。

他無論做着什麼，從未忘卻浮士德。他二十三歲時，起手寫那戲曲，而八十三歲時纔完成了。從中裝塞着他那無可與比的精神的靈感，的智慧。故事是極簡單的。浮士德是對於生命懷着渴望的學者。他知道救度不在理論而在經驗。他在否定和惡的精靈麥非斯托斐利的指導之下，投身於活着的經驗的世界。他嘗試粗野的快樂，肉慾底戀愛，權力，卽和古典底古代的同化。這一切經驗依然沒有給他以滿足。他在對於同胞的極單純，極實際底的服役中發見了窮極底滿足。然而這也不過是他的追求的一個階段，這也不是目的。道程本身便是目的，生是那自身的目的，非從內部將自身正當化不可；完成是在我們能到達的境域之外；我們不知道這是什麼，而其實，於人類的心意，這是酷似着沈滯和死的。由此說來，我們的最高的造就便是高貴的努力，不倦的創造底生活。救了浮士德而敗了麥非斯托斐利者便是那個，而永遠的軍隊便是以那個眞理的肯定歡迎浮士德的。

這個浮士德的簡短的說明連原本的詩也沒有提及。在這里須要記得，那戲曲全體是比失樂園長得多，各行有着音樂的潑剌和活力，意義，以及性格描寫，而世界文學史上長到可以和這相比的任何作品無可並比的。浮士德對於今日的我們，也是重要到同年老的哥德擱筆

時一樣的

將席勒爾引到威馬爾去，又使那和世俗底事情有過一番頗苦的奮鬬的青年獲得耶拿大學的歷史教授的地位者即哥德。比哥德小十歲的席勒爾是以散文劇的強盜，卡白爾斯和戀愛首先問世，在其中十九世紀的新的家庭底布爾喬亞悲劇達於極點，這些戲曲是用散文寫的；有着優美崇高的革命底的結構和性格描寫的力，而且築了在散文的悲劇底對話的近代藝術的基礎。然而這好像雪萊的初期的詩似的，有着亂暴的，缺乏節制的所在。通曉歷史和康德哲學的正在成熟的這作家，當其短的生涯的餘時，從事於韻文的歷史劇及悲劇的開發，在耶拿及威馬爾，生出那構成摩利爾及赫伯爾間的劇文學中最重要的體系的數種戲曲來：即唐卡羅斯，奧爾良的處女，瑪麗·斯圖亞特，威廉退爾及發楞斯泰因的三部曲等。至於近年，席勒爾的戲曲雖然都還流行於舞臺上，卻有些落了聲價了。自然主義者是奪取初期的散文劇的。對於席勒爾的修辭，對於他那時時發現而在奧爾良的處女中尤甚的感傷性的峻烈的批評，成為普通的事了。縱使如此，戲曲中最美者威廉退爾並且發楞斯泰因的全部——而這於哲學底詩也相等地恰當——依然是有活力的，劇底的生動的東西。

和席勒爾的死一同，德意志文學的嚴密的古典底時代可以說是告終了。哥德則一直活到一八三二年。然而當那時，羅曼派早已完畢了那工作，七月革命已經終了，海涅已經逃到意大利去了。新時代差不多正在午晝時哩。

第四十一章 哥德以後的德意志文學

現在呢，我們來看看有被公認的能力的德意志詩人及散文作家的作品罷。以怎樣的深廣和怎樣的熱心，他們在那勞業追從耀光的確信呀。

——哥德

許多文學底，智底，政治底動機在德意志文學催促了羅曼派的擡頭，決定了那性質。德意志殘破而無力，橫在法蘭西的足下了。詩人及理想主義者在其夢想之中，傾向帶着德意志的名稱的中世紀的帝國，這事是再自然也沒有的罷？而這就將他們，引導到哥失克式和天主教去——引導到紐培耳格的建築，科倫和斯特拉斯堡的大寺院，中高德意志語時代的戀愛詩人，怪物出沒的森林地和小河和谷地的民歌和傳說去。和這動機相混合者是哲學底動機。康德以後出世的思想家將艱苦的現實的世界逐漸純化下去，終至斐希特聲言這不過是人類的創造底精神的投射物罷了。這樣，詩人就有着做夢，僅僅做夢，描出那夢，而便即足夠的權利。

羅曼派沒有生出什麼堅實的藝術底作品來。憑了希勒格，提克及其他的莎士比亞的翻譯，憑了格黎牧兄弟的言語學底勞業牠使知識底世界永久富饒了。那文章都是斷片，主要是爲了那直接間接及於歐羅巴文學之上的影響，是重要的。惟有以抒情詩而言，羅曼主義者是做着列於第一流的工作。諾伐利斯的斷片成着淵深的書，然而這不過是斷片。賀弗曼的故事不是列於第一流的文學。諾伐利斯，布稜他諾，愛痕多夫，赫爾得林，烏蘭，律刻特的抒情詩則是優美的。而這些詩，像海湼的抒情詩似的，經叔柏特，叔曼夫藍次，勃拉謨斯等作了曲，這纔被知於全世界了。

羅曼底抒情詩有着久長的生命。這在尼古瑙斯·雷瑙的悲哀的調子中，而更後則在憑了囂俄·倭爾夫的作曲成着更其著名的，愛特亞特·謨利克的抒情詩底作品之中，維持了生命；在狄奧多·史託謨的兩三種無瑕疵的詩，則到達其最高點。

從羅曼派多少直接地產生出三個重要的人物來；叔本華和普魯士人漢列克·望·克來斯特及奧大利人夫藍次·格列帕齊這兩個劇作家就是。叔本華以厭世主義的古典底解說者出名。他確信生的苦痛的總和全然超過別的一切東西，將求生這一個生物學底及精神底意志和惡這東西同視，而宣說隱遁主義和對於藝術的心醉作爲唯一的智慧之道。將他加入於這文學故事的理由就因爲不但他的主作作爲意志和表象的世界而已，還有他的一切小作品，尤其是兩卷隨筆集是優美的散文。對於文學，言語學，藝術，音樂他是給與豐富的暗示的。

叔本華

在年青時候自殺的克來斯特留下少數的戲曲和短篇小說來，這是徐徐地增進了聲價的。他是近代底。他棄卻成了刻板的悲劇的英勇的心理，引導我們進到那發生於人們的心意的微暗的內面底鬭爭去。他的渾堡的王子，優美的喜劇破毀了的壺，邁克爾・庫爾哈斯似的少數的故事，屬於那以雖然往往病底卻不可思議地將人說服的熱情和力盡情說明了異常的高度地代表底的心理底境地的任何文學中最初期的紀錄。奧大利的劇作家中最有名的格列帕齊，較之克來斯特，遠是詩人，遠不是心理家。更嚴密地說起來，他又是羅曼主義者。他的心理往往接近於近代人。然而他的戲曲，無論在那里選取動作的背景，在本質上，總是人間底神仙境的戲曲。他的政治論，同他的動機一樣，是詩底而且羅曼底。禁慾主義在他的內中和高的感情鬭爭，那鬭爭的形跡現於他所構造的一切寓話的處理中。他並非近代底，他沒有什麼敏慧的所在。然而這些美的，傳說底的，光輝的劇——薩福，金毛勳章，夢也是生，里部撒，戀愛和海的波——是有蠱惑力的東西。

羅曼主義者是夢想家，保守主義者，往往天主教徒，這一層是曾經指出了的。不多久，七月革命起來了，自由在滑鐵盧戰爭以來暫時潛隱之後重新發展了。以「少年德意志」出名的作家之羣有更寫實底的氣質，更自由的思想的人們出現了。從中留下不朽的作品者很少。一舉壯麗的小册子作者路易·柏湼的名就儘夠了罷。我們立即能夠進而講到羅曼主義者並且革命之子，夢想家並且寫實主義者，充滿求人類的自由的希冀和熱情，歌唱神仙境的光榮也歌唱那使霍普德曼不朽照樣的西利西亞的織工的不幸，是猶太人兼是德意志人的海涅去——講到直至今日成着在德意志的論爭的風暴的中心，像擺命似的有着歐羅巴底影響和意義和名聲的人物，海涅去。

海　涅

海涅的作品在那本身恐怕較之他的人格及影響價值要小罷。在今日像亞諾爾特那樣，將他作爲哥德的天才之抒情詩底繼承者而論述起來，於他是莫名其妙的事罷。海涅的數百首初期的詩是無生氣而幾乎趣味惡俗的。幸而他的詩底作品的全體則龐大。在那里，遺留着最優的「北海」系的傳說，那剝脫了初期的作品的薔薇和歡喜，內容上眞實的，後期的詩中最熱誠眞摯的東西。他的散文沒有得到相當的名聲。這是豐富，輕快，雄辯，機警而有色彩的。他如他自己所說似的，是在求解放的人類的戰爭中的戰士；而他的散文在無數的雄辯熱烈的頁子，保留着那戰爭的記錄。

當十九世紀中葉，海涅的名聲最高時，兩個偉大的人物沒沒無聞地工作着。這就是理查·瓦格涅和夫里陀里希·赫伯爾。瓦格涅，縱有他的臺本的詩和理論底的論文，嚴密地說起來，卻不是屬於文學的人。算是偉大的作家而更偉大的思想家及名人的夫里陀里希·赫伯爾則不然。經了困難的，無收成的，寂寞的諸年，赫伯爾想出近代劇——那首先現於他的作品，繼而現於伊孛生以及繼續出世的一切人們的作品的劇。他將劇底鬪爭從具現嚴肅的道德概念的人們移到那些概念本身去。他將世界和文明史帶到劇底詩人的審判廷去。他着想到當或一「傳統」死去，另一發生的時代，人和他的道德爲生而死的時代，最初可發生的劇。他的主要的作品，瑪利亞·馬革達雷那，海羅台斯和瑪里安尼，迦伊該斯和他的指環，阿格涅·柏瑙尼等，都是由劇底動作和推論之緊張的，雄辯的接近說明着那個理論的。赫伯爾死了

多年之後，出現了他的日記，那強大而誠實的精神的記錄，較之他的戲曲或許更重要的作品，

兩個傑出的小說家屬於這時代：即瑞士作家中最著名者推阿陀爾·豐坦和斯脫拉斯堡·刻勒。豐坦是寫實主義底，甚至自然主義底小說的先驅者。他產出藹飛·勃利愛斯脫及生的混亂似的小小的，然而確實的傑作來。刻勒是有着國際底重要的人物。他那算是他自身的內心底發達的故事的長篇小說格林·亨利並不是通體最易讀的東西。他的短篇小說則是傑作。刻勒有着看見生之奇妙的諧謔底的樣相的眼睛，是見到瑞士的農夫和市人的弱點的。他是散文的巨匠，而出自他本國的過去及現在的他的故事屬於十九世紀的小說中最健全最愉快的一類。

在德意志，同在法蘭西一樣，從一八五〇年至一八七〇年之間，見到詩的純然的形式的開發。慕尼克派在許多深有興味的幾點，和高蹈派平行着。這一派的頭目便是寫作那些長久著名而在今日則似乎褪色而孱弱了的小說和故事，而他的名聲非落在極純粹而澄明的詩的選集上不可的保羅·海最，還有寫作傳統底德意志風的美的羅曼底抒情詩，而仗了嚴肅，

光澤，爽朗的聯句，數年之間算是國民詩人的厄曼紐厄爾·該伯爾。然而，話雖如此，寫着德意志語的這一類的最優的詩人卻是另一個瑞士人康拉特·斐迪南·邁爾。在他內中，「唯美派詩人」的澄明和溫和的雄辯是同高的理想力和有蠱惑力的音樂相結合的。

我們是來到近代底時代的門口了，而這里，我們遇到詩人哲學者夫里特里希·尼采的奇異的丰姿。尼采，首先說來，是藝術家，是偉大的藝術家。他又是思想家，比誰都更多向人類講說近代思想的最中心底的教訓，以爲道德同物質世界一樣，是變化和生命的東西，並非不變和死的東西，所以人可以全然超越現在的自己的。這等變化和超人的思想是胚種式的東西，這是使近代生活的全體發着酵的酵母。使這個，以及從此發生的一切演繹火焰似的輝煌者，乃是尼采的無可比較的言詞的力。我們，不但在查拉圖斯屈拉如是說，還在他的別的作品全部之中，在價值的再評價之中，在人間底太過人間底之中遇到偉大的創造底說話者。他的言詞是燃着，飛翔着，歌着的。他的書有着搏動於這新時代的人們的心上的消息；有着可以同福音書的說服力和雄辯相比的說服力，和言詞的恍惚美。他的書滿是深有含蓄的格言，那格言一個一個展開了進向「人和自然和人生」去的新景色，而且在這之上他還有着兼算是詩人的賢者的標記，那給生命和呼吸於那些格言往往使其成爲抒情詩底構造，寓話，故事的一部分的。

尼　采

要理解在德意志文學的最後的革命，我們必須記得在一八八○年赫伯爾，刻勒，邁爾，尼采還未十分成名。公衆看的是從奧計亞和小仲馬的作品模倣出來的低劣的戲曲；讀的是並無獨創的美和力的從羅曼主義的糟粕瀝出來的感傷底的小說和詩。於是初期八十年代的青年起來反叛了，組織了學會發表了綱領，宣揚了「澈底自然主義」的理論，而建立了有力的文學運動的基礎。阿諾·何爾茲的小册子和模範不久便結了實眞的詩人台脫來夫·望·列里恩克隆和偉大的劇作家革哈忒·霍普德曼出現了。小說則稍稍落後，然而這也不是長久的事。新文學是產生了。

和列里恩克隆一同，常是德意志文學之光榮的抒情詩恢復了精確，和犀銳和眞實的特色。他的歌和民謠在那中間有士和葡萄酒和麵包的風味。又，和這同時，雖然他極精確地，躍如地安排着小小的事情，他卻爲德意志詩發見了美而嚴格的形式。

在列里恩克隆的統率之下，抒情詩勃然起來了。其次的，而且或許一切之上最卓拔的詩人是理查·台美爾。於列里恩克隆的生彩和精確，台美爾加上以將近代生活的全精神底，機械底複雜移於詩裏這一個哲學底想像和力——在這一點，他獨立於歐羅巴的詩人中間。他能夠寫作俗謠，又能夠以中世紀的頌歌的單純來寫作。然而，在一百篇單獨的詩，又在兩個靈魂的傳說，他的顯著的成就是在於創造了近代男女的生活，脚踏車旅行，電話，在隣家彈着鋼琴的女子的詩，而他說着這些事情的詩是鮮明而高貴的。

差不多和列里恩克隆和台美爾同時，在維也納發生了別一派的詩，那是從北方的具象底寫實主義意識底地離開去，而使生的一切要素漸漸地變形爲明麗的無時間的美的。在這一羣許多完成的作家之中，顯現着最可紀念的三個：司推反・該屋爾古，囂俄・望・何夫曼塞爾，拉芮爾・馬利亞・利爾克就是。該屋爾古是峻嚴的無疵的巨匠。在他的作品中，無一有着破綻的詩節，也無並非想像底地哲學底地含蓄很深的詩節。何夫曼塞爾，仗了他的劇底形式的選擇，又仗了李嘉特・司特老司的協力，是將國際底流行給與他的一羣和一派的作品的。然而翻譯卻辜負了他。在翻譯，他的詩的完成和光耀，神祕和魔力不能傳達出來。從這兩人離開一些，站着在形式嚴格，然而神祕底的拉芮爾・馬利亞・利爾克，布拉格的古都所生的凡有年青的表現派抒情詩人的師——這麼說，是因爲他從內部再造世界而重鑄更接近於自己的精細的音樂底的靈魂這緣故。在他的周圍，近年發生了新表現派的風暴和動亂，這不但在小說或劇，還在抒情詩及哲學詩，成就了那最堅實的事業。在這些年青的同代者之中，至少那名字有被記錄的價值者有一人，就是夫藍次・惠爾灰爾。

何爾玆的實驗以後所發生而首先聚集於柏林有名的自由舞臺協會中的近代劇，由在範圍，在豐富，在複雜，在力都異常的作品的集體所構成。有着國際的名聲的海爾曼・蘇台爾曼雖然深有興味，卻不是偉大的劇作家。兩個卓越的天才人是革哈忒・霍普德曼和亞搿爾・顯尼志勞。

霍普德曼雖然是以壯大的文體寫詩劇——沈鐘，與的亨利，——而成功的唯一的現代劇作家，他的自然主義底戲曲大概是他那最大的最有特徵的成績罷。在寂寞的人們，織工，海狸的外套，御者漢雪爾，邁克爾・克拉美爾，洛茲・倍爾特等等戲曲之中，——有現實的完全的幻影。曾經被記錄於文章上的更加確實更加犀利的言詞是沒有的了。第二，在那里有關於人間的罪的神話底概念的完全的逆轉。在這些戲曲中的悲劇底的罪是內在於宇宙或人類的團體的東西，不是在於個人底生活的東西。霍普德曼的劇的主要人物都是苦惱的人們。他們都是被歸罪多於犯罪的。他是同情的劇作家，是工業主義底及社會心底時代的代表詩人。他的最高的成績是在人物的創造。沒有現存作家是創造了充滿以那樣活躍的人們的世界，——至後代能夠於此窺見或一時代和或一國的生活這東西的世界的。維也納人顯尼志勞是他一流地寫實底而且精確，不亞於霍普德曼的。然而他抒寫着複雜的社會，抒寫着專心於藝術，慣於自己省察，略略幻滅而感着倦怠的社會。他沒有霍普德曼的力。他具有典雅，精緻和溫和。他的最優的戲曲——戀愛的光，神仙譚，廣大的領地，寂寞的路，——有着誠實和哀歌風的悲哀和精神底蠱惑力的結合。同樣的話說到那以明澈的音樂底文體寫出的他的故事，也未始不可。

在德意志，小說落在抒情詩及劇之後。那使小說阻滯者便是成熟得遲，而直至尼采以後方纔獲得近代的單純和典雅和記錄底性質的德意志散文的性質。在許多有興味的，而且往往能幹的小說作者之間，北德意志農民生活的記錄家古斯太夫·夫稜森，還有在柏林的無產者及來因的幸福的孩子們，相等地熟知的堅實的寫實主義者克拉拉·法依別古是成就了接近於國際的聲譽的一種東西的。這樣的名聲早晚也必歸於那有藝術底純粹和想像底深邃的學者，詩人，兼是小說家，天分豐富的女性列卡爾達·福夫的。然而在這些人全體之上，卻站着兩個巨匠——不但是小說的而已，還是作爲藝術的散文的巨匠——托馬斯·曼和雅各·發塞曼。

托馬斯·曼是極嚴格的作家。一部長篇小說 Buddenbrooks 和兩卷短篇小說及短篇故事——他的論文且放開不提，這些就差不多成着他的作品全體。然而盧倍克貴族家庭的衰頹和崩潰的故事 Buddenbrooks 卻是浩瀚而又完全，絢爛而又明麗的作品；短篇故事及短篇小說，尤其是在威尼斯的死則是有着無比的美和節制的作品。在這時代，比他的散文更高貴的散文，誰也沒有寫出來罷。

那主要的作品世界的幻影爲英吉利的讀者所歡迎的發塞曼是一個神祕主義者，而有廣汎的創造力，盛大的熱情，久長的發達的作家。他有着幻想的風味。他一向是被比較於迭更司及杜思退益夫斯基的。經了長時間的努力，他使雄辯的詩底形式和適切於表現他那對於事物的奮興的觀象的文體發展起來。發塞曼在他的血裏有着幾分豫言底力。他同顯尼志勞及何夫曼塞爾一樣，是猶太人。他和托馬斯·曼的對照，恰如顯尼志勞和霍普德曼的對照似的，就將那成着寫作較之現在，倒是屬於將來的作品的許多年青的同代的德意志的詩人，戲曲作家，小說家的作品的特徵的，熱情和動搖，歡喜和神的探求，說明着。

第四十二章 十九世紀的俄羅斯文學

小說——文學中最微末最無足重輕的形式——成着這兩者之一：或則是惡劣的東西，或則是響徹帝國的指導者之聲；在我們之間，事物就取了那樣的形態。——陀爾琪甯

在不知俄羅斯語的西方的讀者看來，俄羅斯文學的意義是指十九世紀及現代的俄羅斯的小說而言。這是盲目於俄羅斯的詩及其他的表現形式的有限制的見解。然而在這限制，卻也有十足的理由的。小說訴於廣多的人們，這較之別種文章更容易越過國民間的國境去。況且俄羅斯的小說是有力的制度。就如引用於上面的批評家所提示似的，這是故事以上，這是不獨響徹俄羅斯帝國而已，實在也響徹歐羅巴之聲。所以，使我們之忽視俄羅斯文學的其他部分——縱使我們於此有着好多的知識罷——顯得正當者正是俄羅斯的小說極其豐富這事實。不但如此，在偉大的小說家的時代以前，俄羅斯人從西歐羅巴有所假借，而在他們

有了作爲那報酬可以貢獻的許多新的獨創的東西以前，影響的潮是向東流着的。他們從法蘭西，意大利，及英吉利得了靈感，便將他們固有的歌謠及故事的源泉棄而不顧了。

雖然使我們特別懷着興味者是散文的小說，近代俄羅斯文學的創設者倒是兩個詩人，普希金及勒夢托夫。他們是也寫散文的。兩人都屬於十九世紀初葉的羅曼底時代，兩人也同歐羅巴的一半靑年作家一樣，受了擺侖的強的影響。

普希金有着一切文學底天稟。他是抒情詩人，是劇詩人，是故事家。然而他首先第一，是有偉大的力和美的劇作家。俄羅斯的作曲家是不絕地於他那里尋求主題的。根據於他的故事和詩的最知名的歌劇是：尤金·温涅金，波利思·哥陀諾夫，露薩爾加及畢克夫人。他有偉大而且良好的影響及於他以後的一切俄羅斯文學。所以然者，因爲他發展了單純的文體，換句話說，他是具有那文體的天稟，而憑了明晰和直截，獲得他那有力的效果的。

勒夢托夫同普希金一樣，是擺侖式底，然而他還有着雪萊的味。他是幻想家，於俄羅斯人的靈魂的神祕底精神底性質有着興味；這種興味流行於繼起的許多文學，乃是較之任何別國的小說，在俄羅斯的小說佔着優勢的特徵。勒夢托夫的主要的小說是現代的英雄，這是翻譯爲連英語在內的多種語言的。這是以高加索爲背景，以一種羅曼底騎士底精神揭發那俄羅斯的紳士須得相關的山嶽人的德性的。在實際生活上偏袒一方縱使是怎樣的必要，但在小說上並不偏袒一方，而常見別人的性質的事——這也可說是特殊地俄羅斯底。普希金及勒夢托夫這兩個主導底文學者都被殺於決鬬中，我們知道這事情便可以窺見那時代的文學及社會的狀態了。

棄卻羅曼底因襲而求主材於人生的最初的小說的巨匠是尼高來·哥郭里。他的死靈魂較那標題所示生動得多，以連串的冒險描着小規模的俄羅斯社會的許多樣相，充滿以對於平民的諧謔底同情和對於詐欺及僞善的諷刺底輕蔑。那諧謔有許多在翻譯中據說是失去了的，這大概是事實罷；因爲哥郭里是小鄉村的人們的綿密的觀察家。然而在英譯中，那本質底人道精神卻輝耀得儘夠使我們知道那書的偉大。哥郭里在那冷嘲底觀察的天稟之外，還有着對於更激動的劇底東西的手腕，那是顯現於哥薩克兵和波蘭人的戰爭的故事太拉斯・部爾白之中的。然而首先第一，他是寫實主義的創設者，繼起的俄羅斯小說家縱使進步得遠過他，也承認他的優越。後代的俄羅斯小說家繼承着較之普希金倒不如說哥郭里的緒統，這是可尊敬的俄羅斯的學者而往昔的革命主義者克魯泡特金的意見。無論如何，在未曾中止被讀的他自身的作品，又在將小說從羅曼主義拉開，而使其和人生一致這一種努力，非批評底地被意識的努力，哥郭里本是，如今也還是偉大的力，這一層卻是確實的。

杜思退益夫斯基

最初的大進步成就於伊凡・屠格涅甫。他和杜思退益夫斯基和託爾斯泰是支配俄羅斯小說的三大巨人。屠格涅甫的最初重要的作品獵人日記描寫着農夫的悲慘生活，於將他們從農奴解放的事上有相當的效果。俄羅斯的小說不單是暇豫的故事，還於生有實際底關係，這一層是旣述的，而在托爾斯泰之中則見得更顯著的事實的說明。在父與子中，屠格涅甫描着新興時代和舊時代間，有科學底及智底抱負的青年和舊式的愛家庭的貴族間的爭鬬。他使用「虛無主義」這名稱於有些新的主義，那個詞兒政府是用以汚辱一切自由思想的；那結果，屠格涅甫一時失了他所同情的人們的衆望。距那時數年前，他以對於官場的有些批評曾使政府不快，而受了短期間的監禁和流刑的懲罰。俄羅斯作家的生活是憤激和危險的生活。然而屠格涅甫，第一義地說來，並非宣傳家。他是有我們以爲法蘭西風的形式之感的藝術家，人間的研究家，愛美的人。他是也單純，也深刻的。曾有人說，屠格涅甫以外，誰也沒有寫過完全的小說——這是誇張的話，但若這意思是說他的小說大都差不多近於完全，則也是眞實的。在前夜和春潮，他描寫年青的女性的淒哀的美。他感覺到俄羅斯人間的無聊處和殘忍處，而且理解他們的深的悲哀。所以然者，因爲他自身也有着牠。他的不幸並非病底，卻是勇敢而優美的。他的分析的明瞭和他的故事的淺顯使他對於世界的別部分，成爲俄羅斯的性質的大約最明澈的介紹者；的確，他是最易讀者。

他是否較之偉大的同代人爲眞實，能夠告訴我們者惟有俄羅斯人而已。他的小說與其說是以弛緩而無結構的俄羅斯的範本爲根柢，不如說是以法蘭西的模型爲根柢。他在巴黎度了活動底生涯的大部分，杜思退益夫斯基及託爾斯泰便都以爲他法蘭西化了，或者有變到那樣的危險了。然而他卻也時時回到俄羅斯來，找求新的材料。他那自尋的流刑使他成爲俄羅斯語的崇拜家；據俄羅斯人所云，則他是以最終的完全使用俄羅斯語的。他以細心的注意寫作，恐怕這是他從法蘭西人學得的一事罷。的確，法蘭西人的影響，無論對於這俄羅斯人是怎樣，卻並不傷害這藝術家，而且連作爲藝術家的這俄羅斯人也並不受害。爲什麽呢？因爲只有對於自己的母國語懷一種祈願的藝術家纔能夠寫出「這樣的語言，該獨不授於偉大的國民，那是想不出道理來的」這一種意味的話的。

屠格涅甫的小說是完滿而有節制的。較強烈，較無檢束的熱情的人，非奧多耳・杜思退益夫斯基的小說則是從他內中傾倒出來，而並不入於無法則，不規律的事實境界以外的什麽模型的。他在青年時代，爲了革命底活動（這差不多沒有比講談更進一步）被逮捕，送到西比利亞去了四年。他的慘苦的經驗在死屋的追憶之中演爲故事。那鐵似的經驗入於他的靈魂中，他便一生只是悲哀的人。然而和他的慘苦一同，恐怕作爲牠的結果罷，有着對於凡有苦惱的人，對於犯罪人和流浪人，對於如他的小說之一所稱似的「受傷害受侮辱的人們」的偉大的同情。他的最優美的作品罪與罰是可戰慄的深刻的東西。貧窮的學生拉司柯爾尼柯甫犯了殘酷的殺人罪，那動機並非嫉妬，復仇，搶刦之類普通的動機，卻是病底的主我主義的錯綜，和對於生的鬱憤。他向自己的戀人，一個可憐的街頭的少女，沙尼亞懺悔，她便勸導他贖罪。他自首於警察，便被送到西比利亞去，沙尼亞隨後到那里去跟從他。她的獻身是在他的贖罪。並不成爲象徵主義者的杜斯退益夫斯基，在這兩個孩子的受苦之中，看見全俄羅斯，並且夢想到全俄羅斯和全世界爲愛所贖時的未來。他並不相信對於壓迫的救治之道是暴力，在鬼迷者中，他顯示着革命底陰謀的愚行和悲劇。他以爲農夫是俄羅斯的希望，將麥克沁·高爾基現在向我們說，不過是那時代的文學底及政治底理想的那些德性，賦與農夫。

在杜思退益夫斯基的一切小說中流露着的生的悲哀，是往往被西方的讀者誤解爲病態的。惟以人類有或種不健全的動機爲限，這是病態的。然而爲此也不當非難小說家，更過於因爲在報紙第一面，揭載謀殺案，火警，拐誘，且也揭載像北極飛行，或者爲了尋求救助幾個自己的同胞之道的努力，而斷送生命的或一外科醫的死似的，美的人類底勇氣的記事而非難新聞記者。這麽說，並非杜思退益夫斯基從新聞採取材料這一種意思，他是從普遍的生命採取材料的。他的最大的小說客拉馬助夫兄弟處理着現於全不重要的人們的弱點和困難的那善惡的問題。在杜思退益夫斯基的全體之中，並無「主人公」在。而且女主人公不是爲電影而造的。他們是太過哀切，太過悲劇底，太過眞實。在杜思退益夫斯基的天才中所缺的唯一東西是諧謔感。屠格涅甫有着牠帶些頗蒼白的，哲學底地有同情的性質的。他們中間的最大者，託爾斯泰只有着嚴肅而曲折的諸謔，只有着微笑而無笑。俄羅斯文學中，哥郭里和柴霍甫之間是並無怎麽多的可笑味的。

俄羅斯人往往是難以理解的，但也並不比理解人類的其餘者更爲困難。有人以爲被誤稱爲「心理」的斯拉夫人的氣質可以在我們貼近的隣人中看出來。關於這點，杜思退益夫斯基的最初的小說窮人似乎有着他實際上幾乎不知其作品的那迭更司的強的風味，是深有意味的。這原是小小的圓的世界呵。然而杜思退益夫斯基以爲本國民和本國文學從歐羅巴遠離，這意思卻顯示於他那對託爾斯泰的安那·卡累泥那的妙評，說是就俄羅斯投寄一種偉大的東西於壓迫人類的諸問題的解決那能力而言，這是俄羅斯能夠提出於西方世界的最明瞭的證據云云。壓迫人類的諸問題，不問東西都未經小說解決，又人類性格的問題也一樣，由小說提示着，顯耀着，卻沒有加以解決。經由杜思退益夫斯基的俄羅斯來到我們這里者是傳達，喚起情緒，如在客拉馬助夫兄弟似的，將興味擲入於散亂的細小事情，頗硬固的根本底材料的他的力。直至屠格涅甫及託爾斯泰的名至少被聞之後，他沒有被知於英吉利及亞美利加。他那強烈的國民主義在國境阻止了他，然而他的人道底精神，在一切國度，至少有識的人們之間，終於占了勝利，現在杜思退益夫斯基是十九世紀的被公認的大巨匠之一了。

俄羅斯的小說家將世界的重荷負於他們的雙肩上，我們不能說那重荷是否增強了作爲藝術家的他們。說他們是強大的，他們的藝術是高貴而誠實的，就儘夠了。當一九一〇年，託

托爾斯泰

爾斯泰死的時候，他是全世界最傑出的文學者。倘若他不過是一個小說家，他就不會那麼樣世界底地受尊敬了罷，倘若他不是小說家，則他的作爲改革家及自由的鬬士的身分，不會有那麼樣崇高了。勇敢地使用自己的筆——自己的人間性，和自己的靈魂——於非文學底鬬爭的文學者，例如密爾頓及嚣俄似的，有過許多。有的爲了「主義」犧牲自己的精力，或時時擱置自己的藝術；有的像擺侖似的，棄筆而取劍。托爾斯泰恐怕是試要將自己的藝術當作對於自己較高的目的的邪魔的或無關係的東西，加以否定及抑壓，而有第一流創造力的唯一的藝術家了罷。幸而那些目的直至他的創造底衝動已經表現於他的小說和故事爲止，沒有全然佔據了他的心。他在青年時代，是因襲的貴族和軍人，並不在本性上，卻在外面的事情上是因襲的。他那在克里米亞戰爭的經驗給材料於綏白斯托波爾及其他的戰爭故事，那些作品立卽帶了名聲來給他，確立了他的文學底生涯。那些作品的性質，那些作品的主人公，照他自己所說，是沒有虛僞的誇張或感傷底光榮的影跡的眞實。他將戰爭照那本來的樣，看作人們發揮單純的盲目底勇氣的可恐的無益的東西。當時他既非平和主義者，又非宣傳家；實際，皇帝是命令他從危險地帶退去的。卽在他的名聲煊赫而確實之後，他也是較之文學，倒是對於人和物抱着更多的興味的——而這就是他的力的源泉。他在鄉間的莊地消磨光陰，努力教育鄉村的孩子們，改善農夫的狀態，他在許多活動的當中，寫了他的兩大小說戰爭與和平及安那·卡累泥那。

戰爭與和平不只是小說，這是俄羅斯社會生活的敘事詩，拿破侖戰爭時代的歷史。牠的視野極廣大包含着普通的小說好多篇。各個的人們立於廣大的背景之前動着。而他們實在是各個各個的人們。在那廣大的劇演着主角的四個家族每一人是一個脚色。托爾斯泰無比地有着性格描寫的天禀；他觸到一個人物，非使其生動不可。而且他有着描寫的力，有着場景之感，無論那是戰場的全景呢，還是莫斯科的一家的內部。他的故事是擁擠而極複雜的，所以然者，因爲在那里有極多的興味的交錯點。他本能底地遵循着一個方法，那方法，他在有的地方稱作原則，就在決不勉強地結束故事，卻任其進行。他的「自然主義」不是理論，卻是他的性質，他的心性的表現；他是正確地觀看物，而且空想底地看透物的。

戰爭與和平的唯一的缺陷是在牠太過博大，唯那博大，使其成爲無形態，在安那·卡累泥那之中，視野沒有那麼廣大，而力則更其集中。安那的故事以最大的悲劇的必然性動着。她的性格和她的事情像河流向瀑布去一般直瀉地將她運向她的運命去。那犯罪的女子爲了漂亮而虛榮心強的戀人，背棄可算是冷峻而正直的完全的標本的那丈夫，於是見到自己既從厭倦於她的戀人，又從她所捨棄的社會割離了。她並非由什麼善或惡的抽象法典，卻由難以和解的事實的道德而受懲罰，在生，不再有容納她的地位了，於是自殺便是唯一的解決了。

作爲對於安那和她的戀人的狂烈的熱情的對照的，是雷文和克蒂的家庭生活的平靜的故事。那書的這一部分不過是和中心悲劇粗疏地相關而已，然而因爲雷文和生存的謎相鬭，又在宗教底神祕主義裏看出平和，正是託爾斯泰本人，所以這是重要的。託爾斯泰發揮着而且解說着關於倫理，宗教，政治，藝術等等的自己的見解，以消磨他其餘的大部分生涯；對於他，說過「在現代歐羅巴文學之中，他沒有能比較者」這話的屠格涅甫以爲託爾斯泰從文學背離的事是不可赦宥的罪。然而在託爾斯泰，不可赦宥的罪之一卻在耽溺於單是文學——

就此而言，他是過去的巨匠，——而他在藝術是什麼之中，便將他包含他自己的小說在內的，凡有我們所愛的幾乎一切傑作掃到垃圾堆裏去了。他到七十歲時，有一回復歸於小說，寫了復活。雖然如此，他的動機卻非藝術底而是實際底，爲的是給基督教的受迫害的一宗派即道圷鮑爾一派籌款。託爾斯泰雖然鄙棄錢財，卻也喜歡爲了別人而掙錢。那書裝滿了太多的道德目的，卻也顯現着性格描寫和場景實現的不衰的力。在他內中的藝術底精神趁這機會就行報復了。靈魂的大勞苦所到達的託爾斯泰的宗教底信仰，是極單純的：從宗教底權威和神學底詭辯解放出來的——照他所解釋——耶穌的教義就是。正教教會恐懼他的勢力，於是將他擯出教會，檢查他的書籍，倒反增加了他的勢力。他的宗教思想自然地將他引導到無抵抗與平和底無政府主義了。假如他本來是貧苦無名的人，那麼他當被送進監獄或放逐到西比利亞去了。然而他是比現世的王還強大的文學之王。倘使政府向他下一下辣手，則全歐羅巴就會湧起抗議的風潮來的罷。因此政府將迫害的手移到他的卑微的追從者身上去，致使託爾斯泰陷於無限的悲哀了。他死於一九一四年以前也還是好事情哩。

托爾斯泰的主要作品是譯成英語，有廉價版可以到手的。最優的翻譯出於亞爾麥·摩德之手，內有數卷，包括着最重要的作品的，已經列入世界古典叢書出版了。摩德氏是成爲兩卷的托爾斯泰的生涯的著者。在一切樣相，即當他騎了所愛的小馬跑過太長的路程時，讀者也會覺得托爾斯泰有趣的罷。他那驚人的活力是使他的最不重要的頁也躍然有生氣的。

說是偉大的先輩們的大氅，至少那温暖的一部分落於柴霍甫的肩上了云云，這似乎是俄羅斯批評家的意見。柴霍甫是短篇小說和戲曲的作家，是鄉間的醫生；文學在他看來，至少在他那比較底短的生涯的最初，是一種休養，一種餘技。日見嚴格的托爾斯泰，以爲柴霍甫沒有哲學，然而他却愛其人，愛其故事及戲曲。柴霍甫用了純樸模樣藝術底方法，寫出他在自己周圍所見的生之愉快的，幻想底的諧謔來。他的手法完全單純。故事自然而然地進行着，且往往不是重要的故事。的確，俄羅斯人屢屢抱着的小販的背包式的觀念，柴霍甫將牠拋向溝中去了。他的諧謔導引我們去讀那算是對於女性本身的温雅的諷刺，然而完全以善良的諧謔組成的可愛的人。而在他的劇之中，最精美者是温和悲哀的諧謔之感和痛苦的境地相結合的奇異的劇曲櫻桃園悲劇底諧謔——這是在文學之中罕見到達的心氣。柴霍甫則有之。他的短篇小說，以其單純和直截而言，極其優美，竟致有些熱誠的批評家將他和莫泊桑相比較了。然而這是錯誤的。當一種現實底影響之流，眞實的要素之流從一國移向別的一國去時，追索那踪跡是深有興味的事，而在並不互相聞名的作家之間，看出相似點來，那是更有興味的事。然而將一個什麼人和並無什麼智底關係的別的人相參照，差不多沒有什麼益處。柴霍甫是只有一個同莫泊桑的共通點的，就是他寫優美的小說。

高爾基

麥克沁·高爾基在近世俄羅斯文學之中，佔着不可思議的重要的地位。屠格涅甫及托爾斯泰似的貴族是農夫的友人，而家境良好的俄羅斯人因爲祖助勞動者致被放逐於西比利亞者也不止一兩人。麥克沁·高爾基

（他自稱如此，高爾基者是作「苦」解的俄羅斯語）則是生於農夫和工人之中的，他的主人公無論在他的小說，或他那明白的自傳底書，總是他自己，是生於暗黑，而努力要進入光明的個人。高爾基的一切書都是鬭爭。他不是偉大的藝術家。他戰鬭的太激烈，致將宣傳織進各頁裏去。雖然如此，要找出較之母親更感人更動人的書來，是不容易的。為了難以十分說明的一種理由，他抓住了俄羅斯以外的世界的空想，恐怕他是凡有現代俄羅斯作家中最受知於用英語的世界的人了。

安特列夫

和高爾基相對照的安特列夫是並非同生鬭爭，卻竭力要理解牠，而在其上投注幻滅和疑惑之光的智底懷疑論者。他的小說七個被絞死的人及紅笑，以其強烈而言是可怕的；而他的戲曲人的一生及被批頰的他是即在俄羅斯，也見得調子幾乎太過悲哀的厭世底象徵主義（就用這兩個漸漸廢棄的詞兒罷）那極其陰鬱的人的一生的開演據說在彼得格勒（或照現在所稱呼，列甯格勒）的學生間惹起了許多的自殺。倘若這是事實，那麽，這戲曲是有力到在我們看來以上；否則在俄羅斯學生那里，就有一種孱弱的性質了。

別的幾個現存的，或最近死的俄羅斯人是世界的文學的一部分，然而是怎樣大的一部分呢？誰也還不能決定。庫普林，他那頗歡愉的性質將他和柴霍甫並列着，在他的短篇小說和長篇小說決鬭的技巧，能夠在滿意的翻譯被英語的讀者所知的；奇妙的天才阿志巴綏夫，他的沙甯在我看來，是奇怪模樣不真實的，然而他至少寫了一個關於在不可能的非基督教世界的善人的失敗的故事，伊凡蘭台的死。珂羅連科至少為了森林絮語這一部書是可記憶的，這書是感傷底，卻是有眼能見的人曾經寫出的最優的盲人的描寫。然而我們不能再說到現存的，前途多望的俄羅斯的作家了。在這有限制的眼界裏，連法蘭西，英吉利，德意志，亞美利加在一起，我們也不能見到從今以後一世紀間可以被記憶的十個以上的作家。俄羅斯是不可解的國；歷一世紀以上的，尤其是大戰以後的政治底及經濟底生活，是困惱了在莫斯科之西的凡有經濟學者了。當本書出版時，政府似乎沒有弄明白將俄羅斯人作爲文明人對付呢，還是作爲野蠻人對付。同時，俄羅斯文學和俄羅斯音樂和俄羅斯跳舞和俄羅斯演劇術則征服了世界了。

第四十三章　學藝復興期以後的意大利文學

使我們的苦輕減的你，
永久活着罷，阿阿，可愛的神聖的藝術，
我們不幸的人們的慰安呵。
——雷奧帕第

在意大利文學的黃金時代，塔索是最後的偉大的天才。他及他的時代以後，意大利的藝術全都衰頹下去，直至全歐羅巴之上初現了新學藝復興期的十九世紀爲止，沒有復活過來。當介於其間的十七世紀及十八世紀，文學在英吉利和法蘭西，非常興旺，這是因爲這兩國，縱有一切的困厄，但在政治上，經濟上是有力的這緣故。國的繁榮與其藝術，或個人的繁榮與其創造之間有着什麼關係，我們不能確切地說。然而要生出創造力來，肉體底健康似乎是必要的，而那創造力也就是生出藝術來的東西罷。二百年之間，意大利因內戰而分裂，且被外敵所擊破了。曾經算是強大的那些都市共和國已經大家弄得筋疲力盡了，意大利精神枯萎凋謝，便努力要存活於過去的榮光之上了。佩脫拉克及其他的學藝復興期的巨匠的模倣者全體之中，沒有一個人產出十行的詩來。

然而那精神沒有全然死去，在我們來到十九世紀的第二回的再生之前，是有幾個非提及不可的重要的人物的。在學藝復興期的黃昏之中，有過兩三個有才能的人物，然而在他們之中，沒有發出眞的聖火的閃光來。一個是瓜里泥，他的忠實的牧人繼承了技巧底的埃卡第埃的傳統，被讀於歐羅巴的各宮廷，兩世紀間影響及於敷白粉，潑香水，穿絲襪的牧歌的可愛的文學。有着較銳的才能的人物是塔索尼，他譏笑佩脫拉克的模倣者，而他的諷刺喜劇被竊的提桶雖然久已過時，現在也還有着一種可笑味。塔索尼於我們不合適了，但也重要到足以指揮近代意大利的大詩人卡杜契的編輯上的勞作的。然而從塔索至阿爾飛亞里這兩世紀之間，在似乎浸潤於詩的諸時代似的那光明的半島上，則什麼純正的詩也沒有。

末期意大利學藝復興期的力是在那散文之中，在白魯諾，康帕內拉，及伽利略等等哲學者之中。我們不能將這些壯大的思想家的作品來多說一番是遺憾的事。然而他們較之一般文學底藝術，倒是屬於專門底哲學的。可是哲學和文學的境界線劃在何處，誰可以說呢？白魯諾及康帕內拉寫過應待被忘的詩；他們的力乃在他們的散文，他們的倫理思想。被教會當局又被那使最美的思想有不少無人知曉，半被埋沒的冷落所長久抑壓的白魯諾在最近五十年間，竟被認爲哲學上的巨人之一了。他的主要的思想便是全宇宙是一個有生氣的存在這句話——待到若干世紀之後，由德意志的哲學者費希奈爾美妙地加以發揮的思想。

伽利略是異常的天才，科學者，文學者。他同哥白尼在一起，作爲近世天文學的創設者，爲我們所知。恐怕許多讀者，即使意大利人也沒有知道他之爲意大利散文的巨匠罷。蒐集起他的論文及書翰來，不過是最近四十年間的事。這也不過用意大利語的而已。以我所知，這個可驚的人物的文章的英譯還沒有。意大利對於物理學，醫學，電氣及其他的科學的供獻的故事還有待於寫述。在那故事中，伽利略是最傑出的人物，是從希臘及羅馬的巨匠以降，意大利思想的長的直系中最煊赫的個人。那希臘及羅馬的遺產，意大利直至她的孩子們開始到德意志的大學去的最近代爲止，是沒有汚損地保持着的。他們到德意志的大學去，沒有學到德意志的思想力和淵深，却學了牠的笨重的愚昧，其一個例子便是最著名的現存意大利哲學者及批評家克羅斯，他是濃重到幾乎難以卒讀的。

意大利的劇文學從極早就和音樂融合，而音樂不久便支配言詞了。三世紀之間，全世界是將意大利歌劇的音節或則歌唱，或則口吟，或則吹哨的，而記得寫作那些言詞的是誰者，千人中沒有一人。留於世界的其餘部分的眼，或者不如說那耳的近代意大利的天才不是詩人，不是小說家，也不是軍人政治家加里波的，却是無可比肩的大作曲家朱綏配・味第。他呢，便是那壯大的瓦格湼也沒有超過他。音樂是並不在這簡短的概觀的範圍中的。然而我們決不可忘卻劇與詩和歌曲（歌曲作具有最高的管絃樂底發達的全部的音樂解）之間的密接的關係。歐羅巴的（並且——也許——亞細亞，亞非利加，亞美利加的）一切國民都已製作了歌謠了。意大利人一向是音樂藝術的世界的先生——雖是德意志人對此也非讓步不可。在這里便發生了深有興味的思辨的問題：（我們決不能找出確實的解答來）在但丁以後意大利詩的或種荏弱，和意大利音樂的連綿的壯麗之間，可有什麽相對底的關係的麽？又將這問題帶到別國去，則英吉利縱有那美的俗謠，但以音樂而言倒荏弱到無人不知，而以詩的藝術而言，則在凡有近代諸國之中大抵是最强者，以內容和形式的多樣相而言，以天才詩人的數目而言，又是最有着强味的，這是什麽緣故呢？

近代意大利人，既如以上所說，是古典的直接的繼承者。然而他們的古典主義卻也並非敬虔模樣屈從底。開始於十八世紀而在十九世紀的前半達於那高潮點的羅曼底運動，捕捉了，征服了意大利人的想像力。出於蘇格蘭詩人詹姆士·馮克斐孫的手筆的從高盧人作品的眞實的或許虛誕的譯作奧細安的芬格爾，拆薩洛提將牠翻譯出來。那蘇格蘭人的作品是眞實的翻譯呢，還是虛僞的翻譯，是不成問題的。無論怎樣，他總顯示出自己的才能來，而他的羅曼斯還流行全歐羅巴了；拆薩洛提的翻譯成了拿破命的愛讀書之一這事情，恐怕是值得記在這里的罷。

直至近世爲止那純粹的文學底價値未曾被認識的怪僻的天才人是卡薩諾發。他本來不是文學者，然而他在那回想錄之中，卻發見了優美的散文體。那主材不宜於靑年或天眞爛漫者也未可知罷。然而於體會字裏行間的年長者，卡薩諾發卻像英吉利的日記家皮普斯似

哥爾多泥

的，是偶然領會着敍事術的偉大的自己啓示者之一，又是並不自知的藝術家。他的聲價是跟了時的進行而增加的。英吉利批評家及哲學者哈味羅克·藹理斯就他寫了一篇美而高明的論文了。他的回想錄屬於法蘭西文學，但他也用意大利文寫作。

意大利一向常是富於喜劇的，但到十七世紀及十八世紀，意大利的劇壇便成爲有些價硬模樣人工底了（摩利爾以後的法蘭西的劇場，德來登以後的英吉利的劇場也如此。）有一個重建性格喜劇的天賦快活的才能的意大利的天才，就是威尼斯的本地人哥爾多泥。他所描寫的人物是威尼斯人，較廣地看來，他們是意大利人；

更廣地看來他們是普遍的人類。他在法蘭西很出名。然而英吉利的翻譯家卻是忽視了他似的。他的戲曲，縱有那豐富的眞實可笑的人間性，大約不會「通過」英吉利的舞台的罷。可是

雷奧帕第

我們卻能一讀他的回憶錄。這是多年前曾經譯出，附有任美國駐威尼斯領事的最著名的小說家霍惠爾的序文的。

以詩而言，新紀元的先驅，十八世紀的眞摯的意大利劇文學中最重要的人物，是屬於第一流的劇底力和眞摯的文體的所有者阿爾飛亞里。他的主材大半是古典，是希臘的傳說及古代的歷史。然而那文體雖然有些憑藉於馬基雅弗利，卻是新鮮，雄勁的阿爾飛亞里自身的東西，有至大的影響及於意大利文學的。阿爾飛亞里的劇從未越過國境而進到英吉利文學裏來。然而他作爲劇作家，詩人，及散文作家是重要的。謳歌亞美利

加獨立的他的頌詩，我們是應當知道的（他是熱烈的自由讚美者而暴君的敵）。以我所知，這未曾被譯爲英語。

十八世紀的最壯麗的意大利的作者是帕里泥，他的日是犀利的諷刺；憑了那英勇的無韻詩的新鮮的使用，帕里泥相當地獲得了雷奧帕第冠於較自己年長的詩人的「近代意大利的味吉爾」這一個稱號。帕里泥縱有對於古典底過去的那種愛，卻是獨立的，獨創底的人物。較不獨創底而更加屈從底，但也有優秀的才能的人物是夢提，他的重要大部分是由於他說明着文學對於實際底問題的關係這一個事實。他寫過讚美拿破侖而有些阿諛的詩。然而他在文學上要求高的地位的權利卻在易利亞德的翻譯，這是究極底的被公認的意大利譯。

和烏哥·福斯科羅一同，我們在時代上又在精神上入於十九世紀了。在新世紀產生的二年前刊行的雅各·奧底斯，是使他成爲意大利的哥德一流的，雖然較之那偉大的德意志人，在範圍是狹得遠了。在奧大利和她的共謀者拿破侖的兩重桎梏之下的意大利的苦惱，由這書反映着。人也許以爲幾乎在歐羅巴的兩極端的那兩國——意大利和英吉利的文學底關係，福司科羅是加以說明的最有興味的實例。論到這關係的大論文還有待於寫作。許多英吉利的詩人是居留於意大利，也死在意大利的。至少洛塞諦這一個優秀的英吉利詩人是屬於純意大利血統的。福司科羅在英吉利住過多年，乃是在英吉利批評壇被公認被尊敬的人物。他的詩範圍雖狹，卻是優美的。他的墓的詩是淒美的抒情詩。他那對於英吉利文學家的直接的關係是在他所譯的斯滕的感傷底旅行。

烏哥・福斯科羅

現在，我們來一說十九世紀最大的意大利的天才，算是悲哀淒寂而且厭世的大詩人，但也是天生的歌人的雷奧帕第罷。我們粗率地將他當作意太利的擺侖看，是可以的，他較之那英吉利詩人，以雄勁和多產而言是差些，以細密和完成而言則勝些。他的魔力未曾移植爲英語，恐怕也不能移植的罷。英吉利的學者比刻斯忒司所著關於雷奧帕第的有趣味又有實益的書有一本。然而「以原作的音律」綴成的英吉利的詩卻是離那意大利人千里之遙的。翻譯這東西，倘不是嚴密地依照文字的，則便是以翻譯者的言語重行創造的藝術，二者必居其一。然而卽使爲了但丁及雷奧帕第，來求得足以讀書的意大利語的知識也未始不可，這是我敢以奉勸的。

曼蘇尼

小說上羅曼底精神由曼蘇尼代表得最好。再作一個散漫的無批判的，然而暗示底的比較罷，他是意大利的窩爾忒·司各脫。他的小說訂婚者是屬於第一流的小說。這進到歐羅巴的一切國語之中去；雖然不是意大利人似乎相信的傑作，這卻至今還是津津有味的作品。在其中，有着一種有蠱惑力的柔美的東西。而且曼蘇尼費了多年苦心的那文體，當意大利的散文有飛揚爲虛浮的修辭的危險時，頗有功於維持牠在健全的基礎上。他是稟有種種的天才的人物。他的悲劇主要是因爲他所寫這緣故，所以現在出名而受

訂婚

人讚美。然而從傳統獨立，形式上是小說的他那最初的戲曲卡爾馬格諾利耶伯爵卻也惹了那敏慧到常常發見美物的哲人哥德的眼。曼蘇尼是力的，洋溢的光彩的抒情詩人。當拿破侖死時他所作的詩 Il Cinque Maggio 是使用意大利語的地方到處被知的。在這簡單的文學故事之中，至少，味第的優美的鎮魂歌是紀念曼蘇尼的東西這句話，是有記錄的價值的，尤其是倘我們努力要發見諸藝術的一致，人間的表現的連續性的話。

卡杜契

十九世紀中葉的一個意大利詩人，絕對不能翻譯而有重大的價值的一個詩人是卡杜契。他既是詩人，又是批評家，且以精敏的手腕編纂較古的意大利詩人——是文學的教授而兼藝術家的可驚的一個事例。他的詩是簡潔，嚴格，深邃的。以意義的淵深和形式的完成而言，任何近代的意大利詩人都沒有超越了他。

在小說上，近代意大利有着數個有才能的人物，而屬於第一流的天才則稀少。最秀拔的大約是西西里人味格罷。主要是仗了他的小說卡跋來利耶・露斯契卡那，他是被知於意大利以外的，那小說是馬斯卡奇尼的非常風靡的歌劇的基礎。然而味格的作品較之那羅曼底小故事更爲偉大，乃是西西里和南意大利的社會底和情緒底歷史。

丹農雪烏

就現存的意大利人，我們只能說一兩句話。丹農雪烏是詩人，劇作家，小說家，飛行家，政治家。他的多能和精力是難信模樣的。學藝復興期的最雄勁的人們，以力而言，也沒有超越他。他的措辭是令人驚嘆的。任何時代別的意大利人恐怕沒有一個是那麼廣大的語彙的所有者罷。在他的內中也許有江湖客和裝腔者的氣味的，然而他的作品卻不獨聳動了他的國人，還震撼了全歐羅巴。而且的確，那寫作死的勝利及火的人物是隸屬於不朽的人們之羣的。他的抒情詩滿是雄辯而臨着冗長的危險，他的劇則雖有些修辭底，卻是緊張而富於生彩的。他所作的那以杜綏爲女主人公的夫藍拆斯卡・得・里米亞的故事，是不常呈現於現代——或任何時代的舞臺上的那種煽情底文學。

佩品尼及馬利內蒂似的年青的意大利人是於新的形式及革命底思想，試了勇敢的實驗的。以結構而言，並非革命底，卻是古典底地完全的短篇小說的壯麗的作家是朱綏配・藹立科。有一事似乎是確實的：趣味變化着，流派推移着；猛烈的羅曼底的姿勢之國意大利則以大體而言，將依然忠於那古代的祖先，依然是古典之子的罷。

第四十四章　近代西班牙文學

這里是溫暖的南國，歐羅巴像被蟲蝕的樹葉一般，
伸展她的土地，吐息於大海之上的地方：
以相等的愛憑倚於因幾許的記憶而呻嗚的地中海，
又於誰也沒有渡越的大洋的無休止的潮的張了胸的西班牙。

——喬治·愛略脫

在十七世紀褪了色的黃金時代以後，西班牙文學同意大利文學一樣，沒有什麽確實性或獨創性，衰頽下去了。又同說到意大利的時候一樣，爲了研究或思索，不下獨斷的解答，我要提示出一國民的政治底及經濟底衰頽是否和那藝術底，那智底力的衰頽相伴這一個問題來。西班牙的帝位繼承戰爭在差不多瑞典及俄羅斯戰於東部歐羅巴的同時代，將英吉利，法蘭西，奥大利，普魯士，西班牙，荷蘭捲入於旋渦中。後來在同世紀末葉，法蘭西革命勃發，又將歐

羅巴的大半引入於那旋渦中。沒有一國是以平靜的心注意於精神的東西的。然而英吉利文學和法蘭西文學卻由種種的方法顯示了繼續的活力，而在德意志的非普魯士底部分，也有新生活將近產生。在別國則文學沈滯下去了。

那時法蘭西是在大陸的最高的智底王國，西班牙則是她的最順從的家臣之一。笑和悲劇的，引人的自然的民謠和惡漢式優美故事的大西班牙失卻了生氣而成了巴黎的平凡的弟子。即當西班牙努力要拋棄拿破侖的軛的十九世紀初葉，那半島也依然是那政治底壓迫者之智底依賴者。可是希奇之至，縱有這種依賴，西班牙文學底西班牙卻沒有抓住了法蘭西的大精神。在歐羅巴的思想的大半之中輝耀，在偉大的文學之中發焰的羅曼底復活在西班牙不過熏成了微烟而已。歐羅巴的最羅曼底的國可沒有着火哩。

那理由或者一個理由是在那似乎有着極優秀的舞台上的姿相的西班牙人，縱有着種種的姿勢，卻不過對於歐羅巴的其餘部分，對於嚚俄，對於美里美，對於約翰·薩眞特，對於文學底旅行者，顯得那樣罷了。西班牙人在他的最優的書籍和他的繪畫之中，（我是冒了引起畫家和美術家的物議來的危險而這麼說的）最眞切地觀照自己。因此當十九世紀中葉，西班牙文學抬起頭來，而在世界的文學中漸至佔着重要的地位時，那新的人們就是對於那所描出的西班牙生活守着忠誠，而與其說是「羅曼底，」毋甯說是「寫實底，」然而不消說得，以那感情和寫法而言，卻普遍地羅曼底的小說家及劇作家，倘若不然，世界決不會耳聞他們的罷。

藹啓迦拉伊

成着西方文明的文學的一部的，近代的一個西班牙劇作家是藹啓迦拉伊。他是不可思議的天才，本職是數學者，至略略晚年，決意來試作劇本。他的特異的天才顯然並不屬於卡爾台隆的種族，卻顯然是屬於穿鑿底十九世紀的天才伊孛生，霍普德曼，培那特·蕭之類在現代似乎並不衰頹下去，卻強大起來的劇壇人物的天才，——這是給舞台上的眞實的好表徵，並沒有排除西班牙人曾經誇傲的劇的諧謔。藹啓迦拉伊不是在陰鬱的無笑的意味以外的諧謔家。他的最優美的戲曲，唐瓊的子及大迦利埃托是強烈地「西班牙底」，但在這圓世界的任何地方，都可理解的人間性格的研究。而且藹啓迦拉伊成爲世界文學上傑出的人物了。他的聲價據說是衰落下去，然而在文學中的任何部門，卻沒有舞台文學那樣，名聲和幸福容易移易的東西了。在舞台文學中，較之伊士奇，莎士比亞，摩利爾等光榮更加不朽的東西是再也沒有的。要知道子孫對於藹啓迦拉伊，伊孛生，霍普德曼，蕭等的戲曲將以爲怎樣，似乎該再活一世紀罷。然而今日他們委實以活力感徹着人心。在明日，則接替他們的別的劇作家或者要出現，也未可知罷。

決不全然死滅的——在塞凡提的國，那里會有這事呢？——西班牙的小說到十九世紀的中葉再蘇醒過來了。而牠的實質是寫實底。爲什麼呢？因爲正如我們所提示，羅曼底西班牙在文學上並非羅曼底。眞實者之一是自稱斐喃·卡巴雷洛的女子。她那最出名的小說海鷗，在西班牙以外被廣讀，雖然有些褪色，但因爲有着緊要的東西，對於人物和場景的眞實這緣故，還維持着生命。在實行了惡漢小說的傳統，西班牙小說所最可誇的無脈絡，無形式的亞拉爾貢的作品中，有幾分這種眞實在。他的鄉村生活的小說，三角帽，是正直的笑謔。亞拉爾貢並非偉大的藝術家，卻是屬於西班牙型故事家的連綿的血統的。

以時代而言，以文學底發達而言，亞拉爾貢以後是佩累達，他寫的是農夫和水手，以及算是他們的生活的根柢的場景，卽山和海。他在西班牙文學一向被稱爲近代寫實主義的創設者，大概他是應受這個稱號的罷。雖然如此，歷三世紀的西班牙小說，那非傳統底羅曼斯的，生活的小說的特徵之一是在牠的寫實主義，牠的對於性格的忠實，這一層卻不要忘記纔好；佩累達沒有發明出故事的新型來，他是繼承了那特徵的。再者，近代西班牙小說以場景和那性格描寫而言，有着深烈的地方色這一層也須記憶纔好。這也許是眞實的價值罷，然而這卻使西班牙小說僅限於西班牙了，很少的西班牙文學是越了山嶺，成爲歐羅巴的普遍底文學的一部的。

佩累達是極眞摯的，嚴格的宗教底保守主義者。他的同代人發利拉則是有較歡欣的性質的神祕底懷疑論者，世間的人物，而且稟有動人的雅致的。發利拉的主要的小說，配必太徐美內示着他的天才的兩面。這是有着高潔的願望的神祕底僧侶的故事，那願望是在事實之前成爲粉碎了的，那事實的大部分則不消說就是女子。發利拉在他以那最初的小說震驚他的同代人的五十歲以前，已經作爲詩人及論文家而出名了。這以後，他在小說及短篇故事，增進自己的藝術，而——照了眞實的莎士比亞風——屢次顯露了頭角。而且他一直活到同世紀的末葉，他被看做西班牙文學的頭目的時候。

較佩累達及發利拉年青，而立於指導許多更年青的西班牙人的地位的是迦爾陀斯，他顯示着到現代小說的過渡期。然而因爲無論什麼人，即使但丁及哥德罷，都沒有開始或者閉止什麼文學運動，所以凡有才能的人物都是一個過渡期。這與其說是過渡，倒不如說是推移。迦爾陀斯找求他的主材於十九世紀的歷史，而以連串的小說作成一種敍事詩：國民插話。那制限是在敍事詩底性質，雖是良好的羅曼底小說材料，總不像現實的材料似的這一點；這依然是鄉下氣的西班牙風——當就全歐羅巴而說的時候。然而在那里，在恰當地他所稱爲

「插話」的東西那里，卻有着優美的故事，而且他是有性格描寫的天稟的。在他的歷史故事以外，用了不少的主材，他寫出很多的小說來。他還被和巴爾扎克及迭更司相比較；這是因爲他所描寫的人們，和他的關於故事的知識和他的諧謔有多種多樣的緣故。

迦爾陀斯

屬於前世紀的後半的跋爾台斯，是受到一種非難的，就是他受法蘭西人的影響太過了。文學的內面底影響是好的東西，不是對於國民底權利的侵害。大作家常常是巧妙的偷兒。跋爾台斯本能上是優良的藝術家，較之大概缺之法蘭西的精確和勻整的多數的西班牙作家，他對於法蘭西的小說有着密接的關係。他的泡沫和信仰是有精美的冷嘲的調子的近代生活的寫實底研究。

公平地可稱爲西班牙的喬治・桑的天才底婦人是伊彌利亞・帕多・巴冉。以對於本國和國人的熱誠而言，她是類似着她那法蘭西的姊妹的。在關於我國之中，她以生動光輝的場景的知識——場景是西北部西班牙——和對於往往在自身沒有魔力的人物的觀察底同情寫着。憑了這小說及例如爲母的自然似的別的小說，她在所謂自然主義者之羣中，佔着她的地位。我沒有見到這些小說譯成英語，然而有的大約已經譯出了罷。因爲在英吉利及亞美利加的作家及出版者——這也就是讀者之謂——之間，對於西班牙的小說的興味是逐漸增大起來了。

小說，或者任何形式的故事，是在自國的天空下以外別國的天空之下，極容易馴服的文學的式型。而最容易譯出的自然是散文故事。十九世紀的西班牙的詩在西班牙以外的國沒有給與多大的印象，倒反而是處於外國人的影響之下。同世紀前半的青年詩人厄斯背綸退達，正如大陸歐羅巴的許多青年詩人似的，是擺侖的弟子。他是傲岸的，冒險的革命主義者，捲入於當時一切政治底及好戰底動亂之中，自然就傾向於擺侖了。他是天生的詩人，他那許多的活動不過單是火似的，勇敢傲岸的性質的一部分，那別一面發着錚錚淙淙的聲音流貫於他的詩中，凡這些是西班牙詩的親切的讀者都所證言的。

在同世紀的中葉，似乎在西班牙給與人們大大的印象，且越了山，恐怕還過了海（所以說是海者，因爲西班牙的世界的大部分並不住於西班牙之中）而風行的詩人是卡謨頗麥。他正如許多世紀以來的詩人們那樣，十分單純地，是象徵主義者。他以反復了幾度的一種短詩——他給那種詩以特定的名稱，那名稱沒有較之短詩呀，頌詩呀，民謠呀這一種名稱，更足以助我們領略本質底材料——歌着國民的思想和永遠的思想之間有關係的事。我將這個見解留給讀者和比我更高明的西班牙語的讀者罷：卡謨頗麥乃是賀拉西，奧維德和朱味那爾的讀者。我沒有見到這個詩人的英譯，然而散亂的斷片經後代的英吉利詩人譯出的大概也有的罷。爲什麽呢？因爲正如上面說過，在用英語的國民之間，對於西班牙文學的興味是漸漸增加起來了。

我們轉到最近代的西班牙小說來時，這個興味是無疑的。同說到別的近代文學一樣，我們對於現代的西班牙人也不能多說。在我看來，現存讀者非自己來篩理爐灰不可。這並非說，誰都能夠照顧全世界的爐火，卻說的是凡有聰明的讀者能夠協力來參加篩理的事情的。

在現存西班牙人中秀拔的作家之間，最忠實地執着於作爲作家的自己的職業，自己的業務，自己的藝術者是比俄·巴洛耶。他的小心人的市場使人見到都會和許多的街道和暗街和人們之間的衝突，以及放縱和冒險的姿相，而且巴洛耶對於不同的社會階級間有些絕望的對立，是有着感情的。例如在一篇小說裏，（那英譯的標題探索全不是西班牙語的標題，但那譯文極好，）他將近代都市的兩都是不幸的夜的生活和晝的生活間的對照描寫出來。

以大體而言年青的人們是反對確立的社會底及政治底制度的，而英吉利最優的西班牙文學的批評家曾經說過：西班牙的藝術家常使他的藝術和政治混合，致損害了牠這種話。這也許是對的罷，然而在別的諸國，最優秀最勇敢的藝術家卻也有反對他所不喜歡的政府，或者爲了他所喜歡的政府而執劍或筆在手的。微克忒·囂俄呀，十七世紀英吉利的騎士詩人呀，托爾斯泰呀，差不多一切俄羅斯人呀，請想起他們一回罷！人就會問詩對於政治有什麽關係呢？那關係無論是怎樣，總之，近代西班牙的最有興味的人們之一，我以爲是在英譯不很出名的烏奈謨諾。做着論文家，諷刺家，雜誌記者，詩人的他獲得了從他的故國放逐的光榮。放逐這種事是對付文學者時候，近代政府並不多行的懲罰形式。爲什麼呢？因爲流刑立卽增加了他們的聲價，思想於是流布於世界，而值得處流刑的人物也許被揣想爲知道以文章報復的這緣故。

還有一個反抗政府的西班牙人就是那著名的作家勃拉思科·伊本涅玆。我承精明的批評家告知，在西班牙他是

勃拉思科·伊本涅玆

被看做戲料的。不錯，他正是出色的上等戲料。造成他的國際底聲譽的，（或者因爲這以前他的幾種書已經譯成英語及其他的國語了的緣故，確定那聲譽的）默示錄的四騎士包含着

使人非常銘感的，劇底的場景，點綴得巧妙，訴於當人人在戰爭之中或爲了戰爭受苦時類似的人們的心的。然而因爲我們是被應許作戲言的，我們不妨將故W．D．霍惠爾氏所作的勃拉思科·伊本涅兹論的話來引用一下罷：「伊本涅兹成就着越過亨利·詹姆士的藝術以外的效果；然而縱使這樣，以輕巧及美而言，他是降落到詹姆士之下的」。

愛西班牙，讀許多西班牙的書的霍惠爾氏在兩個同代的西班牙人跋勒·因克蘭及自稱亞若林的I．W．路意兹中也許見到輕巧和美麗的罷。跋勒·因克蘭是細巧的藝術家，公爵勃拉陀明的愉快的回顧錄及取材於卡羅斯黨戰爭的優美的三部作的著者。亞若林是有機才和價值的作品小哲學者的自白的著者，那作品是負有進到世界的文庫之中去的運命的（倘若我們可以戲弄運命）。在現代西班牙文學中有着不少的前程和功績。我們僅能將此暗示一下，便須駕乘飛機，旅行到從前政治底西班牙沒有予以親善的待遇的那一國去了。

第四十五章 荷蘭及法蘭德斯文學

荷蘭的，被懷抱於海而睡眠的地方，
飛行呵，我的空想，到異心的人們那里去。
我想，大洋的靠了陸地而憩息的地方，
她那耐心的孩子們正佇立在眼前哩。

——哥德斯密

在這一小章說到的作家大半是十九世紀以前的人。那麼，我們是蹂躪着年代底順序了。然而要將希奇得很並不過分重要的這一章來安插，這里似乎是第一方便的地方了。爲什麼呢？因爲荷蘭文學是不重要的。就這主題慷慨地給我教益的兩個博學的荷蘭人也對於本國的文學，特是後代的文學，取幾乎蔑視底的態度，而同意於這句話。偶或過訪歐羅巴（及亞美利加）的美術館的旅行者要吃驚於荷蘭的繪畫的豐富的罷。當學藝復興期之際，意大利人是荷蘭人及法蘭德斯人的唯一的競爭者。意大利人在文學的一切形式上都是極偉大的。然而荷蘭人卻將其全部的力盡傾於文學以外的諸藝術了。或者荷蘭語同近鄰的德意志語一樣，直至近代爲止，沒有成就高度的發達，老是重厚而不柔順的，也說不定罷。

兩個最大的荷蘭人，即斯賓挪莎及伊拉斯莫斯是不用荷蘭語卻寫拉丁語的。在較前一章我們所遇到的托馬斯·謨耳的友人伊拉斯莫斯，那人文主義者，同凡有人文主義者一樣，有着倒撥時鐘，阻止近代語的成長的傾向。爲什麼呢？因爲在人文主義者看來，凡有優點都在於希臘語及拉丁語。伊拉斯莫斯是眞實的意義上的學者。他愛文學，愛古典文學，尤其愛教會文學，因爲在教會文學之中，他同當時（一五〇〇）那年將他的七十年的生涯分割爲兩個相等的部分的事請記着罷）大多數的人們一樣，看出他以爲眞理這東西來。學藝復興期的人們的古典主義大都不是古代羅馬人該能了解的希臘或拉丁底，不是異教底，卻是基督教底。伊拉斯莫斯的最優的方面是他的書翰，並且以關於種種雜多的主材的對話集成的對話書。

倘若不說一句比較價值的話，就將柏拉圖的對話篇，伊拉斯莫斯的對話書，和蘭得的空想底談話擺在同一書架上面一起看着，這也不算是拙劣的批評法罷。

斯賓挪莎

伊拉斯莫斯死了一世紀之後，那既非基督教徒，又非異教徒，卻是猶太教徒的人斯賓挪莎在亞摩斯德登出世。他和培根，笛卡兒，白魯諾一同，是近代哲學的創設者之一。斯賓挪莎，正如我所提示，何以屬於我們的紀錄乃是疑問。因爲他是嚴格，難解，專門底的哲學者，寫着有些緊縮的學者底拉丁語的。他的文章據拉丁學者告我，則是健全而精確的。思想家是在那里，然而有藝術家的色彩（伊拉斯莫斯有着這個，培根也有，而在現代則尼采，柏特龍・羅素，維廉・詹姆士，散達亞那也有）的文學者在那里卻欠缺着。他的方法是一種哲學底幾何學，是在設了定理，附以番號，證明，系說，原理。直至十九世紀的初葉，赫得，勒新，諾伐利斯，哥德等哲學者及文學者再發見了他為止，他埋沒了百年。現在他是哲學思想上的英雄之一了。而且恐怕他沒有全然缺着文學底色彩罷。他的倫理學的一部的標題關於人類的拘束是被取為W.索美塞得・茅罕所寫的現代最深最美的小說的標題的。

伊拉斯莫斯

在荷蘭文學，同在一切文學一樣，要尋求最有香味的材料，我們非行於傳說，民謠，通俗羅曼斯之中不可。荷蘭至少貢獻了一篇出於吟游詩人維楞的手筆的世界著名的列那狐的詩的譯作。這是那著名的故事的最古的譯本之一。這由卡克斯敦，從無可疑的荷蘭語的散文譯本譯為英語了。這樣的傳說，羅曼斯，諷刺從一國移到別國去。問題不過在於改作者或輸入者的技巧；而現在以小說，詩，及批評而言，這也還照樣是唯一的問題。在中世紀，文學底所有權的觀念沒有存在。

作者無須告歉地採取任何地方見到的思想。Reinaert（列那狐）似乎是以荷蘭譯文流行的唯一的偉大故事，而且這是曾經非常風靡的最富於生彩的近代本就是哥德的Reinecke Fuchs。

寫了傳到我們這里的宗教底文章的重要的中世紀神祕主義者是十四世紀的人，布魯塞爾的修道士望·勒斯勃羅克比利時的詩人梅脫靈在貧者的寶中寫過他的事，而且將他的作品之一精神底結婚的美翻譯出來（爲法文）。

思想的國際底交換的一例是荷蘭的教訓劇Elckerlijk。這是英吉利的教訓劇的最大者Everyman的藍本，是無可疑惑的。

於英語的讀者特別有興味的思想的國際底交換的別一實例，是在荷蘭的學藝復興期的最初詩人望·台爾·諾忒和史本庾的關係。那關係，同許多依利薩伯朝的文學底傳記一樣是不明瞭的，然而那荷蘭詩人卻似乎是做過介紹得·柏雷及佩脫拉克的作品於那年青英吉利詩人的媒介的。

最大的荷蘭的作家是詩人奉得爾，他生於十六世紀的末葉，經歷了十七世紀的四分之三。他寫過悲劇，那是將劇底力和抒情詩底美相結合的。在一方面，他因爲劇化了聖書的英雄底故事，是被比較於拉辛的。在別一方面，則他的傑作琉息斐將他和密爾頓聯在一起。密爾頓彷彿是至少有着那偉大的荷蘭劇的學者底智識似的。然而他從那里採取了什麼卻是疑問。失樂園和恢復的樂園和琉息斐，除了主材和高貴的文體之外，沒有什麼共通的東西。那兩個詩人，行着全不相同的處理方法；琉息斐是劇底而且抒情底，密爾頓的詩則是敍事詩底故事。那個詩人和他的政治底及宗教底背景的優美的說明，是在A．J．巴爾奴教授所作的奉得爾的傳記。

奉得爾的時代以後，荷蘭文學衰頹下去，十八世紀的作品大部分是十分沉悶的。在同世紀的末葉及十九世紀的初葉，復活到來了。新紀元的先驅者是教訓底詩人皮爾台爾地克，他那明慧的詩在荷蘭非常風行，但在別國卻沒有給人什麼印象。倘在英吉利，他該算是第二流的作詩家罷。他是博得羅伯．騷狄那樣優秀的批評家的尊敬的正經的學者。然而從他以爲莎士比亞欠斟酌而且嫌厭新德意志詩這一種事實上，卻能夠推知他那對於美的意識的觀念的。

德意志的羅曼主義，縱有皮爾台爾地克對於牠的反對，卻大部分因了任何國都避免不了的哥德的普遍底影響，又因了主要是在司各脫的小說裏的英吉利羅曼主義的一時底影響，進到荷蘭去。然而新紀元並不怎麼燦爛，而荷蘭文學墮於因襲底了。詩形的硬固被二十一歲就死的青年詩人札克·剖克所破壞了。他的遺稿的詩有着獨創底才能和深的感情，喚起了形造以他的追憶爲中心的一種學派的青年的熱誠。

在現代荷蘭文學中極其卓越的人物是路易·庫配拉斯，他的詩顯示着同情於青年派的他，然而他較之作爲詩人，倒是作爲小說家來得重要。廣被翻譯的他的小說竟可說是將荷蘭放回於歐羅巴的文學地圖的。被譯得很好的他那在英語最出名的作品是稱爲小靈魂集的連續的四篇小說。

關聯於荷蘭文學的，是法蘭德斯文學。這因政治底境地而有着特殊的活力。一八三九年比利時從荷蘭分離時，法蘭德斯人反對凡有荷蘭風的東西，而開發法蘭西風及法蘭德斯風的東西。政府竭力抑壓法蘭德斯語之爲公語，這就發生了由作者及學者促進該語的開發的結果。這運動的最初的果實是亨特列克·空巡斯的小說。他的最初的小說，敍述荷蘭獨立戰爭的在可驚異的年喚起了他的國人的愛國心，而確立了近代法蘭德斯人的文學底品位。他寫了許多法蘭德斯的家庭生活的故事，而成了國民底英雄。因了他的對於生的忠實，他佔有不但法蘭德斯文學中的指導底小說家而已，還作爲歐羅巴文學中的重要人物的地位。然而那忠實是極理想主義底，羅曼底。採用全然別種的方法的自然主義底小說家是斯利庫斯，他由精確的觀察和詳細事項的累積而獲得他的效果。

法蘭德斯的作者在荷蘭，至少是同在比利時一樣地被稱讚的，這是歷史的冷嘲之一。從智能方面說來，法蘭德斯人和荷蘭人不復分離了。而在有二重的文化的作爲全體的比利時呢，佔着優勢的不是法蘭德斯風，乃是法蘭西風。

第四十六章 斯干的那維亞文學

——郎匪羅

斯哥爾，(註)——北方的國土呵！斯哥爾！

註一 挪威語，勸進酒時的叫聲。

數年前一個英吉利的批評家說過，僅有不足三百萬人們的挪威，在智能方面，較之有一億的人口的合衆國更爲重要。這類的比較是頗無謂的，然而在這一個比較中，至少也有半面的眞實。在斯干的那維亞人之間，有着幾多的天才人是大可注意的。我們已經見到挪威人的挨斯蘭支族早就使偉大的文學怎樣發展了。近代斯干的那維亞人確乎是遵守古代挨斯蘭人的傳統的。我們先來一看丹麥罷。

近代丹麥文學的創設者是路易·荷爾培爾。他生於挪威，但從他誕生的當時，卽十七世紀的末葉；直至十九世紀的初葉爲止，挪威隸屬於丹麥，而挪威人寫的是丹麥語，或者較這更多，是法蘭西語或德意志語。荷爾培爾是屬於第一級的諷刺家，諧謔家，當時除了斯尉夫特及服爾德以外，別的歐羅巴人誰也沒有和他相匹敵。他的諧謔底故事 Peder Paars 是最初的丹麥的古典，那機才依然由丹麥人珍重着。他寫了無數的喜劇，便創造了丹麥的劇壇。在他以前，只有法蘭西及德意志的戲曲是演於丹麥的舞臺上的。荷爾培爾教本國人以本國語發笑。他不止是諧謔家。他是世間最有學問的人物之一，以堅實直截的文體，就多種多樣的主材，寫過端嚴的論文。那文體對於丹麥的作家，是成着最初的，而且最後的教育的。他的影響經過了兩世紀，如今還作用着，而且這及於丹麥以外，別的斯干的那維亞諸國及德意志。他給了影響於勒新，勒新的年青的蓋爾哈爾特是荷爾培爾的伊拉斯莫斯・蒙太拉恩的照樣的模倣；勒新既然是近代德意志劇壇的父，則荷爾培爾在那里至少是有間接的影響的。他的戲曲選集由那有不少的功勞將豐富的斯干的那維亞文庫公開於英語世界的可稱讚的機關亞美利加・斯干的那維亞協會以英譯本出版了。

丹麥的最大的詩人是生活於一七七九年至一八五〇年的厄楞士雷革。幾乎和威至威士的生涯的期間恰相符合的那在這里說到的期間，因爲掩蓋着完全支配了歐羅巴各國的文學的羅曼底時代這緣故，是重要的。厄楞士雷革是他本國的羅曼底運動的指導者。他的靈感是由哥德及席勒爾而來。然而他在文體上，在內容上並沒有模倣什麽。他囘返到他的祖先的古傳說去，以一部分古典底，一部分愛國底，而全部詩底的精神將那些傳說做成羅曼底悲劇和故事。他的過去崇拜和對於古詩的熱情類似司各脫的精神。他在到達三十歲之前，他的國人一致承認他是丹麥第一個詩人，他的名聲便傳播到斯干的那維亞諸國和德意志去。在瑞典，他由本是優秀的詩人的主教滕內耳給戴了「斯干的那維亞的歌謠王」這一個王冠。有厄楞士雷革那樣偉大的影響者只有荷爾培爾而已；同荷爾培爾一樣，他給母國語以新的高雅，而且他又給以母國語以前幾乎未曾到達的東西，卽悲劇底品位。

一部分由於厄楞士雷革給與羅曼底運動的大的激勵，該項運動經同世紀的大半沒有失少力量，連出了格綸特維格，豪胡溫，退爾赫次等等數名偉大的詩人。這些名氏在我們不很知悉，因爲丹麥是小國，而要學丹麥語的外國人極稀罕。然而也有一個詩人，他的名氏和作品爲全世界所周知——韓思·克列思先·安徒生就是。在無論何國，那一個孩子不曾讀過聽過他的什麼「童話」呢，那些童話有許多是往昔的傳說，其餘則是他所發明的。他給那一切以他的諧謔，他的柔和，那算是極微妙的技巧的不矯飾的單純等等，特殊的香味。恰好備着安德僧·郎所編纂的紅，靑，黃及其他的童話書（各個家庭總該備着的罷）的讀者，請一讀其中任何材料的故事——有許多是寫的優良的——然後轉讀安徒生中的同一故事或別的故事看，讀者就會見到那些童話，即使那著名而精優的格黎牧兄弟的孩子和家庭的童話，實際有安徒生那樣的蠱惑力者，是稀少的。這是什麼蠱惑力呢？是難說的——這是天才的祕密之一。安徒生在童話之外，還寫了詩，遊記，小說，及追從德意志人賀弗曼的風格的幻想底故事之類，許多的東西。然而他同塞凡提一樣，乃是最大的作品過大到將所寫的別的好作品使我們忘卻這一種幸運的作家之一。

較羅曼底詩人後一時代，然而凡有空想底詩人一定照樣，還算是羅曼底者是德刺哈曼。

他生於十九世紀中葉，活到二十世紀。他以海洋畫家開始了他的成年生活，隨後棄畫筆而執鋼筆，用言詞描出海來。他可說是丹麥的約翰·梅斯非德。他的主人公是舟子和漁夫。他成了健全一類的愛國者，因在雄勁的詩底的戲曲讚美國民的生活，遂做了丹麥劇壇的頭目。他爲

德刺哈曼

要研究海和操航海業的人物的樣相，作了長途的海航。這樣，就儘使他的內容新鮮，活躍，眞實了。然而一生知着海，未必就能表現海的。只有非在海洋的外面，卻在本人的內部有詩底天才者，纔能成着康拉德及德刺哈曼的。

十九世紀後半的散文作家中極卓著者有數名。詹士·雅各勃生是丹麥所產生的最大的散文藝術家。他是病人，年青就死，而以痛切的苦心寫作。有如福羅貝爾似的，他探求恰當的言詞，恰當的律呂，而費卻若干時間。那結果是從未見於丹麥那樣美的兩篇小說，瑪麗·格拉布和那伊爾斯·林，還有取卷首的故事題作Mogens的短篇小說集。他所寫的東西雖這麼稀少，他的影響卻偉大，而他的完成給凡用心於美和文體和藝術的丹麥及挪威作家，立了標準。而且，他的影響還及到丹麥以外。他被翻譯爲德意志語，至少也一部分被翻譯爲英語了。

該阿爾格·白蘭德司

雅各勃生的非時的死以後，一時立於指導底地位的小說家就是對於本國人和都會的低位中等階級作綿密的觀察的寫實主義者香陀爾夫。他的最優的作品是小小的人們。還有一個屬於自然主義派的小說家就是赫爾曼·彭。他的最優的小說近路是深邃有力的作品。對於愛德華·白蘭德司也是非說一下不可的。他的名聲，因了他是大批評家該阿爾格·白蘭德司的弟這一個事實，多少是受了些翳蔽的。然而愛德華卻是有大才能的批評家，戲曲作家，卓著的兩篇小說的作家。稍後些，出現了在時代上又在精神上算是我們的同代人的大小說家蓬托辟旦。直至他在一九一七年接受了諾貝爾獎金爲止，英吉利及亞美利加的讀者從沒有聽到他。加於小國所創造的大文學之上的制限，這里又是一個實例了。蓬托辟旦是有我們見於俄羅斯的大作家之中似的力和同情的小說家。他的最美的小說Lykke-Per雖然敍述着單純的人們，沒有英雄底色彩，但以其勻稱而言，是敍事詩。

君臨於這些詩人及小說家之上，導着他們直向前進，歡迎着他們中的最優者的，是歷半世紀以上算是歐羅巴的最淵博的天主教批評家，該阿爾格·白蘭德司。他的知識的範圍廣大，他似乎是讀遍了在歐羅巴寫出的一切東西的。他寫了莎士比亞，伊孛生，阿那托爾·法蘭西等許多人們的研究。他的傳世的作品，他的批評哲學是十九世紀文學主潮。現在這以六卷完全譯成英語了。這是對於過去百五十年的文學最善可能的緒論。丹麥語的讀者說，他的文體是富於蠱惑力而且流利的。我能夠十分相信這句話，因爲英譯也是明瞭而流暢的。他的國人，縱當不贊同他的時候，也對他致最高的尊敬。他大約是包括各國在內的歐羅巴最出名的批評家罷。我除了從他那里引用概括丹麥文學及德意志文學特徵的一節，沒有更好的辦法。白蘭德司不是斯干的那維亞人，乃是猶太人記着他立於略略客觀底見地見着丹麥人這事情，是切當的。他在主潮的第二卷德意志的羅曼派之中說道：

「作爲一體看來的丹麥作家，可以說是有着避免德意志人所屢犯的幻想的無趣味的放縱這一種價值的丹麥人應時而止。他們避免逆說，或者沒有將牠帶到論理底結論；他們有着基於自然地保持均衡的心意和自然地恬靜的傾向的堅實；他們差不多未嘗成爲傷雅，傲慢，冒瀆底，革命底，非常幻想底，全然感傷底，全然不眞實，全然肉感底；他們不大莽撞；他們決不向雲突進，他們也決不落到井裏去。這就是使他們於本國人極其諗熟的道理。成着厄楞士雷革和哈特曼的最優作品的特徵的……無誤的趣味和雅致將常作爲高貴而有自制的藝術的表現而爲丹麥人所稱讚……就賀弗曼及他的弟子韓思·安徒生想一下，然後觀察安徒生比起他的師來，是怎樣健全，怎樣冷靜穩和的罷。」

挪威文學和丹麥文學是難以分離的。在十九世紀初葉政治底分離以後，發生了建設獨立的挪威文學的運動。丹麥文學的許多偉大的人們是挪威人，有幾個過度愛國的挪威人竭力想將那些作家拉回來。然而這同想要決定亨利·詹姆士及約翰·薩眞特是否美國人一樣，是徒然的事。

近代挪威文學可以劃分爲先驅者，伊孛生時代，和新運動這三個時代。

先驅者是味革蘭及惠爾哈文這兩個詩人。雖說誰也沒有單獨做着什麼，味革蘭卻可以稱爲挪威文學的創設者。他是極有精力，有熱誠的詩人，雄辯的革命主義者，可說是北方的盧梭這一種人。然而他終沒有使文體完成。不明晰和剛愎傷了他的教說和他的思想。他的抒情詩有些是極美的。他幹了繁夥的事業以後，年青就死了。惠爾哈文是保守主義者，是鮮明這東西的鬬士的主張者。他以遒勁的小册子攻擊了味革蘭的放縱。他的求穩健和澄明的鬬爭有優良的影響及於挪威的思想和文體之上。現在他的權威也還偉大。爲什麼呢？因爲他是在批評家以上的緣故。他是詩人，他那以古代挪威爲主題的詩作爲挪威文學的古典而確立着。

伊孛生時代包括着般生，郁納斯·李，及克蘭特。李及克蘭特是具有屬於第一流的才能的小說家。兩人之中，李是較強有力的作家。他是那時代的首位的小說家；他的最初的大作領港者及其妻使他成了挪威小說的確實的頭目。他的小說在國內被廣讀，在國外也博得了盛

般生

大的名聲。有數篇已經譯為英語了：生的奴隸之一，海軍副少將的女兒，尼阿毗等就是他的強味並不在於緊張的令人驚嘆似的什麼場景，卻在於他那對於普通人們的沈靜的觀察。

伊孛生是過去百五十年間最高的劇作家。無論何國的戲曲作家都不能疑惑他的挺秀。在世界的劇文學之中，他是和伊士奇，莎士比亞，柯奈耶等並列的——這並非在試作比較，卻是在顯示偉大。他的劇分為抒情底羅曼風和寫實底這兩種。詩劇

大概屬於初期，散文劇則屬於後期。在詩劇之中，有白蘭特和𧡬爾·根特，這是將挪威文學提高到歐羅巴最優的文學的地位的。𧡬爾·根特是不獨加於挪威國民，還加於普遍底人類性的幻想底諷刺。這是屬於世界的古典牠的偉大爲古里古的壯大的音樂所確證了。伊孛生的寫實底散文戲曲的第一篇是傀儡家庭，其中有一個婦人主張着反抗妻是夫的婢這一種舊思想的自己的權利。這是全歐羅巴所議論的；雖然「婦人解放論」現在是陳腐的故事，而這項問題的文學大都褪了色了，但伊孛生的戲曲卻依然有着活力。他那惹動人心的其次的戲曲是探討疾病的遺傳的鬼。這戲曲因爲生理學上有不妥的緣故，有些成爲過時的了。這受了猛烈的攻擊，伊孛生便用了稱爲國民公敵的戲曲來猛烈地回報那攻擊。伊孛生往往被看作問題探求家及志在改良社會的宣傳家似的。他其實同沒有開設醫學校，創設新宗教的意向一樣，也沒有那樣的意向。他原是着眼於劇底效果的劇作家，他只因爲社會供給材料於他，纔留意到社會的這一層。在羅士馬莊中，是明明白白的在那里，問題單是劇底，是弱的男和強的女的鬪爭。而且在主角倘由娜齊馬跋似的女優扮演起來，則是醒目的戲曲的那海得·加

伊孛生

勃勒中，這一層也是明明白白的；在海得·加勃勒這里，沒有什麼社會問題，只有個人底葛藤。他在後期的戲曲，並不以青年時代的詩，卻以聰敏的思索底象徵主義再成了詩人。這在建築師中，在結束了他的生涯的奇妙的戲曲當我們從死再生時中，最可以窺見。他的戲曲全部由維廉·亞徹爾譯成英語了。喜歡辛辣的味道和健全的批評者，會願意一讀別的劇作者G.培那特·蕭所作稱爲伊孛生主義的眞髓的小書的罷。

伊孛生將他的全思想集中於詩和劇和劇場。他的同代人，天才較遜的般生則不獨在一切形式的文學之上，還在複雜的政治範圍裏散撒他的力。他在小說最見優長，而且始終沒有超越他那初期的農民生活的故事倭爾內及幸福的少年。這些作品使他在許多的國有名。同伊孛生一樣，他有着舞臺的實際底知識，做過克立斯坦尼亞劇場的經理。他的戲曲富於動作和速度，在作者並不過於性急的地方，有着許多精美的詩底節段。他那以埃斯蘭的傳說爲根據的英雄劇庶子栖格特及十字軍人栖格特，置他於同世紀的大詩人之間。他的喜劇是有趣味的。他較之伊孛生，有着更多的諧謔，至少也有着更快活的諧謔。在他那作爲詩人及政治底改良家的二重資格，在使他至於被人非難為叛逆者的他那熱烈的共和主義的主張，他很使我們想起嚣俄來。

伊孛生，般生，及李活的長久而且在肉體上死了之後，還依然是主導的文學者。然而年青

哈姆生

的人們已經到臨了。農夫的兒子迦爾波格用農夫的土語寫了小說。他直至用普通的語言寫了題作疲乏的人們的可驚的作品為止，不曾受人一顧。細巧而優秀的羅曼底小說家是托馬斯·克剌格；他那最出名的小說是阿達·王爾德，在國內負盛名而最近在英譯頗受歡迎的是包以爾；他將羅曼底和諷刺底結合在一起。然而在最近的挪威小說壇屹立着的人物卻是哈姆生。他寫了四十篇小說，其許多是傑作，飢餓及土地的成長尤其著名。他描寫生的困難的一

面——「下品底」這一詞於此並不適合——而且他是深刻地描寫着的，然而他的深刻卻是淨化底，防腐底。更重要者，他以粗傖的美寫着，有幾分於翻譯中可以窺見的。

瑞典文學有着長久的歷史。這有如丹麥文學及挪威文學似的，並非起於什麼確然的時期。然而這個喚嚇的定義是可能的：當考斯道夫·阿多發將本國振興到那最高的軍事底及政治底發達的十七世紀，那在十六世紀本來平滯的文學開始興旺了。在同世紀，至少有一個大作家，「瑞典詩的父」斯推爾海爾謨就是。他覺到本國語粗雜，便使其平滑，而採用於許多的詩形。還有一個詩人羅生亭，以根據於法蘭西的模範的許多短詩將學藝復興期帶到瑞典來。在十八世紀之間，以散文又以詩而言，瑞典是法蘭西及英吉利的智底家臣，我們在那里沒有見到文學上什麼偉大的名氏。然而也有一個偉大的名氏，雖然在我們的領域之外，可是在這里說到，並不算贅餘的事。那就是植物學上的最初的天才林尼阿。同在別的諸國一樣，在十八世紀的瑞典的文學的理想是衒學底，形式底，卻並沒有接近於法蘭西及英吉利的衒學者的天才的。而且像在各國似的，在瑞典也當十九世紀初葉起了對於衒學者的反抗；羅曼主義者是得了最後的勝利的。瑞典的羅曼底運動之中有一個大詩人滕內耳。一八三五年，在瑞典研究着的郎匪羅寫道：「瑞典有一個大詩人，而且只有一個。滕內耳就是。」郎匪羅的從滕內耳的翻譯是有趣的，詩底的，而且巧妙地調度着律呂的。同大概羅曼主義者一樣，滕內耳在過去，在從祖先的傳說，見到那豐富的材料。他的主要作品是弗里希阿甫的古史，這將他的名聲傳布於全歐羅巴，使他獲得了於他全不相配的地位，卽僧正的地位。

滕內耳

在這時代，卽在十九世紀初葉，有過許多眞正卓越的抒情詩人和散文作家。聞名最廣的散文作家及詩人是腓特烈加・布累麥。她的小說日常生活的素描，H家，鄰人，會長的女兒等等，捉住了她的國人的心經由瑪麗・豪易特的優美的翻譯，還遍及於使用英語的世界。那些小說是感傷底，那感傷性可並不是惹厭的她同喬治・桑一樣誠實，但在有趣這一點卻差得多。她是婦人解放的有力的宣傳者，但幸而那優美的狂熱還沒有傷損她的故事。

布累麥姑娘是芬蘭人。在同世紀中葉的第一個瑞典詩人魯涅堡，倘不從血統，卻從誕生地說來，也是芬蘭人。他最多寫到的是芬蘭的主材，他在芬蘭度了他的生活的大部分。他博得了非常的聲望。本是芬蘭的小小的大學的無名的教員的他是成了在近代瑞典詩之中，僅次於滕內耳，而在滕內耳死後居第一位的瑞典的煊赫的桂冠詩人的。他的抒情詩是有英譯選本的。

同世紀的中葉之際，瑞典的散文缺少生命，是因襲底。和挪威及丹麥比較起來，瑞典是落後的。至同世紀的末葉，由於法蘭西的寫實主義，以伊孛生爲代表的挪威的劇，及以白蘭德司爲代表的丹麥的批評的影響，一種學藝復興期產生了。新文學中最醒目的人物是有莫大的力的怪僻的天才史特林堡。相傳伊孛生望着史特林堡的肖像，嘗說道，「這是要比我更傑出的人物呀。」伊孛生和史特林堡在其人生觀全不相同。在伊孛生的最美妙的戲曲中，婦人有着獨立底精神，縱使沒有使解放實現，她總是努力求解放的。反之，史特林堡是猛烈地反對解放運動的婦人憎惡者。在描着美術家和作家的貧困而奮鬬着的生活的他那最優的小說紅房間中，招致男子的破滅者總是女子。他的結婚生活，這一部短篇小說集極仔細地攻擊着女子和結婚，竟致失掉作爲藝術的那效果了。史特林堡的作品是很不平勻的，在其最低處則粗糙未熟，其最高處則到達最高的詩底美。有一個特色貫串於其全體，就是那毫無顧忌的誠實，那觀看物的眞相，而毫無恐懼地記錄下來的意志。

史　特　林　堡

和史特林堡成特異的對照者是瑞典作家中最卓著的婦人塞爾馬・拉革勒夫；她有着柔婉的同情底空想。那使她有名而她到底沒有超越的書是哥斯太・培爾林的古史。於孩子——且於成人——愉快的書是尼爾思的奇異的旅行，這會使韓思・克列思先・安徒生喜歡的罷。這是敍述着乘於野鵝背上，飛越瑞典的少年的冒險的塞爾馬・拉革勒夫成了世界底人物了。她的書已經被譯爲許多國語，那大部分被譯爲英語了。她在國內非常地受讚美受尊敬，乃是在瑞典學士院獲選的唯一的婦人。還有一個著名的女人，就是與其說是藝術家，不如說是哲學者及批評家，在近代瑞典的文學上佔着極重要的地位的愛倫凱。她的戀愛和結婚及兒童的世紀是關於性及教育的問題的貴重的貢獻。

塞爾馬・拉革勒夫

瑞典的最有名的作家是和史特林堡直接對立的理想主義者惠爾來爾・望・哈伊覃思太謨。他是屬於第一級的抒情詩人，卓越的批評家。在他那散文的羅曼斯，恩狄密温及韓思・阿利那思中，他顯示着寫實主義的虛妄。在這里，奏一下羅曼斯和理想主義的調兒而離去斯干的那維亞諸國，是得當的。

第四十七章　亞美利加的小說

使孩子忘却游戲，使大人忘却爐邊的小說。

——腓力·錫德尼

我們早就見過，當十八世紀末葉及十九世紀初葉，在詩及散文兩方面，羅曼主義的花開的多麼燦爛。英吉利文學中羅曼底小說的巨匠是窩爾忒·司各脫，而不多久，大衆選出的笑和淚的王，查理·迭更司繼起。在法蘭西的羅曼主義者的指導者是徼克忒·囂俄和亞歷山大·仲馬。在德意志，當時最大的詩人及批評家哥德對於德意志的感傷底小說，已給以睿智底品位了。在一八三二年死後不多久，哥德由托馬斯·喀萊爾勁健地介紹於英吉利的讀者。在意大利，則阿勒散得羅·曼蘇尼仗了他的小說訂婚者，在世界底作家之間是佔有一席的。

這其間，在越大西洋的年青的共和國發生着什麼呢？亞美利加政治上已經獨立，而在勁健地營着自身的生活了。然而智能上，這是，如今還是歐羅巴的——不但那語言爲亞美利加人所講所寫的英吉利的而已，且是許多亞美利加人所自來的歐羅巴大陸的——一部分。亞美利加人對於文學的貢獻，是羅曼底，這是因爲全歐羅巴寫着羅曼斯的緣故。而且，似乎有些不可思議能，那強健的年青的國沒有將自己表現於刮目似的珍奇的，粗野而不鮮明的故事裏。除了詹姆士·飛尼摩爾·庫拍以外，使我們的祖先們喜歡的亞美利加的小說作家，是以那細巧和極開發的樣式作爲特徵的。

塔刻立稱作「新的文學的世界派遣到舊的世界去的最初的大使」而予以歡迎的華盛頓·歐文是眼裏耀着惡戲的光的羞答答的上品的紳士。他以光輝的一片諧謔，諷刺底的紐約的歷史開始了他的文學生涯，那託名的作者是昔日荷蘭殖民者的子孫之一第特立希·匿克巴克。匿克巴克這名氏已經連結於紐約市，而戴三角帽的老人還是近代漫畫家爲表示亞美利加最大的都市而描寫的人物。當歐文在國內及國外至於被認爲亞美利加文學者的頭目的那平和的晚年，他是見了匿克巴克保險公司，匿克巴克麵包及冰等已經出現而不禁微笑的。

歐文使得不朽的另一人物是又一個荷蘭人李迫・凡・鶯克。被制於鬼而睡了二十年的不中用的李迫的故事成了無人不知的傳說之一了。這是以德意志的故事作根據的，但歐文卻將這位置於紐約州的卡茲克爾山脈中，使成爲亞美利加本地的小說了。那鬼就是亨特立克・霍特生和他的船員（註一）。當我們在帶着他的名的河畔聽得雷響時，我們是不禁想到他們正在要「九柱戲」（註二）的。

註一　霍特生是受雇於荷蘭商人的英吉利的航海家。他搭乘「發見號」搜索到中國的航路，於一六一一年發見霍特生灣，且在冰海之中歷盡艱辛。隨後有一船員和他衝突，竟將他和他的兒子和七個害病的船員推落海中。

註二　立柱九根而以大木球撞倒之這一種游戲。

以微笑的歐文爲觀者的那幻想底諧謔底的九柱戲是裝飾着亞美利加小說的開端的愉快的繪畫。在他以前，亞美利加人也曾努力寫過故事，然而那些沒有多大的價值，現在幾乎被忘卻了。而且，在他以前，卞雅明・佛蘭克林的文章之中也曾多少有過我們當作亞美利加式諧謔的東西，然而佛蘭克林並非本職的故事作者，卻是哲學者及論文家。亞美利加式諧謔究竟是什麼，這和並非住於合衆國的人們的喜劇觀念有什麼差異，是誰也還沒有滿足地答覆的問題。當歐文在他那文學底力的最高點，且在歐羅巴住過了多時囘到合衆國的時候，他旅行於故國的西部地方。他經過密蘇里州時，可不會知道後來以馬可·脫溫出名的少年出世，或將要出世的。歐文和馬可·脫溫之間，除了兩人生於同一大陸寫了同一國語以外，可有什麼關係呢？這是想想似乎有趣，然而不能解決的問題。

是紐約的市民，又是那名氏自己取以爲名的國父的傳記者，那歐文是以他的國籍自誇的。然而他在精神上卻是從狹隘的地方氣質解放的世界人。他在英吉利度過許多年，他那最好的有些故事，例如在勃萊思不列奇堂之中的，布了英吉利的場景，也許可以說是英吉利人所寫的罷。他又在西班牙住過，在那里居留所得的成果便是富於色彩和冒險的，摩爾人和西班牙人的寫生，格拉那達的征服和阿爾漢布拉。歐文大概是仗了這作品，纔被任命爲駐西班牙公使的。

作爲人,及作爲藝術家的歐文是優雅,敏感,親切,到處被稱讚被愛好的。和這溫和清麗的諧謔家及歷史家成對照者,是在亞美利加文學上他的最著名的同代人詹姆士·飛尼摩爾·庫拍。

庫拍是強有力的壞脾氣的人,在那個人底態度又在那文學上的文體,是粗傖而傲岸的。他和他的友人爭鬧,板起極其自大的嚴重的臉孔,沒有一些火花模樣的諧謔。然而要不加暴行於英語地寫上兩頁就不能夠的這個激昂而粗傖的男子卻是在一個世紀之間捉住一切國度的羅曼斯讀者的空想的。他在歐羅巴,甚至在亞細亞也出名。而亞美利加的學童可有不讀偵探及馬喜坎族的最後的麼?

這是有價值的故事。而且庫拍是故事家。他有發明的天稟,他直接知道陸上及海上的生活。那是將竦然似的冒險故事的材料給他的。他誕生所在的中央紐約州現在是繁昌的都市地方了;在他的當時,則幾乎是曠野;他的紅種印第安人及白人開拓者,樵夫,獵師,及捕獸業者住於他的父所創設的市鎮的附近。他實際知道他們,否則便是從橫於自己的觀察範圍內的材料將他們虛構出來。他曾經度過船員生活，熟知亞美利加的水手和船舶，是被公認爲一世紀前的亞美利加海運業的權威的。

奈蒂·彭頗，一名皮襪子的背了長來福槍巡獵的曠野地方，文明是將牠推移到數百英里外的西北了。印第安人消隱了，他們的平和的少數子孫現在還遺留着。庫拍所知似的船舶是和驛傳馬車一樣地廢棄了。然而庫拍的森林卻距歐文的睡洞不遠，還在文學之中繁茂着。游亞美利加的歐羅巴兒童盼望在距紐約市不遠的地方，見到紅種印第安人恰同游蘇格蘭的亞美利加少年希望瞥到洛布壘（註三）的片影一樣，是不足爲異的。

（註三） 司各脫小說中的主要人物之一，是英吉利的匪徒。

森林消失了，曠野遠退了。永遠的海，雖然有着許多的氣分，而在那里航行的船舶也從木造船成長爲莫來推尼亞號似的大輪船了，卻還保着不變的姿態。庫拍一定是捉住了那海洋的不朽的姿態的，因爲英吉利的海洋故事的一切作家都看作大艦隊的隊長一般尊敬他。海洋羅曼斯的現存的最大作者約瑟·康拉德（註四）對於他獻着最大的敬意。康拉德云「庫拍愛海，以完全的理解眺望海……落日的色，星夜的和平，平穩與風暴的姿相，海洋的大寂寞，不息的海岸的靜謐，及算是和海的希望與威脅面對面生活着的人們的特徵的機敏的用意。」

註四　他於這一節寫好以後死了——原著者

庫拍和歐文在生的外面底冒險之中，在從外部發生於人們的事情之中看出羅曼斯來。兩個較年青的羅曼斯作家那坦聶爾·霍桑和以得加·亞侖·坡則將從內部發生於人們的事，將他們的心底及精神底冒險，較多作爲問題。他們都是缺乏歐文的溫和的可笑味，庫拍的強健的力的悲哀的人。

霍桑正直地獲得了他對於人們的靈魂的深切的興味。這是因爲他是紐英格蘭的清教徒的子孫，雖然他自身不是清教徒，卻也像那祖先似的就良心的問題深思熟慮的緣故。然而他研究性格的衝突，意在從那里構成故事，乃是作爲藝術家一般深思熟慮的，而往昔的紐英格蘭人則全然不是藝術家。他們是嚴肅的沒趣味的人們，沒有那麼許多的美的意識，又實際上以爲美的東西一定都是罪惡的。霍桑將他們翻了向，使成爲有趣味的了。

他的父及祖父是馬薩諸塞的撒冷，那曾經繁盛的商埠的商船長。他也許是到過海上，寫過航海羅曼斯的。可是他不乘文學的船而止於陸上了；如他的朋友剌耳夫·發爾多·愛默孫就他所說似的，他騎了隱技的駿馬而且騎的很好。他卒業於鮑陀因大學後，生活於孤獨中間，寫着短篇小說，磨鍊着自己的文體。那是優秀的文體，那短篇小說有些是小小的傑作。然而，許久時候，亞美利加的公衆對於他的作品，卻沒有給予懇切的歡迎。只有包含以得加·亞侖·坡在內的少數的文學者鑑賞他的價値罷了。霍桑呢，也嘗自稱爲亞美利加的文學者中最微賤者。

然而他終於使了那最初的長篇故事紅字博得了一般的稱讚，那是一八五〇年當他四十五歲時所刊行的。這篇現今世界著名的羅曼斯的成功是使作者和出版者兩方都喫驚的。霍桑以爲這「缺着陽光」不能惹動廣大範圍的同情。出版者印了五千部便將字版拆卸。不出數日，那版本賣完了，那書爲應繼續的需要，不得不重新排起版來。這就說明着文學故事中偉大而重要的事實，就是：天才的作品最初出現時，有的讀者也許立卽認淸了那作品的價値，

紅字

然而作者，批評家，或是出版者誰也不能知道別的人們要那樣地來判斷這個。惟「時」纔是唯一的安全而健全的判斷者，而「時」同對於別的一切東西一樣，對於書是弄着奇妙的把戲的。

倘若紅字缺着陽光，則這是充滿紫雲和神祕的月光的海思泰·魄林的故事的哀感深深地感動了霍桑，在他的讀者中，也有非常感動，竟至像對於聽懺悔的神父似的，寄信於他以求對於自己的悲哀和誘惑的援助的。我們並沒有那麼起勁地擔負這個故事的重荷。在我們看來，海思泰是成着羅曼斯的可愛而不幸的女主人公之一的，恰像司各脫的馬密温中無信仰的尼姑，亞搭爾王的金湼微耳，推羅的赫樗似的。霍桑是亞美利加文學中悲劇底神話的最初的作者，現今他也依然是那最重要的一人。

在他的第二篇長故事，七個屋山的家中，霍桑處理着神祕故事的作者及讀者所中意的主題。這就是有肉體的苦惱的精靈和過去的幽靈所佔據的怪物屋；在那里祕密的嵌板之後，有隱藏的朽霉的文書。這是被使用了不知多少囘，至於失掉了幾分震悚的味似的材料。然而霍桑卻將他那天才的印記蓋於平凡的材料之上。他的怪物屋在別的許多寫的力弱的落了伍之後，還屹然立着哩。

較之對於人所居住的，幽靈出現的家，霍桑倒是對於住在人之中的靈魂和困惱靈魂的思想有着興味。而且對於圍繞那家的鄉間，他單單凝注着以言詞作畫的畫家的眼。他以爲於羅曼斯的作家，亞美利加是缺乏刺戟的國。爲什麼呢？因爲他是這麼說過的：「在那里沒有影，沒有古，沒有美的或陰鬱的邪行。」然而他正如天才人往往錯誤，似乎有些犯了錯誤，而由自己見到的創造物反證了他的所信似的。倘若他沒有見到現成的美的或陰鬱的邪行，那麼，他便發明了牠。這恐怕不過是對於他的獨創性的追加底證據罷。他出紐英格蘭，爲求結構和場景而到「一種詩底，或者神仙底境地」意大利去時，他並沒有做出他那最善的工作來。大理石的花恆雖然也美，卻沒有他那以眞實或空想上的紐英格蘭爲背景的故事那樣的蠱惑力。

在紐罕布什爾的一山的側面，高高地有一簇岩石是形成巨大的人的半面像的。這是世界上自然底奇觀之一，又是旅行者誰都知道的景物。霍桑使「山的老人」特別地成了有特

坡

色的自己的東西。他想像這有怎樣的影響及於長育在牠的影下的敏感的兒童，因此，他在大石臉之中，是將牠着想爲一個象徵，一個靈感的。他使那岩石變化爲詩底說教了。在霍桑執筆之前，紐英格蘭不會以「神仙的境地」聞名，但他執筆以後，羅曼斯將那地採用爲牠的永遠的住所之一了。

庫柏和歐文和霍桑在生前見到了自己的作品風行，而且享受了儘作者所要求的限度的實際底繁榮。他們從不缺乏衣服，膳食或舒適的牀。較他們早死的年青的同代人以得加·亞倫·坡，則在那短短的一生之間和貧困掙扎，世界是直至他的死後，纔認識他爲亞美利加最大的文學者的。沒有別的亞美利加人在歐羅巴文學之上有着那麼強大的影響了。一九〇九年在坡的誕生百年紀念，從紐約以至莫斯科，凡有權能的作家當承認自己或自己的國有負於坡的天才這事的。

坡是在羅曼斯作家以上。他是新穎的，獨創底的短篇小說的創造者，同時也是詩人，是批評家。然而倘若除了說他的生涯的故事本身就是羅曼斯，而坡是一種眞實的小說底人物，是小說及戲曲的主材以外，並無別的理由那麼將他作爲羅曼斯作家來看待也是公平的事。那故事的主題是訴於——不論是否特殊地亞美利加底的——我們的感情，訴於我們對於向困難的境遇進行的人們的那讚賞的感情的。我們在實業界在政治界喜歡自成(Selfmade)的人。自然什麼人都不是自成，但若將這一詞照普通的意義來解釋，我們可以稱坡爲自成的作家的。不消說，他帶了才能出世，但他爲要維持那才能的純粹，在失望和困難之中發揮牠，也苦鬬過的。

坡當二十四歲時，由稱作瓶中的方特夫人的短篇小說，獲得巴爾的摩爾州一家報紙所發給的一百金元的賞金。這小說有兩點是可注目的。這立時顯示了坡的對於文體和手法的驅使的力。而且，這大約是他得了十分的報酬的唯一的小說罷。爲什麼呢？因爲坡是並非由他那最美的小說，而且當然也並非由他的詩，卻由辛勞的雜誌業和刻板的編輯事務，以度他的貧苦生活的。他是小心謹愼的職工，而且他不能夠單是爲了急於候用的錢做性急的工作。文學的歷史記錄着關於貧困和艱難和爲了藝術理想物質底福祉的犧牲的許多事件。然而文學底職業的光榮的實例，在坡的例子以上的，再也沒有了。他是傲然確信自己的能力，有知道自己的最優的作品蓋有不朽的印記這一種幸福的誇傲的人物。悲嘆於他的貧困，或以他所住的世界，忽視天才人而發牢騷，是不合於坡的精神的事罷。然而有一個小小的場景或者事實，是劇化他的生涯的。他曾經做過合衆國陸軍士官學校的候補生數月。十六年之後，他的妻臨終時，蓋於她的牀上的唯一的東西就是他的軍服。

坡的小說敍述着神祕的境地和那境地及於人心上的影響。他那集中的興味，是在現今成着所謂心理底這種習慣的東西之中。他遠在歇洛克·福爾摩斯和亞森·羅賓出世之前就創造了偵探小說。在他看來，偵探小說全然不是犯人是否被捕被罰的問題。這全是心意的論理底部分，當事實之前怎樣作用這一個問題。他不但發明了偵探小說，那最優者被稱的信及摩爾格街的命案，而且取了當他下筆時，案情還未大白的實際的事件，做出瑪麗·羅蓋這篇小說來。那結構幾乎和眞實的事件毫不差異，後來是判明了的。坡以他所謂自己的推理力極爲可誇，相信而且證明一個人所能籌思的，機械底或智底什麽謎，別人總能夠分解出來的。

具有在純粹理性的能力，發達到那麼高的才能的坡似的詩人及夢想家，我們在文學者中是不多見的。這不是說理性和詩之間有不能相容的東西在。倒全是和這相反。我們知道但丁和莎士比亞和哥德於凡有思想的部門內都是有能力的。然而一切種類的能力都被給與於一個人的頭腦，這種事卻稀罕。跟着時進行，我們對於那在還未到達他的力的絕頂前，他那光輝的盛時就中斷了的坡之是稀見的最高的才能，就愈益確然地理解了。

坡的施了巧妙的推理的神祕故事恐怕只是聰明的玩意兒而已，雖然在同世紀四分之三之間，沒有別的作家是聰明得足以超越他的。他的最美的散文並不見於他那創意底故事之中，卻見於詩或音樂似的，有直接的影響於情緒及感覺之上的作品之中。李奇亞及影似的作品是完全的。如果坡不是那一類的散文詩的首創者——凡有獨創底創造追跡於那以前的什麼東西是可以的——那麼，他就是還無比敵者的蠱惑底魔術的巨匠。

自身是魔術家的詩人斯文本稱坡爲「常常徹底地磨出自己的思想，從中造出或一堅實，圓熟，而且不朽的東西的」「完全的天才詩人。」坡在兩種意義上是完全的。他將他的思想，都帶到那最後的形，而完成了牠。而且他有着偉大的多角底才能。他的短篇小說是足以給他名聲的東西。然而卽使沒有那個，他也該作爲批評家及詩人而被記憶的罷。

坡的有些批評，因爲惹起他的批評的書沒有什麼價值，倘無他的批評就會被忘卻了的緣故，已經有些失掉原有的興味了。然而卽在新聞上的一時的批評，他也常將有恆久底價值的或種思想表現於文學中。就全體看來，他的文學上的論文有着比起當時任何別的亞美利加人的來，更多的光和學問。於一般底讀者和專門底研究者，這些是成着一八五〇年以前亞美利加文學思想的最優的敍述的。他爲了自己及別人，在極不順利的環境當中，維持了精美的作品的標準的事，爲了他的不朽的名譽，將牠記憶着罷。他幾乎獨自揭了他的旗幟進行而同代人具有勇氣和力和一種正當的謙讓以追隨他者是極稀罕的。那將坡住於亞美利加，在亞美利加寫作這事情使成爲歐羅巴的批評家永遠難解的不可思議的問題者，就是並不比他的故事的迷離或他的詩的美差些，他的批評的優越。他是偉大的智能能夠生於任何環境中這一種不可思議的眞理的一例，這樣的事怎樣，或者爲什麼發生的，誰也不能說明。這是坡本人不能推理到滿足的結論的生的羅曼底神祕之一。

在同世紀前半的作家之中，有當時頗爲重要現今還可記憶的人，即斯陀夫人，托穆伯父的小屋給與當時人們的印象在她寫着牠時所有的什麼夢或企望以外。林肯以超於歷史底精確的勇氣嘗稱她爲「惹起這大戰的小夫人」在小說中時時求着道德問題的托爾斯泰將牠加入於他所稱爲眞的藝術的書的極有限的表中。在我看來，這似乎是屬於第二流的藝術。爲什麼呢？因爲這是特殊的辯難，宣傳，而提高到那刺戟了牠的火急問題以上那樣的澄靜也沒有。然而除了或種舊式的道德論以外，這並不寫的拙劣，故事生動，純正的熱情則在鮮明的感傷性之上奏着凱歌。

在南北戰爭以後，漸至成熟的時代，有占着第一重要的地位的三個作家，和有較遜的眞價值的作家數人。那三人便是馬可·脫温，霍惠爾，和亨利·詹姆士。

馬可·脫温是全亞美利加作家中最獨創底最深廣的亞美利加人。霍惠爾稱他爲亞美利加文學的林肯。在他的知識，他所消化所思索的知識，他對於亞美利加生活的多種樣相的理解之範圍，沒有別的作家可以和他相比較了。他生於那是中央西部而且一半南部的密蘇里州，在加里福尼州住過一晌，在紐約及康涅狄格住過多年。他旅行全世界，知道一切種類的人們及其境遇。以爲他的翼被剪斷，亞美利加生活的尊嚴使他的天才不能十分流露云云，這一種近來流行於年青的批評家之間的觀念毫無什麼意味。沒有什麼作家更加適於介紹自己所住的國，沒有什麼國是有過爲介紹本國準備得更加舒齊的作家的了。他說了他應說的一切，他懂得說出牠來的方術，而周圍的事情是培育他的天才的。

馬可・脫溫

他作爲新聞記者發跡於內華達及加里福尼，作爲諧謔家博得了地方底名聲。他的報紙派遣他爲游歷歐羅巴及聖地的通信員，他的通信便成着他那最初重要的海外的阿木林了。

這不是滑稽書。這有着不少的可笑味；那諧謔有些不免淺薄，然而大都是誠實的，獨自的眞摯的觀察和實際經驗的報告。眞切的節段是以優秀的散文寫的。他在有些節段發見了當他年長起來，成着更明哲更反省底之際，隨同發達的美的意識。比他更好的旅行通信員不曾有過；他的銳眼看穿了一切，他有將場景理解，並且通信的生就的天才。這特殊的才能是在後期的海外旅行及跟着赤道之中被證明的。

小說上他的傑作是赫克爾培利·芬。這在他的作品中孤立着，因爲湯姆·莎耶是和牠不成比較的，雖然並無批評底知識的馬可·脫溫似乎對於那小作品較之大作品倒更爲愛好。赫克爾培利·芬在亞美利加文學中也孤立着。在場景的範圍，在故事底興味的多樣是有和這相似的東西的。倘若單將博大想一下，則這在世界的文學中卻沒有孤立着。因爲至少也有一部稱爲吉訶德先生的放浪和冒險的偉大的諧謔小說可以相比的。赫克爾培利·芬不止是僅僅少年的故事；而且雖然年青的讀者對於這像愛讀着葛利佛的旅行，不知那深意所在似的愛讀着，這也不是給兒童看的書。經由赫克的天眞的眼，我們看見文明全體（或文明所缺的東西）我們獲得在美國歷史的中心的，那國地理底中心的幾乎敍事詩式的眼界。在馬可·脫温的輕快的作品中，有不少的可笑味，有對於人物的銳利的觀察，然而也有制作上失手似的不平均，焦躁的性急的形跡。愚鈍的威爾遜的價值差不多全部在於馬可·脫温繼續用作別書的篇章標題的曆之中，在於曾經吐露的最銳敏最壯麗的警句之中。在算是一種小說的貞德中，有許多的美和持久的品位。然而一切之上最好者（次於赫克爾培利·芬）是兩篇諷刺小說使哈特里褒墮落的男子和發表於他的死後的奇妙的寓話不可思議的陌生人。馬可·脫温有着像斯尉夫特的辛辣似的，雜以哀憫的深沈的斯尉夫特式的辛辣。往往他笑的最響亮時也最殘忍。在亞搭爾王的宮廷的康湼狄格的央歧皮相上是帶着諧文的風味的有些發鬆的笑劇。但在根柢，這卻是民主主義的研究，是對於人類的愚劣的猛烈的攻擊。就在那里，馬可·脫温表達出全人類可處絞刑這一個願望來。

他是有那可驚的措辭之才，痛烈的憤激，和愚弄所憎惡的東西這一種令人戰慄的手腕的偉大的小册子作者。忽視了他屢次發表的抗議的論文的讀者是失卻他那最雄壯而可稱讚的樣相之一的。

馬可·脫溫的可笑味有許多漸至失卻生氣了，這也許是事實罷。有的非經他那別的作品維持生命，是曇花一現而有被忘卻的運命的。然而眞摯的馬可·脫溫卻是不亞於同世紀任何散文作家的確實不朽的古典。當他如在密士失必河岸的生活似的，並無什麼因襲底文學形式的干涉，直接講述自己的心意時，他是文體的巨匠。他是我們的民主主義的桂冠散文家——關於民主主義的所有的事物，大約他都會說的罷。

在一面，卽加里福尼底一面，和馬可·脫溫有聯絡的是布勒忒·哈特。他爲娛悅東部海岸的讀者起見，開發了西部海岸的開拓者的生活。而且他幹的很出色。他的賭博者和礦工是被感傷化了的。他似乎從迭更司的天才的最有缺陷的部分有所學得。然而他卻寫了優美的散文。他知道短篇小說的藝術。而且他於接觸羅曼底情緒這事情是巧妙的。他極其多產，他的作品大部分已經被忘卻了，然而頗卡弗拉忒的流浪人似的小說卻還新鮮。他的一個作品，我相信不會被忘卻的，因爲這是優秀的諧謔，是第一流間接的文學批評的緣故，那作品就是兩卷的壓縮小說。

當他的長生涯的後半之間，是亞美利加文學的正式的頭目，是馬可·脫溫的友人兼且精細的教師，又是年青時代中前途有望的才能的愛護者，那人就是威廉·第因·霍惠爾。他是愉快的人物，是非常工細的藝術家，是從最初的作品乃至最後的作品的文體的巨匠。要在霍惠爾之中尋出拙劣的句子來，該同在福羅貝爾或阿那托爾·法蘭西之中尋出牠來一樣，是可驚的事罷。然而霍惠爾是柔怯的。他缺着力。他所宣說所實行的「愼重的寫實主義」的愼重不是智能用以屈服熱情的美妙的藝術上的抑制。因爲霍惠爾沒有什麼可愼重的事，所以這是空虛的愼重。他的許多小說——他是又勤勉又非常細心的作家——之中三四篇是近於天才的作品的境界的。描寫平凡的小小的人們因小而遭難的情形的近代底實例是在亞美利加小說全新的東西。失拉斯·拉讃發的出世大約是以普通的實業家爲主人公的最初的小說罷。後期的小說舉通人是他的最優的作品之一，在我看來，即始終如一的霍惠爾的讚美者也不能十分鑑賞那當然的價値的。他以爲自己受着托爾斯泰的影響，但在他的作品中，托爾斯泰的痕跡並不比菲爾丁的影響之在於霍桑者還多。霍惠爾是可驚佩的讀書家，寫過關於書籍的優美的文章。諸君對於他的意見無論贊同與否，在他這里總看得出有賅博的知識的文學者來。

亨利·詹姆士

亞美利加至高的小說家除了誕生以外，幾乎可以說不是亞美利加人。這就是在歐羅巴度了那成熟的生涯的大部分，而他的見解全然是歐羅巴底，世界底的亨利·詹姆士。他是同世紀散文的巨匠之一，又是只有一個重要的制限的卓越的藝術家。所謂重要的制限者就是他有難以治愈的，但因為他的性質極寬大而富於同情的緣故，不是可鄙的紳士脾氣，乃是除了在大旅館的應接室，美術館，並且不消說得，美備的圖書館所能學得的以外，全無人生的知識的智的「封鎖主義者。」雖有那制限，他還是人類性格的深邃的研究者，用科學底話來說，就是心理家。他所描寫的人物有許多是在歐羅巴的亞美利加人，因此被稱爲國際底小說的發明家，然而眞實的國際底小說家該玩兩樣的把戲，而將在亞美利加的歐羅巴人也顯示出來的罷。可是，在亞美利加的歐羅巴人大概是職工，在歐羅巴的亞美利加人則大概是閑人，而這就是詹姆士所知的階級。他的作品分爲兩個時代。屬於第一時代者是以意志薄弱的亞美利加的彫塑家爲主人公的優美的小說羅德力·霍特生；不能理解古世界的複雜的道德及不道德的天眞爛漫的亞美利加少女的純潔凄哀的故事，台希·密勒；對於亞美利加式的厚顏和生氣和卑俗（卑俗這一詞是詹姆士所愛用的，他將牠用的太過，竟至使這一詞成爲卑俗了）且對於着想美妙的精神底悲劇之頗爲辛辣的研究，一個夫人的肖像；以那被安置於太過分模樣的境地的不複雜而卻聰明的眞實的人爲主人公的眞的悲劇亞美利加人等。

詹姆士入第二時代便愈益巧妙，愈益複雜，使他們的眞摯的一小羣讚美者喜歡，而不知他的手法的人們不快。那手法就是人物的完全的客觀化。故事中的人們運行於十分普通的事情，或異常的，困難的境地之中。那事情中，一個一個地閃出特性或特徵來。倘若讀者將那小說從頭到尾讀下去，那麼他就會發見那小說家爲了自己築起完全的人類性格的事的說明那手法的兩部小說是鳩翼及金碗。詹姆士在他的小說，是進行舒緩而費了許多頁以遵循或一動機的發展之跡的。然而他又是短篇小說的巨匠。包含了他那最優的短小說的八篇乃至十篇的一卷，在現代的文學該全然沒有競爭者的罷。他又是法蘭西及英吉利文學的犀利的批評家。倘若他不曾轉向小說，那麼他就該列入於文學論文的第一流作家之間了罷。

一國的故事不但由稀少的天才底作家敍述出來而已，還由許多較小的作家敍述出來，那些作家的作品全體併合而構成那社會史。亞美利加是必然地分割爲智底諸州的。一個人怎能知道威爾滿的農夫兼且佐治亞的農夫呢？那些第二流的故事家中的兩三人，是在小說這藝術所保存的社會底記錄中，有着可以說不朽的地位的。頗有聲名的詩人T.B.奧爾德立亦寫了幾篇動人的短篇小說，從中瑪爾蓋利·同最爲著名。在那巧妙的作品，亞美利加生活描寫的並不多。然而在那里，優美的諧謔底藝術是有的。同樣的事就佛朗克·斯拖克敦而言也得當，他那最著名的小說是淑女呢虎呢。南方的生活，在有眞實的才能的幾個作家的小說見得表現。揆布爾在紐衍棱斯的古昔的土着黑人的生活發見了羅曼底材料。那黑奴是在赫黎斯的利瑪伯父之中顯着不朽的姿態的。中央西部的重要的形相保存於仔細地研究着方言的最初的亞美利加小說，（這麼說，是因爲這在距赫克爾培利・芬數年前發表的緣故）愛德華・愛格來斯登的胡希人的校長先生之中。紐英格蘭的人民和風景在瑪麗・尉爾琴茲・福禮門及舍剌・奧綸・朱惠忒的細巧的故事，爲了一切時代而被描寫着。較之尉爾琴茲・福禮門夫人的母的反抗更優的寫述普通人的故事的別的亞美利加作家的作品，我可不得而知了。

新近纔死的那些作家之中，最可記憶者是和十九世紀一同，終結了短促的生涯的，那時代最有才能的亞美利加作家史梯芬・卡倫。他的南北戰爭的故事勇氣的赤徽章或許因那以後更可怕的戰爭而多少晦暗了也未可知，然而故事的技巧卻不能褪色。還有一個年青而死的有才能的人，就是眞正的寫實主義者佛朗克・挪利斯。他顯示了處理大的主題的發皇的力。他的偉大的主材是眞實的敍事詩。現存的小說家之中，最優秀的藝術家是伊狄司・霍呑。她所描寫的場景是紐約或富裕的紐約人消夏的別莊地。她是非常聰明，有些紈絝氣，但根本底地富於同情的貴族。在伊散·夫羅謨及夏之中，她用了同最優的尉爾琴茲·福禮門夫人的作品一樣確實的力，敍述紐英格蘭的鄉間的悲劇。現代亞美利加的故事作家有許多似乎是深受那具有眞實的才能和優美的諧謔的人物O.亨利的影響似的。他是富於創意和發明心，文體上有太過雜誌主義底缺陷的天生的故事家。要領略那聰明的人物的缺陷，讀者只消囘返到略略以前的O.亨利，卽C.H.彭那去，一見優美的趣謔能夠以磨鍊到完全的文體傳達出來這事情就可以。和文學底藝術相結合的人間底內容是永久有生命的小說的要素。我在亞美利加小說之中，是見到人間底內容的成長和優秀技術的豐富的實例的。然而更美的文體的意識，雖然決不缺乏，卻沒有如在今日別的諸國那樣，熱心地被開發。進於那個方向的改善終究不過是時間的問題而已。

第四十八章　亞美利加的論文和歷史

亞美利加對於牠的孩子們的知識和空想開始有自己的主張了。

——愛默孫

十九世紀中，亞美利加的智底中心是波士頓及近隣都市岡布里治及康科特。可是紐英格蘭沒有單獨地支配了亞美利加思想界。在紐約及菲列得爾菲亞，也有着活潑的文學底活動。歐文及庫柏是紐約州之子；那從神的國土而來似的挨餓的天才坡是當他的最生產底的，而且比較底榮盛的很少的諸年，住於紐約，而從那堡砦，向紐英格蘭的霸權施了峻烈的攻擊的。然而那霸權，雖非沒有減色的樣子，卻同在意大利的佛羅稜薩的霸權一樣，是確定的事實。波士頓在缺乏諧謔味的稱讚或是譏嘲中，是常被稱爲亞美利加的雅典的。

放光於亞美利加全部，至今還沒有失卻那穩和的光輝的思想從住於小小的鄉下風的文明之中的一小羣思想家而來，這是確實的。對於那種文明，現今有着估價估的低的傾向，而那個確乎有着許多的弱點。那種文明的詩在內容的獨創性和形式的支配這兩者都有所缺乏，是力弱的東西。散文上的眞實的藝術家不過是霍桑及和謨茲這兩人。可記憶的少數個人的制限，是明明白白而且被製爲紙片目錄，聲敍以理由了。可是紐英格蘭的作家的羣作爲全體看來，是表現了，創造了一個純粹的文化的；那文化波及到紐英格蘭以外，而在極不等質的，甚至有敵對底的地方氣質的國中，國民性這東西可能的範圍，成爲國民底了。

那時代的主導底思想家是歷代相承的清教說教師家之子，對於那祖先的峻嚴和他們的德性的洗鍊了的純化，自由主義底叛逆兒愛默孫。他所宣說而示以模範的德性是單純的——自恃心，卻並非昧於生之粗糙的事實的樂天主義；澄靜的心境；溫雅；對於人，對於宿在人的心胸，並不在形式底宗教的神的信仰等等。

愛默孫的論文及演說是說教。他雖然退出尤尼泰利安教會，而在他的生涯的大部分，並非什麼信仰什麼宗派的信奉者，卻一生是說教師。以調子和內容而言，他的說教遠過於單調的說教壇的嚷嚷，那雄辯又自然又眞摯，那智慧是由詩底說明，比喻，尖銳的諷刺底語句，以及諧謔顯出生彩的。愛默孫的文章為了那敏慧，遒勁，表現之緊湊的極致，有數百句是值得引用的。

愛　默　孫

他的思想所以敏銳模樣豐富的一個理由，是因為他知道從別的作家之中怎樣來選出和自己的目的相適合的思想，使成為自己的東西這緣故。「次於寫優美的文章者，」他云，「是最初引用文章的人。」這就說明着他的才能的重要的部分。可是他在第二義底意義上並非模倣底，歧生底。他是將凡他所觸的一切澈底地愛默孫化了的。捉住了他的同代人的音聲和人格的蠱惑力，於我們是失卻了，然而他那印成的言詞中，卻還有聲音底說服力在。請將他的論文集或生的行為或代表底人物或社會和孤獨的任何一頁揭開來看罷，你就會聽得一個人談着哩。那種種的思想在例如自然呀，政治呀，報復呀，這樣廣汎的抽象底標題之下集合在一起，然而思想本身是直截，特殊，鮮明的。

愛默孫於體系和論理底議論並無什麼興味，他的論文據說幾乎沒有構造底統一，雖從後面也可以讀的。那是從兩端都能數起的眞珠串。然而眞珠是純粹的。或者，如愛默孫往往如此，迅速地來變化詞采罷，那麼潛流着的愛默孫本人的人格是對於散亂的思想，給以統一的。比起他來，更深邃更有體系的哲學者是有的。具有更美的文學底藝術的論文家也是有的。他的詩，雖有多少卓越的句子，卻剪去了翼，不能飛翔於不朽的人們之間。然而愛默孫的偉大不能否定。那偉大是他自身的。他彰明着他自己的這番話：「美之最善者是較之在表面上輪廓上的熟練更美妙的蠱惑力，要不然，則藝術上的規則就能夠教那從藝術的，人類性格的作品放射出來的東西了。」而且他發着「當心偉大的神在這行星上放縱了思想家的時候呵，」一這句他的最幽玄的話時，雖然他是太過謙遜模樣諧謔底，不會像我們所想似的，用意在個人底適用，卻也是暗示着自己的。

神似乎是在這個行星的一隅紐英格蘭，解放了數個思想家了似的。一個是愛默孫的友人兼且鄰人涉羅，他對於同代者沒有怎樣的影響，但他的天才則因新的讀者看出他來，愈益廣汎地被認識了。他的主要的著作窩爾登是康科特附近的森林中過了兩年的他的生活的孤獨和自恃之實驗的記錄。他將自己能夠從社會獨立而生活，他和自然相互地共同滿足這事證明了。那書的蠱惑力是在涉羅從衷心享樂了自己所選取，且有過度的自由的生活。「每晨是使我的生活和自然本身相等地單純，而且我可以說，純潔，這一種可喜的誘導。」他所崇拜的「自然」確實是單純而純潔的東西，而他對於那女神的氣分的觀察是直截，原始底，獨創底，沒有過分地發揮着本職的「博物學者」之專門底知識的。

涉羅與其說是博物學者，倒不如說是道德家。他雖然求認眞的喜悅於外面世界，却尤其對於內面的世界，他的靈魂和良心懷着興味，而且他是照他生活那樣，爲了娛悅自己，完成自己而寫作的。他不是厭人底的隱遁者，却是心裏滿蓄了諸書的精華的，温雅而有高等的教養的人物。而且他在或划獨木舟或種豆的時間，就諸書論列着。在或一意義上他是作家中最不文學底，以隨意的，草率的方法作他的敍述，而物質上精神上，全不以讀者給他的歡迎之類爲問題的。在另一意義上，則他是具有對於文體的精細的感情的文學者，是從來最純粹的，而且雖然毫不奇突怪僻，卻也個性底的文體的巨匠。在康科特河及麥玄馬克河上的一週間中，關於文體的一節，是連窩爾忒·佩忒的美妙的論文也不除外，我所見關於那主材的最優的小論文。紐英格蘭的日見增進的保守主義難免壓抑了，或減少了涉羅的思想的革命底方面，而使他注重了戶外的生活。雖然如此，他卻是政治底叛逆者，而政府是有組織的壓迫時，來反抗牠這事情是正直人的義務云云，以此爲中心思想的他的論文論市民底不服從之必要是急進底革命思想的古典之一。曾有一回，涉羅試行一種被動底抵抗，而將他以爲是政府用於犯罪底目的的租稅拒付時，他被送進監獄了。然而因爲有一友人替他納了那租稅，他在監獄也只拘留了一天。這纔他的謀叛終止了。當涉羅死時，愛默孫以爲他是何等偉大的人物，世界還得來發見一下纔好哩。

許許多多極壯麗的作家是著名於文學的不止一種的部門的；由此看來，將文學者分類爲論文家，詩人，小說家等等，就有些牽強而不合人類精神了。直截了當，請將我們更詳細地作爲詩人及故事家而考慮的坡乃是屬於第一流的論文家，這一層想起來就是。對於將坡的有些論文及隨筆看作他那異常的天才的最有光輝的瞬間的讀者，我是不想和他爭論什麼的。

坡的短促而蹭蹬的生涯由新聞記者的名聲和他那實際美好的成績之部分地被認識而略見和煦。愛默孫則作爲一種非正式的牧師而遵循他的明朗的道路。涉羅則大抵單獨生活，以製造鉛筆爲生，在他的論文中時時觸到公衆問題，卻決不實際參加那問題。無論那所享樂的是什麼，總之享樂了世間更加光輝的生涯的紐英格蘭的論文家有兩人，即羅厄爾及和謨茲。

和謨茲是醫師，是哈佛醫學校的解剖學教授，是在比康街建了邸宅的波士頓的貴族。他知道以機才流暢地作輕快詩的方術。然而神們並不想望使他成爲詩人。神們使他成了論文家，成了極優美的論文家。具有愉快的慢步的調子和多種多樣，變化無窮的主材的在早餐桌的獨裁家，在現今也和六十餘年前發表於大西洋月刊時一樣地清新，是給和謨茲以得與蒙旦及拉穆並列的資格的。正如羅厄爾巧妙地評過他似的，他稟賦了「名聲的偉大的防腐劑，即文體」。

而羅厄爾呢，他本人有着較之在詩這方面纖細的才能，於我的耳遠更確實地作響的散文的天稟。羅厄爾是養育得好好的世人，是哈佛大學的文學教授，卻決非衒學者；是從合衆國派往英吉利的公使，而當時頗有勢力的人物。他的興味的範圍廣汎。他的綽塞論是再好也沒有的。而且當世間對於伊里諾斯州的那不可思議的人物還懷着疑惑，而保守底政治家給了後來判明是過慮的那忠告時，羅厄爾就理解了林肯，而以決定底智慧「估量了他的價值」。關於在我以爲還有着活力的他的詩的唯一的部分，我不久要來說一下的。在這里只一提及極諧謔底極央歧風的論文見於外國人的或一種謙讓就算了罷。

是歷史的製造家，或歷史的著者而知道了自己表現的方法的人，亞美利加是極富於他們的。具有演說或文章的天稟的歷史的製造家是佛蘭克林，哲斐孫，韋白斯特，林肯等等。別的讀者會立卽加添什麽上去的我的選擇——倘若我們能夠將人類思想的一部門從別的部門分離——是並不由政治史上的判斷，卻由純然的文學標準而被決定的。

佛蘭克林的自敍傳及隨時的文章和信札恐怕不是文學史上有高價值的東西，然而那些卻以整齊的調子描着正直而諧謔的性格，又因爲在今日該算是「能率研究家」的實際人物佛蘭克林爲要完成自己的文體研究了愛迭孫的斯配克推透，因此不失自己強有力的人格而學會了文章作法的緣故，還有着特殊的文學興味。

托馬斯·哲斐孫

哲斐孫的國家底文書和書翰有着單單歷史底興味以上的價值。在他那政治上的理論和實際，他是乖張地錯誤呢，還是卓越地正當都未可知。這一層現下於我們不成問題。他在他的性質中有着藝術家的片影，他所起草的獨立宣言是明晰而雄辯的措辭的模範。

達尼爾·韋白斯特作爲在公共生活的一個人物，還有着可記憶的價值。在我們看來，他靠了他的文學底文體，靠了他那以最初的形講說的口頭上的文體維持着生命；他是現今完全廢棄了的學校的本職的演說家。能夠繼續那事務者一個人也沒有了——雖是現今最雄辯的國會議員，要那麼樣試行起來，也會頗可哂的。韋白斯特時代的許多問題成着死物了；只有歷史的研究者纔願意掘出牠來。然而他的演說有兩三篇也還有着生命，例如邦刻崗的演說，這是該成爲亞美利加少年的教育之一部的。那文體雖有種種繁縟的修辭，卻是堅實而純粹的。據他的同代人的證言，則韋白斯特是具有效力深強的音聲和莊重的態度，而給與深的印象的演說家。對於政治底演說家——或對於亞美利加人——並不懷有過分的好意的喀萊爾也說到韋白斯特的「岩石似的力」哩。他並不一定常獲勝利，這是因爲他所處理的問題往往本質上脆弱的緣故，然而在既是世界的演說家，又是文學者的人們之間，他卻佔得了確實的地位。

林肯從他的生涯的極早時就使可稱讚的文體發達了。他到達了那個程度是由於刻苦的用功，並不是如成着一般底傳說的林肯故事所云似的，由於奇蹟底地賜給無知的人的天稟的。他極敏感，極明智，謹愼，小心，耽於思索，異常地稟受了被誤稱爲常識的那稀罕的東西。於此還略略混和了迷信與豫言底幻影。這就將屬於歷史的政治家，不，倒是屬於文學的他的文體，概略地說明一番了。請將葛的斯堡的演說（註一）再讀一下，看牠是怎樣的短散文詩，藝術上的作品罷。他以寥寥數語將那瞬間的情緒表現着，而且他是不施文飾，不作高叫，帶着爲了他所想望產出的效果細心計劃了的律呂，以沈靜平穩的文體表現着那情緒的。

註一 南北戰爭時，林肯在大敗南軍的葛的斯堡之役臨陣發表的演說。

林肯的文章大都在於認眞的熱誠之中，這是因爲他有着非解決不可的許多困難問題的緣故。然而他也有着不少的諧謔，這是他的文章的鹽，又是防範謀官職的人們及來煩擾者的實際的武器。他爲了保護自己，使得他們發笑。當他並不爲徵詢大家關於奴隸解放宣言的意見，卻爲報告自己所決定的意思計，召集了他的閣員時，他首先就讀了數頁阿提默斯·窩德（註二）的作品給他們聽。然而，他在戰爭開始以後，由性質由事情看來，卻是和想對聽衆講滑稽話以獲得票選的機敏的政治家迴不相同的悲哀的人。有確然的目的和人格者，雖是

有我們所不能贊同的政策的政治家也學言詞的使用法，這是從表現術的研究學得的教訓

林肯

之一。凱撒，克倫威爾，拿破侖，俾士麥及林肯（記着我只是從文學底見地，纔將他們類集在一起的）是文體的——適宜於自己的工作，而且適宜到這還未失去生命那樣的文體的巨匠。於批評，於藝術，於生，在我以爲極惡劣似的那過重的亞美利加主義的色彩，我從牠離開，來提示一句話給讀者想想罷：世間一切的政治家中——請想起庇得，迭士累利，葛拉德士吞，及法蘭西的誰來罷——林肯有着最美最強的文學底色彩哩。

註二 亞美利加的諧謔家（一八三四——一八六七）

亞美利加的專門的歷史家成就了優秀的工作。我是指那些在記錄底歷史上幹着極好的工作的歷史家而言的。華盛頓·歐文在他那亞美利加及西班牙的歷史的研究，優於創造了李迫及匿克巴克爹爹的溫和的諧謔家。他對於已經開始研究寫作墨西哥史，爲了盲目而受妨礙的青年普勒斯珂特，以非常的禮讓拜服過。那墨西哥史，使普勒斯珂特成了名。他進而從事於祕魯的征服的研究，繼則從事於腓立普二世的歷史。我從

帕克曼

後代的歷史家知道他的作品有許多作爲歷史，已經被廢棄了，然而他在那事實，以事實能夠獲得爲限，卻沒有弄錯。他的書至今還是可讀的——我不是給與歷史家的證言，乃是給與文學者的證言的。

馬可·脫溫當製作他所珍重的書籍的表時說道：「帕克曼的一千卷，如果他寫了那麼

樣多。」帕克曼對於亞美利加的西北，且對於亞美利加共和國開始以前，英吉利人和法蘭西人的鬬爭懷着興味。較之拉薩拉及蒙忒卡謨和華爾夫更其淵博的歷史是有的罷。而嚴密地科學底的歷史家也會將帕克曼當作羅曼主義者而加以頗兒的駁擊的罷。然而他所處理的主材本質上是羅曼底；他的書，雖非至最後的敍述爲止始終精確，總也至最後的文章爲止，始終有蠱惑力的。

第四十九章　亞美利加的詩

我聽得亞美利加的所歌，有變化的合唱我聽得。

——惠特曼

凡有文學的形式之中，凡在大西洋的西北岸所寫的種種形式的標本之中，亞美利加的詩具有內容和色彩和作詩所在的那大陸的特異的活力最少。除了許多讀者並不看作亞美利加精神的代表者惠特曼之外，又除了用地方底或種族底方言所寫的兩三篇詩，敍述了特是屬於這國度的風景和主材的數篇詩之外，亞美利加的詩大都可以說是由英吉利的小詩人所寫的罷。

亞美利加詩所具有的轉假底，從屬底，第二義底的性質不一定是亞美利加詩人的屈從性的證據，卻是證明着英吉利詩的壓倒底力的東西之一。我們在散文可以亞美利加風地來想，然而我們卻非英吉利風地來歌唱不可。亞美利加詩人往往沒有如法蘭西人，德意志人，英吉利人感到本國似的感到自己所住的國，或國的一部。在這里，愛國主義的問題毫不存在。繆斯的神除了能從愛國主義製作音樂的時候之外，輕蔑愛國主義者。而詩人之爲亞美利加人終究是較之詩人之爲詩人更不重要的。

具有詩的意識和誠實的情緒底內容的最初的亞美利加詩人是生在亞美利加革命時代的腓立・夫勒諾。他仗了有羅曼底傾向的短詩數篇而知名；如果他以後沒有出現了抒情詩的偉大的世紀，則他的詩該更其被記憶的罷。野生的忍冬及印度人的墓地是有着幽徵的詩底香氣的。

當時博得了盛大的名聲的詩人是布賴安特。他以查泰呑似的早熟寫了關於死的詩死的幻影。這大概是英吉利的墓畔詩人的回響罷，然而也是他自身的東西，寫的優美的。以頌死發端的布賴安特原是作爲晚郵報的主筆在紐約新聞記者間可尊敬的甚至煊赫的人物。他一生間繼續寫作了和他那最初的詩同樣地在技巧方面則成熟，在思想方面則稚嫩的優美的詩。他的最優的作品，是由獻於水鳥的詩似的充滿了溫雅的愛的自然詩所成的。

離布賴安特的書桌不多遠，在附近的事務所內，亞美利加文學中最不可思議的詩人，凡有文學中最不可思議的人物之一，坡工作了數年。他的詩容納於極薄的一卷裏（無疑地，作爲新聞記者的他的勞作太過奪了他的活力了。）然而在形式的卓越這一點，都是值得注目的；其最優者，大約就是包含了厄斯剌飛爾及赫樗的十篇乃至十二篇罷，有着只對於眞的詩人纔給與的神祕，難以推索的魔術。在他那有限的範圍內，坡是具有純粹的靈感的詩人；他的聲是黃金的聲，而且正如歌咏了眞實的歌，卻並無但丁及莎士比亞的最後的力的別的眞正的詩人似的，他只有在哥爾利治是渺小的這一種意義上，纔是渺小的。我在別頁上已經說過，「小」這一詞，卽使天文學者用之於星也是不滿足的言詞，適用於詩人的這一詞令人聯想到從元帥以至下級士官的陸軍等級之類。詩人是將凡有序列自己們的等級的企圖加以排斥的。在攀登那典雅的法蘭西詩人的園了高牆的花園的，英語的詩人那里，不會沒有什麼可驚異的東西。坡正是那麼樣的。波特萊爾和麥拉美將他美麗地譯出了。而且在有聽聞英語詩的耳者，那結束着厄斯剌飛爾（厄斯剌飛爾是以琵琶爲心的天使）似的句子的難忘的蠱惑力是在所想念的：

是呵，天國是你的但這個
是光明與黑暗的世界；
我們的花只是——花，
你那完全的幸福的影
則是我們的光明。

我倘能住於
厄斯剌飛爾所住的地方，
而他倘能住於我的地方，
他就不會將可怕的調兒
唱的這麽好，

而比這個更激昂的調兒就會
從我的立琴散發到大空中去了。

坡的本能和野心是詩人的本能和野心。然而我們往往見到詩人寫作優美的散文，當坡降而從事於小說上，批評上，較小的諧調時，他便發揮他的天才了。我們在別章中既經就他的散文，說過一番話了；在這里只將卽使他的抒情詩被破壞，散文作家也還遺留着這一層再一想起就是了。

亞美利加的桂冠詩人是郎匪羅。他保着最溫雅最謙遜的尊嚴，在那民主底王座上坐了數年。他寫了喜亞窩塔馬伊爾斯·斯坦狄士赫斯拍剌斯號的遭難，保爾·勒微耳的騎行等等許多亞美利加的傳說，又寫了更多的（且豐富得多的）歐羅巴文學的翻譯及改作。除此以外，他還作了例如有名的生的讚歌似的，沒有空間，也沒有時間的歌謠和抒情詩。生的讚歌是並不由什麽辭句或旋律的奇蹟，使升到眞正的抒情詩之域的平凡的東西。他的村上的鐵店是給鄉間報紙的「詩歌欄」刊載的一種作品，技巧上卻佳妙。這是因爲郎匪羅是懂得詩的處理法的藝術家的緣故。這個最通俗的亞美利加詩人的傑作是但丁的神曲的翻譯。而他以壯重的筆所寫的最近於獨創的東西則是他附於那意大利詩人的頌歌前的短詩。對於以上所述的說明，似乎就在紐英格蘭的教授詩人們知道自己的文學底劣勢而往歐羅巴求靈感去。着了鎧甲的骸骨有些失敗，鶴的絞首也如此。然而布魯日的鐘樓卻是優美的民謠。

郎匪羅

作爲哈佛大學的講師，又作爲衒學底詩的製造家，繼郎匪羅而起的教授詩人是羅厄爾。他也明白他的亞美利加人底劣勢，而並不由他的詩，卻由他的論文見於外國人的或一種謙讓試行了他的防禦底報復。以古典英語所寫的他的詩幾乎沒有什麼味道；那因了在哈佛大學建以紀念死於南北戰爭的學生的建築物開幕式這一回事件而出名的紀念

頌是單單修辭而已，他在以舒緩的韻文所寫的爲批評家而作的寓言之中，說了

帶了以韻文綑束的ISM一大束，

努力要攀登帕那蘇斯

云云以自責。然而他在以紐英格蘭的央歧方言的文學底模倣構成的諷刺詩別格羅論說之中，使那ISM自由地活躍了時，卻也偶然到達於他的最優的境地了。那詩有着光輝，諧謔和辛辣，痛烈地摘發着亞美利加的政治上的愚行。亞美利加的諷刺詩而保着那麼久長的生命者，另外可沒有了。爲什麼呢？因爲諷刺這東西是和牠生了根的那時代的事情一同凋萎的脆弱的草，而亞美利加的諷刺家，與其說是作詩家，倒不如說是散文作家。

住於卻爾斯河的對岸的羅厄爾的友人和謨茲博士也是以擬央歧方言寫了單馬的馬車時——在關於他的詩的範圍內——達於最高的地點。雖是和謨茲博士的最大的讚美者，雖是至少在獨裁家中見到文體的天才的人也不能很嚴肅地鑑賞他的嚴肅的詩。然而他在慶賀階級融合及其他愉快的事件的隨時所作的詩，卻是聰明，奇警，快活的人物。

郎匪羅的家

康科特的賢者愛默孫本來是散文的作家，他的散文有些是雄辯而富於想像的。他還寫了不亞於許多並非天賦的詩人的作家的詩。愛默孫對於他的友人渉羅，嘗說他的桃金娘和麝香草沒有全然化為蜜。這正是佳妙地說明了愛默孫的詩的話。可是有一兩次，愛默孫也奏出了眞實的詩底調兒；在蜜蜂之中則極快活的戶外空氣的調兒，而在梵天之中，則更深一層的哲學底調兒。他的其餘的詩似乎較之他的散文，少有閃爍的空想似的。

岡布里治，康科特，及波士頓的那些紳

士的友人是有較之在他們的胸中可眼見或耳聞似地燃着者還多的火藏在胸中的溫雅的桂格教徒。那詩人就是喜替厄。恐怕英吉利詩人克剌布以後從來沒有那麼非詩底的詩人着手於那困難的藝術罷。同克剌布一樣，喜替厄對於生命，對於他所住的場景，有着鮮活的感覺。他的宗教詩，正如宗教詩這東西常有的樣子，是平板的。他的民謠往往是惡劣的文學，但有的時候，如在船長埃來生的騎行似的，也還有着民謠腔調。他的近於傑作的作品是具有古昔紐英格蘭的冬天的清冷與幽寂的雪中。場景眞實，且粗疏而佳妙地表現出來。喜替厄想做詩人之念很熱切，有着表現的衝動，然而正如在他的一篇眞實的詩中，說着自己的事一般，他是爲了「未經訓練的耳的粗鈍」而受苦的。

當年長的人們年老而成名之際，(而坡在比較底年青時死了) 一個和公認的老手們年齡不相上下的大詩人也逐漸地被發見被賞識了。窩爾忒·惠特曼被稱爲「優美的灰色詩人」，這是因爲他在那生涯的後半確是灰色的緣故。然而他的草葉卻是在亞美利加發表的最年青，最大膽，最挑戰底的詩的書。這是未熟與美之奇妙的混合。在壯大的句子，在句子的連續關係，彌漫着力。最劣的句子是拙劣得不亞於詩人曾經寫過的什麽句子的，然而便是那些句子也由對於全卷的一致和結合而得補救了。爲什麽呢？因爲草葉是一本完全的書，一個人多年間的詩底生活。惠特曼頌揚着民主主義。他將自己作爲有趣的人頌揚着——實在他是有趣的人。他在他那中間時代以高貴的詩頌揚着亞伯拉罕·林肯。在林肯和惠特曼之間，是有一種豫定了的關係存在的。羅厄爾稱馬可·脫温爲亞美利加文學的林肯，他是作了適當的聯想的。爲什麽呢？因爲林肯不會理解作爲詩人的惠特曼；林肯的詩的意識是遠在他自己的本能上的或被開發的散文詩的意識之下的。然而時描靈光(halo)於林肯的頭的周圍，也就顯出惠特曼給戴於那苦惱的額上的花環的圓光美來，惠特曼是這樣地日益被世人感知而成了林肯的桂冠詩人的。在門庭開花的紫丁香凋萎時無疑地是亞美利加詩的高的標識。而且在惠特曼的一切心氣中都有非常美的瞬間。毫無價値的東西他寫了不少。威至威士和別的詩人們也如此。在那最高點，惠特曼是海和太陽的，踐踏地球的數百萬人們的純眞的詩人。惠特曼在想像中以爲自己創製了新的詩形而抖棄了因襲的律呂和句格的桎梏了，然

惠特曼

而使他成爲偉大者卻並非他的形式的獨創性或怪僻性。他的美在於和英吉利詩一樣古老的本質底律呂。而他的獨創性不過在他是偉大的詩人，是新而獨創底的詩人——在他的最優處——這一端而已。遺留於後者總是詩人的最優的處所哩。

惠特曼以後，亞美利加詩大都逐漸退化了。然而雖是優美的什麼詩選也要揭載一些下面那樣的詩的罷：就是厄密力·笛肯生的雖簡潔到奇妙而表現了一半似的——但在那樣式卻表現了十分的詩；雖不中止爲亞美利加人卻令人聯想到愛爾蘭人，因而也是詩人的路伊司·基內所作的細巧的妖鬼詩；詹姆士·W.萊里的「純樸」的詩；具有華奢的美的托馬斯·貝力·奧爾德立亦的詩；還有具有偉大的指望，遠過於不健康和無數的困難使繆斯的神得以給他實現者的詩人錫德尼·拉尼爾的詩。卽在「大詩人」之中，要找出較之拉尼爾的格林的沼及日出還耀眼模樣絢爛的什麼來，也很困難的。往往亞美利加詩人是荏弱，缺乏表現力，聲音不清的。然而厄斯剌飛爾的立琴卻還沒有去絃。而且倘說亞美利加不是歌之國，那麼可以說在那里是不時有純粹而美的調兒的。

後記

貫時間和空間的我們的旅程可以說是太短，也可以說是太長的。說是太短者，因爲稀少的話語，稀少的篇頁不能說盡歷若干世紀的思想，和無數作家的故事。說是太長者，因爲在我們進行迅疾的節段，我們是於詫異的烟雲之中，無知的霧之中，或則如我們的親切的太陽或無數的太陽一般，爲我們所難及的天才的眩目的焰光之中，徘徊着，迷惘着的。

然而，就我們彷彿馳過了雲呀，霧呀日光呀和無數的星光呀似的旅程而言，在時間和空間之中，也有着一個可安慰的思想。那就是：我們什麼時候都能夠回歸。以短於我們所作的，往圖書館的旅程，我們是能夠隨意多少時，和荷馬或但丁或那名我們不知而那書今日剛纔發行的天才人住在一起的。

請將魯托羅氏爲我們繪製的標題頁來看一下罷。在下方，是原始人用幼稚的工具將言詞，將記錄在石上刻着。在頁的正中的邊緣上，是至今爲止人類所發展到的，在最高位的表現的巨匠但丁和莎士比亞。在頁的頂端是什麽也沒有寫的，空白的書。那就是未來的書。在那書上，將待許多的人來寫。在此世，恐怕便是在來世罷，我們也不會活到來讀牠的。

然而因爲過去詔示我們，這是我們能夠確信的：由我們的孩子們所寫的，那未來的書當充滿以愚蠢的無謂的東西的罷，然而和這同時，當也充滿以美的東西，高貴的東西，深有智慧的東西的。

圖目

彩色

單色

索 引

(排列係字母次序，數字表頁數)

A

B

C

D

E

F

G

H

I

K

L

J

M

N

O

P

Q

R

S

T

U

V

W

敬啟

「民國專題史」叢書，乃民國時期出版的著名學者、專家在某一專題領域的學術成果。所收圖書絕大部分著作權已進入公有領域，但仍有極少圖書著作權還在保護期內，需按相關要求支付著作權人或繼承人報酬。因未能全部聯系到相關著作權人，請見到此説明者及時與河南人民出版社聯系。

聯系人 楊光

聯系電話 0371-65788063